Movido pela maré

Nora Roberts

Romances

A Pousada do Fim do Rio
O Testamento
Traições Legítimas
Três Destinos
Lua de Sangue
Doce Vingança
Segredos
O Amuleto
Santuário
A Villa
Tesouro Secreto
Pecados Sagrados
Virtude Indecente
Bellíssima
Mentiras Genuínas
Riquezas Ocultas
Escândalos Privados
Ilusões Honestas
A Testemunha
A Casa da Praia
A Mentira
O colecionador
A Obsessão
Ao Pôr do Sol

Saga da Gratidão

Arrebatado pelo Mar
Movido pela Maré
Protegido pelo Porto
Resgatado pelo Amor

Trilogia do Sonho

Um Sonho de Amor
Um Sonho de Vida
Um Sonho de Esperança

Trilogia do Coração

Diamantes do Sol
Lágrimas da Lua
Coração do Mar

Trilogia da Magia

Dançando no Ar
Entre o Céu e a Terra
Enfrentando o Fogo

Trilogia da Fraternidade

Laços de Fogo
Laços de Gelo
Laços de Pecado

Trilogia do Círculo

A Cruz de Morrigan
O Baile dos Deuses
O Vale do Silêncio

Trilogia das Flores

Dália Azul
Rosa Negra
Lírio Vermelho

Saga da Gratidão - vol. 2

NORA ROBERTS

Movido pela maré

Tradução
Renato Motta

7ª edição

Rio de Janeiro | 2018

Copyright © 1998 by Nora Roberts

Título original: *Rising Tides*

Capa: Renan Araújo
Imagem de capa: Serg64 / Shutterstock

Texto revisado segundo o novo
Acordo Ortográfico da Língua Portuguesa

2018
Impresso no Brasil
Printed in Brazil

CIP-BRASIL. CATALOGAÇÃO NA PUBLICAÇÃO
SINDICATO NACIONAL DOS EDITORES DE LIVROS, RJ

R549m
7ª ed.

Roberts, Nora, 1950-
Movido pela maré / Nora Roberts; tradução de Renato Motta. – 7ª ed.
– Rio de Janeiro: Bertrand Brasil, 2018.
336 p.; 23 cm. (Saga da gratidão; 2)

Tradução de: Rising tides
ISBN 978-85-286-2368-0

1. Romance americano. I. Motta, Renato. II. Título. III. Série.

18-51271

CDD: 813
CDU: 82-31(73)

Vanessa Mafra Xavier Salgado – Bibliotecária – CRB-7/6644

Todos os direitos reservados. Não é permitida a reprodução total ou parcial desta obra,
por quaisquer meios, sem a prévia autorização por escrito da Editora.

Direitos exclusivos de publicação em língua portuguesa somente para o Brasil
adquiridos pela:
EDITORA BERTRAND BRASIL LTDA.
Rua Argentina, 171 – 2º andar – São Cristóvão
20921-380 – Rio de Janeiro – RJ
Tel.: (21) 2585-2000 – Fax: (21) 2585-2084

Atendimento e venda direta ao leitor:
mdireto@record.com.br ou (21) 2585-2002

Para a brilhante e divertida Christine Dorsey.
Sim, Chris, é você mesma.

Queridos Leitores

O coração e a alma da Costa Leste, em Maryland, são os seus pescadores, os homens que ganham a vida nas águas da baía de Chesapeake e em seus inúmeros canais fluviais. Eles enfrentam adversidades, tormentas e temporadas às vezes curtas demais para a pesca. Dia após dia, ano após ano, eles se ocupam com as águas, espalhando suas armações para pegar caranguejos, dragando o fundo arenoso em busca de ostras e compartilhando segredos de um mundo que muitos de nós jamais chegaremos a conhecer. Apreciam a alvorada vermelha que surge das águas escuras e observam as tempestades ameaçadoras que se formam em rolos lentos e negros vindos do leste. Com suas botas de borracha e luvas grossas, pilotam seus barcos de trabalho através do alvorecer ainda frio ou de escaldantes tardes de verão, à procura do caranguejo azul pelo qual a região é tão famosa.

Ethan Quinn é um pescador. Não nasceu nesse meio, mas o abraçou. É um homem calado cujo coração se agita em águas tão profundas quanto as do mar que ama. Em *Movido pela Maré*, ele vai enfrentar mais do que o simples desafio de ganhar a vida na baía ou a luta para fazer com que a pequena e recém-inaugurada fábrica de barcos montada por ele e seus irmãos se transforme em um sucesso.

Existe um menino que precisa dele, além de uma mulher e sua filhinha. Ele ama muito essa mulher, embora ache que não devia. Para modelar a sua vida em torno deles, Ethan deverá, primeiro, enfrentar o seu obscuro passado até aceitar não apenas quem realmente é, mas também a pessoa que espera se tornar.

Nora Roberts

Prólogo

Ethan conseguiu escapar dos sonhos e se levantou da cama. Ainda estava escuro, mas ele normalmente começava o seu dia antes de a noite se render às luzes gloriosas do amanhecer. Gostava daquilo, a rotina simples e calma antes do trabalho pesado que viria em seguida.

Jamais se esquecia de dar graças por ter tido a oportunidade de fazer sua escolha e ter aquela vida. Embora as pessoas responsáveis por dar a ele tanto a escolha quanto a vida já estivessem mortas, para Ethan, a linda casa junto das águas ainda fazia ecoar suas vozes pelas paredes. Muitas vezes, ele se pegava levantando a cabeça ao tomar o seu café da manhã solitário na cozinha, esperando ver a mãe entrar a qualquer momento, bocejando, com os cabelos ruivos ainda embaraçados e meio cega de sono.

Embora sua mãe já tivesse falecido havia quase sete anos, Ethan sentia uma espécie de conforto naquela imagem doméstica matinal.

Era bem mais doloroso pensar no homem que se transformara em seu pai. A morte de Raymond Quinn ainda estava muito recente. Fazia três meses apenas, e não podia haver conforto na imagem dele. E as circunstâncias que cercavam sua morte eram horríveis e inexplicáveis. Ele encontrara o fim de sua existência em um acidente de carro, em plena luz do dia, em uma estrada seca onde não havia nenhum outro carro, em uma linda manhã de março que já trazia um ar de primavera. O carro estava em alta velocidade, e o motorista não conseguiu, ou não quis, controlá-lo em uma curva. A perícia técnica mostrou que Ray não esboçou nenhuma reação física para evitar atingir violentamente o poste telefônico.

Havia, porém, evidências de um motivo emocional para o desastre, e isso pesava muito no coração de Ethan.

Ele não conseguia parar de pensar no assunto enquanto se arrumava para ir trabalhar, penteando tão de leve os cabelos ainda úmidos do banho que as pesadas ondas de fios castanho-alourados nas pontas pelo sol não se acomodavam. A seguir, barbeou-se diante do espelho embaçado, com os calmos olhos azuis perfeitamente focados enquanto raspava a pele, livrando-se da barba que crescera nas últimas vinte e quatro horas em torno do rosto bronzeado e com ossos salientes que escondiam segredos que ele raramente compartilhava.

Havia uma cicatriz que acompanhava a linha de seu maxilar esquerdo, um antigo corte, cortesia de seu irmão mais velho e pacientemente suturada com vários pontos por sua mãe. Tinha sido muita sorte, pensava Ethan, distraído, enquanto passava o polegar sobre a linha esmaecida, que a mãe deles fosse médica. Um dos três filhos estava sempre precisando de primeiros socorros.

Ray e Stella haviam adotado todos. Três garotos já crescidos, selvagens e com a alma ferida... Todos estranhos ao casal. E os haviam transformado em uma família.

Três meses antes de morrer, Ray pegara mais um para criar.

Seth DeLauter pertencia a eles agora. Ethan jamais questionara o fato. Embora outros o fizessem, ele sabia das coisas. Havia boatos percorrendo a pequena cidade de St. Christopher que davam conta de que Seth não era apenas mais um dos meninos largados que Ray Quinn pegara para criar e sim o seu filho ilegítimo. Uma criança concebida por outra mulher, enquanto sua esposa ainda estava viva. Uma mulher mais jovem.

Ethan conseguia ignorar o disse me disse, mas era impossível ignorar o fato de que Seth, o menino com dez anos de idade, olhava para todos com os mesmos olhos azuis expressivos de Ray Quinn.

Havia sombras naquele olhar que Ethan também reconhecia. Pessoas de alma ferida sempre se reconheciam. Ele sabia que a vida de Seth, antes de Ray tê-lo finalmente trazido para casa, havia sido um pesadelo. O próprio Ethan passara por um inferno semelhante na infância.

Mas o garoto estava a salvo agora, pensou Ethan enquanto vestia a calça bem larga de algodão e uma camisa desbotada de trabalhar ao sol. O menino era um dos Quinn agora, embora os detalhes legais ainda não estivessem completamente acertados. Phillip estava cuidando dessa parte. Ethan chegou à conclusão de que o irmão mais novo, perfeccionista e louco por detalhes, ia resolver tudo com o advogado. E sabia que Cameron, o mais velho dos rapazes Quinn, já conseguira criar alguns frágeis laços com Seth.

Na verdade, forçou a barra para conseguir chegar ao garoto, pensou Ethan, dando um leve sorriso. Foi como assistir a dois gatos de beco cuspindo e exibindo as garras um para o outro. Agora, porém, que Cam se casara com a linda assistente social, as coisas talvez começassem a se ajustar melhor.

Ethan preferia uma vida calma e bem ajustada.

No entanto, havia batalhas pela frente com a seguradora que se recusava a honrar a apólice do seguro de vida de Ray porque havia suspeitas de suicídio. O estômago de Ethan se contorceu e ele precisou de alguns instantes para se obrigar a relaxar novamente. Seu pai jamais tiraria a própria vida. O Poderoso Quinn sempre encarara seus problemas e ensinara os filhos a fazer o mesmo.

Aquilo, porém, era uma nuvem sobre a família que se recusava a ir embora. E havia outras também. O súbito surgimento da mãe de Seth em St. Christopher com suas acusações de assédio sexual contra Ray apresentadas ao reitor da faculdade onde ele lecionava Literatura Inglesa era uma dessas nuvens. Sua história não convencera a ninguém. Havia muitas mentiras e furos em seu relato. No entanto, seu pai ficara muito abalado. O fato é que, pouco depois de Gloria DeLauter partir de St. Chris, Ray desaparecera por alguns dias também.

E voltara trazendo o garoto.

Além disso, havia a carta que fora achada no carro, logo após o acidente com Ray. Uma óbvia chantagem com ameaças, escrita por Gloria e confirmando que Ray já lhe enviara dinheiro... um monte de dinheiro.

Agora, ela tornara a desaparecer. Ethan queria que ela permanecesse o mais longe possível, mas sabia bem que o falatório não iria parar até que todas as respostas estivessem bem claras.

Não havia nada que pudesse fazer a esse respeito, lembrou a si mesmo. Saindo do seu quarto para o corredor, deu uma batida de leve na porta oposta à sua. O grunhido de Seth foi seguido por um resmungo sonolento, e então um xingamento irritado. Ethan nem parou de andar, encaminhando-se para a escada que o levaria ao andar de baixo. Não tinha dúvidas de que Seth ainda tornaria a reclamar quando descesse por ser acordado tão cedo. O problema era que, com Cam e Anna em plena lua de mel na Itália, e Phillip em Baltimore durante toda a semana, era tarefa de Ethan acordar o menino e deixá-lo na casa de um amigo até a hora de eles irem para a escola no ônibus escolar.

A temporada dos caranguejos estava a todo o vapor, e o dia de trabalho de um pescador começava antes do sol raiar. Sendo assim, até a volta de Cam e Anna, Seth teria de madrugar com ele.

A casa estava silenciosa e escura, mas Ethan se movia por ela com facilidade. Possuía uma residência própria, mas parte do acordo para conseguir a guarda legal de Seth fora de que os três irmãos morassem sob o mesmo teto e dividissem as responsabilidades.

Ethan não se importava de ter responsabilidades, mas sentia falta da sua casinha, da sua privacidade e da tranquilidade que fora a sua vida até então.

Acendeu as luzes da cozinha. Foi a vez de Seth lavar a louça e limpar tudo depois do jantar da noite anterior, e Ethan reparou que o menino fizera um trabalho de porco. Ignorando a superfície pegajosa da mesa, cheia de louça ainda por guardar, foi diretamente para o fogão.

Simon, seu cão, estava todo esticado no chão da cozinha. Sua cauda bateu repetidas vezes sobre o piso assim que avistou o dono. Ethan começou a preparar o café e agradou o retriever coçando distraidamente a sua cabeça.

O sonho que estava tendo no momento em que acordou voltou-lhe à memória. Ele e seu pai trabalhavam no barco de pesca, verificando as armadilhas para caranguejos. Estavam apenas os dois. O sol estava muito forte, ofuscante e quente, e a água mostrava-se parada, quase espelhada. Tudo parecia tão vívido, lembrava agora, que ele sentiu até mesmo os cheiros de peixe, água e suor.

A voz de seu pai, tão querida, fez-se ouvir acima do ruído do motor e dos guinchos das gaivotas.

— Eu sabia que vocês três tomariam conta de Seth.

— Mas o senhor não precisava morrer só para testar isso. — Havia ressentimento no tom de voz de Ethan, uma raiva reprimida que ele não se permitira admitir nem colocar para fora quando acordado.

— Bem, também não era essa a minha ideia — disse Ray com a voz leve enquanto selecionava alguns caranguejos, tirando-os de dentro da armação de arame que Ethan levantara da água com um gancho. Suas luvas de cor

laranja, típicas de pescador, brilhavam ao sol. — Pode acreditar em mim!...
Olhe só, aqui, nessa armação, tem alguns já no ponto para ir para a panela,
mas também está cheio daquelas fêmeas miudinhas.

Ethan olhou para a armadilha cheia de caranguejos e automaticamente
percebeu o tamanho e o número dela. Só que não era o total de caranguejos
que importava. Não ali, não naquele momento.

— Quer que eu confie no senhor, pai, mas não me dá explicações.

Ray olhou para trás, levantando o boné vermelho que usava sobre a
dramática juba prateada. O vento despenteou-lhe os cabelos e sacudiu a
caricatura de John Steinbeck estampada em sua camiseta já esgarçada, que
se abriu ainda mais sobre o seu peito largo. O grande escritor americano
segurava um cartaz em que se oferecia para trabalhar por um prato de
comida, mas não parecia muito feliz com isso.

Contrastando com ele, Ray Quinn brilhava, cheio de saúde e energia,
com as bochechas rudes cobertas de rugas que pareciam celebrar o espírito
pleno e contente de um homem vigoroso de sessenta e poucos anos, ainda
com muito tempo de vida pela frente.

— Você vai ter de descobrir o seu próprio caminho e suas próprias
respostas. — Sorriu para Ethan, com os olhos brilhantes e muito azuis,
e Ethan notou as rugas se acentuarem ao redor deles. — Tudo tem mais
valor desse jeito, filho. Tenho orgulho de você.

Ethan sentiu a garganta queimar de emoção e o coração se apertar. Com
naturalidade, tornou a colocar iscas numa das armações recém-esvaziadas,
e então observou as boias que as sinalizavam, também em cor laranja,
flutuarem sobre a água. Perguntou então:

— O senhor tem orgulho de mim por quê?

— Por ser como você é. Por ser simplesmente Ethan.

— Eu devia ter vindo ficar com o senhor mais vezes. Não devia tê-lo
deixado tão sozinho no final.

— Isso é besteira! — Agora, a voz de Ray parecia irritada e impaciente. —
Eu não era nenhum velho inválido. Vou ficar muito irritado se você pensar
em mim desse jeito e começar a se culpar por não tomar conta de mim,
pelo amor de Deus! Do mesmo jeito que tentou culpar Cam por ir viver
a vida dele na Europa e até mesmo Phillip por se mudar para Baltimore.
Pássaros saudáveis abandonam o ninho dos pais e cuidam de si mesmos.
Sua mãe e eu criamos pássaros saudáveis.

Antes de Ethan conseguir falar, Ray levantou a mão. Era um gesto tão típico dele, o professor querendo provar um ponto de vista sem aceitar interrupções, que Ethan teve de sorrir.

— Você sentiu saudade deles — continuou Ray. — Por isso, se mostrou tão revoltado com ambos. Eles se foram, você ficou, e sentiu falta de tê-los por perto. Pois bem, agora você os tem de volta, não tem?

— Parece que sim.

— Arrumou uma cunhada muito bonita, está dando início a um negócio promissor para construção de barcos e ainda tem tudo isso... — Ray esticou o braço e o girou, exibindo a água, as boias das armadilhas, a vegetação aquática que apontava acima da superfície, muito verde e brilhante e em cujas bordas uma solitária garça permanecia completamente imóvel, como um marco de mármore. — E, dentro de você, existe uma coisa da qual Seth necessita muito... paciência. Acho que você é até paciente demais em certos aspectos.

— Como assim? O que está querendo dizer?

—Existe algo que você não tem, Ethan, e do qual precisa. — Ray suspirou compassadamente. — Você anda circulando em volta do que quer e oferecendo desculpas a si mesmo, sem mover uma palha para conseguir. Se não correr atrás disso bem depressa, filho, vai tornar a perder a chance.

— Do que você está falando? — Ethan encolheu os ombros e manobrou o barco até chegar à boia seguinte. — Já tenho tudo do que preciso e tudo o que quero.

— Então não se pergunte o que está faltando, pergunte quem. — Ray estalou a língua e, em seguida, deu uma sacudida no ombro do filho. — Acorde, Ethan!

— E, então, ele acordou, sentindo ainda a estranha sensação da mão grande e familiar sobre o ombro.

Mesmo assim, pensou, refletindo sobre tudo aquilo enquanto tomava a primeira xícara de café, continuava sem ter as respostas.

Capítulo Um

— Conseguimos pegar alguns com casca bem fina, capitão. — Jim Bodine escolhia os caranguejos da armação, atirando os mais comerciáveis dentro do tanque do barco. Não se incomodava com as pinças barulhentas dos bichos, e as cicatrizes em suas mãos calejadas estavam ali para provar isso. Usava as tradicionais luvas grossas exigidas pela profissão, mas, como qualquer pescador de caranguejos sabia, elas se gastavam muito depressa. E se houvesse *um* buraquinho que fosse nelas, por Deus, algum caranguejo iria encontrá-lo.

Jim trabalhava de forma contínua, com as pernas bem abertas para manter o equilíbrio no barco que balançava e os olhos escuros semicerrados em um rosto muito castigado pela idade, pelo sol e pela experiência de vida. Tanto podia ter cinquenta quanto oitenta anos, e Jim não se importava nem um pouco em qual das idades as pessoas o encaixavam.

Sempre se dirigira a Ethan chamando-o de capitão e raramente falava mais de uma frase de cada vez.

Ethan alterou o curso do barco em direção à armadilha seguinte, com a mão direita empurrando o leme em forma de bastão que a maioria dos pescadores preferia usar em vez do timão. Ao mesmo tempo, operava o acelerador e as alavancas do motor com a mão esquerda; havia sempre pequenos ajustes a serem feitos a cada passo ao longo da linha onde ficavam enfileiradas as armadilhas.

A baía de Chesapeake podia ser muito generosa às vezes, mas também tinha seus caprichos e, não raro, fazia os homens trabalharem muito em busca de suas dádivas.

Ethan conhecia a baía tão bem quanto a si mesmo. Às vezes, lhe parecia que conhecia aquelas águas até mais, pois sentia o temperamento inconstante e os movimentos imperceptíveis do maior estuário do continente antes mesmo de qualquer outra pessoa. A baía se espalhava por mais de trezentos quilômetros ao longo do litoral, do norte ao sul, embora medisse apenas seis quilômetros ao passar ao largo de Annapolis e quase cinquenta junto à foz do rio Potomac, famoso por banhar a cidade de Washington. St. Christopher ficava agradavelmente situada na porção sul do litoral do estado de Maryland, dependia muito da generosidade da baía e praguejava contra suas inconstâncias.

As águas de Ethan, que ele considerava seu lar, eram pontuadas por áreas pantanosas e cortadas por inúmeros rios rasos que formavam curvas abruptas, serpenteando por densas florestas de eucaliptos e carvalhos.

Era um mundo cheio de riachos agitados que, de súbito, se acalmavam nas águas mais rasas, onde pés de aipos-do-pântano e plantas esfiapadas semelhantes a algas deitavam raízes.

Aquilo se transformara no seu mundo, com suas estações mutantes, súbitas tempestades e sempre, sempre, os sons e cheiros da água.

Com um sentido de tempo muito desenvolvido, ele agarrou a vara com ganchos na ponta e, com um movimento adquirido através de muita prática, ligeiro e ao mesmo tempo suave como o de um balé, enganchou a linha-guia e a levantou para trazer a armação de arame para fora.

Em segundos, a armadilha surgiu acima da linha-d'água, cheia de plantas aquáticas, pedaços de iscas velhas e lotada de caranguejos.

Viu as pinças em um tom de vermelho brilhante das fêmeas adultas e os olhos mal-humorados dos machos.

— Boa leva de caranguejos! — Era tudo o que Jim tinha a dizer enquanto continuava a trabalhar, içando a armação para dentro do barco como se ela pesasse apenas alguns gramas em vez de muitos quilos.

A água estava agitada naquele dia e Ethan conseguia sentir o cheiro de uma tempestade que se aproximava. Movimentava os controles com os joelhos quando precisava das mãos para outras tarefas. E olhou as nuvens começarem a se agrupar no céu, lá para os lados do oeste.

Havia tempo bastante, avaliou, para continuar seguindo a linha das armadilhas até o centro do canal, a fim de ver quantos caranguejos mais haviam se esgueirado para dentro das armações. Ethan sabia que Jim estava interessado em uma grana extra, e ele próprio também precisava de tudo o que pudesse conseguir para manter respirando o negócio da construção de barcos que ele e seus irmãos haviam inaugurado.

Ainda temos bastante tempo, refletiu, enquanto Jim recolocava as iscas na armação, enchendo-a de partes de peixe recém-descongeladas e soltando-a de volta na água. Com a rapidez de um sapo que pulava, Ethan enganchou a boia seguinte.

O esguio cão retriever de Ethan, Simon, estava alerta, parado, com as patas da frente sobre a amurada e a língua para fora. Como seu dono, raramente se sentia mais feliz do que quando estava no mar.

Os dois homens trabalhavam em harmonia, perfeitamente coordenados e quase em total silêncio, comunicando-se com grunhidos e um levantar de ombros, soltando ocasionalmente uma ou outra praga. O trabalho se transformava em uma espécie de conforto sempre que os caranguejos chegavam em tão grande quantidade. Havia certos anos em que isso não acontecia, anos em que parecia que o rigoroso inverno matara toda forma de vida, dando a impressão de que aquelas águas jamais voltariam a es-quentar o suficiente para atrair os peixes e caranguejos.

Em anos ruins como aqueles, os homens que se dedicavam à pesca sofriam muito... a não ser que tivessem outra forma de ganhar dinheiro. Ethan pretendia ter uma, construindo barcos.

O primeiro barco das Embarcações Quinn já estava quase pronto. E que beleza ele era!, pensou Ethan. Cameron já conseguira um segundo cliente: um sujeito rico que conhecera em seus dias de piloto de barcos na Europa, de modo que eles já iam emendar a construção da segunda encomenda logo em seguida. Ethan jamais duvidara de que o seu irmão, com seus contatos, serviria para atrair clientes e dinheiro de forma constante.

Eles conseguiriam ser bem-sucedidos, disse a si mesmo, por mais que Phillip vivesse levantando possíveis obstáculos, reclamando muito e pre-vendo dificuldades.

Olhou para o sol e calculou o tempo que levariam para terminar, en-quanto as nuvens velejavam sobre o céu de forma lenta, porém constante, indo para o leste.

— Vamos parar aqui por hoje, Jim.

Já estavam na água há oito horas, um dia de trabalho bem curto. Mas Jim não reclamava de nada. Sabia que a volta antecipada não se devia tanto à tempestade que se aproximava.

— O menino já deve ter voltado da escola a essa hora — comentou Jim enquanto Ethan pilotava o barco de volta, trazendo-o pelo canal.

— É... — Embora Seth fosse autossuficiente o bastante para ficar em casa sozinho por algum tempo à tarde, Ethan não gostava de brincar com o destino. Um menino de dez anos com o temperamento de Seth era um ímã para as encrencas.

Quando Cam voltasse da Europa, dentro de umas duas semanas, dividiriam os cuidados com Seth entre eles. Por ora, porém, o menino era responsabilidade exclusiva de Ethan.

As águas na baía começaram a se encapelar, assumindo um tom de cinza metálico, refletindo o céu, mas nem os homens nem o cão se preocuparam com a agitada cavalgada que levava o barco a subir nas cristas das ondas para depois despencar em vales profundos. Simon se colocara na proa agora, com a cabeça levantada e as orelhas balançando ao vento, e parecia sorrir. Ethan construíra o barco sozinho e sabia que ele ia conseguir chegar bem ao porto. Tão confiante quanto o cão, Jim foi até a proteção da parte coberta e, colocando as mãos em concha, acendeu um cigarro.

O pequeno porto em St. Chris estava cheio de turistas que circulavam à beira d'água. Os dias que amanheciam mais cedo em junho os atraíam em grandes levas para fora da cidade grande, convidando-os a vir dirigindo até ali desde os subúrbios de Washington e Baltimore. Ethan imaginava que, para eles, a pequena cidade de St. Christopher era exótica, com suas ruas estreitas, casinhas feitas de tábuas horizontais e lojas minúsculas. Gostavam de ver os dedos dos pescadores de caranguejo voando, ágeis, ao lidar com eles, e adoravam comer as casquinhas folhadas feitas com carne de caranguejo ou contar aos amigos que experimentaram uma sopa de caranguejos fêmeas. Ficavam nas pequenas pousadas. St. Chris tinha orgulho de ostentar nada menos do que quatro desses pequenos estabelecimentos hoteleiros, e os visitantes gastavam dinheiro também nos restaurantes e nas lojas de lembranças.

Ethan não se incomodava com eles. Nos períodos em que a baía era escassa em peixe e caranguejos, era o turismo que mantinha a cidade viva. Além disso, Ethan achava que, em algum momento, vários daqueles mesmos turistas poderiam resolver que possuir um veleiro de madeira feito de forma artesanal era o grande desejo de seus corações.

O vento aumentou de intensidade no momento em que Ethan atracou nas docas. Jim pulou do barco como um autômato, a fim de segurar as cordas, com as pernas curtas e o corpo atarracado emprestando-lhe a aparência de um sapo saltador que usava imensas botas brancas de borracha e um boné de receptador de beisebol muito ensebado.

Ao sinal imperceptível de Ethan, Simon sentou-se, obediente, e ficou no barco enquanto os homens trabalhavam para descarregar o que apanharam durante todo o dia, o vento fazendo o toldo verde desbotado do barco drapejar. Ethan viu quando Pete Monroe caminhou na direção deles, com os cabelos grisalhos esmagados sob um boné com a aba toda amassada e o corpo musculoso coberto por calças cáqui largas e uma camisa xadrez com fundo vermelho.

— Bom movimento hoje, Ethan.

Ethan sorriu. Gostava bastante do Sr. Monroe, embora o sujeito tivesse uma forte tendência para a avareza. Administrava o depósito de caranguejos Monroe com mãos de ferro e punhos bem fechados. Por outro lado, pelo que Ethan sabia, todas as pessoas que dirigiam um depósito como o dele reclamavam dos poucos lucros.

Ethan colocou a aba do próprio boné para trás e coçou a nuca, no lugar em que o suor escorria pelos cabelos úmidos.

— É... foi um movimento razoável — concordou.

— Vocês voltaram cedo hoje.

— Vem vindo um temporal.

Monroe concordou com a cabeça. Seus funcionários responsáveis pela preparação dos caranguejos para venda, que haviam estado trabalhando debaixo dos toldos listrados, já se preparavam para entrar no depósito. A chuva ia fazer com que os turistas entrassem também, Monroe sabia, para beber café ou comer sorvetes de casquinha. E, já que ele também era dono de metade das lanchonetes e sorveterias em frente ao porto, não se importava.

— Parece que você conseguiu pescar mais de duas toneladas de caranguejo hoje.

Ethan deixou o sorriso se alargar. Alguns diriam que havia uma pontinha de inveja na observação. Mas Ethan não se sentia insultado com essas coisas, apenas surpreso.

— Quase três, eu calculo. — Ethan sabia o valor de mercado, até o último grama, mas sabia também que eles iriam, como sempre, negociar. Sendo assim, pegou o seu charuto para negociações, acendeu-o e pôs-se a trabalhar.

Os primeiros pingos grossos de chuva começaram a cair quando ele ligou o motor do barco e se colocou a caminho de casa. Avaliou que conseguira um preço justo pelos caranguejos, que chegaram a 2,8 toneladas. Se o resto do verão fosse tão bom assim, ele iria começar a considerar a ideia de instalar mais umas cem armações no próximo ano e, talvez, montar uma tripulação maior, com novos auxiliares, contratando-os em regime de meio expediente.

Colher ostras na baía de Chesapeake já não era um negócio tão bom como no passado, pois os parasitas aquáticos haviam acabado com muitas delas, o que tornava os invernos mais difíceis. Algumas boas temporadas de caranguejo, agora, eram tudo do que ele precisava para empregar a maior parte dos lucros no novo negócio de barcos e também para ajudar a pagar os honorários do advogado. Seus lábios se apertaram diante desse pensamento enquanto seguia com o barco acima do mar, inchado e batido pelas ondas, em direção à sua casa.

Não era certo eles precisarem de um advogado. Não deveriam se ver obrigados a pagar uma fortuna a um cara com lábia, vestido em roupas bonitas, só para limpar o nome do seu pai. Pelo menos, porém, aquilo serviria para calar os cochichos que circulavam pela cidade. As fofocas só teriam fim quando o povo achasse algo mais suculento para sugar do que as mentiras sobre a vida e a morte de Ray Quinn.

E sobre o menino também, refletiu Ethan, olhando com atenção para as águas, através da chuva que tremulava com o vento e caía com constância. Havia muita gente que gostava de fofocar sobre o menino cujos olhos tinham o mesmo formato e o tom profundamente azul dos de Ray Quinn.

Se falassem de Ethan, nada daquilo importaria. No que dizia respeito a ele, as pessoas podiam falar à vontade pelas suas costas, o quanto quisessem, até as línguas despencarem de suas bocas podres. Mas se importava, e muito, que qualquer pessoa dissesse uma palavra *sequer* que fosse desabonadora para o homem que amara tanto, com cada batida de seu coração.

Assim, trabalharia até ficar com as mãos dormentes, se fosse preciso, só para pagar o advogado. E faria tudo o que fosse possível para manter a guarda definitiva da criança.

Um trovão sacudiu o céu, ecoando na superfície das águas como um tiro de canhão. A luz diminuiu e o dia quase se transformou em noite enquanto as nuvens escuras se esgarçavam e despejavam pesadas camadas de chuva grossa. Mesmo assim, ele manteve o ritmo, sem correr, até aportar no píer que ficava nos fundos da casa. Ficar um pouco mais encharcado do que já estava não iria matá-lo.

Como que concordando com o sentimento do dono, Simon pulou na água e foi nadando até a margem, enquanto Ethan amarrava as cordas do barco. Pegou a sua marmita e, com as botas de pescador cheias de água fazendo barulho foi caminhando pela doca em direção à casa.

Tirou as botas na varanda da frente. Sua mãe já lhe arrancara o couro vezes sem conta quando ele era mais novo por entrar com os calçados molhados e enlameados em casa, e se descalçar na entrada acabou se tornando um hábito. Apesar disso, não fez nada para impedir o cão ensopado de avançar porta adentro, na sua frente.

Até reparar no chão que brilhava e nos balcões da cozinha, imaculadamente limpos.

Merda!, foi a única palavra que veio à sua cabeça ao ver as pegadas do cão pelo piso e ouvir seu alegre latido de saudação. Ouviu-se um grito, mais latidos e, depois, risos.

— Mas você está todo encharcado! — A voz feminina era baixa, suave e divertida. Mas era também muito firme e autoritária, e fez Ethan se encolher de culpa. — Pode sair, Simon. Fora! Vá se secar na varanda da frente.

Ouviu-se outro grito agudo, gargalhadas de bebê e a risada de um menino para acompanhar. A turma está toda aí, pensou Ethan, secando os cabelos molhados com as mãos. No instante em que ouviu o som de passos vindo em sua direção, foi direto para o armário de vassouras, a fim de pegar um esfregão.

Normalmente, ele não se movia com tanta rapidez, mas, quando necessário, o fazia.

— Ah, Ethan!... — Grace Monroe estava em pé, com as mãos apoiadas nos quadris estreitos, olhando para ele com ar desolado e então para as pegadas no chão recém-encerado.

— Vou limpar tudo. Desculpe! — Reparou que o esfregão ainda estava úmido e resolveu que o melhor a fazer era não encará-la. — Acho que eu não me toquei, estava distraído — resmungou ele, enchendo um balde no tanque. — Não sabia que você ia passar por aqui hoje, Grace.

— Ah, quer dizer que você solta o cachorro e o deixa correr pela casa toda, sujando o piso encerado, quando eu não passo por aqui?

— É que o chão estava imundo quando saí para trabalhar de manhã — e levantou um ombro —, e achei que deixá-lo um pouco molhado não ia fazer diferença. — Então relaxou um pouco. Parecia que ele sempre levava alguns minutos a mais para relaxar quando se via junto de Grace. — Se eu soubesse que você estava aqui para brigar comigo por causa disso, garanto que deixaria Simon lá fora, na varanda.

Ele já estava sorrindo ao levantar a cabeça, virando-se para ela, e Grace soltou um suspiro, dizendo:

— Ah, me dê esse esfregão aqui, deixe que eu faço isso!

— Não, não! O cachorro é meu, e a sujeira também. Deixe que eu limpo. Estou ouvindo a risada da Aubrey.

Descontraída, Grace se recostou no portal. Estava cansada, mas isso não era incomum. Também trabalhara por mais de oito horas naquele dia. E ainda ia trabalhar mais quatro no bar do Shiney à noite, servindo drinques.

Algumas vezes, ao voltar para casa e se arrastar para a cama, Grace podia jurar que ouvia seus pés gritarem de protesto.

— Seth está cuidando dela para mim. Eu precisei trocar os dias de faxina desta semana. A Sra. Lynley me ligou hoje de manhã e perguntou se eu poderia limpar a casa dela amanhã, porque sua sogra telefonou de Washington e se convidou para jantar. Ela costuma dizer que a sogra é o tipo de mulher que encara uma molécula de poeira sobre um móvel como um pecado mortal contra Deus e contra os homens. Achei que vocês não iam se importar se eu fizesse todo o serviço hoje em vez de ter que voltar amanhã.

— Você pode encaixar a limpeza desta casa onde for melhor nos seus horários, Grace, que ainda assim continuaremos sendo gratos.

Ethan a observava com o canto do olho, enquanto passava o esfregão. Ele sempre a considerara uma coisinha linda. Parecia uma égua palomino, com porte elegante, toda dourada e com pernas compridas. Picotara o cabelo todo e o deixara bem curto, parecendo um corte de menino, mas ele gostava da forma como adornava a sua cabeça bem-feita, como se fosse um boné brilhante com franjas na ponta.

Grace era tão magra quanto essas modelos de um milhão de dólares, mas Ethan sabia muito bem que sua silhueta comprida e esbelta não era motivada pela moda. Ela sempre fora uma menina magricela e meio desengonçada, como ele bem lembrava. Já tinha sete ou oito anos quando ele chegara a St. Chris e fora morar com os Quinn. Imaginava que devia estar com uns vinte e poucos agora, e "magricela" e "desengonçada" haviam deixado de ser as palavras mais adequadas para ela.

Parecia um salgueiro esguio e gracioso, pensou ele, quase vermelho de vergonha.

Ela sorriu para ele e seus olhos verdes de sereia lhe transmitiram calor, junto com as sardas claras que flertavam em suas bochechas. Por motivos que não saberia explicar, achava interessante observar um homem tão forte e saudável manejando um esfregão.

— Você teve um bom dia, Ethan?

— Muito bom. — Ele fez um trabalho completo no piso. Era um homem meticuloso. Então, foi novamente até o tanque para enxaguar o balde e o esfregão. — Forneci um monte de caranguejos para o seu pai.

À menção do nome de seu pai, o sorriso de Grace diminuiu um pouco. Havia certa distância entre eles desde que ela engravidara de Aubrey e se casara com Jack Casey, o homem ao qual seu pai se referia como "aquele mecânico do norte do estado que não tem onde cair morto".

No fim, seu pai provou que tinha toda a razão sobre Jack. O sujeito a abandonara com uma mão na frente e a outra atrás um mês antes de Aubrey nascer. E levara suas economias, o carro e a maior parte de sua autoestima junto com ele.

Mas ela conseguira superar tudo, Grace lembrou a si mesma. E estava indo muito bem. E queria continuar assim, indo bem, mas por conta própria, sem precisar de um centavo de sua família, mesmo que tivesse de trabalhar até morrer para isso.

Ouviu Aubrey rir novamente, uma gargalhada gostosa, dada com vontade, e seu ressentimento sumiu. Ela possuía tudo o que importava. Estava englobado naquele anjo de cabelos encaracolados e olhos brilhantes que brincava na sala ao lado.

— Vou preparar alguma coisa para o jantar de vocês antes de ir embora.

Ethan se virou e deu mais uma boa olhada nela. Grace andava pegando um pouco de sol, e o tom bronzeado ficava bem nela. Aquecia sua pele. Ela possuía um rosto comprido, que também combinava com o corpo esbelto, embora o queixo tivesse a tendência de parecer empinado e teimoso. Um homem que a olhasse com atenção veria uma loura alta, serena, com um corpo lindo e um rosto que o faria querer ficar olhando para ela por mais algum tempo.

E, se o fizesse, notaria as olheiras sob os olhos grandes e muito verdes e sinais de cansaço na boca macia.

— Não precisa fazer o jantar, Grace. Devia ir para casa e relaxar um pouco. Ainda vai para o bar do Shiney hoje à noite, não vai?

— Vou, mas vai dar tempo. Além do mais, prometi a Seth que prepararia alguns hambúrgueres com *chili*. — Ela se mexeu, um pouco perturbada quando viu que Ethan continuava a olhar fixamente para ela. Há muito tempo, aprendera a aceitar que aqueles olhares longos e pensativos que ele lhe lançava sempre faziam o seu sangue correr mais depressa. Um dos pequenos problemas da vida, ela imaginava. — O que foi? — quis saber, e esfregou a mão no rosto, como se esperasse limpar alguma mancha.

— Nada. Bem, é que, já que você vai cozinhar, é melhor ficar por aqui e nos ajudar a comer tudo.

— Eu bem que gostaria... — Tornou a relaxar e deu um passo para a frente, a fim de pegar o balde e o esfregão das mãos dele para guardá-los no armário. — Aubrey adora ficar aqui, com você e com Seth. Por que não entra e fica com eles, Ethan? Eu ainda tenho um pouco de roupa para pendurar, e logo depois começo a preparar o jantar.

— Vou lhe dar uma mãozinha.

— Não, não vai não, não precisa! — Era outra questão de honra para ela. Eles lhe pagavam para trabalhar, então era *ela* que trabalhava, fazendo todo o serviço. — Vá para a sala e não se esqueça de perguntar a Seth sobre o teste de matemática que ele recebeu de volta, corrigido.

— Como é que ele foi?

— Ganhou mais um conceito A. — E ela piscou, enxotando Ethan dali. Seth tinha um cérebro maravilhoso, pensou enquanto se dirigia à lavanderia, do lado de fora da cozinha. Se ela tivesse uma cabeça assim, tão boa para números e para outras matérias úteis e práticas quando era mais nova, não teria passado pela escola tão avoada.

Teria se qualificado em alguma coisa, algo realmente importante, que não fosse servir drinques, fazer faxinas na casa dos outros ou pegar caranguejos. Teria uma carreira para seguir quando se viu sozinha e grávida, com todas as esperanças de fugir para Nova York, a fim de virar bailarina, estilhaçadas como um vidro atingido por pedras.

Aquele havia sido um sonho tolo, de qualquer modo, disse a si mesma enquanto esvaziava a secadora e passava as roupas ainda molhadas da lavadora para dentro dela. Um sonho delirante, como sua mãe dizia. O fato, porém, é que, enquanto crescia, havia apenas duas coisas que Grace desejava ter de verdade na vida: a dança e Ethan Quinn.

Jamais conseguira uma delas.

Suspirou de leve, apertando o lençol macio e perfumado que pegara no cesto de roupas de encontro à bochecha. O lençol de Ethan... ela o tirara de sua cama naquele dia. Conseguira sentir o cheiro dele no lençol e, por um ou dois minutos, se permitira um devaneio sobre como teria sido se Ethan a quisesse e se ela tivesse dormido com ele sobre aqueles lençóis.

Só que sonhar não ajudava a dar conta do trabalho, nem pagar o aluguel, nem comprar as coisas das quais sua pequena garotinha precisava.

Rapidamente, começou a dobrar os lençóis, colocando-os com todo o cuidado sobre a lavadora barulhenta. Não havia vergonha alguma em ganhar a vida limpando casas ou servindo drinques. De qualquer modo, ela era muito boa nas duas tarefas. Era uma pessoa útil, e as pessoas precisavam de seus serviços. Isso já era bom o bastante.

Certamente, ela não fora tão útil ou necessária para o homem com o qual ficara casada por tão pouco tempo. Se eles se amassem, se tivessem se amado de verdade, as coisas teriam sido diferentes. Para ela, tudo se resumira em uma carência desesperada para sentir que pertencia a alguém, uma vontade de se sentir amada e desejada como mulher. Para Jack... Grace balançou a cabeça. Ela honestamente não tinha a menor ideia do que representara para Jack.

Foi um caso típico de atração, apenas, supunha, que acabou resultando na concepção de um bebê. Grace sabia que Jack acreditava estar fazendo a coisa certa e honrada ao levá-la ao Palácio da Justiça para permanecer ao lado dela, diante de um juiz de paz, naquele dia gélido de outono, a fim de proclamar votos e fazer promessas.

Jamais a maltratara. Jamais chegara em casa bêbado, nem fora mau, nem batia nela como ela sabia que alguns homens faziam com mulheres que não queriam. E também não saía atrás de outras mulheres, pelo menos não que ela soubesse. Grace, porém, reparara que, à medida que Aubrey ia crescendo dentro dela e fazendo sua barriga ficar cada vez mais redonda, um olhar de pânico foi tomando conta do rosto de Jack.

Até que, um belo dia, ele simplesmente desapareceu sem dizer uma palavra.

O pior de tudo, Grace pensava agora, é que ela chegou a se sentir aliviada.

Se Jack lhe servira de alguma coisa, foi para forçá-la a crescer e tomar as rédeas da própria vida. E o presente que lhe deixara, a pequena Aubrey, valia muito mais do que todas as estrelas do céu.

Acomodando a roupa bem dobrada em uma cesta, apoiou-a no quadril e foi para a sala da frente.

Ali estava o seu tesouro, com os cabelos louros e cacheados pulando, e o rosto lindo com bochechas rosadas aceso de alegria, sentada no colo de Ethan e balbuciando palavras que ainda estava aprendendo.

Com dois anos, Aubrey Monroe se parecia com um dos anjos de Botticelli, toda rosa e dourada, com olhos verdes muito brilhantes e duas covinhas no rosto, dentes de gatinha e mãos com dedos longos. Embora conseguisse decifrar apenas metade de seu tatibitate, Ethan concordava com tudo, olhando para ela bem sério.

— E o que foi que Bobalhão fez, então? — perguntou ele ao descobrir que ela estava contando uma história sobre o cãozinho de Seth.

— Lambeu minha cara! — Com um sorriso nos olhos, ela levantou as duas mãozinhas e as esfregou sobre as bochechas. — Me lambeu toda! — Sorrindo, emoldurou o rosto de Ethan entre as mãos e repetiu uma brincadeira que adorava fazer com ele: —Ai!... — berrou ela, dando risadinhas enquanto passava a mão em sua barba. — Espeta!

Levando a brincadeira adiante, ele esfregou os dedos de leve sobre as bochechas dela e então puxou a mão para trás depressa, reclamando:

— Ai! Seu rosto também espeta!

— Não! Só a sua!

— Não! — E a puxou mais para perto dele, cobrindo-a de beijos estalados enquanto ela se retorcia toda de alegria. — A sua também!

Rindo às gargalhadas agora, ela se desvencilhou do colo dele e mergulhou em cima do menino que estava esparramado no chão, dizendo:

— Cadê a barba do Seth? —Ela cobriu o rosto do menino de beijos melados. Sua masculinidade exigiu que ele recuasse o corpo com ar de estranheza e reclamando:

— Puxa, Aub, dá um tempo! — Para distraí-la, pegou um de seus carrinhos de brinquedo e passou com ele ao longo de seu braço. — Agora, você é uma pista de corrida.

Os olhos da menina brilharam com a emoção da nova brincadeira. Agarrando o carrinho, ela o fez correr com as pequenas rodinhas por sobre todo o corpo de Seth, de modo bem menos delicado e seguindo qualquer caminho que conseguisse.

— Foi você que começou, meu chapa — avisou Ethan a Seth, simplesmente rindo quando Aubrey subiu e pisou na coxa do menino, tentando alcançar o seu outro ombro.

— Pelo menos isso é melhor do que ficar todo babado — argumentou Seth, mas levantou o braço por instinto para evitar que Aubrey levasse um tombo.

Por alguns momentos, Grace simplesmente ficou ali observando. O homem relaxado em sua grande poltrona, sorrindo para as crianças. As crianças em si, com as cabeças juntas, uma delicada e coberta por cachos dourados e a outra com cabelos em desalinho e alguns tons mais escuros.

O menino perdido, pensou, e seu coração se comoveu, como acontecera desde a primeira vez em que o vira. Ele, finalmente, encontrara o caminho de um lar.

Sua garotinha preciosa. Quando Aubrey era ainda apenas uma bolha trêmula em seu útero, Grace prometera a si mesma acalentá-la, protegê-la e amá-la muito. Ela sempre teria um lar.

E o homem que também, um dia, fora um menino perdido, que entrara nos sonhos de garota de Grace muitos anos antes e jamais saíra deles na verdade. Ele conseguira construir um lar.

A chuva tamborilava no telhado e a televisão estava em volume baixo, como se murmurasse coisas sem importância. Os cães dormiam na varanda da frente e um vento úmido soprava através da porta telada.

Grace ansiou por coisas pelas quais sabia que não deveria ansiar. Sentiu vontade de colocar a cesta de roupa no chão, ir até onde Ethan estava e se sentar em seu colo... sentir-se bem-vinda ali, talvez até mesmo esperada. Teve vontade de fechar os olhos, nem que fosse por um breve instante, e se sentir parte de tudo aquilo.

Em vez disso, retraiu-se, sentindo-se incapaz de colocar os pés na sala e invadir aquela tranquila e preguiçosa harmonia. Voltou para a cozinha, onde as lâmpadas fluorescentes eram mais brilhantes a ponto de fazer a vista doer. Chegando lá, colocou a cesta em cima da mesa e começou a pegar os ingrediente necessários para preparar o jantar.

Quando Ethan entrou, alguns instantes depois, à procura de uma cerveja, ela já estava preparando um pedaço de carne para ir para a panela, fritava batatas em óleo de amendoim e já havia uma salada a caminho.

— O cheiro está ótimo! — comentou ele, permanecendo ali de pé, meio sem graça, por um minuto. Já não estava mais acostumado a ter alguém cozinhando para ele há anos, muito menos uma mulher. Seu pai sempre se sentira à vontade na cozinha, mas sua mãe... eles sempre ficavam de gozação com ela, dizendo que não importava o que ela preparasse, era sempre necessária toda a sua perícia médica para fazê-los sobreviver à refeição.

— A comida vai ficar pronta em meia hora, talvez menos. Espero que você não se incomode de jantar cedo. Ainda preciso deixar Aubrey em casa, dar um banho nela e, depois, me aprontar para o trabalho.

— Eu nunca me importei de comer, especialmente quando não sou eu que estou cozinhando. E, para falar a verdade, eu ainda quero trabalhar no nosso galpão por umas duas horas hoje.

— Ah. — Ela se virou para ele, soprando a ponta da franja. — Você devia ter me avisado, eu teria corrido um pouco mais com as coisas.

— Não, não, o seu ritmo está ótimo para mim. — Tomou um gole da cerveja e ofereceu: — Você quer beber alguma coisa?

— Não, obrigada. Estava pensando em usar aquele molho de salada que Phillip inventou. Está com uma cara muito melhor do que o comprado pronto.

A chuva estava diminuindo, consumindo-se e transformando-se em uma garoa fina, através da qual o sol tentava penetrar. Grace olhou para o lado de fora pela janela. Ela vivia com esperanças de ver um arco-íris.

— As flores da Anna estão se dando muito bem — comentou. — Essa chuva é boa para elas.

— É sim, e evita que eu fique por aí, arrastando a mangueira para regá-las. Anna ia colocar minha cabeça a prêmio se eu as deixasse morrer enquanto ela está fora.

— Não posso culpá-la. Ela trabalhou com tanto empenho para conseguir aprontar o jardim antes do casamento. — Enquanto falava, Grace se desincumbia muito bem de seus afazeres, trabalhava depressa e de forma competente, tirando as batatas prontas com uma escumadeira e colocando mais no óleo que chiava alegremente. — Foi um casamento tão bonito! — continuou, colocando um pouco de tempero na carne dentro de uma tigela.

— É, deu tudo certo mesmo... tivemos sorte de o tempo ter colaborado.

— Ah, mas não podia ter chovido em um dia como aquele! Seria um pecado! — Grace conseguia rever tudo naquele instante, de forma clara. O verde forte da grama do quintal, a água do rio que brilhava. As flores que Anna plantara e que já estavam florescendo, enchendo tudo de cores, além das que ela comprara, que transbordavam dos vasos e cestas enfileirados ao longo do pequeno caminho que a noiva percorrera, até se encontrar com o noivo.

Seu vestido branco drapejando ao vento, o finíssimo véu que parecia acentuar ainda mais os olhos escuros e delirantes de felicidade. As cadeiras haviam sido completamente ocupadas por amigos e familiares. Os avós de Anna haviam chorado de emoção. E Cam, o rude e agitado Cameron Quinn, olhara para a sua noiva como se tivesse acabado de receber as chaves do paraíso.

Um casamento no jardim dos fundos, pensava Grace naquele momento. Doce, simples, romântico... perfeito!

— Anna é a mulher mais bonita que já encontrei em toda a minha vida — disse Grace, com um suspiro que parecia ser tocado apenas de leve por uma pincelada de inveja. — Uma beleza morena e exótica.

— Ela combina com Cam.

— Os dois juntos pareciam astros de cinema, arrumados e brilhantes — disse e sorriu para si mesma, enquanto mexia e remexia um pouco o molho temperado que despejara sobre a carne. — Quando você e Phillip tocaram aquela valsa para a primeira dança deles foi a coisa mais romântica que eu vi em toda a minha vida. — Ela suspirou mais uma vez, enquanto acabava de preparar a salada. — E agora estão em Roma. Mal dá para imaginar.

— Eles telefonaram ontem de manhã, bem cedinho, para conseguir me pegar ainda em casa. Contaram que estavam se divertindo muito.

Grace riu ao ouvir aquilo, um som trepidante e denso que parecia percorrer-lhe a pele enquanto falava:

— Com uma lua de mel em Roma? Seria difícil não estar se divertindo e adorando tudo. — Começou a tirar mais algumas batatas fritas com a escumadeira, xingando baixinho quando um pouco de óleo respingou e atingiu o lado de sua mão. — Droga! — No mesmo instante em que levantava a leve queimadura para levá-la à boca, a fim de fazer diminuir a dor, Ethan deu um pulo e agarrou-lhe a mão.

— Respingou em você? — Ele olhou para a mão de Grace, que já começava a adquirir um tom rosado. — Coloque debaixo da torneira de água fria por alguns instantes.

— Não foi nada. Só uma queimadura de nada... acontece a toda hora.

— Não aconteceria se você tomasse mais cuidado... — Suas sobrancelhas se uniram enquanto ele mantinha os dedos bem firmes para reter a mão de Grace sob a água corrente. — Está doendo?

— Não. — Grace não conseguia sentir mais nada, a não ser sua mão envolvida pelos dedos de Ethan e o seu coração batucando dentro do peito. Pressentindo que estava a um passo de fazer papel de tola, tentou libertar a mão. — Não foi nada, Ethan. Não se incomode!

— Você precisa colocar um pouco de pomada nessa queimadura — disse e começou a procurar no armário da cozinha acima da pia para ver se achava alguma coisa, e sua cabeça se elevou um pouco. Foi quando seus olhos se encontraram com os dela. Ele ficou ali parado, com a torneira aberta sobre as mãos dos dois, encharcadas debaixo da água fria que caía.

Ele jamais tentara se aproximar dela daquela forma. Não assim, tão perto, a ponto de poder enxergar a leve poeirinha dourada que havia sobre seus olhos. Porque tinha certeza de que ia começar a pensar e sonhar acordado com ela, e a refletir a respeito. Então, de repente, obrigou-se a lembrar que aquela era Grace, a menininha que ele vira crescer. A mulher que agora era a mãe de Aubrey. Uma vizinha que o considerava um amigo confiável.

— Você precisa tomar mais cuidado consigo mesma, Grace. — Sua voz estava meio rouca e as palavras pareciam sair através de uma garganta que ficara completamente seca, como se estivesse cheia de poeira. Ela exalava um perfume de limão.

— Eu estou bem, Ethan! — Ela estava morrendo de vergonha, dividida entre uma leve tontura de prazer e um desespero completo. Ele segurava a sua mão como se ela fosse feita de algum tipo fino e frágil de porcelana. E estava com a testa franzida de preocupação, como se ela fosse tão sensível quanto a filhinha de dois anos. — As batatas vão queimar, Ethan.

— Hein? Oh! — Sentindo-se péssimo por ter pensado, ainda que por apenas um segundo, sobre a possibilidade de sua boca ser tão macia e saborosa quanto parecia, ele tirou a mão de cima da dela, depressa, continuando a procurar no armário pela pomada contra queimaduras. Seu coração estava aos pulos e ele detestou aquela sensação. Preferia as coisas calmas e suaves. — Tome, coloque um pouco disso para garantir. — Colocou o tubo de pomada sobre a bancada da pia e deu um passo para trás. — Vou... vou mandar as crianças lavarem as mãos para jantar.

Pegou a cesta cheia de roupas limpas ao sair da cozinha e sumiu.

Com movimentos lentos e deliberados, Grace fechou a torneira e se virou para retirar as batatas antes que ficassem carbonizadas. Satisfeita com o progresso da refeição, pegou a pomada e espalhou um pouco no pequeno ponto avermelhado em sua mão, antes de recolocá-la no mesmo lugar dentro do armário.

Então, encostou-se na pia e tornou a olhar para fora da janela.

Só que não conseguiu avistar nenhum arco-íris no céu.

Capítulo Dois

Não havia nada tão bom quanto um sábado, a não ser o sábado anterior à última semana de aulas, antes das férias de verão. Esse, é claro, era todos os sábados da vida embrulhados em uma grande e brilhante caixa dourada.

Sábado significava passar o dia todo trabalhando no barco de pesca com Ethan e Jim, em vez de ficar enfiado dentro de uma sala de aula. Significava trabalho pesado, sol quente e bebidas geladas. Coisas de homem. Com os olhos à sombra da aba do boné dos Orioles e óculos escuros muito transados que ele comprara em uma de suas idas ao shopping, Seth lançou na água o arpão com gancho para pegar a marca da boia seguinte. Seus músculos jovens flexionavam-se para a tarefa por baixo da camiseta com estampa do *Arquivo X,* que garantia que a verdade está lá fora.

Seth, em seguida, observou Jim fazer o seu trabalho: ele inclinava a armação, desenganchava a tampa do fundo onde ficava a caixa de iscas e sacudia as iscas velhas de volta para a água, atraindo gaivotas que mergulhavam e gritavam como loucas. Aquilo era muito legal, avaliou Seth. Depois, Jim segurava com força a armação, virava-a de cabeça para baixo e a sacudia com violência, fazendo com que os caranguejos ainda presos na parte de cima despencassem no tanque cheio d'água que os aguardava. Seth percebeu que saberia fazer aquilo com facilidade, se realmente estivesse a fim. Não tinha medo de um bando de bichos idiotas só porque eles tinham a aparência de besouros mutantes vindos de Vênus, além de ameaçarem as pessoas com pinças fortes que tinham a tendência desagradável de estalar e beliscar.

Em vez disso, porém, seu trabalho era colocar novas iscas na armação vazia, usando alguns pedaços nojentos de peixe, fechar a caixa de iscas e verificar se não havia obstáculos na linha. Depois, calculava mais ou menos a distância entre os marcadores, e, em seguida, se tudo estivesse em ordem, jogava a armadilha preparada de volta na água. Splash!

Então seguia com o arpão para enganchar a marca da boia seguinte.

Já conseguia diferenciar as fêmeas dos machos. Jim ensinou-lhe que as meninas pintavam as unhas, e, por isso, suas pinças eram vermelhas. Além disso, era fantástica a maneira com que os desenhos em relevo na barriga deles se pareciam realmente com órgãos sexuais. Dava para ver, de cara, que os caranguejos machos tinham uma protuberância em forma de "T" que se parecia muito com um pênis.

Jim já lhe mostrara alguns casais de caranguejos acasalando — ele os chamava de caranguejos em duplicata —, e isso era outra coisa muito interessante. O macho simplesmente se colocava por cima da fêmea, apertava-a com força, segurando-a por baixo dele, e ficavam nadando por toda parte assim, agarrados, às vezes durante dias.

Seth imaginou que eles deviam gostar de fazer aquilo.

Ethan explicou que eles ficavam assim porque já eram casados, e, quando Seth soltou um risinho abafado ao ouvir isso, Ethan levantou uma sobrancelha. Seth acabou ficando intrigado com tudo aquilo, o bastante para ir até a biblioteca da escola e ler tudo sobre caranguejos. E entendeu, de certa forma, o que Ethan queria dizer. O macho protegia a fêmea mantendo-a por baixo dele porque ela só conseguia copular quando estava na última fase da troca de carapaça. Nesse estágio, a pele externa ficava bem macia, e ela ficava muito vulnerável. Depois de terem copulado, o macho continuava carregando-a por toda parte, até que a nova carapaça de sua companheira estivesse totalmente forte e bem dura de novo. E a fêmea só conseguia acasalar uma vez na vida. Então realmente era como estar casada com o macho.

Pensou, naquele momento, no dia em que Cam e a Srta. Spinelli — Anna, lembrou a si mesmo; agora, ele tinha que chamá-la de Anna — haviam se casado. Um monte de mulheres caiu no choro durante a cerimônia, enquanto os caras riam muito e soltavam piadinhas. Todo mundo tratou aquilo como se fosse um grande acontecimento, cheio de flores, música e toneladas de comida. Ele não entendia o porquê de tanto alvoroço. Para ele, casar-se significava apenas que as pessoas podiam transar a qualquer hora que quisessem, e ninguém ia ficar reclamando por causa disso.

Mas até que tinha sido legal. Seth jamais estivera em um evento como aquele. Apesar de Cam tê-lo arrastado até o shopping para obrigá-lo a experimentar ternos, o lance todo, no geral, tinha sido muito bom.

Talvez, algumas vezes, Seth se pegasse um pouco preocupado com a forma como aquilo mudaria as coisas, justamente no momento em que ele já estava começando a se acostumar com o jeito que elas eram. Agora, eles iam ter uma mulher dentro de casa o tempo todo. Mas ele gostava de Anna. Ela tinha sido legal com ele, mesmo quando era apenas uma assistente social. Ainda assim, era uma mulher...

Como sua mãe.

Seth tentou tirar aqueles pensamentos da cabeça. Se começasse a se lembrar da mãe, se pensasse na vida que levara com ela — os homens, as drogas, os quartinhos imundos —, aquilo acabaria estragando o seu dia.

Ele não tivera muitos dias ensolarados em seus dez anos de vida para se arriscar a arruinar um deles.

— Qual é, está tirando um cochilo aí, Seth?

A voz suave de Ethan trouxe Seth de volta à realidade. Piscando um pouco, ele viu o sol brilhando acima da água e as boias de cor laranja flutuando.

— Estava apenas pensando — resmungou Seth, e rapidamente puxou outra boia com o gancho.

— Pois eu não gasto muito tempo pensando — comentou Jim enquanto pegava uma das armadilhas, apoiava-a na amurada do barco e separava os caranguejos. Seu rosto de pele grossa se enrugou ainda mais para formar um sorriso. — Quando a gente pensa demais, o cérebro esquenta...

— Caraca! — exclamou Seth, inclinando-se ligeiramente para analisar os animais recém-capturados. — Aquela ali está trocando de casca, a carapaça está fininha!

Jim soltou um grunhido e levantou um caranguejo que realmente já estava com a carapaça antiga toda rachada.

— Essa aqui, com essa casca fina assim, vai virar sanduíche de caranguejo mole amanhã mesmo. — E piscou para Seth, atirando o animal dentro do tanque. — Quem sabe não sou eu mesmo quem vai comê-la?

Bobalhão, que ainda era muito novo até mesmo para merecer o nome, farejou a armadilha, provocando uma rápida e feroz revolta entre os caranguejos. Enquanto as pinças batiam com força umas contra as outras, o cãozinho deu um pulo para trás, assustado, e soltou um ganido.

— Esse cachorro aí... — comentou Jim, balançando a cabeça —... jamais vai ter que se preocupar com o cérebro esquentar por ele pensar demais.

Mesmo depois de terem levado os caranguejos do dia para o mercado em frente ao cais, esvaziado, lavado o tanque e dispensado Jim, o dia de trabalho ainda não estava terminado. Ethan se afastou dos controles do barco e falou para Seth:

— Ainda vamos ter que passar lá no nosso pequeno estaleiro. Quer levar o barco um pouquinho?

Embora não desse para ver direito os olhos de Seth através dos óculos escuros, Ethan imaginou que a expressão deles combinava com o queixo caído do menino. Quando Seth levantou o ombro como se tal proposta fosse uma ocorrência rotineira, Ethan achou tudo ainda mais divertido.

— Tudo bem, eu levo o barco, sem problemas — respondeu o menino e, com as palmas das mãos muito suadas, pegou o leme.

Ethan ficou por perto, as mãos enfiadas de forma casual nos bolsos, mas com os olhos bem alertas. Havia muito movimento de barcos na água em volta deles. Uma tarde linda como aquela em um fim de semana sempre atraía os turistas que gostavam de velejar pela baía. Eles, porém, não iam navegar por muito tempo até o galpão, e o garoto precisava mesmo aprender a lidar com um barco em algum momento. Não dava para morar em St. Chris sem saber como pilotar um.

— Um pouco mais para estibordo — disse ele a Seth. — Está vendo aquele esquife bem ali? Cuidado com ele, é piloto de fim de semana e vai atravessar bem diante da sua proa se você continuar nessa direção.

Seth apertou os olhos para observar melhor o barco e seus ocupantes sobre o deque, e comentou, com cara de pouco caso:

— É que ele está prestando mais atenção naquela garota de biquíni que está com ele do que na direção do vento.

— Bem, é porque ela fica muito bem de biquíni, ora...

— Não sei o porquê de toda essa importância que os homens dão a peito de mulher...

Verdade seja dita, Ethan não soltou uma gargalhada, como teve vontade de fazer, mas riu de leve e balançou a cabeça em concordância, dizendo:

— Acho que parte disso é pelo fato de nós, homens, não termos peitos.

— Bem, eu pelo menos nem queria ter mesmo.

— Então espere só mais alguns anos — murmurou Ethan, com a voz abafada pelo barulho do motor. E esse pensamento o fez franzir a testa. Como, diabos, eles iam fazer quando o garoto chegasse à puberdade? Alguém teria de conversar com ele a respeito das... coisas da vida. Ele sabia que Seth já tinha um conhecimento sobre sexo muito avançado para a sua idade, mas eram informações apenas sobre o lado sombrio e sórdido. O mesmo conhecimento que ele próprio obtivera também quando era bem pequeno.

Um deles teria de explicar a Seth como as coisas deveriam ser, poderiam ser, e isso tinha que ser feito antes que se passasse tempo demais.

Ethan só torcia para que a pessoa destinada a levar esse papo com Seth não fosse ele.

Ao longe, avistou o galpão, o velho prédio de tijolos aparentes com a doca estalando de nova, construída por ele e seus irmãos. Uma onda de orgulho passou por dentro dele. Talvez a construção não parecesse grande coisa, com seus tijolos esburacados e telhado remendado, mas eles estavam transformando o lugar em algo importante. As janelas viviam empoeiradas, mas eram novas e não estavam mais quebradas.

— Corte o combustível agora e deixe o barco desacelerar. — De forma descontraída, Ethan colocou a mão sobre a de Seth, empunhando os controles. Sentiu o menino se retesar, para logo em seguida relaxar. Ele ainda ficava nervoso quando era tocado por alguém sem esperar, notou Ethan. Aos poucos, porém, aquilo estava passando. — Pronto, isso mesmo! Agora, só mais um pouquinho para estibordo.

Quando o barco aportou, encostando de leve nos pilares da doca, Ethan pulou no píer para pegar as cordas e elogiou:

— Muito bem, bom trabalho! — Acenou com a cabeça para Simon, que já estava se remexendo todo agitado e pulou para fora do barco por cima da amurada. Ganindo freneticamente, Bobalhão ficou indeciso, meio instável, sobre a beirada, hesitou por alguns instantes e, em seguida, imitou o cão maior.

— Passe o isopor para mim, por favor, Seth.

— Talvez eu pudesse pilotar o barco um pouco, quando a gente estiver pegando caranguejos — afirmou Seth, resmungando um pouco, mas finalmente pegando o isopor para entregá-lo a Ethan.

— É, talvez... — Ethan esperou até o menino sair correndo em segurança pelo píer antes de se dirigir para as imensas portas duplas dos fundos do prédio.

Ao chegar lá, já estavam escancaradas e o som forte e comovente de Ray Charles fluía através delas. Ethan colocou o isopor no chão e as mãos nos quadris assim que entrou.

O casco já estava pronto. Cam trabalhara até altas horas para conseguir que toda a base do barco ficasse pronta antes de ele viajar em lua de mel. Eles haviam aplainado todas as junções com precisão e unido tudo com malhetes de encaixe, de forma que o acabamento ia ficar perfeito, totalmente liso nas emendas.

Eles dois haviam completado a moldura com madeira arqueada sob a ação de vapor, usando linhas mestras traçadas a lápis como guias e taqueando cada peça do fundo e da moldura através da utilização de pressão lenta e contínua. O casco estava bem sólido. Não haveria a mínima fresta no fundo de um barco construído pelos irmãos Quinn.

A embarcação fora projetada, basicamente, por Ethan, com alguns ajustes aqui e ali feitos por Cam. O casco tinha fundo arqueado, mais caro e trabalhoso, mas com as virtudes de proporcionar maior estabilidade e fazer o barco adquirir mais velocidade. Ethan conhecia bem o seu cliente.

Projetara a forma do arco do fundo tendo tudo isso em mente, e se decidira por um arco típico para embarcações de recreio, mais atraente, bom para ganhar velocidade, arrojado e mais alegre. A popa tinha um projeto contrastante, com maior extensão, o que forneceria um aspecto mais imponente e faria o comprimento do barco parecer bem maior do que era na verdade.

A embarcação tinha um aspecto esbelto e atraente. Ethan compreendeu desde o início que seu cliente estava tão interessado na aparência quanto na qualidade e no desempenho sobre as águas.

Ethan colocara Seth para realizar algumas das partes desagradáveis do trabalho, especialmente quando chegara a hora de revestir o interior com uma mistura de óleo de linhaça e terebintina, meio a meio. Era trabalho pesado, que sempre provocava queimaduras, apesar do uso de luvas especiais e muita cautela. Mesmo assim, o menino se saíra muito bem.

De onde estava, Ethan conseguia analisar a linha de proa e o contorno da parte da frente do casco. Preferira uma linha de proa mais reta, para assegurar um acabamento artesanal mais apurado, e um deque mais seco, além de um bom vão acima das cabeças na parte coberta. Seu cliente gostava de levar amigos e familiares para velejar.

O homem insistira no uso de teca, madeira das mais caras, embora Ethan tivesse lhe explicado que pinho ou cedro serviria muito bem para o revestimento interno do casco. O sujeito, no entanto, tinha muita grana para torrar em seu hobby, pensava Ethan naquele momento, além de gostar de exibir status. De qualquer modo, tinha de admitir que a teca proporcionara um toque final maravilhoso à embarcação.

Seu irmão Phillip também estava caprichando nos acabamentos. Trabalhando sem camisa por causa do calor e da umidade, com os cabelos castanho-escuros protegidos por um boné preto liso, sem emblema algum e com a aba virada para trás, ele estava aparafusando as tábuas finais do deque em seu lugar definitivo. A curtos intervalos, o zumbido agudo provocado pela máquina elétrica de aparafusar trabalhando em alta velocidade competia com a voz suave de Ray Charles.

— Como está indo? — gritou Ethan, tentando fazer sua voz ser ouvida acima do barulho.

Phillip levantou a cabeça. Seu rosto de anjo martirizado estava molhado de suor e seus olhos castanhos ligeiramente dourados pareciam aborrecidos com alguma coisa. Ele tinha acabado de lembrar a si mesmo que era um executivo, um publicitário, por Deus, e não um carpinteiro.

— Como é que está? Mais quente que um verão no inferno, e ainda estamos em junho. Precisamos instalar uns ventiladores aqui. Tem alguma coisa gelada ou, pelo menos, líquida nessa geladeira? Eu passei da fase da desidratação há uma hora.

— Abra a torneira do banheiro e você vai ver água saindo — respondeu Ethan com toda a calma enquanto se agachava para pegar um refrigerante bem gelado para Phillip. — Água saindo da parede, pode acreditar. É uma tecnologia nova...

— Só Deus sabe o que vem junto com essa água de torneira. — Phillip agarrou a lata que Ethan atirou em sua direção e fez uma careta ao olhar para a marca. — Pelo menos, nessa lata, eles especificam os venenos químicos que foram usados.

— Puxa, desculpe, mas nós acabamos com todo o estoque de Evian da geladeira. Você sabe como Jim não resiste a uma água com grife... não consegue parar de beber.

— Ah, vá à merda, Ethan! — reagiu Phillip, mas sem agressividade. Bebeu toda a Pepsi e, depois, levantou a sobrancelha quando Ethan foi inspecionar o serviço que ele fizera.

— Bom trabalho!

— Puxa, obrigado, patrão... será que não dava para me dar um aumento?

— Claro, vamos dobrar o seu salário! Temos que pedir a Seth para calcular, porque ele é bom de matemática. Ei, Seth, quanto é duas vezes zero?

— Duplo zero — respondeu Seth, sorrindo de leve. Seus dedos estavam coçando para experimentar a máquina elétrica de aparafusar. Até então ninguém o deixara chegar perto das ferramentas elétricas.

— Bem, acho que agora vou poder fazer aquele cruzeiro pelo Taiti.

— Por que não vai tomar uma ducha, Phil? A não ser que você tenha alguma objeção a se lavar com água de torneira também. Eu posso continuar o trabalho a partir daqui.

A oferta era tentadora. Phillip estava todo sujo, suado e morrendo de calor. Era capaz de matar dois ou três manés que aparecessem na sua frente só para conseguir um cálice geladinho de Pouilly-Fuissé. Mas sabia que Ethan caíra na estiva desde antes do amanhecer e já trabalhara mais do que qualquer pessoa normal que tivesse um dia pesado.

— Eu aguento mais umas duas horas.

— Ótimo, então. —Aquela era exatamente a resposta que esperava de Phillip. Ele reclamava um bocado, mas jamais deixava alguém na mão. — Acho que, se trabalharmos juntos, dá para acabar com tudo o que falta fazer aqui no deque ainda hoje.

— Será que eu posso...

— Não! — responderam Ethan e Phillip em uníssono, já prevendo a pergunta de Seth.

— Por que não?! — quis saber o menino. — Eu não sou burro! Não vou atingir ninguém com uma porcaria de máquina de aparafusar, nem nada desse tipo.

— O problema é que gostamos de brincar com essa máquina — sorriu Phillip. — Além do mais, somos maiores do que você e pronto! Olhe, tome aqui — enfiou a mão no bolso da calça, pegou a carteira e encontrou uma nota de cinco dólares —, vá até o Crawford's e me traga uma garrafa grande de água mineral. E, se não ficar resmungando que nem uma velha, pode comprar um sorvete para você com o troco.

Seth não resmungou, mas murmurou alguma coisa a respeito de ser usado como escravo, enquanto chamava o cão para acompanhá-lo e saía do galpão.

— Precisamos ensinar a ele como lidar com as ferramentas quando tivermos tempo — comentou Ethan. — Ele tem mão boa...

— Eu sei, mas queria que ele saísse por um momento. Não tive a chance de contar a você ontem à noite. O detetive localizou Gloria DeLauter bem longe daqui, em direção a Nags Head.

— Então ela está indo para o sul. — Levantou a cabeça, olhando para Phillip. — Ele já descobriu em qual cidade ela está morando?

— Não, ela troca de pouso a toda hora e paga tudo em dinheiro. Muito dinheiro! — Seus lábios se apertaram. — Ainda deve ter muita grana para torrar por aí, já que papai pagou aquela bolada a ela só para ficar com Seth.

— Não me parece que ela esteja interessada em voltar aqui.

— Acho que ela se preocupa com o garoto tanto quanto uma gata de beco com o filhotinho morto. — Sua própria mãe era assim, lembrou Phillip em silêncio, isso quando ela ainda aparecia. Ele jamais se encontrara com Gloria DeLauter, mas a conhecia bem e a desprezava.

— Se não conseguirmos encontrá-la — acrescentou Phillip, passando a lata gelada sobre a testa —, jamais descobriremos a verdade sobre o papai ou sobre Seth.

Ethan concordou, balançando a cabeça. Achava que Phillip encarava aquilo como uma espécie de missão, e sabia que ele estava provavelmente certo. Só que Ethan vivia se perguntando, mais vezes do que gostaria, o que eles fariam depois que soubessem a verdade.

O plano de Ethan, depois de um dia de trabalho de quatorze horas, era tomar um banho de chuveiro bem demorado e beber uma cerveja gelada. Fez as duas coisas ao mesmo tempo. Eles haviam comprado alguns sanduíches tipo submarino para servir de jantar, e Ethan comeu o seu na varanda dos fundos, sozinho, sob a suave e calma luz do crepúsculo. Dentro da casa, Seth e Phillip discutiam sobre o filme a que iam assistir primeiro. Arnold Schwarzenegger estava em disputa direta com Kevin Costner.

Ethan já apostara, secretamente, em Arnold.

Os irmãos haviam chegado ao acordo tácito de que Phillip ficaria responsável por Seth nas noites de sábado. Isso dava a Ethan uma oportunidade para sair um pouco. Ou poderia entrar e se juntar a eles, como às vezes fazia, para assistir a um daqueles festivais domésticos de filmes. Ou poderia subir e se acomodar em seu canto, lendo um livro, como às vezes preferia fazer. Ou poderia realmente sair para dar uma volta, o que raramente acontecia.

Antes da morte súbita de seu pai e da mudança brusca que isso provocara na vida de todos, Ethan morava em sua casinha, levando uma vidinha calma e rotineira. Sentia falta daquilo, embora não reclamasse do jovem casal que alugara sua residência e estava morando lá agora. Eles adoravam o ambiente aconchegante da casa e viviam comentando isso com ele. Os cômodos pequenos com janelas altas, a pequena varanda coberta, a privacidade oferecida pelas sombras das árvores que a rodeavam e o suave murmurar da água do rio que corria nos fundos.

Ele adorava tudo aquilo também. Agora, com Cam casado e Anna se mudando para lá, talvez tivesse condições de sair de mansinho e assumir novamente a sua antiga rotina. O problema é que o dinheiro do aluguel era necessário e, o mais importante, ele dera a sua palavra. Ficaria morando ali até que todas as batalhas legais fossem travadas e ganhas e Seth estivesse de modo definitivo sob a guarda legal deles.

Balançando-se na cadeira, ouviu o chamado distante dos pássaros noturnos. E deve ter cochilado, porque o sonho chegou, e chegou bem forte e claro.

— Você sempre foi mais isolado do que os outros — comentou Ray. Estava sentado no gradil da varanda, virado meio de lado, de forma a poder olhar para a água se quisesse. Seus cabelos pareciam tão brilhantes quanto uma moeda de prata vista à meia-luz, agitando-se sob o efeito da leve brisa. — Sempre preferiu se afastar dos outros para ficar sozinho, matutando seus pensamentos e tentando resolver os seus problemas.

— Eu sabia que sempre podia contar com o senhor e com a mamãe. Simplesmente, gostava de refletir um pouco para ter uma visão melhor das coisas antes de procurá-los.

— E agora, como é que você faz? — Ray virou o rosto para olhar para Ethan de frente.

— Não sei. Talvez ainda não tenha conseguido obter uma visão melhor das coisas do jeito que estão. Seth está se ajustando. Já está mais à vontade conosco... Durante as primeiras semanas, eu passava o tempo todo achando que ele ia fugir correndo como um coelho assustado a qualquer momento. Perder o senhor o magoou quase tanto quanto a nós. Talvez na mesma medida, até porque ele tinha começado a se convencer de que as coisas estavam correndo bem para ele.

— Foi terrível a forma como ele foi obrigado a levar a vida antes de eu trazê-lo para cá. No entanto, não foi tão terrível quanto o que você teve que enfrentar, Ethan, e você conseguiu superar.

— Quase não consigo. — Ethan pegou um de seus charutos e levou um tempão para acendê-lo, pensativo. — Sabe que, às vezes, aquelas lembranças ainda me vêm à cabeça? Dor e vergonha... e o medo pegajoso e suado de saber o que ia me acontecer. — Afastou a lembrança, dando de ombros. — Seth é um pouco mais novo do que eu era. Acho que já conseguiu se livrar de uma parte desse peso... contanto que não tenha de lidar novamente com a mãe.

— Ele terá de enfrentá-la um dia, finalmente... só que não vai estar sozinho, essa é a diferença. Vocês todos vão estar ao lado dele. Sempre ficaram ao lado uns dos outros. — Ray sorriu, o rosto largo enrugando-se todo de repente. — E você, o que está fazendo sentado aqui, sozinho, em um sábado à noite, Ethan? Juro, filho, que você me preocupa...

— Tive um dia muito puxado.

— Quando eu tinha a sua idade, aguentava dias puxados e os emendava com noites puxadas. Você mal completou trinta anos, pelo amor de Deus! Ficar sentado na varanda em uma noite quente de junho é para velhos. Saia por aí, vá dar uma volta... quem sabe aonde pode chegar? — E piscou. —Aposto que nós dois sabemos exatamente o lugar para onde você iria.

O disparo súbito de uma metralhadora e gritos de terror fizeram com que Ethan desse um pulo da cadeira. Piscou e olhou fixamente para o gradil da varanda. Não havia ninguém ali. É claro que não poderia haver ninguém ali, disse a si mesmo, balançando a cabeça para os lados com força. Ele cochilara por alguns instantes, apenas isso, e o barulho do filme de ação na sala de estar o acordara.

Quando olhou para baixo, porém, viu o brilho da brasa do charuto que estava entre seus dedos. Atônito, ficou simplesmente olhando para aquilo. Será que ele realmente tirara o charuto do bolso e o acendera durante o sono? Isso era ridículo... absurdo! Ele devia tê-lo acendido antes de deixar a cabeça tombar de sono, e o hábito já era tão automático que sua mente não registrara os movimentos.

Mesmo assim, por que será que pegara no sono quando não se sentia nem um pouco cansado? Na verdade, estava até agitado, tenso e completamente alerta.

Levantou-se, esfregando a nuca e esticando as pernas, caminhando de uma ponta a outra da varanda. Era melhor simplesmente entrar, acomodar-se em uma poltrona e assistir ao filme, acompanhado de uma tigela de pipocas e mais uma cerveja. No momento em que chegou diante da porta telada, porém, xingou baixinho.

Não estava a fim de passar um sábado à noite vendo filmes na tevê. Preferia dar uma volta de carro e sair por aí para ver onde ia parar.

Os pés de Grace estavam dormentes, até os calcanhares. Os malditos sapatos de salto alto que faziam parte do seu uniforme de garçonete eram de matar! Até que aquilo não era tão ruim nos dias de semana, quando ela conseguia um tempinho, de vez em quando, para descer deles ou até mesmo se sentar por alguns minutos. Mas o bar do Shiney sempre vivia lotado de gente pulando e dançando aos sábados à noite, e ela era obrigada a dançar junto, trabalhando conforme a música.

Carregava uma bandeja com copos vazios e cinzeiros cheios até o bar, descarregando tudo com eficiência, ao mesmo tempo que lançava aos berros um novo pedido para o barman:

— Duas branquinhas, dois chopes, um gim-tônica e um club soda com limão.

Era obrigada a falar com a voz mais alta e bem aguda para conseguir se fazer ouvir acima do barulho da multidão e do ruído que se fazia passar por música, o qual era fornecido pela banda de três elementos que Shiney contratara. A música era sempre de qualidade inferior no bar, pois Shiney jamais abria a mão para contratar músicos decentes.

De qualquer modo, ninguém parecia se importar.

O minúsculo espaço para dançar ficava lotado de gente se sacudindo e se acotovelando, e a banda via nisso um sinal de que deveria tocar ainda mais alto.

A cabeça de Grace badalava como se houvesse sinos de aço lá dentro, e suas costas estavam começando a latejar no mesmo compasso do baixo elétrico.

Depois que o pedido foi completado, ela carregou novamente a bandeja através dos estreitos espaços entre as mesas, torcendo para que o grupo de jovens turistas que usavam roupas de grife muito transadas acabasse lhe rendendo uma gorjeta decente.

Ela os serviu com um sorriso aberto, fez que sim com a cabeça ao receber um sinal pedindo para fechar a conta e atendeu ao chamado da mesa ao lado.

Ainda faltavam dez minutos para o seu intervalo de descanso. Aqueles dez minutos iam lhe parecer dez anos.

— Oi, Grace!

— Oi, Curtis! Como vai, Bobbie? — Ela frequentara a escola com eles em um passado muito enevoado e distante. Agora, eles trabalhavam para o pai dela, empacotando frutos do mar. — Vocês vão querer o de sempre?

— Isso, dois chopes! — Curtis a cumprimentou com o usual tapinha em seu traseiro enfeitado com um imenso laço. Ela já aprendera a não se incomodar com isso. Vindo dele, considerava um gesto inofensivo, até mesmo uma demonstração de apoio e afeição. Alguns dos clientes que vinham de fora possuíam mãos muito mais perigosas. — E então, como vai aquela sua filhinha linda?

Grace sorriu, compreendendo que aquele era um dos motivos de ela tolerar seus tapinhas. Ele sempre perguntava por Aubrey.

— Está ficando mais bonita a cada dia que passa — respondeu ela, notando a mão que acabava de se lançar para o alto em uma mesa próxima. — Vou trazer suas bebidas já, já!

Estava carregando uma bandeja cheia de canecas, tigelas com tira-gostos e copos quando Ethan entrou. Grace quase torceu o pescoço de surpresa ao vê-lo. Ele jamais aparecia no bar aos sábados à noite. Às vezes, aparecia lá para uma cervejinha tranquila, no meio da semana, mas nunca quando o lugar estava assim, entulhado e barulhento.

Parecia um cliente como outro qualquer. Vestia um jeans desbotado, mas limpo, com uma camiseta branca enfiada por dentro. Suas botas de trabalho pareciam velhas e exibiam muitos arranhões. Para Grace, porém, ele jamais se pareceria como outro homem qualquer.

Talvez fosse o corpo alto e magro que se movia com tanta facilidade por entre os espaços apertados, como um dançarino. Uma graça inata, avaliou ela, do tipo que não dava para ser ensinada e era, ao mesmo tempo, tão flagrantemente máscula. Ele sempre andava com total equilíbrio, como se estivesse caminhando sobre o deque de um barco.

Ou talvez fosse o seu rosto, com ossos protuberantes e aspecto rude, no limite do belo. Ou os olhos, sempre tão claros e pensativos, e tão sérios que se passavam alguns segundos antes de eles acompanharem a boca, quando esta se abria em um sorriso.

Ela serviu os drinques que levava, enfiou o dinheiro no bolso do uniforme e anotou mais pedidos. Observou-o com os cantos dos olhos enquanto ele se espremia até chegar a um local junto do bar, ao lado do lugar onde ela entregava os pedidos.

Grace se esqueceu na mesma hora do seu tão desejado intervalo.

— Três chopes, uma garrafa de Mich e um Stoli *on-the-rocks.* — Com um ar distraído, afastou a franja da testa e sorriu para ele. — Oi, Ethan.

— Está bem movimentado hoje...

— É... noite de sábado no verão. Quer uma mesa?

— Não, aqui está legal.

O *barman* estava ocupado, atendendo a outro pedido, o que deu a Grace uma oportunidade para respirar um pouco.

— Steve está todo atolado — informou ela —, mas ele vem atender você logo, logo...

— Tudo bem, não estou com pressa. — Como regra, ele tentava não pensar em como ela ficava dentro daquela saia curta, quase na altura da bunda, nem naquelas pernas compridas envolvidas pela meia arrastão preta, e muito menos nos pezinhos estreitos equilibrados nos saltos altos demais. Naquela noite, porém, ele estava a fim de analisar tudo aquilo com calma, e assim deixou o pensamento vagar.

Naquele momento, ele conseguiria explicar a Seth qual era a grande atração que os homens sentiam diante de seios. Os de Grace eram pequenos e empinados, e uma porção suave da curva deles parecia saltar do corpete decotado de seu uniforme.

De repente, sentiu uma vontade louca de tomar uma cerveja.

— Você já teve a chance de pelo menos sentar um pouco para descansar, Grace?

Ela não respondeu por um momento. Sua cabeça dera um branco diante da forma como aqueles olhos calmos e pensativos a haviam analisado de cima a baixo.

— Eu, hã... sim, já está quase na hora do meu intervalo. — Grace se sentiu meio desajeitada ao pegar a bandeja com os pedidos. — Eu queria sair um pouco daqui e ir lá para fora, pegar um pouco de ar e fugir desse barulho. — Lutando para agir da forma mais natural possível, ela virou os olhos para cima enquanto olhava para a banda, e foi recompensada pelo sorriso lento de Ethan.

— Eles conseguem tocar pior do que isso?

— Pode crer, conseguem sim. Esses caras estão sempre se superando nesse ponto. — Ela quase se sentia relaxada novamente ao levantar a bandeja e sair em campo para servir os clientes.

Ethan a observou, enquanto saboreava a cerveja que Steve servira. Analisava o jeito como as pernas dela se movimentavam, a maneira como o tolo e incrivelmente sexy laço na parte de trás do uniforme oscilava acompanhando seus quadris. E o modo como dobrava os joelhos de leve, balançando a bandeja para pegar os drinques arrumados sobre ela e servi--los, colocando-os com floreio sobre a mesa.

E notou, apertando os olhos, o momento em que Curtis, mais uma vez, deu-lhe uma palmadinha amigável no traseiro.

E apertou os olhos ainda com mais força quando um estranho vestido com uma camiseta que exibia o rosto desbotado de Jim Morrison agarrou a mão de Grace, puxando-a para mais perto dele. Viu quando Grace lançou--lhe um sorriso fugaz, balançando a cabeça. Ethan já estava se preparando para sair do bar e ir em seu socorro, sem saber ao certo o que pretendia fazer, quando o homem a soltou.

Quando Grace voltou para junto dele, para devolver a bandeja, foi a vez de Ethan segurá-la pela mão.

— Grace, tire seu intervalo agora.

— O quê? Eu... — Chocada, Grace notou que ele já a empurrava com firmeza pelo salão, em direção à saída. — Ethan, escute, eu ainda tenho que...

— É hora do seu intervalo! — repetiu ele e abriu a porta com um empurrão.

O ar do lado de fora estava limpo e fresco, a noite morna e com uma leve brisa. O barulho do bar se transformou em um eco abafado e o fedor de cigarro, suor e cerveja se tornou apenas uma lembrança.

— Eu acho que você não devia estar trabalhando neste lugar.

Grace abriu a boca com espanto, olhando para ele. A afirmação em si já era estranha, mas ouvi-lo exprimir o que pensava em um tom de quem estava obviamente aborrecido deixou-a ainda mais atônita.

— Como é que é?

— Você me ouviu muito bem, Grace. — Ethan enfiou as mãos nos bolsos, por não saber exatamente o que fazer com elas. Se as deixasse soltas, era capaz de tornar a agarrá-la. — Isso não está certo!

— Não está certo? — ecoou ela, sem entender.

— Você é mãe de um bebê, Grace, pelo amor de Deus! O que está fazendo aqui, servindo drinques, usando essa roupa vulgar e levando cantadas e palmadinhas? Aquele cara lá dentro praticamente enfiou a cara dentro da sua blusa.

— Ah, nada disso. — Dividida entre achar aquilo divertido e desagradável, ela balançou a cabeça. — Faça-me o favor, Ethan, ele estava simplesmente agindo de forma normal, típica... e inofensiva.

— Curtis passou a mão na sua bunda.

O divertimento estava se transformando em irritação, e Grace reagiu:

— Sei muito bem onde a mão de Curtis estava, e se estivesse preocupada ou ofendida com isso, teria dado um tapa no braço dele.

Ethan respirou fundo. Ele a provocara e ia levar aquilo até o fim, não se importando em saber se era a coisa certa a fazer ou não.

— Você não devia estar trabalhando quase nua em um bar de baixo nível, dando tapas para afastar as mãos dos homens do seu traseiro. Devia era estar em casa, cuidando da Aubrey.

Os olhos dela, ligeiramente irritados, se tornaram brilhantes de fúria.

— Muito bem, então essa é a sua conceituada opinião, Ethan? Ora, eu lhe agradeço muito por compartilhá-la comigo. Só que, para sua informação, se eu não estivesse aqui trabalhando, sem contar que *não estou* quase nua, eu nem sequer teria uma casa para cuidar.

— Você já tem um emprego! — sustentou ele, de forma teimosa. — Limpar casas...

— Certo. Eu limpo casas, sirvo drinques e, de vez em quando, pego caranguejos. Isso prova o quanto sou bem qualificada e versátil. Só que eu também pago aluguel, seguros, contas de médico, despesas diversas e uma babá para ficar com a Aubrey nas noites em que trabalho. Compro comida, compro roupas e coloco gasolina no carro. Cuido muito bem de mim e da minha filha. Não preciso de você aparecendo aqui para me dizer que isso não está certo!

— Eu só estava falando...

— Eu ouvi muito bem o que você estava falando. — Seus calcanhares estavam latejando e todas as dores em seu corpo sobrecarregado estavam começando a se manifestar naquele momento. E o pior, muito pior do que tudo aquilo, era a fisgada de vergonha que sentia por descobrir que Ethan a via de forma condescendente, além de sentir menos respeito por ela por causa das formas pelas quais conseguia sua subsistência. — Eu sirvo coquetéis e deixo os homens olharem para as minhas pernas. Talvez a gorjeta seja um pouco maior se eles gostarem delas. E se a gorjeta for um pouco maior vou poder comprar para a minha garotinha alguma coisa extra que vai fazê-la sorrir. Portanto, eles podem olhar o quanto quiserem. Só gostaria que Deus tivesse me dado um corpo que conseguisse rechear um pouco mais essa fantasia idiota, porque, se fosse assim, as gorjetas seriam ainda maiores.

Ele teve de esperar alguns momentos antes de voltar a falar, a fim de organizar seus pensamentos. O rosto dela estava vermelho de raiva, mas os olhos mostravam uma tristeza tão grande que o deixou arrasado.

— Você está se vendendo muito barato, Grace — disse ele baixinho.

— Mas sei exatamente o quanto valho, Ethan. — Ela empinou o queixo. — Até o último centavo! Agora, me desculpe, mas meu intervalo acabou.

Virando-se sobre os calcanhares que continuavam a latejar de forma terrível, Grace voltou andando depressa e com passos largos até onde estava o barulho e o ar enfumaçado fedendo a fumo.

Capítulo Três

— **P**recisa coelhinho também.

— Certo, querida, a gente leva o coelhinho, então. — Aquilo parecia, pensou Grace, os preparativos para uma expedição. Era sempre assim. Estavam apenas indo para o cercadinho de areia que ficava no quintal, mas Aubrey nunca deixava de exigir que todos os seus pequenos companheiros de pelúcia a acompanhassem.

Grace resolvera este problema logístico com uma imensa sacola plástica de compras. Dentro dela havia um urso, dois cachorrinhos, um peixe e um gato quase se desmanchando. O coelhinho uniu-se ao grupo. Embora os olhos de Grace parecessem estar cheios de areia, por falta de sono, riu com vontade ao ver Aubrey tentar levantar a sacola sozinha.

— Deixe que eu levo, meu amor.

— Não... eu!

Aquela era a frase favorita de Aubrey. Sua filhinha gostava de fazer as coisas com esforço próprio, mesmo quando era mais fácil deixar que outras pessoas fizessem as coisas por ela. Perguntando a si mesma a quem ela havia puxado, Grace ficou matutando por algum tempo e acabou tornando a rir.

— Muito bem, vamos então levar logo essa turma toda lá para fora — disse e abriu a porta telada. Ela emperrou e soltou um rangido agudo, lembrando a Grace que era preciso passar um pouco de óleo nas dobradiças. Com toda a paciência, esperou enquanto Aubrey arrastava a sacola através do portal até chegar à pequena varanda dos fundos.

Grace tornara a varandinha mais alegre pintando-a de azul-claro e espalhando vasinhos de cerâmica cheios de gerânios brancos e cor-de-rosa. Em seus planos, a pequena casa alugada era temporária, mas ela não queria que *parecesse* temporária. Queria que se parecesse com um lar. Pelo menos, até ela conseguir economizar dinheiro suficiente para dar de entrada na compra de uma casa própria.

Do lado de dentro, a casa parecia um ovo de tão pequena. Os cômodos eram apertados, mas ela resolvera esse problema — e ajudara o seu saldo bancário ao mesmo tempo — mantendo o mínimo de mobília. A maior parte dos móveis era usada, comprada em brechós, mas ela os pintara, envernizara ou reformara, e transformara cada peça em algo único.

Era vital para Grace ter as próprias coisas.

A casa tinha encanamento antigo, um telhado que pingava depois de uma chuva forte e janelas empenadas que deixavam o vento entrar. Mas também tinha dois quartos, o que era essencial. Ela queria que a filha tivesse um espaço só para si, um quarto claro, alegre e bem colorido. E providenciara tudo isso sozinha, colocando papel de parede, pintando as esquadrias e acrescentando cortinas cheias de detalhes.

Ela já estava morrendo de pena por saber que se aproximava o momento de substituir o berço de Aubrey por uma caminha para crianças maiores.

— Cuidado com a escada — alertou Grace, e Aubrey olhou com toda a atenção para baixo, colocando os dois pezinhos calçados com tênis firmemente plantados em cada um dos degraus, antes de passar para o seguinte. No instante em que alcançou o piso, começou a correr, arrastando a sacola atrás dela e soltando pequenos guinchos de empolgação.

A menina adorava o cercadinho de areia. Grace ficou feliz ao ver Aubrey fazer o seu tradicional trajeto em linha reta na direção dele. Ela o construíra sozinha também, usando tábuas velhas que lixara com todo o cuidado e, depois, pintara em um tom de vermelho bem forte e brilhante. Lá dentro já estavam os baldinhos, pazinhas e os imensos carros de plástico, mas ela sabia que Aubrey não ia tocar em nenhum deles antes de acomodar cada um dos seus bichinhos.

Um dia, Grace prometeu a si mesma, Aubrey ia ter um bichinho de estimação de verdade e um lugar maior para brincar dentro de casa a fim de poder trazer amiguinhos para visitá-la e passar ali as longas e chuvosas tardes de inverno.

Grace se agachou enquanto Aubrey colocava com todo o cuidado cada um dos bichinhos na areia branca.

— Filhinha, agora você vai ficar aqui sentadinha brincando enquanto eu corto a grama. Promete?

— Prometo! — Aubrey sorriu para ela, exibindo as covinhas. — Você brinca também...

— Daqui a pouco. — Grace acariciou os cachinhos de Aubrey, jamais se fartava de tocar aquele milagre que surgira de dentro dela. Antes de se levantar, olhou em volta com atenção, com os olhos de mãe à procura de qualquer possibilidade de perigo.

O terreno tinha cerca e Grace instalara um trinco de segurança à prova de crianças no portão. Aubrey era muito curiosa. Uma videira que começava a florescer se espalhava ao longo da cerca que envolvia todo o terreno e servia de limite entre o jardim delas e o terreno dos Cutter, e, até o fim do verão, a planta teria coberto toda a cerca com flores.

Ainda não havia movimento na casa ao lado, reparou Grace. Era muito cedo, em um domingo de manhã, para seus vizinhos estarem envolvidos em outra coisa que não fosse se espreguiçar longamente e pensar no que iam preparar para o café. Julie Cutter, a filha mais velha da casa ao lado, era a maravilhosa babá de Aubrey.

Grace notou que a mãe de Julie, Irene, andara trabalhando no jardim na véspera. Nem uma erva daninha ousava dar o ar de sua graça entre as flores de Irene Cutter ou em sua pequena horta.

Com um pouco de vergonha, Grace olhou meio de lado para o fundo do seu quintal, onde ela e Aubrey haviam plantado alguns tomates, pés de feijão e cenouras. Estava cheio de ervas daninhas, pensou, suspirando com tristeza. Aquilo teria de ser resolvido assim que ela acabasse de cortar a grama. Só Deus sabe o porquê de ela ter achado que poderia dar conta de um jardim. Mas havia sido muito divertido cavucar a terra e plantar as sementes com sua filhinha.

Da mesma forma que seria muito divertido entrar no cercadinho de areia para construir castelos e fazer alguns joguinhos com ela... Não, nada disso, ordenou Grace a si mesma. A grama já estava quase com um palmo de altura. Mesmo sendo grama de uma casa alugada, era o lar dela, e era responsabilidade sua cuidar de tudo. Ninguém poderia falar que Grace Monroe não cuidava do que era seu.

Grace mantinha seu velho cortador de grama de segunda mão coberto por um pano igualmente velho. Como sempre, verificou o nível de gasolina antes de ligá-lo. Lançou mais um olhar por cima do ombro, para se certificar de que Aubrey ainda estava quietinha em seu cercadinho de areia, e, apertando a corda do motor com as duas mãos, puxou-a para trás com força para ligar a máquina. Tudo o que conseguiu em resposta foi um tossido seco e um zumbido.

— Vamos lá, não faça isso comigo logo hoje! — Ela já perdera a conta das vezes em que ficara desmontando, consertando ou chutando o velho cortador. Flexionando os ombros para uma nova tentativa, deu outro puxão com mais força e, depois, tentou pela terceira vez, até desistir, dando um tapa na corda e levando as mãos aos olhos. — E podia ser de outro jeito? — reclamou.

— Essa porcaria está lhe dando problemas?

Sua cabeça se virou para trás com rapidez. Depois da briga na noite anterior, Ethan era a última pessoa que Grace esperava ver bem ali no seu quintal. Isso não a deixou nem um pouco satisfeita, especialmente depois de ter dito a si mesma que ela não só poderia como iria continuar muito brava com ele. O pior de tudo é que ela sabia perfeitamente como estava a sua aparência, com aquele short cinza muito velho e uma camiseta que já passara por lavagens demais, além de não estar sequer com um traço de maquiagem e ter os cabelos completamente despenteados.

Droga, ela se vestira para trabalhar no quintal e não para receber visitas.

— Eu consigo lidar com ele — disse ela, puxando a corda mais uma vez, com o pé enfiado em um tênis velho furado na ponta e firmemente plantado ao lado do cortador. — O danado quase pegou, chegou bem perto.

— Deixe-o descansar alguns minutos. Assim, você vai acabar afogando o motor.

— Eu sei como fazer funcionar o meu próprio cortador de grama, obrigada. — Só que, dessa vez, a corda chicoteou de volta e o aparelho soltou um silvo perigoso.

— Tenho certeza que sim, quando não está chateada. — Ele caminhou na direção dela enquanto falava, todo esbelto, descontraído e másculo, usando uma calça jeans desbotada e uma camisa xadrez com as mangas enroladas até os cotovelos.

Ele resolvera dar uma olhada nos fundos, ao ver que ela não ouvira as batidas na porta. E sabia que estava fixando o olhar nela por mais tempo do que seria considerado educado. É que ela tinha um jeito muito especial de se movimentar.

Ethan resolvera, em algum momento da noite mal-dormida, que era melhor arrumar logo um jeito de consertar as coisas com ela. E passara boa parte da manhã tentando descobrir como fazer isso. Então a vira ali, com aquelas pernas compridas e esbeltas que o sol pintara em um tom dourado, os cabelos muito louros e as mãos estreitas. E simplesmente ficou com vontade de olhar mais um pouco.

— Eu não estou chateada — disse ela, com um estalar de língua impaciente que provava que aquilo era mentira. Ethan simplesmente a encarou.

— Escute, Grace...

— Eeee-than! — Com um grito de puro prazer, Aubrey saiu do seu cercadinho de areia e correu na direção dele, com os braços abertos e toda agitada, com o rosto aceso de pura alegria.

Ele a segurou e a balançou, girando-a em volta e levantando-a bem no alto.

— Oi, Aubrey!

— Vem brincar!

— Olhe, eu...

— Beijinho! — Ela embicou seus pequenos lábios com tanta energia que ele teve que rir e deu uma bicotinha amigável neles.

— Legal! — Ela se desvencilhou, voltou para o chão e correu de volta para o seu cercadinho de areia.

— Escute, Grace, sinto muito se passei dos limites com você ontem à noite.

O fato de que seu coração quase derretera quando ele segurou sua filha no ar só serviu para lhe dar mais determinação para manter o *pé* firme.

— *Se* passou?

— Eu só falei que... — Ele mudou a posição dos pés, claramente desconfortável com a situação.

Sua explicação foi interrompida porque Aubrey voltou correndo com seus adorados cachorrinhos de pelúcia.

— Beijinho! — pediu ela, com firmeza, entregando-os para Ethan. Ele a atendeu e esperou até que ela saísse correndo dali novamente.

— O que eu queria dizer é que...

— Acho que você queria dizer exatamente o que disse, Ethan.

Ela resolveu ser teimosa, pensou ele, suspirando de leve. Bem, ela sempre fora assim.

— Grace, eu não me expressei direito. Eu me atrapalho todo com as palavras na maior parte do tempo. É que detesto vê-la trabalhar tanto. — Fez uma pausa, paciente, quando Aubrey voltou mais uma vez pedindo outro beijo, dessa vez para o urso. — Eu me preocupo muito com você, apenas isso...

— Por quê? — Grace virou a cabeça meio de lado.

— Por quê? — A pergunta o derrubou. Ele se agachou para beijar mais um bichinho, dessa vez um coelho com o qual Aubrey batia em sua perna. — Bem, é porque...

— Porque eu sou mulher? — sugeriu ela. — Porque sou uma mãe que cria a filha sozinha? Porque meu pai acha que eu sujei o nome da família, não só por ter sido obrigada a me casar, como também por acabar me divorciando logo em seguida?

— Não. — Ele deu mais um passo na direção dela, beijando distraído, no caminho, o gato que Aubrey trouxera para ele. — Porque eu conheço você há muito tempo, e isso a transforma em parte da minha vida. E porque talvez você seja teimosa demais ou orgulhosa demais para não enxergar quando alguém simplesmente quer que as coisas sejam um pouco mais fáceis para você.

Ela começou a dizer que agradecia muito a preocupação dele e sentiu que estava começando a amolecer. Foi então que ele voltou a estragar tudo.

— E porque eu não gostei de ver um monte de homens passando a mão em você.

— Passando a mão? — Suas costas ficaram eretas e o queixo se ergueu um pouco mais. — Os homens não ficam me bolinando, Ethan. E se fizerem isso, eu sei muito bem como me defender.

— Não precisa ficar encrespada de novo. — Ele coçou o queixo, tentando não suspirar de desespero. Não via motivo para discutir com uma mulher, porque jamais dava para ganhar a discussão mesmo. — Eu só vim aqui para lhe dizer que sinto muito, então talvez eu pudesse...

— Beijinho! — pediu Aubrey mais uma vez e começou a escalar-lhe as pernas.

Por instinto, Ethan a pegou no colo e deu-lhe um beijo na bochecha.

— O que eu queria dizer, Grace...

— Não! — reagiu Aubrey. — Beijinho na mamãe! — Pulando em seus braços, Aubrey espremeu os lábios dele, fazendo-os formar um bico. — Beijinho na mamãe!

— Aubrey! — Morrendo de vergonha, Grace esticou os braços para pegar a filha, mas a menina se agarrou com toda a força na camisa de Ethan, soltando um grunhido de reclamação. — Largue o Ethan, Aubrey, agora!

Resolvendo mudar de tática, Aubrey pousou a cabecinha sobre o ombro de Ethan e sorriu docemente. Um dos braços continuava enroscado em seu pescoço enquanto Grace a puxava para tirá-la dali.

— Beijinho na mamãe! — cantarolou ela, batendo as pestanas ao olhar para Ethan.

Se Grace tivesse caído na risada em vez de parecer tão envergonhada e, até mesmo, um pouco nervosa, Ethan poderia ter passado os lábios de leve sobre a sua sobrancelha e resolvido o assunto. Mas o rosto dela estava todo vermelho, e aquele era um quadro lindo! Não conseguia olhar direto nos olhos dele e sua respiração parecia ligeiramente ofegante.

Ele notou que ela mordeu o lábio inferior e decidiu que era melhor resolver logo o problema, mas de forma totalmente diferente.

Colocou a mão no ombro de Grace, com Aubrey ainda espremida entre eles, e murmurou:

— Desse jeito vai ser mais fácil! — E tocou nos lábios dela de leve com os dele.

Aquilo não tornou as coisas nem um pouco mais fáceis. O coração dela disparou. Nem se podia considerar um beijo, já terminara quase depois de começar. Não passou de um leve roçar de lábios, um segundo de sabor e textura. E um sopro de promessa que a deixou esperando por mais, de modo desesperado e impossível.

Em todos os anos em que Ethan a conhecia, ele jamais tocara a sua boca com a dele. Agora, diante daquela amostra tão efêmera, ele se perguntava por que esperara por tanto tempo. E se preocupou com o fato de que aquela vontade desperta poderia mudar tudo.

Aubrey bateu palminhas de alegria, mas ele mal ouviu. Os olhos de Grace estavam fixos nos dele agora, com aquele tom esverdeado e enevoado, parecendo flutuar, e seus rostos estavam muito próximos. Tão juntos que ele só precisava se inclinar ligeiramente para a frente se quisesse sentir de novo o gostinho. E para ficar mais tempo dessa vez, pensou, enquanto os lábios dela se abriam em um sopro trêmulo.

— Não! Agora, eu! — Aubrey plantou sua boquinha pequena e macia sobre a bochecha da mãe, e depois sobre a de Ethan. — Vem brincar, mamãe!

Grace afastou o corpo depressa, parecendo uma marionete cujas cordas haviam sido subitamente puxadas. A suave nuvem rosada que começara a enevoar seu cérebro evaporara.

— Já vou, querida. — Movendo-se com rapidez, arrancou Aubrey dos braços de Ethan e a colocou no chão. — Vá na frente e comece a construir um castelo para a gente morar — disse e deu um tapinha carinhoso no traseiro da menina, fazendo-a sair correndo.

— Você é tremendamente bom para ela, Ethan — disse, pigarreando. — Sou muito grata por isso.

Ele decidiu que o melhor lugar para colocar as mãos, diante das circunstâncias, eram os bolsos das calças. Não tinha certeza sobre o que fazer com o formigamento que sentiu nelas.

— Ela é uma gracinha! — Deliberadamente, se virou para olhar Aubrey, que corria na direção de seu cercadinho de areia pintado de vermelho.

— E dá um trabalhão! — Grace sentiu que precisava sentir de novo o chão sob seus pés, a fim de fazer o que precisava ser feito a seguir. — Por que simplesmente não esquecemos o que aconteceu na noite passada, Ethan? Tenho certeza de que tudo o que você falou foi com a melhor das intenções. O problema é que a realidade nem sempre é do jeito que a gente escolhe ou da forma que a gente gostaria que fosse.

— Como é que você gostaria que fosse, Grace? — perguntou ele, tornando a se virar bem devagar para ela, até focar os olhos calmos em seu rosto.

— O que eu gostaria é de uma casa para Aubrey e um ambiente familiar... acho que já estou bem perto de conseguir isso.

— Não... — Ele balançou a cabeça. — O que você quer para a Grace?

— Além de Aubrey? — Olhou para a filha, sorrindo. — Já nem me lembro mais. Neste exato momento, quero apenas ter o meu gramado cortado e a minha horta sem ervas daninhas. Obrigada por vir até aqui. — Virou as costas para ele, preparando-se de novo para fazer o motor do cortador de grama pegar. — Amanhã é dia de eu trabalhar em sua casa — disse ela, e ficou rígida quando sentiu as mãos dele se fecharem, cobrindo as dela.

— Deixe que eu corto a grama.

— Não, eu consigo fazer isso.

Ela nem conseguia colocar a porcaria do cortador para funcionar, pensou ele, mas foi sábio o bastante para não mencionar o fato e disse apenas:

— Eu não disse que você não conseguia. Disse apenas que quem vai cortar a grama sou eu.

Ela não foi capaz de se virar e olhar para ele, não podia se arriscar e pagar para ver o que aquilo faria ao seu sistema... estar tão perto dele novamente, cara a cara daquela forma...

— Mas você deve estar cheio de tarefas em casa — disse a ele.

— Grace, será que agora vamos ficar aqui o dia todo discutindo sobre quem vai cortar a grama? No fim da discussão, já teria dado tempo de cortar a grama duas vezes e você teria aproveitado melhor esse tempo para salvar os seus feijões de serem massacrados pelas ervas daninhas.

— Eu ia cuidar deles. — Sua voz estava bem baixa. Os dois estavam inclinados para o cortador, ele atrás, encostado nela. Um clarão de puro desejo animal atravessou-a por dentro, suplantando a vontade familiar de estar junto dele, e ela se sentiu estremecer.

— Então vá cuidar deles agora, aproveite — murmurou ele, incentivando-a a se mover. Se ela não saísse dali bem depressa, talvez ele não conseguisse superar a vontade de colocar as mãos nela e acariciá-la em lugares que suas mãos jamais deveriam tocar.

— Certo, então. — Ela se afastou, saindo de lado enquanto sentia o coração martelar em suas costelas, em cutucadas rápidas. — Obrigada, eu agradeço muito. — Mordeu o lábio com força, porque sentiu que ia começar a gaguejar. Determinada a agir de forma bem natural, virou-se para trás e sorriu ligeiramente. — Provavelmente é o carburador de novo. Eu tenho algumas ferramentas.

Sem dizer nada, Ethan agarrou o cordão de ignição com uma mão e o puxou com força duas vezes. O motor pegou na mesma hora, com um ronco meio engasgado.

— Deve ser o carburador mesmo — disse ele, suavemente, quando viu os lábios de Grace se afinarem em sinal de frustração.

— É... deve ser. — Lutando para não se mostrar aborrecida, ela foi quase correndo em direção à sua pequena horta.

E se inclinou para a frente, pensou Ethan, que já começava a cortar a primeira porção de grama. Inclinou-se com aquele short de algodão fininho, de um jeito que o forçou a respirar mais devagar e profundamente.

Grace não fazia a menor ideia, decidiu ele, sobre o efeito que provocara em seus hormônios, normalmente tão disciplinados, ao balançar a sua bundinha pequena e bem-feita diante dele, junto do cortador de grama, ainda há pouco. Nem o que fizera com a temperatura de seu corpo, normalmente tão moderada, ao esfregar de leve aquelas pernas longas contra as dele.

Grace já era mãe de uma linda menina, e isso era um fato que Ethan vivia lembrando a si mesmo o tempo todo para tentar afastar os pensamentos escuros e perigosos. Pelo que lhe dizia respeito, porém, ela continuava quase tão inocente e ingênua como quando tinha quatorze anos.

Foi quando ela atingiu essa idade que ele começara a alimentar os tais pensamentos escuros e perigosos a seu respeito.

Ele se forçara a afastá-los naquela ocasião. Pelo amor de Deus, ela era apenas uma criança! E um homem com o passado dele não tinha o direito de tocar em algo tão puro. Em vez disso, ele se tornara seu amigo e se contentara com isso. Pareceu-lhe que dava muito bem para continuar sendo apenas seu amigo... simplesmente, amigo. Só que, ultimamente, os velhos pensamentos voltaram a atormentá-lo, chegando com mais força e mais frequência. Aquilo estava começando a ficar muito difícil de controlar.

Os dois já tinham complicações suficientes em suas vidas, lembrou a si mesmo. Ele simplesmente ia cortar a grama dela e talvez ajudá-la a arrancar algumas ervas daninhas. Se sobrasse tempo, ele se ofereceria para levá-las até a cidade, a fim de tomarem uns sorvetes de casquinha. Aubrey adorava sorvete de morango.

Depois, ele tinha que dar uma passada no galpão e se enterrar no trabalho. E, já que era o seu dia de cozinhar, ainda teria de resolver aquele pequeno problema.

De qualquer jeito, mãe ou não, pensou ele, olhando atentamente enquanto Grace se inclinava para arrancar um teimoso dente-de-leão, ela tinha um par de pernas admirável.

Grace sabia que não deveria ter se deixado persuadir a ir até a cidade, mesmo que fosse apenas para um simples sorvete. Aquilo significou ter de modificar a sua programação de horários para aquele dia, sem falar que foi obrigada a trocar de roupa, colocando alguma coisa menos escandalosa do que seu short de jardinagem, além de não ter escapatória, a não ser passar mais tempo na companhia de Ethan, mesmo sabendo que ele a deixava bem mais consciente de suas necessidades femininas.

O problema é que Aubrey adorava aqueles pequenos passeios e lanches, de modo que, então, era impossível dizer não.

Eram menos de dois quilômetros até o centro de St. Chris, e eles saíram de uma vizinhança tranquila para se verem, de repente, na movimentada rua que ficava em frente ao pequeno porto. As lojas de presentes e suvenires para turistas ficavam abertas nos sete dias da semana para aproveitar a alta temporada. Casais e famílias passeavam com sacolas de compras cheias de lembranças do lugar para levar para casa.

O céu estava com um tom de azul forte e brilhante, e a baía o refletia, convidando os barcos a saírem em cruzeiro pela sua superfície. Dois marinheiros de fim de semana conseguiram embaraçar as cordas do seu pequeno barco laser, e a vela despencou. Eles, porém, pareciam estar se divertindo como nunca, apesar do pequeno contratempo.

Grace sentiu o aroma de peixe sendo frito em algum lugar, algodão-doce se derretendo ao sol, o perfume de coco dos protetores solares e, sempre, acima de tudo, a fragrância da água.

Crescera ali, de frente para aquela água, olhando os barcos, velejando neles. Correra solta diante do porto, entrando e saindo das lojas. Aprendera a pegar caranguejos sentada nos joelhos de sua mãe, aperfeiçoando aos poucos a habilidade e a velocidade necessárias para separar a carne da casca, preparando um produto precioso que seria embalado e exportado para o mundo inteiro.

Trabalho não era algo estranho para ela, embora sempre tivesse aproveitado a sua liberdade. Sua família tinha um bom padrão de vida, embora não vivessem com luxo. Seu pai não gostava de estragar suas mulheres paparicando-as demais. Mesmo assim, fora um pai bom e amoroso, ainda que a seu modo. E jamais fizera Grace achar que estava desapontado por ter apenas uma filha, em vez de vários filhos que pudessem levar adiante o nome da família.

No fim, ela o desapontara do mesmo jeito.

Grace pegou Aubrey no colo, apoiou-a sobre o quadril e esfregou o nariz atrás de sua orelha.

— Está bem movimentado por aqui hoje — comentou ela, olhando para Ethan.

— Parece que vem mais e mais gente a cada ano. — Mas, simplesmente, encolheu os ombros. Afinal, ele sabia muito bem que todos ali precisavam das multidões de verão para sobreviver durante os invernos. — Ouvi dizer que o Bingham vai expandir o restaurante e reformá-lo, deixando-o bem sofisticado, para atrair ainda mais gente durante o resto do ano.

— Bem, ele mal contratou aquele *chef* famoso que veio do Norte e já conseguiu uma resenha elogiosa na revista dominical do *Washington Post* — disse e balançou Aubrey sobre o quadril. — O Repouso das Garças é o único restaurante de alto nível por aqui, com *maître* e toalhas de linho. Melhorá-lo ainda mais vai ser bom para a cidade. Todos nós sempre fomos lá para jantares e ocasiões especiais.

Grace colocou Aubrey no chão, tentando não se lembrar do fato de que ela não via o restaurante por dentro há mais de três anos. Pegou a mão da menina e se permitiu ser arrastada por ela, sem tréguas, na direção do Crawford's.

Aquele era outro *point* de St. Chris. O Crawford's era o lugar certo para se conseguir um bom sorvete, bebidas geladas e imensos sanduíches do tipo submarino para viagem. Como era meio-dia, o lugar estava apinhado de gente e funcionava a todo o vapor. Grace se esforçou para não estragar o clima, mencionando que, pela hora, eles deviam comer alguns sanduíches em vez de tomar sorvete.

— Oi, pessoal! Como vão vocês, Grace e Ethan? E você, Aubrey... gracinha! — Liz Crawford lançou um sorriso largo para eles enquanto montava com toda a habilidade um submarino com frios diversos. Ela frequentara a escola com Ethan e chegara a sair com ele algumas vezes, por um curto período de tempo. Uma época despreocupada da qual os dois se lembravam com carinho.

Agora, ela se transformara na robusta mãe de dois meninos sardentos e estava casada com Crawford Júnior, como o marido era conhecido no local, para diferenciá-lo do Crawford Pai.

Júnior, magricela como um espantalho, assobiava alguma coisa baixinho, quase entre os dentes, enquanto registrava as vendas, e lançou-lhes uma rápida saudação.

— Muito movimento, hein? — comentou Ethan, desviando-se do cotovelo de um cliente no balcão.

— Nem me fale! — Liz girou os olhos para cima, embrulhou com destreza o submarino em um papel branco e o entregou, junto com mais três, por cima do balcão. — E vocês, vão todos querer um submarino também?

— Sorvete! — anunciou Aubrey, com decisão. — Morango!

— Bem, então vá até lá e diga à Mamãe Crawford o que deseja, gatinha. Ah, Ethan, Seth deu uma passada aqui, ainda agora, com Danny e Will. É incrível como esses meninos crescem feito bambus da noite para o dia quando chega o verão. Encheram a barriga de submarinos e refrigerantes. Contaram que estão trabalhando na fábrica de barcos de vocês.

Ethan sentiu uma fisgada de culpa ao saber que Phillip estava não só trabalhando sozinho, como também tomando conta dos três pentelhinhos.

— É... e eu estou indo para lá daqui a pouco.

— Ethan, se você estiver com pressa... — começou Grace.

— Ora, sempre há tempo para tomar um sorvete de casquinha em companhia de uma garotinha linda. — E dizendo isso, levantou Aubrey e a deixou colar o nariz no balcão gelado, onde podia ver os baldes expostos com todos os sabores disponíveis.

Liz atendeu ao pedido seguinte e deu uma piscadela para o marido que deixava entrever muito. Ethan e Grace Monroe, ela parecia afirmar com clareza. Ora, ora... o que acha disso?

Eles levaram suas casquinhas para fora, onde soprava uma brisa que vinha da água, e foram se afastando lentamente da massa de gente, até chegarem a um dos pequenos bancos de ferro que os fundadores da cidade haviam instalado. Munida com um monte de guardanapos, Grace acomodou Aubrey em seu colo.

— Puxa, ainda me lembro da época em que dava para vir até aqui e dizer o nome de cada rosto que você via — murmurou Grace. — Mamãe Crawford ficava atrás do balcão lendo um romance. — Sentiu uma gota gelada que pingara do sorvete de Aubrey em sua perna, pouco abaixo da bainha do short que usava, e a limpou. — Vá lambendo pelas beiradinhas, querida, antes que derreta e escorra.

— Você sempre tomava sorvete de morango também.

— Hein?

— Pelo que me lembro — disse Ethan, surpreso ao ver que a imagem ainda continuava tão clara em sua mente —, você tinha uma preferência especial por sorvete de morango. E de uva...

— Acho que sim. — Os óculos escuros de Grace escorregaram para a ponta do nariz quando ela se inclinou para limpar mais gotas de sorvete que haviam pingado. — Tudo era simples no tempo em que a gente tinha na mão uma casquinha de sorvete de morango ou de uva.

— Algumas coisas continuam simples. — Como as mãos dela estavam ocupadas, Ethan ajeitou-lhe os óculos, colocando-os no lugar, e pensou ter visto uma centelha de algo em seus olhos por trás das lentes escuras. — Outras coisas, não...

Ethan olhou para a água enquanto lambia o próprio sorvete. Uma ideia melhor, decidiu, do que ficar vendo as lambidas lentas e compridas que Grace dava no dela.

— A gente costumava vir até aqui aos domingos, de vez em quando — relembrou ele em voz alta. — Nós três nos empilhávamos na parte de trás do carro e vínhamos dar uma volta aqui no centro para tomar um sorvete ou simplesmente ver o que estava rolando. Mamãe e papai gostavam de ficar sentados debaixo de uma daquelas mesas ali com guarda-sóis, em frente à lanchonete, e bebiam limonada.

— Eu ainda sinto saudade deles — disse ela baixinho. — Você sabe o quanto. Naquele inverno em que eu peguei pneumonia, me lembro bem da minha mãe e da sua. Parecia que, sempre que eu acordava, uma ou outra estava ali, de sentinela, ao lado da cama. A Dra. Quinn foi a mulher mais gentil que já conheci. Minha mãe... — Parou de falar de repente, balançando a cabeça.

— O que foi?

— Não quero deixar você triste.

— Não vou ficar. Termine de falar.

— Minha mãe vai ao cemitério todo ano, na primavera, e coloca flores no túmulo da sua. Eu sempre vou com ela. Não compreendia, até o dia em que fomos lá pela primeira vez, o quanto minha mãe a amava.

— E eu ficava me perguntando quem é que colocava aquelas flores lá. É bom ficar sabendo... aquilo que andam falando... o que algumas pessoas andam dizendo a respeito do meu pai teria feito o sangue irlandês da minha mãe ferver. A essa altura, acho que ela já teria arrancado fora um bocado de línguas por aqui.

—E você tem um modo diferente de ser, Ethan, esse não é o seu feitio. Você precisa lidar com um problema como esse do seu jeito.

— Ambos gostariam que nós fizéssemos o que fosse melhor para Seth. Isso sempre viria em primeiro lugar.

— E vocês estão fazendo o que é melhor para ele. A cada vez que o vejo, ele parece mais alegre. Havia um peso muito grande em Seth quando ele chegou aqui. O Professor Quinn estava tentando melhorar a cabeça do menino, mas ele próprio estava cheio de problemas. Você sabe o quanto ele andava preocupado, Ethan.

— Sei. — A culpa que sentiu parecia uma pedra pousada bem no centro de seu coração. — Sei muito bem.

— Pronto, agora fiz você ficar triste. — Ela se mexeu ligeiramente na direção dele, fazendo com que os joelhos dos dois se encostassem. — O que quer que o estivesse preocupando não tinha nada a ver com você, Ethan. Você era uma luz forte e firme na vida dele. Qualquer um conseguia ver isso.

— Mas se eu tivesse me interessado mais... feito mais perguntas — começou ele.

— Não é do seu feitio — afirmou ela novamente e, esquecendo-se de que sua mão estava meio pegajosa, tocou no rosto dele com ela. — Você sabe que ele iria conversar com você quando se sentisse pronto ou quando tivesse chance.

— Mas aí já seria tarde demais.

— Não, nunca é tarde demais. — Seus dedos acariciaram de leve o rosto dele. — Sempre há uma chance. Eu não sei se teria conseguido ir em frente, dia após dia, se não acreditasse que sempre existe uma chance. Não se preocupe tanto... — pediu ela baixinho.

Ele sentiu alguma coisa palpitar dentro de si ao levantar o braço e cobrir a mão dela com a sua. Algo que parecia se mover e se abrir. Então, Aubrey deu um grito de alegria:

— Vovô!

Grace puxou a mão depressa e deixou-a cair no colo como uma pedra. Todo o calor que sentira irradiar dela congelou de repente. Seus ombros se elevaram, rígidos, enquanto ela tornava a se virar para a frente e via seu pai vindo na direção deles.

— Aí está a minha bonequinha! Venha aqui para o vovô...

Grace soltou a filha e a viu correr e ser pega no colo. Seu pai não recuou nem fez cara feia diante de suas mãozinhas pegajosas e lábios gosmentos. Ele simplesmente riu e abraçou-a com vontade, enchendo-a de beijos estalados.

— Humm... gostinho de morango! Dê mais um beijinho no vovô. — Fingiu que estava mastigando, fazendo barulhos com a boca sobre o pescoço de Aubrey, até que ela começou a rir, adorando aquilo. Em seguida, apoiou-a no quadril e atravessou a pequena distância que o separava da filha. E não sorriu mais. — Oi, Grace... Ethan... estão dando um passeio dominical?

— Ethan nos convidou para tomar um sorvete. — A garganta de Grace estava seca e seus olhos ardiam.

— Ora, isso é muito bom...

— E agora o senhor está com um pouco dele espalhado pela camisa — comentou Ethan, na esperança de dissolver um pouco da tensão que se movia pelo ar em ondas quase palpáveis.

Pete olhou para a camisa que Aubrey manchara toda de sorvete de morango.

— Tudo bem, roupa a gente lava... Não tenho visto você muito aqui pelo porto aos domingos, Ethan, desde que começaram a construir aquele barco.

— É... agora mesmo, estou fazendo uma horinha antes de ir para lá. O casco já está pronto, e o deque está bem adiantado.

— Ótimo, isso é muito bom! — concordou ele, de coração, e então desviou o olhar e se fixou em Grace. — Sua mãe está na lanchonete. Ela vai gostar de ver a neta.

— Certo. Então eu...

— Não, deixe que eu a levo até lá — interrompeu ele. — Você pode ir para casa quando quiser, Grace, que a sua mãe a leva de volta daqui a uma ou duas horas.

Ela preferia uma bofetada àquele seu jeito de falar com ela, em um tom educado e distante. Porém, simplesmente fez que sim com a cabeça, enquanto Aubrey já estava tagarelando a respeito de ver a avó.

— Té logo! Té logo, mamãe. Té logo, Ethan! — gritou Aubrey, olhando por cima do ombro de Pete, atirando beijos estalados.

— Sinto muito, Grace. — Sabendo muito bem que era um gesto inadequado, Ethan pegou na mão dela e a sentiu rígida e gelada.

— Não importa — disse ela. — Nada disso deve importar. Ele adora Aubrey, é louco por ela. É isso que conta...

— Mas não é justo com você. Seu pai *é* um homem bom, Grace, mas tem sido muito injusto com você.

— Eu o decepcionei. — Ela se levantou, limpando as mãos em gestos rápidos com os guardanapos que pegara. — Apenas isso.

— Nada mais do que o seu orgulho batendo de frente com o dele.

— Talvez, mas o meu orgulho é importante para mim. — Atirou os guardanapos amassados em uma lata de lixo, dizendo a si mesma que não havia mais nada a conversar. — Tenho que voltar para casa, Ethan. Estou com um milhão de coisas para fazer e, já que consegui algumas horas livres, é melhor aproveitá-las.

Ele não insistiu, mas ficou surpreso consigo mesmo ao ver o quanto queria conversar mais com ela sobre aquilo. No entanto, ele mesmo detestava quando insistiam ou o forçavam a falar sobre assuntos particulares.

— Deixe que eu a leve até em casa.

— Não, eu gostaria de voltar caminhando. Realmente prefiro, Ethan. Obrigada pela ajuda... — e conseguiu dar um sorriso que parecia quase natural — ... e pelo sorvete. Amanhã eu passo na sua casa. Não se esqueça de avisar ao Seth para pegar as coisas dele que estão para lavar e colocá-las no cesto de roupa suja, e não no chão.

E foi se afastando, andando rápido, com as pernas compridas. Depois de ter certeza de que já estava bem longe, permitiu-se diminuir o passo. Antes disso, porém, esfregou a mão sobre o coração, que doía, não importava o quanto ela o mandasse não se sentir machucado.

Havia apenas dois homens em sua vida a quem ela realmente amava. Pelo jeito, nenhum dos dois a queria da forma que ela precisava que a quisessem.

Capítulo Quatro

Ethan não se importava de ouvir música enquanto trabalhava. Na verdade, seu gosto para música era amplo e bem eclético, outra das características dos Quinn. A casa quase sempre estava cheia de música de todo tipo. Sua mãe tocava piano muito bem, e tinha tanto entusiasmo pelos noturnos de Chopin quanto pelas alegres melodias de Scott Joplin. O talento musical de seu pai era o violino, e foi para esse instrumento que Ethan também se voltara com o tempo. Apreciava os variados estados de espírito que o violino invocava, bem como o fato de ser fácil de transportar.

Mesmo assim, achava que ouvir música quando estava concentrado em um trabalho era um desperdício de som e, normalmente, não ouvia nada por mais de dez minutos na oficina. O silêncio combinava melhor com ele nesses momentos de trabalho, mas Seth gostava de ligar o rádio no galpão em alto volume. Assim, para manter a própria paz, Ethan simplesmente desligou o rock de arrebentar os tímpanos.

O casco do barco já havia sido todo vedado e calafetado, um trabalho intenso que consumira muito tempo. Seth fora de grande ajuda nessa parte do serviço, admitiu Ethan, oferecendo um bom par de mãos a mais sempre que era preciso. Embora só Deus soubesse que o menino vivia reclamando tanto do serviço quanto Phillip.

Ethan expulsou todas essas lembranças da cabeça, também para manter a sanidade.

Tinha a esperança de acabar o nivelamento do deque antes que Phillip chegasse para o fim de semana, aplainando primeiro uma das diagonais e, depois, fazendo o acabamento da outra, em ângulo reto.

Com um pouco de sorte, poderia conseguir adiantar um pouco o trabalho naquela semana e na seguinte, completando a estrutura da parte coberta e da cabine do piloto.

Seth reclamava de ter que lixar, mas fazia um bom trabalho. Ethan precisou pedir a ele que voltasse a atacar algumas partes menos caprichadas do casco, mas isso aconteceu poucas vezes. Não se incomodava com as perguntas do menino também, embora ele fizesse um milhão delas de cada vez.

— Que peça é aquela ali em cima?

— O tabique para acabamento da cabine.

— Por que você já o cortou tão cedo?

— Porque queremos nos livrar de toda a poeira de serragem antes de começar a envernizar e vedar o barco.

— E que outro troço é aquele ali?

Ethan fazia uma pausa no trabalho, com toda a paciência, e olhava para baixo, na direção para onde Seth apontava, uma pilha de madeiras pré-cortadas.

— Ali estão as laterais e os cantos da cabine, e também os rodapés e as calhas.

— Parece que tem peças demais para um barquinho idiota desses...

— E você ainda vai ver muitas outras peças.

— Por que esse cara não compra logo um barco que já vem pronto?

— Ainda bem, para nós, que ele não faz isso. — O bolso generoso daquele cliente, refletiu Ethan, é que estava oferecendo o fundamento das Embarcações Quinn. — O caso é que ele gostou muito do outro barco que eu construí, e vai poder contar aos seus amigos cheios da grana que comprou um barco especialmente projetado e todo feito à mão só para si.

Seth trocou de lixa e voltou a caprichar no serviço. Não se incomodava com o trabalho na verdade. Gostava dos cheiros da madeira, do verniz e até do óleo de linhaça. Só não conseguia compreender a cabeça do cliente.

— E vai ter que esperar essa eternidade toda que estamos levando só para ver o barco pronto?

— Estamos nisso há menos de três meses. Muita gente gasta um ano, às vezes mais, para construir à mão um barco de madeira.

— Um ano? — O queixo de Seth caiu. — Puxa, Ethan!

O tom de espanto e reclamação, tão normal no menino, repuxou os lábios de Ethan em um leve sorriso.

— Relaxe, garoto, a gente não vai levar tanto tempo assim. Depois que Cam voltar e cair dentro no trabalho, ralando o dia todo, vamos acelerar um pouco esse ritmo. E você, assim que entrar de férias, vai poder assumir um pouco do trabalho pesado.

— Já estou de férias.

— Hein?

— Hoje foi o último dia. — Agora, era Seth quem sorria, de forma aberta e brilhante. — Liberdade! As aulas acabaram.

— Hoje? — Fazendo uma pausa no trabalho, Ethan franziu a testa. — Eu pensei que você ainda tinha mais uns dois dias de aula.

— Não.

Ethan perdera a noção do tempo em algum momento da última semana, pensou. Não era muito típico de Seth, pelo menos não ainda, dar informações assim, de forma voluntária.

— E você trouxe o boletim para casa?

— Trouxe. Passei de ano.

— Vá pegá-lo. Vamos ver como é que você conseguiu isso. — Ethan guardou as ferramentas e limpou as mãos no jeans. — Onde é que está?

— Na minha mochila, bem ali. — Seth encolheu os ombros e continuou a lixar. — Não tem nada de especial no boletim.

— Então vá pegá-lo para darmos uma olhada — repetiu Ethan.

Seth fez o que Ethan denominava "o ritual de sempre". Olhou para o teto com ar de impaciência, encolheu os ombros e acrescentou um suspiro de mortificação. Estranhamente, não encerrou o número soltando um xingamento, como teve vontade e costumava fazer. Foi até o lugar onde pousara a mochila e começou a mexer dentro dela.

Ethan se apoiou a bombordo e esticou o braço por cima do barco para pegar o pedaço de papel que Seth lhe estendeu. Reparando a expressão de revolta no rosto do menino, preparou-se para notícias ruins. Seu estômago deu uma pequena reviravolta. O sermão que o momento exigia, pensou, suspirando baixinho, ia ser muito desagradável para os dois.

Ethan segurou o boletim, uma folha fina impressa por computador, jogou o boné mais para trás e começou a coçar a cabeça, exclamando:

— Você tirou conceito A em *todas as* matérias?

Seth levantou um dos ombros novamente e enfiou as mãos nos bolsos, confirmando:

— Tirei. O que isso tem de mais?

— Eu jamais tinha visto um boletim assim, só com conceitos A. Até mesmo Phillip trazia um B para casa de vez em quando, talvez até um C.

Vendo-se envergonhado, e com medo de ser chamado de cê-dê-efe ou algo terrível assim, Seth sentiu que alguma coisa começou a surgir dentro dele lentamente.

— Não é nada de especial. — Esticou a mão para pegar o boletim de volta, mas Ethan balançou a cabeça.

— Ah, qual é? Claro que é especial! — Sentindo que Seth começou a amarrar a cara, Ethan o compreendeu. Era sempre difícil ser diferente do resto do rebanho. — Você tem um tremendo cérebro dentro dessa cabeça, e devia estar orgulhoso disso.

—Ah, que nada! Não é tão difícil quanto saber pilotar um barco ou algo desse tipo.

— Quando a gente tem um cérebro bom e sabe usá-lo, consegue aprender a fazer de tudo. — Ethan dobrou o boletim com todo o cuidado e o enfiou no bolso. É claro que ia exibi-lo para todo mundo. — Acho que você merece ganhar uma pizza ou alguma coisa assim...

— Mas você trouxe aqueles sanduíches de sempre para a gente comer na hora do jantar. — Estreitou os olhos, intrigado.

— Pois eles já não são bons o bastante para um momento como este. Para comemorar a primeira vez em que um Quinn consegue um boletim só com conceitos A, temos que comer pelo menos uma pizza. — Viu a boca de Seth se abrir de espanto e notou, a seguir, um brilho de alegria dançar em seus olhos, antes de o menino tornar a baixá-los.

— Bem, ia ser muito legal — comentou.

— Você consegue aguentar por mais uma horinha?

— Claro! — Seth agarrou sua lixa e começou a trabalhar com vontade redobrada, quase às cegas. Aquilo acontecia sempre que alguém se referia a ele como um Quinn. Sabia que, legalmente, seu sobrenome ainda era DeLauter. Era obrigado a assinar esse nome em todos os trabalhos idiotas que fazia na escola, não era? Mas ouvir Ethan se referir a ele como um

Quinn fez com que o pequeno raio de luz que Ray acendera pela primeira vez alguns meses antes começasse a brilhar com mais intensidade.

Ele ficaria ali... viraria um deles. Nunca mais voltaria para o inferno que era a sua vida de antes.

Até que valera a pena ser chamado na sala da Sra. Moorefield naquele mesmo dia, mais cedo. A subdiretora o convocara para ir à sua sala uma hora antes do encerramento das aulas. Aquilo fizera o seu estômago dar um nó, como sempre acontecia. Mas ela se sentara com ele e lhe dissera que estava orgulhosa do seu progresso.

Cara, ele tinha morrido de vergonha!

Tudo bem, talvez ele não tivesse socado nenhum colega nos últimos dois meses. E estava entregando seus deveres de casa todo santo dia, porque, em casa, tinha sempre alguém enchendo o saco dele por causa dos tais deveres. Phillip era o maior pentelho nos assuntos relacionados à escola. O cara até parecia um policial cuja função era vigiar os deveres de casa, ou algo assim, pensava Seth naquele momento. E ele também andava levantando o dedo, na sala de aula, para tirar dúvidas de vez em quando, só para curtir.

Mas o fato de a Sra. Moorefield tê-lo chamado para ir à sala dela na frente de todo mundo, daquele jeito, havia sido um... um *mico* tão grande, decidiu. Ele quase preferiu que ela rebocasse o traseiro dele até a diretoria para lhe dar mais uma suspensão.

No entanto, se um punhado de "A" idiota fazia um cara como Ethan ficar feliz, então estava tudo legal...

Ethan era um sujeito fantástico na visão de Seth. Trabalhava ao ar livre o dia todo, suas mãos eram cheias de cicatrizes e calos muito grossos. Seth achava que dava até para pregar tachinhas nas mãos de Ethan sem que ele sequer sentisse de tão duras e calejadas que eram. Possuía dois barcos, que ele mesmo construíra, e conhecia tudo a respeito da baía e sobre velejar. Mas não ficava se gabando de nada disso.

Há uns dois meses, Seth assistira a um filme chamado *Matar ou Morrer*, na tevê, apesar de ser em preto e branco e não apresentar nenhuma cena com sangue nem explosões. Pensou que Ethan se parecia com o personagem de Gary Cooper. No filme, ele não falava muito, e isso fazia com que a maioria das pessoas prestasse atenção quando ele dizia alguma coisa. E também fazia apenas o que tinha de ser feito, sem muita onda.

Ethan teria derrotado os bandidos também. Porque isso era o certo. Seth refletira um pouco sobre aquilo e chegou à conclusão de que isso é que era um herói de verdade: alguém que simplesmente faz o que é certo.

Ethan se sentiria atônito e mortalmente sem graça se pudesse ler os pensamentos de Seth. Só que o menino era especialista em mantê-los para si. Nesse ponto, ele e Ethan eram tão parecidos que até poderiam ser gêmeos.

Talvez tenha passado pela cabeça de Ethan que a Pizzaria Village ficava apenas a um quarteirão do bar do Shiney, onde, àquela hora, Grace devia estar dando início ao seu turno, mas ele não comentou nada.

Não dava para levar o garoto a um bar, de qualquer modo, refletiu Ethan enquanto se encaminhavam para as luzes fortes e o barulho da maior pizzaria do lugar. Seth provavelmente ia reclamar, e bem alto, se Ethan pedisse para que ele esperasse alguns minutos do lado de fora, no carro, enquanto ele dava uma espiadinha no bar. Na certa, Grace também ia reclamar se sacasse que ele andava vigiando e tomando conta dela.

O melhor era deixar aquilo para outra hora e se concentrar nas questões do momento. Enfiando as mãos nos bolsos de trás da calça, examinou o cardápio pregado na parede atrás do balcão.

— O que vai querer?

— Qualquer coisa, mas pode esquecer os champignons. Aquilo é horrível!

— Concordo com você — murmurou Ethan.

— Vou querer pizza de pepperoni com calabresa. — Seth fez cara de desdém, como quem não estava nem aí, mas estragou tudo ao esticar os pés de empolgação. — Se você aguentar a pimenta.

— Se você aguenta, eu aguento. Ei, Justin — chamou ele, oferecendo um sorriso como cumprimento ao rapaz atrás do balcão. — Vamos querer uma gigante, de pepperoni e calabresa, e duas Pepsis grandes.

— Registrado! É para comer aqui ou para levar?

Ethan deu uma olhada em volta, observando as mesas e pequenos balcões junto das paredes, e notou que eles não eram os únicos que pensaram em celebrar o último dia de aula com pizza.

— Seth, vá segurar aquela última mesa lá atrás. Vamos comer aqui mesmo, Justin.

— Então podem se sentar que eu já mando servir as bebidas.

71

Seth já colocara a mochila sobre o banco e tamborilava com os dedos sobre a mesa, no compasso de Hootie and the Blowfish, que alguém colocara para tocar na *jukebox*.

— Vou ali arrasar com alguém em uma partida de videogame — avisou a Ethan. Quando o viu pegar a carteira, Seth balançou a cabeça. — Pode deixar, eu tenho dinheiro.

— Não, hoje quem paga sou eu — informou Ethan com a voz calma, pegando algumas notas de um dólar. —A festa é sua. Vá trocar por moedas e divirta-se.

— Legal! — Seth agarrou as notas e correu para trocá-las por moedas, a fim de alimentar o videogame.

Enquanto Ethan escorregava para o fundo do banco, junto da parede, começou a se perguntar por que tanta gente achava que passar algumas horas em um lugar barulhento como aquele era divertido. Um bando de garotos já estava se enfrentando nas três máquinas enfileiradas na parede dos fundos; alguém trocara a música da *jukebox* para Clint Black, e o seu som country enchia o ar. O bebê na mesa atrás de Ethan estava tendo um ataque de raiva e berrava a plenos pulmões enquanto algumas meninas, todas adolescentes, conversavam e soltavam gargalhadas tão escandalosas que o nível de decibéis que alcançavam faria as orelhas de Simon sangrarem.

Que jeito idiota de passar uma linda noite de verão.

Foi então que viu Liz Crawford e Júnior com suas duas filhinhas em uma mesa perto dele. Uma das meninas, pareceu-lhe ser Stacy, estava falando muito depressa e fazendo gestos largos, enquanto o resto da família se acabava de rir.

Eles formavam uma unidade, refletiu ele, uma pequena ilha coesa no meio de toda aquela agitação de luzes e barulho. Aquele era o significado de família... uma ilha. Saber que sempre poderia voltar lá para buscar refúgio fazia toda a diferença na vida de uma pessoa.

Mesmo assim, a pequena fisgada de inveja que sentiu deixou-o surpreso, fez com que se remexesse ligeiramente sobre o banco duro, além de ficar olhando para um ponto vago ao longe, com ar tristonho. Ele já se decidira a respeito de formar uma família vários anos atrás e não gostava de se ver arrastado por uma vontade inesperada e melancólica de voltar a esse assunto.

— Oi, Ethan, você parece furioso com alguma coisa.

Levantando a cabeça no momento em que as bebidas começaram a ser servidas diante dele, bateu com os olhos diretamente no indisfarçado flerte de Linda Brewster.

Ela era uma mulher atraente, sem dúvida. O jeans preto bem apertado que usava e a camiseta também preta de gola larga que moldavam seu corpo bem desenvolvido pareciam uma cobertura de tinta fresca em um Chevy clássico. Depois que seu divórcio fora homologado, na segunda-feira da semana anterior, ela se produzira toda, fora à manicure e mudara o corte do cabelo. Suas unhas pintadas em um tom forte de coral deslizavam sensualmente pelos cabelos recém-cortados e com mechas louras, enquanto sorria abertamente para Ethan.

Linda já andava de olho em Ethan havia algum tempo. Afinal, já estava separada daquele imprestável do Tom Brewster havia mais de um ano, e uma mulher tinha que olhar para a frente, para o futuro. Ethan Quinn devia ser muito bom de cama, decidiu. Ela tinha boa intuição para essas coisas. Aquelas suas mãos grandes e másculas deviam ser bem experientes, disso ela tinha quase certeza. E ele era do tipo atencioso. Ah, ela não tinha dúvidas!

Ela gostava de sua aparência também, com uma beleza ligeiramente rude, típica de quem passa a vida ao ar livre. E aquele sorriso lento e sexy dele... quando conseguia arrancar isso de Ethan, simplesmente ficava com água na boca de tanta expectativa.

Ele tinha um jeito muito reservado. Linda sabia muito bem o que se dizia de águas calmas na superfície, e estava morrendo de vontade de descobrir a que profundidade as águas de Ethan se agitavam.

Ethan estava bem consciente do jeito como Linda olhava para ele, de cima a baixo, e manteve os olhos distraídos. No fundo, porém, estava à procura de um jeito de escapar daquilo. Mulheres como Linda o deixavam apavorado.

— Oi, Linda, não sabia que você estava trabalhando aqui. — Se soubesse, teria evitado a Pizzaria Village como quem foge de uma praga, pensou.

— Estou só ajudando um pouco o meu pai durante algumas semanas. — Na verdade, ela estava totalmente sem grana e seu pai, o dono da pizzaria, já a avisara de que ela não ia ficar encostada nem nele nem na mãe, de jeito nenhum. Se quisesse, teria de sacudir aquele traseiro assanhado e pegar no pesado. — E então, Ethan, não tenho visto você por aqui ultimamente.

— Estou por aí... — disse ele, de modo vago, desejando que ela fosse logo embora. Seu perfume o deixava enjoado.

— Ouvi dizer que você e seus irmãos alugaram o velho celeiro de Claremont e estão construindo barcos. Tenho pensado em ir até lá só para dar uma olhada.

— Não há muito para ver... — Onde é que Seth se enfia quando a gente precisa dele?, perguntou-se Ethan, já meio desesperado. Por quanto tempo mais aquelas moedas ainda iam durar?

— Mesmo assim, eu gostaria de ver o movimento no velho galpão. — Fez deslizar as unhas brilhantes ao longo do braço de Ethan e soltou um som que parecia um ronronar ao sentir a firmeza daqueles músculos. — Eu posso dar uma fugidinha até o galpão agora, se não for demorar muito. Por que não me leva lá e me mostra tudo o que está rolando?

Sua cabeça ficou vazia por um momento. Ele era humano, afinal. E ela já estava passando a língua sobre o lábio superior, de um jeito que fazia os olhos de um homem se arregalarem e suas glândulas se agitarem. Não que estivesse interessado nela, nem um pouco, mas já fazia muito tempo desde a última vez em que tivera uma mulher gemendo por baixo dele. E tinha o pressentimento de que Linda era a campeã das gemedoras.

— Bati o meu recorde! — Seth surgiu de repente, jogou-se no banco com o rosto corado pela alegria da vitória e agarrou a Pepsi, fazendo barulho ao beber. — Puxa, por que essa pizza tá demorando tanto? Tô morrendo de fome!

— Já está vindo — informou Ethan, sentindo o sangue voltar a circular em suas veias e quase soltando um suspiro de alívio.

— Bem... — Apesar de ficar muito aborrecida com a interrupção, Linda sorriu com todos os dentes para Seth. — Esse aqui deve ser o mais novo membro da família. Qual é mesmo o seu nome, meu amor? Não consigo me lembrar...

— Seth. — Ao dizer isso, o menino avaliou-a de cima a baixo. Vadia foi o seu pensamento imediato. Ele já vira muitas delas, mesmo sendo tão novo. — E você, quem é?

— Sou Linda, uma velha amiga de Ethan. Meu pai é o dono da pizzaria.

— Que bom, então talvez você possa pedir a ele para colocar um pouco mais de lenha no fogão, antes que a gente morra de velhice aqui, esperando.

— Seth! — O tom de censura e o olhar calmo, porém firme, de Ethan foram o bastante para o menino calar a boca. — Seu pai ainda prepara a melhor pizza de toda essa parte do litoral — elogiou Ethan, olhando para Linda com um sorriso jovial. — Não se esqueça de dizer isso a ele.

— Eu digo... e você me ligue qualquer hora dessas, Ethan — balançou a mão esquerda —, porque eu já sou uma mulher livre agora. — Saiu deslizando e rebolando com ritmo, parecendo um metrônomo ajustado para acompanhar a cadência exata de uma melodia.

— Ela tem um cheiro igual ao daquela loja no shopping que vende coisas de mulher — comentou Seth, torcendo o nariz. Não gostara nem um pouco de Linda, porque ela o fizera se lembrar, por um momento, de sua mãe. — Tudo o que ela quer é arriar as suas calças.

— Cale a boca, Seth.

— Mas é verdade — confirmou Seth, dando de ombros, mas deixou o assunto de lado com alegria quando Linda voltou trazendo a pizza.

— Bom apetite para vocês — disse ela, inclinando-se sobre a mesa por um pouco mais de tempo além do que seria necessário, só por garantia, para o caso de Ethan ter perdido a vista de seu busto na primeira vez.

Seth pegou um pedaço de pizza e deu uma dentada, mesmo sabendo que queimaria a língua. Todos os sabores explodiram de forma fantástica, fazendo a queimadura valer a pena.

— Grace faz pizza usando restos de pão — comentou com a boca cheia. — Fica ainda mais gostosa do que essa.

Ethan simplesmente soltou um grunhido baixo. Ouvir falar em Grace logo depois de ele ter fantasiado, ainda que apenas por um momento, uma aventura rápida e quente com Linda Brewster o deixou agitado.

— É... — continuou Seth. — Quem sabe ela nos prepara uma dessas em um dos dias em que for lá em casa fazer limpeza. Amanhã é dia dela, não é?

— É. — Ethan provou um pedaço da sua metade, chateado ao perceber que o seu apetite desaparecera. — Acho que amanhã é dia dela sim.

— Então... talvez ela pudesse preparar uma pizza dessas para a gente, antes de ir embora.

— Mas você já está comendo pizza hoje.

— E daí? — Seth devorou o primeiro pedaço com a velocidade e a precisão de um chacal. — Assim, a gente podia comparar o sabor das duas. Grace deveria abrir uma lanchonete ou algo parecido para não ter que ficar trabalhando em tantos lugares ao mesmo tempo. Ela vive trabalhando... está querendo comprar uma casa.

— Está?

— Sim. — Seth lambeu os dedos e o lado da mão, por onde um pouco do molho escorrera. — Uma casinha bem pequena, mas tem que ter um quintal, para a Aubrey poder ter um cachorro e espaço para brincar.

— Foi ela que lhe contou tudo isso?

— Claro. Eu perguntei a ela por que andava ralando tanto, fazendo faxinas em todas aquelas casas e ainda trabalhando no bar do Shiney, e ela me explicou que era por causa disso. Falou que, se não conseguir juntar dinheiro suficiente, ela e Aubrey não vão poder ter uma casa só delas quando chegar a época de Aub começar a frequentar o jardim de infância. Acho que mesmo uma casa pequena custa uma nota, não é?

— Custa mesmo — confirmou Ethan baixinho, lembrando-se de como ficara satisfeito e orgulhoso ao comprar o seu cantinho à beira d'água. E o quanto significara para ele saber que era bem-sucedido em sua profissão. — Leva muito tempo para juntar toda essa grana.

— Grace está planejando comprar a casa antes que a Aubrey entre na escola. Depois disso, ela me explicou que vai ter que começar a economizar de novo para a faculdade da menina. — Respirou fundo, resolvendo que dava para encarar um terceiro pedaço de pizza. — Que diabos, Aubrey é apenas um bebê, ainda falta um milhão de anos até ela chegar à faculdade. Foi o que eu disse para ela — acrescentou, porque ficava satisfeito em mostrar para os outros que ele e Grace tinham *conversas* de verdade. — Ela simplesmente riu e disse que fazia apenas cinco minutos que Aubrey ganhara o primeiro dentinho. Eu não entendi esse lance.

— Ela quis dizer que as crianças crescem muito rápido. — Já que, pelo jeito, seu apetite não ia voltar mesmo, Ethan fechou a tampa da caixa de pizza e pegou algumas notas para pagar a conta. — Vamos levar esse resto aqui para o galpão. Já que você não tem que ir para a escola amanhã cedo, podemos adiantar o trabalho no barco por mais umas duas horas.

Ethan acabou trabalhando bem mais do que duas horas. Depois que começava, não conseguia parar. Aquilo ajudava a clarear as ideias e evitava que ficasse com a mente vagando, especulando e se preocupando.

O barco era algo bem definido, uma tarefa tangível com um prazo para terminar. Ele sabia bem o que estava fazendo ali, tanto quanto sabia o que fazia ao sair para trabalhar na baía. Ali não havia áreas sombrias nem dúvidas. Nada de "talvez" nem de "quem sabe se...".

Ethan continuou a trabalhar mesmo depois que Seth se enroscou em um pedaço de pano que cobria o chão e pegou no sono. O barulho das ferramentas não parecia incomodá-lo, embora Ethan não conseguisse entender como é que alguém podia dormir depois de acabar de comer uma pizza gigante de pepperoni e calabresa quase inteira.

Começou a trabalhar nos acabamentos dos cantos da parte coberta e da cabine do piloto, além das braçolas, enquanto a brisa da noite soprava de leve através das portas dos fundos totalmente abertas. Desligara o rádio, e a única música que ouvia era a da água, com as notas gentis que as pequenas ondas faziam ao lamber as margens.

Trabalhava sem pressa, com todo o cuidado, embora fosse perfeitamente capaz de visualizar o projeto pronto. Cam, decidiu, seria o responsável pela maior parte do interior do barco. Era o mais habilidoso dos três em acabamentos de carpintaria. Phillip podia lidar com as partes de maior precisão do projeto; era melhor nesse tipo de trabalho manual do que gostava de admitir.

Ethan calculou que, se conseguissem manter o ritmo, estariam com o barco pronto e todo enfeitado, a todo o pano, em dois meses. Ia deixar a projeção dos lucros e porcentagens para Phillip. O dinheiro daquele trabalho iria todo para alimentar os advogados, a fábrica e suas próprias barrigas.

Por que razão Grace jamais lhe contara que sonhava em comprar uma casa?

Ethan franziu a testa, com ar pensativo, enquanto escolhia um parafuso galvanizado. Aquele não era um assunto importante demais para ela andar discutindo com um menino de dez anos? Por outro lado, admitiu, foi o próprio Seth que perguntara o motivo de ela trabalhar tanto. Ethan, por sua vez, simplesmente lhe dissera que ela não devia estar se matando tanto de trabalhar, sem perguntar por que ela insistia em agir daquela forma.

Grace tinha de resolver as diferenças com o pai dela, tornou a pensar. Se ao menos os dois conseguissem dobrar aquele orgulho típico dos Monroe, nem que fosse por cinco minutos, acabariam chegando a um acordo. Tudo bem, ela engravidara... não havia dúvidas na cabeça de Ethan de que Jack

Casey se aproveitara de uma jovem ingênua, e devia levar um tiro por isso, mas a coisa estava resolvida e encerrada.

Sua família jamais guardava ressentimentos, pequenos ou grandes. Brigavam muito, sem dúvida. Ele e seus irmãos por diversas vezes haviam saído no braço. Depois que a coisa ficava resolvida, porém, o problema era encerrado, sem mágoas.

Era verdade que ele tinha algumas sementes de ressentimento pelo fato de Cam ter se mandado para a Europa e Phillip ter resolvido se mudar para Baltimore. Tudo aquilo acontecera pouco tempo depois da morte de sua mãe, e ele ainda estava com a ferida aberta. Tudo mudara de repente, da noite para o dia, e ele ainda se sentia pesaroso com aquilo.

Mesmo assim, porém, jamais teria dado as costas a um dos irmãos se soubesse que precisavam dele. E sabia muito bem que eles também jamais dariam as costas para ele se acontecesse o inverso.

No seu modo de ver, era a maior tolice e desperdício de energia o fato de Grace não pedir ajuda ao pai, nem ele se oferecer para ajudá-la.

Deu uma olhada no grande relógio de parede que estava pregado sobre as portas de entrada. Ideia de Phillip, lembrou com um sorriso leve. Ele explicou que era necessário controlar quantas horas cada um deles estava trabalhando. Até onde Ethan sabia, porém, Phillip era o único que se preocupava em marcar as horas trabalhadas.

Já era quase uma da manhã, e isso significava que Grace estaria saindo do bar em menos de uma hora. Não faria mal a ninguém colocar Seth na caminhonete e dar uma passada rápida no bar do Shiney. Só para... verificar como estavam as coisas.

No momento em que se levantou, ouviu o menino resmungar e choramingar enquanto dormia.

A pizza finalmente estava fazendo efeito, pensou Ethan, balançando a cabeça. Mas sabia que nenhuma infância jamais seria completa sem a sua cota de dores de barriga. Desceu da plataforma, mexendo os ombros para exercitar os músculos, enquanto se aproximava do menino adormecido.

Agachando-se ao lado de Seth, colocou uma das mãos em seu ombro, sacudindo-o de leve.

E o garoto pulou de susto, dando socos no ar.

Um deles atingiu Ethan direto na boca e lançou sua cabeça com força para trás. O choque o fez soltar alguns palavrões, mais do que a dor forte e penetrante. Ele aparou o golpe seguinte e segurou o braço de Seth com firmeza, ordenando:

— Pare com isso, segure sua onda!

— Tire as mãos de mim! — Debatendo-se desesperado e ainda em plena realidade do sonho terrível, Seth batia no ar à sua volta. — Tire a porra dessas mãos de mim!

A compreensão veio de imediato. Foi o olhar de Seth que explicou tudo: era puro terror e fúria desenfreada. Ethan, uma vez, também já sentira exatamente aquilo, acompanhado de uma incapacidade de se defender que era aterradora. Soltou o menino e levantou as duas mãos, afirmando:

— Você estava sonhando, Seth. — Sua voz era calma, sem inflexão, e Ethan notou que a respiração entrecortada do menino ecoava pelas paredes. — Você pegou no sono.

Seth mantinha os punhos fechados, prontos para atacar. Não se recordava de ter pego no sono. Lembrava-se apenas de ter se encolhido ali no chão, enquanto ouvia Ethan trabalhando no barco. O que viu em seguida foi a si mesmo de volta a um daqueles quartos escuros com cheiro de azedo; os barulhos que vinham do cômodo ao lado eram muito altos e pareciam feitos por animais.

E um dos homens sem rosto que frequentava a cama de sua mãe se esgueirara até o quarto dele e colocara as mãos novamente nele.

De repente, porém, era Ethan quem estava ali, olhando com toda a paciência para ele, parecendo entender tudo com seus olhos sábios e experientes. O estômago de Seth se contorceu, não só pelo que houve, mas pelo que Ethan poderia ter descoberto.

Por não conseguir pensar em nenhuma palavra que expressasse desculpas, Seth simplesmente fechou os olhos.

Foi essa atitude que fez a balança pender na cabeça de Ethan. A sensação de estar indefeso, o lento mergulho em um mar de vergonha. Até então, ele deixara as feridas do menino em paz, mas agora lhe pareceu que era necessário tratá-las.

— Você não precisa ter medo do que já passou.

— Eu não estou com medo de nada. — Os olhos de Seth se arregalaram de repente. A raiva neles era adulta e amarga, mas sua voz falseava como a da criança que ele era. — Não estou com medo só por causa de um sonho idiota.

— E também não precisa ter vergonha de nada.

E por se sentir realmente envergonhado, de forma detestável, Seth deu um pulo e se colocou em pé. Seus punhos estavam mais uma vez fechados, prontos para a luta.

— Eu não estou com vergonha de nada também! — afirmou ele. — Você não sabe porra nenhuma a respeito disso.

— Sei sim! Sei tudo a respeito disso. — E por realmente saber, detestava tocar no assunto. A despeito da postura de desafio, porém, o menino estava tremendo, e Ethan sabia exatamente como ele se sentia. Falar sobre o assunto era a única coisa que lhe restava fazer. A coisa certa a fazer.

— Eu sei muito bem o que os sonhos fizeram comigo — começou ele — e o quanto eu os tive ainda durante muito tempo depois que as coisas más já haviam acabado na minha vida. — E ainda tinha pesadelos de vez em quando, mas não havia necessidade de contar ao menino que ele talvez enfrentasse uma vida inteira de *flashbacks* frequentes. — Eu sei o que esses sonhos fazem com a gente por dentro.

— Isso é conversa fiada! — As lágrimas estavam ardendo nos olhos de Seth, querendo cair, deixando-o ainda mais humilhado. — Não há nada de errado comigo. Eu caí fora de lá, não foi? Consegui me livrar dela, não consegui? E não vou voltar para lá, não importa o que aconteça!

— Não, claro que não vai voltar para lá — concordou Ethan.

Custasse o que custasse.

— Não me importo com o que você ou qualquer outra pessoa pense das coisas que aconteceram comigo lá. E não adianta fingir e tentar me enrolar com esse papo a respeito delas, como se você soubesse como as coisas eram.

— Eu não preciso dizer nem pensar nada a respeito disso — disse-lhe Ethan. — E não preciso fingir, também, nem enrolar você. — Pegou o boné que o soco de Seth atirara para longe e o limpou com as mãos de forma distraída, antes de tornar a colocá-lo na cabeça. O gesto casual, porém, não serviu de nada para amenizar a bola de tensão presa e bem apertada que continuava em seu estômago.

— Minha mãe era uma prostituta... minha mãe biológica. E era também uma doidona, viciada em várias drogas, embora tivesse preferência pela heroína. — Manteve os olhos grudados em Seth e a voz bem firme. — Eu era mais novo do que você quando ela me vendeu pela primeira vez para um homem que gostava de transar com garotinhos.

A respiração de Seth se acelerou de repente e ele deu um passo para trás. Não pode ser, foi tudo o que conseguiu pensar. Ethan Quinn era um cara tão forte, estável, equilibrado e... normal.

— Você está mentindo para mim! — Foi sua reação.

— Não, as pessoas geralmente gostam de se vangloriar ou negar as coisas idiotas ou más que fizeram. Não vejo razão para tomar nenhuma dessas atitudes e muito menos inventar coisas ou mentir a respeito de um assunto como esse.

Ethan tornou a arrancar o boné da cabeça, pois, de repente, ele lhe pareceu muito apertado. Uma vez, depois mais outra, ele passou a mão através dos cabelos, como se estivesse tentando diminuir o peso.

— Minha mãe me vendia para poder bancar seu vício. Da primeira vez, eu lutei muito. A coisa não parou, mas continuei lutando até o fim. Da segunda vez, tornei a lutar também, e mais algumas vezes depois dessa. Então, deixei de me dar ao trabalho de lutar, porque descobri que aquilo só fazia as coisas ficarem ainda piores.

Os olhos de Ethan estavam fixos nos do garoto. Sob as luzes fortes que pendiam do teto, os olhos de Seth pareciam mais escuros, e já não tão calmos como quando Ethan começara a falar. O peito do menino começou a doer por dentro, até que ele percebeu que estava com a respiração presa, e era preciso continuar respirando.

— Como foi que você aguentou tudo isso? — perguntou.

— Parei de me importar. — Ethan simplesmente encolheu os ombros. — Deixei de *existir*, se você entende o que estou querendo dizer. Não havia ninguém a quem eu pudesse recorrer para conseguir socorro, ou pelo menos eu não sabia que existia. Minha mãe se mudava o tempo todo para manter as assistentes sociais longe da cola dela. — Os lábios de Seth ficaram secos e apertados. Ele passou as costas de uma das mãos sobre eles, de forma violenta.

— Então... — perguntou ele — você também nunca sabia onde é que ia acordar na manhã seguinte.

— É verdade, eu nunca sabia. Só que todos os lugares pareciam iguais para mim. E tinham o mesmo cheiro.

— Mas você escapou. Você caiu fora.

— Sim, caí fora. Uma noite, quando o cara que minha mãe levara para casa havia terminado com nós dois, houve um... problema. Gritos, sangue, xingamentos, dor. Não me lembro exatamente de como tudo aconteceu, mas o fato é que os tiras chegaram. Eu devia estar realmente muito mal, porque eles me levaram direto para o hospital e sacaram o que tinha acontecido bem depressa. Acabei dentro do sistema de assistência social do governo e provavelmente teria ficado por lá. Só que a médica que cuidou de mim era Stella Quinn.

— E eles adotaram você.

— Foi... eles me adotaram. — E só por dizer essa frase, o enjoo que Ethan sentia começou a passar. — Eles não apenas mudaram toda a minha vida, eles a salvaram... tive muitos pesadelos por muito tempo ainda, daqueles que fazem a gente acordar suado, tentando respirar sem poder, certo de que está de volta ao centro do terror. E, mesmo depois que você percebe que não voltou ao passado, continua gelado por algum tempo.

Seth limpou as lágrimas com os punhos fechados, e já não se sentia mais envergonhado por estar chorando.

— Eu sempre consegui escapar — contou a Ethan. — Às vezes, eles colocavam a mão em mim, mas eu conseguia fugir. Nenhum deles jamais...

— Bom para você.

— Mesmo assim, eu queria matá-los, e a ela também. Realmente queria.

— Eu sei.

— Jamais quis contar para ninguém. Acho que Ray sabia, e Cam... acho que também sabe. Eu não queria que ninguém pensasse que eu... que olhasse para mim e achasse que... — Ele não conseguia expressar o que sentia, a vergonha de ver alguém olhar para ele e descobrir o que acontecera, e o que poderia ter acontecido naqueles quartos escuros e fedidos. — Por que você me contou todas essas coisas, Ethan?

— Porque você precisa saber que nada disso faz de você menos homem. — Ethan esperou, sabendo que era Seth quem ia decidir se aceitava a verdade daquilo ou não.

O que Seth via era um homem alto, forte, dono do seu nariz, com olhos calmos e mãos grandes cheias de calos. Uma das dores que parecia pesar sobre o seu coração desapareceu.

— Acho que eu já sei disso — afirmou Seth, e sorriu de leve, avisando: — Sua boca está sangrando.

Ethan tocou de leve nos lábios com as costas da mão e sentiu que os dois haviam cruzado uma linha difícil e instável de seu relacionamento.

— Você tem um bom cruzado de direita. Eu nem vi de tão rápido. — Estendeu a mão como se estivesse fazendo um teste e embaraçou ainda mais os cabelos já desalinhados de Seth. O sorriso do menino não desapareceu.

— Vamos nos limpar — disse Ethan — e voltar para casa.

Capítulo Cinco

Grace teve uma manhã cheia de tarefas e muito trabalho. A primeira leva de roupas para lavar entrou na máquina às sete e quinze, enquanto o café já estava coando e seus olhos ainda estavam meio fechados. Regou as plantas da varanda, os pequenos vasos com ervas aromáticas no peitoril da janela da cozinha e soltou um imenso bocejo.

No momento em que o cheirinho do café começou a se espalhar pelo ar, animando-a um pouco, lavou os copos e tigelas que Julie usara na noite anterior, enquanto tomava conta de Aubrey. Fechou um saco de batatas fritas que ficara aberto, guardou-o em seu devido lugar no armário e então limpou as migalhas que ficaram sobre o balcão, onde Julie provavelmente fizera seu lanche enquanto falava ao telefone.

Julie Cutter não era muito organizada nem caprichosa com as coisas, mas adorava Aubrey.

Às sete e meia em ponto, felizmente depois de Grace já ter tomado a primeira xícara de café, Aubrey acordou.

Aquilo era tão certo quanto o sol se levantar todos os dia, pensou Grace, saindo da minúscula cozinha e se dirigindo para o quarto que dava para a sala. Com chuva ou sol, dias úteis ou fins de semana, o despertador interno de Aubrey tocava às sete e meia da manhã.

Grace poderia tê-la deixado mais tempo no berço para ter chance de tomar um pouco mais de café, mas, no fundo, adorava esse momento, todos os dias. Aubrey já estava em pé, encostada à grade do berço, com os cachinhos dourados embaraçados e as bochechas vermelhas, ainda marcadas pelas dobras do travesseiro. Grace ainda se lembrava da primeira vez em que entrara no quarto e vira Aubrey se segurando em pé, sozinha, com as pernas meio bambas e o rosto brilhando de surpresa e orgulho.

Agora, suas perninhas pareciam bem mais firmes. Ela levantava uma e, depois, a outra, em uma espécie de marcha alegre. Caiu na risada assim que viu Grace entrar no quarto.

— Mamãe, mamãe! Oi, minha mamãe!

— Oi, minha gatinha. — Grace se debruçou no berço para o primeiro beijinho de esquimó do dia, e esfregou o nariz no da filhinha, suspirando. Sabia o quanto era afortunada. Não podia haver nenhuma outra criança no planeta com uma natureza mais alegre que a da sua garotinha. — Como está a minha Aubrey?

— Colo! Qué sair!

— Aposto que sim. Quer fazer xixi?

— Qué fazê xixi... — concordou Aubrey, dando mais uma risadinha quando Grace a tirou do berço.

O treinamento para ir ao banheiro estava dando certo, avaliou Grace, verificando a fralda que Aubrey usara durante a noite, enquanto as duas iam em direção ao banheiro. Às vezes, ela ainda não conseguia se segurar.

Nesse dia, conseguira, e Grace se lançou em uma onda de elogios que só os pais de um bebê podem compreender; estava contente pelo fato de a menina ter conseguido manter a fralda seca. Dentinhos e cabelos foram devidamente escovados no banheiro que parecia um ovo de tão pequeno. Grace o enfeitara pintando as paredes de verde-menta e colocando na janela cortinas listradas em cores alegres.

Então começou a rotina do café da manhã. Aubrey queria sucrilhos com bananas, mas sem leite. Tapou a tigela com as mãos quando Grace começou a despejar o leite, balançando a cabeça vigorosamente e dizendo:

— Não, mamãe, não. Xica, por favor.

— Certo. O leite vai na xícara. — Grace encheu uma pequena xícara de leite e a colocou sobre a bandeja da cadeirinha alta, ao lado da tigela de cereais.

— Agora, coma. Temos um monte de coisas para fazer hoje.

— Fazer o quê?

— Deixe ver... — Grace preparou para si mesma uma torrada enquanto relatava os projetos para o dia. — Temos que acabar de lavar a roupa, e depois prometemos à Sra. West que iríamos lavar as janelas dela hoje.

Uma tarefa que ia lhe tomar umas três horas, avaliou Grace

— Depois, temos que ir ao supermercado.

— Lucy! — exclamou Aubrey, com um tom de prazer na voz.

— Sim, você vai se encontrar com a Lucy. — Lucy Wilson era uma das pessoas favoritas de Aubrey. A caixa do supermercado sempre tinha um sorriso para a menina... e um pirulito. — Depois que trouxermos as compras e guardarmos tudo, vamos para a casa dos Quinn.

— Seth! — Um pouco de leite escorreu pelos cantos de seus lábios sorridentes.

— Bem, querida, não sei ao certo se ele vai estar lá hoje. Pode ser que esteja com o Ethan, ajudando na construção do barco, ou talvez tenha ido visitar os amigos.

— Seth — repetiu Aubrey, com ar decidido, e sua boca formou um biquinho de teimosia.

— Vamos ver... — Grace limpou os respingos.

— Ethan.

— Talvez.

— Cachorros.

— Bobalhão vai estar lá, com certeza. — Beijou o topo da cabeça de Aubrey e se deu ao luxo de uma segunda xícara de café.

Às oito e quinze, Grace já estava equipada com uma pilha de jornais velhos e o spray que preparara com uma mistura de vinagre e amônia. Aubrey estava se distraindo no gramado com o seu brinquedo novo, Ouça e Repita. Em curtos intervalos, uma vaca mugia ou um porco grunhia. E Aubrey jamais deixava de ecoar em resposta.

Na hora em que Aubrey substituíra o objeto de seu afeto, abandonando-o em favor dos bloquinhos de montar, Grace acabara de limpar e dar brilho no lado de fora das janelas da frente e da lateral da casa, e estava rigorosamente no horário que calculara. Teria continuado dentro do tempo estimado se a Sra. West não tivesse aparecido com copos altos cheios de chá gelado e muita vontade de bater papo.

86

— Não sei como lhe agradecer por fazer esse serviço para mim, Grace.
— A Sra. West, avó de vários netos, trouxera o chá de Aubrey em uma caneca de plástico com patinhos dos lados.

— Fico feliz por poder ajudá-la, Sra. West.

— Já não consigo mais fazer esses serviços com a facilidade de antes, por causa da artrite, mas adoro ver minhas janelas brilhando. — Sorriu, fazendo aumentar os vincos de seu rosto já muito enrugado. — E você as deixa brilhando. Minha netinha, Layla, me disse que poderia lavá-las para mim. Para falar a verdade, porém, que o diabo não nos escute, Grace, mas aquela menina é uma destrambelhada. Era capaz de mal começar o trabalho e pegar no sono em cima das minhas plantas. Não sei o que vai ser dela no futuro...

Grace deu uma risada e atacou a vidraça seguinte, esfregando-a com força e dizendo:

— É que ela tem apenas quinze anos, e sua cabeça ainda está nos garotos, roupas e música.

— Nem me diga! — A Sra. West balançou a cabeça em concordância com tanta força que seu queixo duplo chegou a balançar com o movimento. — Mas veja só... eu, com a idade dela, já sabia limpar um caranguejo tão bem que mal dava para fechar um olho e o serviço já terminara. Valia o que me pagavam e me mantinha concentrada até o trabalho terminar. — Piscou. — Só então ia pensar em garotos. — Soltou uma gargalhada gostosa antes de sorrir para Aubrey, afirmando: — É um anjinho a menina que você tem ali, Grace.

— É literalmente a minha menina dos olhos. — Grace sorriu.

— E uma preciosidade, sabia? Veja você, o filho mais novinho da minha Carly, Luke, se lembra dele? Não consegue ficar quieto nem por dois minutos. Quando está acordado, passa todo o tempo correndo de um lado para outro em busca de problemas. Na semana passada mesmo, eu o peguei subindo pelas cortinas da sala de estar como se fosse um gato. — Apesar disso, a lembrança a fez sorrir. — É um capeta aquele menino...

— Aubrey também apronta de vez em quando.

— Não, não posso acreditar. Com aquela carinha de anjo? Você vai ser obrigada a escorraçar os rapazes com uma vassoura para conseguir mantê-los longe daquela gracinha qualquer dia desses. Ela até parece uma pintura de tão bonita. E eu já a vi andando por aí de mãozinhas dadas com um menino; portanto, se prepare...

Grace chegou a apertar com mais força a sua garrafa de spray e se virou na mesma hora, como para se certificar de que a sua garotinha não crescera de repente, enquanto ela não estava olhando.

— Aubrey? — perguntou ela, incrédula.

— Sim, ela mesma. — A Sra. West tornou a rir. — Estava caminhando junto do porto com um dos meninos Quinn... aquele novo.

— Ah, Seth! — A sensação de alívio foi tão ridícula que Grace pousou o spray sobre a mesa e pegou o seu copo de chá para beber. — Aubrey tem uma quedinha por ele.

— É um menino muito bonito. Matt, um dos meus netos, frequenta a escola com ele, e me contou que Seth socou a barriga daquele menino gorducho, Robert, algum tempo atrás. Não consegui deixar de pensar que já era tempo de alguém ensinar uma lição àquele gordinho. E como é que os Quinn estão se virando para cuidar do menino?

Aquela pergunta era o objetivo de ela ter ido ali para fora, mas a Sra. West acreditava que era importante chegar ao assunto principal aos poucos.

— Estão se saindo bem.

A Sra. West olhou para cima, com ar impaciente. A jovem à sua frente ia precisar de um pouco mais de estímulo para falar.

— Aquela moça com quem Cam se casou é realmente linda, mas vai precisar de mãos muito ágeis para manter o marido na linha. Sempre foi de aprontar aquele ali...

— Acho que Anna consegue lidar com ele.

— Viajaram para um lugar desses no estrangeiro, para a lua de mel, não foi?

— Roma. Seth me mostrou um cartão-postal que eles enviaram de lá. É um lugar belíssimo.

— Falar de Roma sempre me traz à cabeça aquele filme com Audrey Hepburn e Gregory Peck onde ela faz o papel de uma princesa. Não fazem mais filmes como aquele hoje em dia.

— *A Princesa e o Plebeu.* — Grace sorriu com ar pensativo e sonhador. Seu fraco eram os filmes clássicos românticos.

— Esse mesmo! — Grace se parecia um pouco com Audrey Hepburn, a Sra. West avaliou para si mesma. A cor dos cabelos era diferente, é claro, pois Grace era loura como uma princesa viking, mas tinha os olhos grandes e o rosto sereno e lindo. E era tão magra quanto a atriz, que Deus a tenha.

— Eu jamais estive em lugar algum do exterior. — Não conhecera sequer, pensou consigo mesma, mais de dois terços de seu próprio país. — Eles vão voltar logo?

— Dentro de alguns dias.

— Humm... bem, aquela casa bem que precisa de uma mulher, disso não há dúvida. Não consigo imaginar como devem ser as coisas por lá, com quatro marmanjos no comando. A casa deve feder à meia suja a maior parte do tempo. E não conheço um homem neste mundo de Deus que consiga mijar e depois dar a descarga.

— Eles não são tão terríveis assim — disse Grace, rindo e voltando ao trabalho. — Na verdade, Cam estava cuidando da casa muito bem antes de eles me contratarem para assumir a limpeza. Só que o único que se lembra de esvaziar os bolsos quando coloca as roupas para lavar é Phillip.

— Se esse é o pior dos problemas, até que não é tão mau. Imagino que a esposa de Cam vá assumir as tarefas caseiras depois que eles voltarem.

— Eu acho que... — As mãos de Grace apertaram com mais força o pedaço de jornal amassado que segurava, e seu coração deu um pulo. — Bem, ela trabalha em horário integral, em Princess Anne.

— É, mas provavelmente vai assumir a casa — repetiu a Sra. West. — Uma mulher gosta de manter a casa do seu jeito. E vai ser muito bom para o menino, eu acho, ter uma mulher por perto o tempo todo. Juro que não sei onde Ray estava com a cabeça dessa vez. Tinha um grande coração, sem dúvida, mas depois que Stella se foi... parece que ele resolveu trocar de âncora. De qualquer modo, um homem daquela idade pegando um menino para criar... não importa o motivo. Não que eu acredite em uma palavra sequer dessas fofocas que a gente ouve aí pela cidade. Nancy Claremont é a maior das fofoqueiras, e espalha seu veneno sempre que tem chance.

A Sra. West parou de falar e esperou por algum tempo, na esperança de que Grace começasse a contar mais alguma coisa. Ela, porém, parecia totalmente concentrada na limpeza da janela.

— Você sabe se aquele inspetor da seguradora tornou a aparecer?

— Não — respondeu Grace baixinho. — Não sei. Espero que não.

— Também não sei em que isso faz diferença, saber de onde o menino veio, no que diz respeito à seguradora. E mesmo que Ray tenha cometido suicídio, e eu não estou dizendo que acredito nisso, eles não podem provar, podem? Porque... — e fez uma pausa dramática, como fazia sempre que queria provar que tinha razão —... eles não estavam lá para saber!

Disse essa última frase com um ar de triunfo, no mesmo tom que usara quando fizera essa mesma afirmação para Nancy.

— O Professor Quinn jamais tiraria a própria vida — murmurou Grace.

— É claro que não! — A verdade, porém, é que essa especulação fornecia um bom material para fofocas. — O menino, porém... — Parou de falar de repente, colocando os ouvidos em alerta. — Acho que o meu telefone está tocando. Pode entrar para limpar as vidraças pelo lado de dentro assim que quiser, Grace, fique à vontade — disse ela, e correu para dentro de casa.

Grace não falou nada, continuou a trabalhar com determinação. Sua cabeça, porém, estava a mil por hora. Sentiu vergonha por não conseguir se concentrar no Professor Quinn. Tudo que vinha à sua mente era seu próprio futuro e o que poderia lhe acontecer.

Será que Anna ia voltar de Roma e assumir as tarefas da casa? Será que ela perderia seu emprego na casa dos Quinn e o dinheiro extra que isso lhe trazia? Pior — muito pior —, será que ia perder todas aquelas chances que tinha de ver Ethan uma ou duas vezes por semana? De fazer uma refeição em sua companhia de vez em quando?

Ela acabara se acostumando com aquilo, talvez estivesse até mesmo dependente disso... de se sentir parte da vida dele, mesmo que de forma apenas indireta, compreendeu. E por mais patético que pudesse parecer, adorava dobrar suas roupas e alisar os lençóis de sua cama ao trocá-los. Até mesmo se permitia acreditar que ele pensava nela sempre que encontrava um dos bilhetes que deixava espalhados pela casa. Ou se enfiava debaixo de lençóis limpos e cheirosos para dormir.

Será que ela ia perder isso também? Perder a satisfação que tinha ao vê-lo chegar com o seu barco, pegar Aubrey no colo sempre que ela exigia um beijinho ou simplesmente chegar bem junto dela, lançando-lhe um olhar acompanhado daquele sorriso que se abria bem devagar?

Será que tudo aquilo ia se transformar em um monte de lembranças que ela guardaria com carinho?

Seus dias iam passar tropeçando uns nos outros, sem que ela tivesse ao menos aquilo para aguardar com ansiedade. E suas noites iam continuar se sucedendo completamente solitárias.

Apertou os olhos com força, lutando contra o desespero. Então tornou a abri-los quando sentiu Aubrey puxando a bainha de seu short.

— Mamãe... e a Lucy?

— Vamos para lá daqui a pouco, querida. — E, por precisar daquilo, Grace pegou Aubrey no colo e deu-lhe um forte abraço.

Já era quase uma da tarde quando Grace acabou de guardar as compras e aprontar o almoço de Aubrey. Ela estava só com meia hora de atraso em seus horários, e achou que ia conseguir compensar o tempo perdido sem grandes dificuldades. Precisava apenas trabalhar um pouco mais depressa e se concentrar no trabalho. Sem ficar fazendo projetos, ordenou a si mesma enquanto prendia Aubrey em sua cadeirinha no banco do carona. Sem mais tolices.

— Seth, Seth, Seth! — entoou Aubrey, pulando na cadeirinha sem parar.

— Vamos ver se ele vai estar lá... — Grace se sentou ao volante, colocou a chave na ignição e a girou. A resposta do motor foi um zumbido suave e um sacolejo. — Ah, não, não faça isso comigo! Não me faça uma coisa dessas! Não tenho tempo para isso! — Ligeiramente em pânico, tornou a girar a chave, pisou fundo no acelerador, bombeando gasolina, e suspirou aliviada quando o motor pegou. —Assim é que eu gosto! — resmungou enquanto dava ré para sair. — Lá vamos nós, Aubrey!

— Lá vamos nós!

Cinco minutos depois, na metade do caminho entre a sua casa e a dos Quinn, o velho carro tornou a tossir, estremeceu e então começou a soltar fumaça pelo capô.

— Droga!

— Droga! — ecoou Aubrey com uma carinha alegre.

Grace simplesmente apertou o pulso sobre os olhos. Era o radiador, tinha certeza. No mês anterior, tinha sido a correia da ventoinha e, antes disso, as pastilhas dos freios. Resignada, conseguiu estacionar o carro na beira da estrada e saiu para abrir o capô.

A fumaça saiu em rolos escuros, o que a fez tossir e dar um passo para trás. De forma resoluta, engoliu o nó de desespero que sentiu na garganta. Talvez não fosse nada de grave. Podia ser alguma outra correia apenas. E se não fosse, suspirou fundo, ela teria de decidir se era melhor gastar mais dinheiro com aquela lata velha ou forçar ainda mais seu orçamento já apertado para trocar aquele carro por outra lata velha.

Qualquer que fosse a decisão, não havia nada a fazer naquele momento.

Abrindo a porta do outro lado, desafivelou Aubrey e informou-lhe:

— O carro está dodói novamente, querida.

— Ahhh... — reagiu ela, com desânimo.

— Sim, e vamos ter que deixá-lo aqui mesmo.

— Sozinho?

— Não por muito tempo. — A preocupação que Aubrey sempre demonstrava por coisas inanimadas fez Grace voltar a sorrir. — Vou ligar para o mecânico e pedir a ele para vir até aqui cuidar do carro.

— Ele vai ficar bom?

— Espero que sim. Agora, vamos a pé o resto do caminho, até chegar à casa de Seth.

— Tá bom... — Adorando a mudança na rotina, Aubrey se remexeu toda para sair da cadeirinha.

Quinhentos metros adiante, Grace já estava com a menina no colo.

Mas o dia estava lindo, lembrou a si mesma. E caminhar lhe deu a oportunidade de olhar as coisas com objetividade e clareza. As madressilvas em flor estavam se lançando por cima de uma cerca que protegia um bem cuidado canteiro de soja, e o aroma que exalavam era maravilhoso. Grace pegou um ramo de flores para Aubrey.

Ao chegarem perto do terreno pantanoso que demarcava a propriedade dos Quinn, os braços de Grace já estavam doendo. Pararam para observar uma tartaruga que tomava sol na beira da estrada, e Grace sorriu quando Aubrey soltou uma gargalhada gostosa ao ver a tartaruga enfiar a cabeça dentro do casco, com medo da menina, que estendeu a mão para acariciá-la.

— Dá para você andar um pouquinho agora, querida?

— Cansada... — Com olhar suplicante, Aubrey levantou os bracinhos. — Qué colo!

— Certo, então vamos lá. Já estamos chegando. — Já passava da hora de sua soneca, pensou Grace. Aubrey sempre gostava de tirar uma soneca logo depois do almoço, todo dia. Dormia por duas horas, nem um minuto a mais nem a menos, e acordava cheia de energia.

A cabeça de Aubrey pendia sobre o ombro da mãe, e a menina já estava cochilando quando as duas atravessaram a varanda e entraram na casa.

Assim que colocou a filha para dormir no sofá, Grace subiu correndo as escadas para tirar os lençóis das camas, recolher e separar por lotes as roupas que estavam para lavar. Com a primeira leva já na máquina, deu um rápido telefonema para o mecânico, que prometeu fazer o possível para cuidar bem do carro adoentado e mantê-lo vivo.

Voltou para o andar de cima e colocou lençóis limpos em todas as camas. Para evitar ter de subir e descer o tempo todo, Grace mantinha produtos de limpeza na parte de cima da casa também. Atacou o banheiro primeiro, lavando, esfregando e enxaguando tudo com energia, até deixar os metais brilhando e o piso limpíssimo.

Aquela era, lembrou a si mesma, a última faxina completa na casa dos Quinn antes da volta de Cam e Anna. Apesar disso, ela já decidira, durante a caminhada do carro enguiçado até ali, que encaixaria mais umas duas horas em sua programação para uma rápida arrumação no dia programado para a volta deles.

Grace tinha orgulho de seu trabalho, não tinha? E certamente outra mulher conseguiria reparar no capricho, nos cantos limpos e nos pequenos toques extras que ela tentaria acrescentar à casa. Uma mulher dedicada à profissão como Anna, com uma carreira que lhe exigia tempo, conseguiria enxergar que Grace era muito necessária ali, não conseguiria?

Desceu correndo as escadas mais uma vez para se certificar de que Aubrey estava bem e aproveitou para tirar as roupas molhadas da lavadora, transferi--las para uma cesta e tornar a encher a máquina com outra leva de roupas.

Ela ia preparar um arranjo com flores colhidas no dia para colocar no quarto principal para quando os recém-casados chegassem. E colocaria para uso o conjunto novo de toalhas. Deixaria também um bilhete para Phillip, pedindo que ele comprasse algumas frutas, para arrumá-las de forma atraente e simpática na imensa fruteira da mesa da cozinha.

Conseguiu, ainda, tempo para passar cera no piso de madeira, além de lavar e passar as cortinas.

Pendurou as roupas na corda com toda a rapidez, sem curtir a tarefa, como geralmente acontecia, devido ao pouco tempo que havia. Mesmo assim, a rotina simples e familiar começou a acalmá-la. Tudo ia acabar dando certo, de algum modo.

De repente, sentiu o corpo oscilar para a frente e para trás, e balançou a cabeça para raciocinar melhor. A fadiga chegara mais depressa naquele dia, com a rapidez de um soco no queixo. Se Grace tivesse se dado ao trabalho de calcular quanto tempo passara em pé e se movimentando durante todo o dia, teria computado sete horas, isso depois de uma curta noite de apenas cinco horas de sono. O que calculou, porém, foi que tinha ainda doze horas pela frente e precisava de um descanso.

Dez minutos, prometeu a si mesma, como costumava fazer em dias pesados como aquele. Apenas dez minutos relaxada sobre a grama, ao lado das roupas que balançavam ao vento. Um cochilo de dez minutos seria o bastante para recarregar suas baterias, e talvez até lhe sobrasse um tempinho para lavar a cozinha antes de Aubrey acordar.

Ethan vinha dirigindo para casa depois do dia de trabalho, que terminara na beira do cais. Resolvera encurtar o dia no mar, deixando por conta de Jim e de seu filho a incumbência de levar o barco de trabalho para o mar novamente, a fim de verificar as armações para caranguejo que eles haviam instalado no rio Pocomoke. Seth estava fora, passando o dia na casa de Danny e Will, e Ethan pensou em improvisar um almoço, ainda que atrasado, para depois passar o resto do dia no galpão, trabalhando no barco. Queria terminar a cabine do piloto, e talvez começar a cortar o teto da cobertura do deque. Quanto mais ele conseguisse adiantar, mais rápido chegaria à parte de Cam, que ia cuidar dos acabamentos e enfeites.

Diminuiu a velocidade ao ver o carro de Grace abandonado na beira da estrada e resolveu dar uma parada. Balançou a cabeça ao olhar dentro do capô. Aquela porcaria parecia estar toda soldada com chiclete, cuspe e preces, refletiu. Ela não devia estar dirigindo um carro tão pouco confiável quanto aquele. E se, pensou ele, com amargura, aquele calhambeque resolvesse quebrar na hora em que ela estivesse voltando para casa, depois de seu turno no bar, no meio da madrugada?

Olhou mais de perto e soltou um assobio por entre os dentes. O radiador já era... e se Grace estivesse pensando em substituí-lo era melhor que ele a fizesse tirar isso da cabeça.

Ia procurar um carro usado decente para ela. Então, faria uma revisão nele ou pediria a Cam, que conhecia motores tão bem quanto Midas conhecia ouro, para ajustá-lo. Não ia aceitar que ela continuasse a ir a toda parte dentro de uma lata velha como aquela, ainda mais com o bebê.

De repente, lembrou que precisava se segurar a respeito daquilo, e deu dois passos para trás. Afinal, o assunto não era da sua conta... Uma ova que não era!, pensou em um rompante incomum de raiva. Ela era uma amiga, não era? Ele tinha todo o direito de ajudar uma amiga, especialmente uma pessoa que precisava de quem tomasse conta dela.

E Deus sabia muito bem, mesmo que Grace não soubesse, que ela precisava muito de uma pessoa que cuidasse dela. Voltou à caminhonete e foi dirigindo até em casa com a cara amarrada.

Quase deixou a porta telada dos fundos bater com força ao entrar, mas notou a tempo que Aubrey estava dormindo, encolhida, no sofá. A cara amarrada não teve mais chance de se manter. Fechando a porta com todo o cuidado para não acordá-la, foi pé ante pé até onde ela dormia. Sua mãozinha estava fechada sobre o travesseiro. Sem conseguir resistir, pegou na mãozinha da criança, com delicadeza, e se maravilhou ao observar de perto aqueles dedinhos minúsculos e perfeitos. Ela estava com uma fita amarrada nos cabelos, por entre os cachos abundantes, um pedacinho de renda azul que ele imaginou que Grace tivesse amarrado na filha logo de manhã cedo. Estava meio torto naquele momento, o que só servia para tornar o quadro ainda mais doce.

Torceu para que ela acordasse antes de ele ter de sair novamente para trabalhar.

No momento, o mais importante era encontrar a mãe de Aubrey e conversar a respeito de meios de transporte mais seguros.

Virando a cabeça meio de lado e aguçando o ouvido, decidiu que tudo parecia muito silencioso para que ela estivesse no andar de cima desempenhando as tarefas que costumava realizar por lá. Foi até a cozinha e notou que os sinais de um café da manhã tomado às pressas ainda estavam espalhados por ali. A faxina, portanto, ainda não chegara à cozinha. A máquina de lavar roupa, porém, estava ligada, e ele viu alguns lençóis pendurados na corda, balançando ao vento da tarde.

No instante em que colocou os pés fora da porta, ele a viu. E entrou em pânico. Não soube direito o que pensar, sabia apenas que ela estava caída no gramado. Terríveis imagens de doenças e ferimentos vieram-lhe à cabeça enquanto ele saiu correndo na direção dela para acudi-la. Já estava quase se lançando em cima dela quando reparou que ela não estava desmaiada. Estava apenas dormindo.

Encolhida do mesmo jeito que a filha dentro de casa. Uma das mãos fechada junto do rosto, a respiração suave, profunda e regular. Ele se deixou desabar ao lado dela, cedendo aos joelhos bambos, e esperou que o coração disparado voltasse a um ritmo que se aproximasse do normal.

Sentado ali, ouvindo o barulho das roupas que drapejavam no varal, o sussurro da água que beijava a margem gramada e os pássaros que chilreavam, ficou se perguntando que diabos deveria fazer com ela.

No fim, simplesmente suspirou, levantou-se e então, tornando a se abaixar na direção dela, pegou-a no colo.

Ela se remexeu ligeiramente em seus braços, fazendo seu sangue começar a correr mais depressa, talvez depressa demais.

— Ethan? — murmurou ela, virando o rosto na direção da curva do pescoço dele, fazendo-a imaginar uma linda fantasia em que ele saía rolando com ela por cima daquela grama aquecida pelo sol.

— Ethan... — repetiu ela, dessa vez passando os dedos ao longo de seu ombro, fazendo-o retesar os músculos e deixando-os duros como ferro. Ela tornou a dizer: — Ethan! — Só que dessa vez foi um grito agudo de choque, enquanto lançava a cabeça para cima e olhava para ele fixamente.

Seus olhos pareciam ofuscados devido ao sono, mas brilhavam de surpresa. Sua boca tomou a forma de um "O" que era, por si só, uma fantástica tentação. Então um rubor forte inundou-lhe a face.

— O que foi? O que aconteceu, Ethan? — conseguiu dizer, apesar de o estômago se revirar com uma mistura de vergonha e excitação.

— Já que você queria tirar uma soneca, devia ter juízo e cochilar lá dentro, longe do sol, como Aubrey fez. — Ele sabia que sua voz estava um pouco ríspida. Não conseguia fazer nada para evitar isso. O desejo o agarrara pela garganta e parecia apertar-lhe as cordas vocais com suas garras.

— Eu estava apenas...

— Perdi dez anos de vida quando vi você caída ali. Achei que tinha sofrido um desmaio ou algo assim.

— Não, resolvi só me esticar um pouquinho, por dez minutos. Aubrey estava dormindo lá dentro, então... Aubrey! Tenho que ver se ela está bem!

— Acabei de vê-la. Ela está ótima. Você teria demonstrado mais juízo se tivesse tirado o seu cochilo ao lado dela no sofá.

— Não, eu não vim aqui para dormir.

— Mas estava dormindo.

— Só por um minuto.

— Você precisa de mais de um minuto.

— Não, não preciso. É que as coisas ficaram meio complicadas hoje e meu cérebro ficou cansado.

Aquilo quase o divertiu. Ele parou na porta da cozinha, ainda a segurando no colo, e olhou para seus olhos.

— Seu *cérebro* ficou cansado?

— Foi... — E agora lhe parecia quase totalmente bloqueado. — E eu precisava descansar a cabeça apenas um minutinho, foi tudo. Coloque-me no chão, Ethan.

Ele ainda não se sentia pronto para soltá-la, e disse:

— Vi o seu carro a quase dois quilômetros daqui, na estrada.

— Já liguei para o Dave e contei sobre o carro. Ele vai lá dar uma olhada assim que puder.

— E veio andando de lá até aqui, carregando Aubrey?

— Não, meu *chofer* nos trouxe. Agora me coloque no chão, Ethan. — Antes que eu exploda, pensou ela.

— Bem, pode dispensar o *chofer* pelo resto do dia. Eu levo vocês para casa, assim que Aubrey acordar.

— Eu sei chegar sozinha em casa. Mal comecei o serviço aqui e agora preciso voltar para ele.

— Você não vai voltar a pé mais de quatro quilômetros.

— Vou ligar para Julie. Ela pode dar uma passada aqui e nos pegar. Você deve estar cheio de trabalho para fazer. Além do mais, eu... já estou atrasada aqui — disse ela, já desesperada — e não vou conseguir terminar minhas tarefas se você não me colocar no chão.

— Você tira de letra.

— Olhe, se você vai começar a dizer que estou muito magra, eu... — A fisgada de carência por ele se transformara em aborrecimento.

— Não, não diria magra. Você tem bons ossos, só isso. — E uma camada lisa e suave de carne para cobri-los. Ethan colocou-a no chão, antes que acabasse se esquecendo de que pretendia apenas tomar conta dela. — Não precisa se preocupar com a casa hoje.

— Preciso sim. Preciso fazer o meu trabalho. — Seus nervos estavam em frangalhos. O jeito como ele olhava para ela fazia com que Grace quisesse voltar voando para o seu colo e, ao mesmo tempo, lhe dava vontade de sair correndo pela porta dos fundos, assustada como um coelho. Ela jamais lutara internamente daquela forma, e tudo o que podia fazer era assegurar seu território. — Posso trabalhar bem mais depressa se vocês não estiverem pelo caminho.

— Pois, então, eu posso sair de campo, mas só depois que você ligar para a Julie para ver se ela pode mesmo passar por aqui para levar vocês. — Ele esticou o braço para tirar uma penugem de dente-de-leão que ficara presa em seu cabelo.

— Certo. — Ela se virou e digitou os números da casa de Julie no telefone da cozinha. Talvez fosse até melhor mesmo, pensou, chateada, ao ouvir o telefone tocar do outro lado da linha, se Anna não a quisesse mais por ali depois que voltasse para casa. Pelo jeito, ela já não conseguia ficar nem dez minutos perto de Ethan sem se sentir agitada. Se continuasse daquele jeito, iria acabar fazendo algo que mataria os dois de vergonha.

Capítulo Seis

Ethan não se incomodava de trabalhar durante muitas horas extras no barco à noite. Especialmente quando conseguia ficar sozinho. Nem foi preciso usar de muita persuasão para que Seth e os outros meninos o convencessem a deixá-los acampar no quintal. Isso dava a Ethan a chance de ter uma noite só para ele, uma raridade naqueles dias, e tempo para trabalhar sem ter de ficar respondendo a perguntas ou ouvindo comentários.

Não que o menino não o distraísse, refletiu Ethan. Na verdade, ele se sentia até muito ligado a Seth. Aceitá-lo em sua vida havia sido uma coisa normal, porque Ray pedira que ele fizesse isso. Porém, a afeição, a apreciação que sentia por Seth e a lealdade haviam crescido e se fortalecido, até se tornarem natural.

Mas isso não significava que o garoto não conseguisse minar todas as suas energias.

Ethan resolvera fazer apenas trabalhos braçais naquela noite. Mesmo se sentindo alerta à meia-noite, a chance de acabar ficando meio lerdo e zonzo no trabalho era grande e ele não queria se arriscar a perder um dedo em uma das ferramentas elétricas. De qualquer modo, era tranquilizador trabalhar naquele silêncio, lixando à mão as quinas e superfícies, até senti-las lisinhas sob os dedos.

Eles estariam prontos para selar e completar a vedação do casco antes do fim da semana, e então Seth poderia passar a lixa nas colunas da amurada. Se Cam caísse dentro no trabalho e tratasse de completar a parte que ficava por baixo do deque, e se Seth não reclamasse demais por ter de trabalhar com massa de vidraceiro, cimento selante e verniz pelas próximas duas semanas, eles estariam muito bem e dentro do prazo.

Olhou para o relógio, viu que o tempo passara depressa demais e começou a guardar as ferramentas. Depois, varreu tudo, já que Seth não estava ali para pilotar a vassoura.

À uma e quinze da manhã, estava estacionado do lado de fora do bar do Shiney. Não pretendia entrar, mas também não deixaria Grace caminhar mais de dois quilômetros de volta para casa quando o bar fechasse. Assim, recostou-se no banco do carro, acendeu a luz do teto e resolveu passar o tempo relendo o seu exemplar muito gasto de *A Rua das Ilusões Perdidas*, o clássico de John Steinbeck.

Lá dentro era fim de festa e o bar já estava para fechar. Grace só se sentiria mais feliz se Dave tivesse dito a ela que tudo do que precisava para deixar o carro cem por cento era um pouco de cola e um elástico.

Em vez disso, porém, ele lhe dissera que o conserto ia ficar meio caro e que ela teria sorte se a velha carroça conseguisse aguentar mais uns seis ou oito mil quilômetros.

Aquilo era uma coisa com a qual ela teria de se preocupar mais tarde; no momento, já estava ocupada o bastante, tentando se livrar de um cliente muito insistente, de passagem por St. Chris, a caminho de Savannah, o qual enfiara na cabeça que Grace gostaria de ser a sua companhia para aquela noite.

— Eu já me instalei no quarto do hotel. — Piscou ele quando ela foi servir o último drinque da noite. — Lá tem uma cama imensa e serviço de quarto vinte e quatro horas por dia. Nós podíamos fazer uma tremenda farra, favinho de mel.

— Não gosto muito de fazer farras, obrigada.

Ele a agarrou pela mão e a puxou com força, fazendo-a perder o equilíbrio e obrigando-a a se escorar em seu ombro para evitar cair em seu colo.

— Pois então, doçura, essa é a sua chance de aproveitar uma farra... — Ele tinha olhos escuros e olhou com ar malicioso diretamente para os seus seios. — Eu adoro louras com pernas compridas. Sempre cuido delas de forma especial.

Ele era chato e insistente, pensou Grace, sentindo o cheiro de cerveja que vinha de sua boca. Por outro lado, já lidara com tipos piores.

— Obrigada mesmo — recusou ela —, mas estou terminando meu horário e pretendo ir direto para casa.

— A sua casa também está legal para mim...

— Senhor...

— Bob. Pode me chamar só de Bob, boneca.

— Senhor! — Ela puxou a mão com força para se soltar dele. — Simplesmente, eu não estou a fim!

Claro que ela estava a fim, pensou ele, lançando-lhe um sorriso que ele sabia que era irresistível. Afinal, gastara dois mil dólares só para ter os dentes muito bem tratados, não foi?

— Esse papo de se fazer de difícil me deixa ainda mais ligado — avisou ele.

— Olhe, vamos fechar em quinze minutos. — Grace decidiu que ele não merecia nem mesmo um suspiro com cara de nojo. — O senhor vai ter que pedir a sua conta.

— Tá legal, tá legal, não precisa ficar nervosinha. — Tornou a sorrir exibindo todos os dentes, enquanto tirava um maço de notas preso por um clipe de papel grande. Ele sempre deixava algumas notas de vinte dólares à mostra, pelo lado de fora, e, depois, enchia o resto do maço com notas de um. — Você me diz quanto eu devo e depois a gente pode... negociar a gorjeta.

Às vezes, decidiu Grace, era melhor manter a boca bem fechada. O que ela sentiu vontade de responder a ele era muito pesado e podia lhe custar o emprego. Assim, resolveu se afastar da mesa sem dizer nada, levando os copos vazios para o balcão.

— Ele está incomodando você, Grace?

Ela sorriu de leve para Steve. Estavam apenas os dois trabalhando no bar àquela hora. A outra garçonete saíra mais cedo, à meia-noite, reclamando de enxaqueca. Vendo que ela estava pálida como um fantasma, Grace a mandara para casa e concordara em cobrir o seu horário.

— Não, Steve, é só um daqueles presentes que as mulheres recebem de vez em quando. Nada de preocupante.

— Se ele não se mancar e for embora até a hora de a gente encerrar, eu fico aqui até você estar bem trancada no carro e já a caminho de casa, e, depois, fecho as portas.

Grace soltou um som meio incerto com os lábios, em sinal de concordância. Ela não mencionara que estava a pé, porque sabia que Steve ia insistir para levá-la em casa. Ele morava a vinte minutos dali e na direção oposta à da casa dela. Além do mais, tinha uma mulher no final da gravidez esperando por ele.

Ela fechou as contas de todas as mesas, limpou-as e reparou, com alívio, que o cliente insistente finalmente se levantara para sair. Pagou a conta de quase dezenove dólares em dinheiro, deixando uma nota de vinte dólares sobre a mesa. Embora ele tivesse conseguido monopolizar o seu tempo por quase três horas, Grace estava cansada demais para se aborrecer por causa da gorjeta ridícula.

Não levou muito tempo para o bar se esvaziar por completo. A maioria dos clientes eram alunos da faculdade saindo para tomar umas cervejas e jogar conversa fora no meio da semana. Pelos seus cálculos, ela servira uma média de vinte mesas, já incluindo o revezamento de clientes, desde que seu horário começara, às sete da noite. O total de gorjetas da noite inteira não daria para pagar nem mesmo as calotas do carro novo que ia ter que comprar.

Tudo estava tão silencioso no bar que tanto ela quanto Steve pularam como coelhos assustados quando o telefone tocou. Enquanto Grace riu do susto que os dois levaram, Steve ficou completamente pálido.

— Mollie! — Foi tudo o que ele disse ao se lançar sobre o telefone, gaguejando ao atender à ligação. — Já está na hora?

Grace deu um passo à frente, perguntando a si mesma se seria forte o bastante para ampará-lo caso ele caísse duro de emoção. Quando o viu balançando a cabeça para cima e para baixo em sinal de aprovação, sentiu um largo sorriso se abrir.

— Certo! — disse ele junto ao fone. — Então você liga para o médico, certo? Já está tudo pronto para a gente ir para o hospital. Você está sentindo contrações de quanto em quanto... Ai, meu Deus, ai, meu Deus! Já estou indo! Não se mexa, fique deitada. Não faça coisa alguma. Não se preocupe.

Colocando o fone no gancho, ele congelou ao contar.

— Era Mollie... ela é a minha mulher... está tendo...

— Sim, eu sei quem é a Mollie, Steve. Estudamos juntas desde o jardim de infância. — Riu Grace. Então, por Steve estar assim tão apavorado e por Grace gostar muito dele, emoldurou seu rosto com as mãos e deu-lhe um beijo. — Vá logo, mas dirija com cuidado. Os bebês levam um tempinho para nascer, vai dar tempo. Ele vai esperar até você chegar.

— Nós vamos ter um bebê... — disse ele, como se estivesse testando cada palavra — ... eu e a Mollie.

— Eu sei, e isso é maravilhoso. Diga a ela que eu vou passar lá amanhã para vê-la, e o bebê. Claro que se você ficar aí plantado feito um dois de paus, com os pés colados no chão, ela vai ter que dirigir até o hospital sozinha.

— Caramba! Tenho que ir! — Derrubou uma cadeira na pressa de sair. — As chaves? Cadê as chaves?

— As chaves do carro estão no seu bolso. As chaves do bar estão atrás do balcão. Pode deixar que eu tranco tudo, papai.

Ele parou, lançou um sorriso imenso e energizado para Grace por cima do ombro e foi embora, gritando:

— Uau!

Grace ainda estava rindo quando pegou a cadeira derrubada e a recolocou, de cabeça para baixo, sobre a mesa.

Lembrou a noite em que entrara no trabalho de parto de Aubrey. Puxa, ficara com tanto medo e, ao mesmo tempo, tão empolgada... Na verdade, ela mesma foi dirigindo até o hospital. Não houve marido algum para entrar em pânico junto com ela. Não houve ninguém que se sentasse ao seu lado, segurasse a sua mão e a mandasse respirar fundo.

Quando a dor e o sentimento de solidão chegaram ao pior momento, ela se rendeu e pediu à enfermeira que chamasse a sua mãe. É claro que sua mãe foi vê-la, ficou com ela e viu Aubrey nascer. Choraram juntas, riram juntas, e pareceu que tudo ia ficar bem novamente.

Seu pai não apareceu. Nem naquela hora nem depois. Sua mãe colocou um monte de paninhos quentes, mas Grace compreendeu que não fora perdoada. Outras pessoas, porém, apareceram. Julie e seus pais, alguns amigos e vizinhos...

Além de Ethan e do Professor Quinn.

E trouxeram flores. Margaridas rosadas e brancas, e muitos botões de rosa. Ela guardara cada uma delas entre as páginas do Livro do Bebê de Aubrey.

Lembrar-se de tudo isso a fez sorrir, e, quando a porta atrás dela se abriu, ela se virou, quase caindo na risada, ao dizer:

— Steve, se você não correr, Mollie vai ter que... — parou de falar de repente, sentindo-se mais chateada do que nervosa ao ver o cliente que a incomodara entrar de volta. — Já fechamos! — avisou com firmeza.

— Eu sei, favinho de mel. Saquei que você ia arranjar um jeito de ficar aqui mais um pouco, só para esperar por mim.

— Eu não estava à sua espera. — Que droga, por que diabos ela não trancara a porta assim que Steve saiu? — Já lhe disse que estamos fechados. O senhor vai ter que se retirar.

— Ah, você quer continuar brincando assim? Por mim, tudo bem. — Ele veio se aproximando bem devagar, até se encostar no balcão. Andara malhando na academia regularmente durante meses e sabia que aquela posição exibia os seus músculos tão bem trabalhados. — Por que não prepara um drinque para nós dois? Então, a gente vai poder conversar a respeito da gorjeta.

— O senhor já me deu uma gorjeta... — disse Grace, com a paciência se esgotando — ... e agora eu vou lhe devolver a gentileza dando-lhe uma dica. Se não sair por aquela porta em dez segundos, vou chamar a polícia. Em vez de passar a noite na cama imensa do seu quarto de hotel, o senhor vai passá-la atrás das grades.

— Ora, mas eu tinha outros planos. — Agarrou-a, pressionando-a de encontro ao balcão e se encostando nela. — Viu só? Saquei que você estava querendo isso também. Percebi o jeito como me olhou a noite inteira. E fiquei esperando esse tempo todo para ver um pouco de ação.

Ela não conseguiu levantar o joelho para atingi-lo direto no órgão que ele estava, de forma orgulhosa, apertando de encontro a ela. Também não conseguiu mover as mãos para empurrá-lo, nem arranhá-lo. Uma fisgada de pânico começou a surgir em sua garganta e então se espalhou como uma onda de calor quando ele enfiou a mão por baixo de sua saia.

Ela já estava pronta para morder, gritar e cuspir quando o viu ser subitamente arrancado para longe dela e ser lançado para trás em um voo inesperado. Tudo o que conseguiu fazer foi continuar colada no balcão, olhando para Ethan.

— Você está bem?

Ele perguntou com a voz tão calma que sua cabeça subiu e desceu respondendo automaticamente, como um robô. Os seus olhos, porém, não estavam nem um pouco calmos. Havia raiva neles, uma raiva tão básica e primitiva que a fez estremecer.

— Vá lá para fora e me espere na caminhonete.

— Eu... ele... — Então ela soltou um grito agudo. Morreria de vergonha ao se lembrar disso mais tarde, mas aquele foi o único som que saiu pela sua garganta apertada quando o homem se lançou contra Ethan como um aríete, com a cabeça abaixada e os punhos cerrados.

Grace ficou olhando e desviou, sem equilíbrio, enquanto Ethan simplesmente se virava nos calcanhares e dava um soco no sujeito, e depois outro, antes de lançá-lo no ar como um inseto. Então se abaixou, agarrou-o pela camisa e o levantou com violência, colocando-o de pé como se fosse um boneco com as pernas bambas.

— Acho que você não vai querer mais ficar por aqui, meu chapa — sua voz parecia uma lâmina de aço cheia de dentes pontudos —, porque se eu notar que você ainda está neste bar depois de se passarem dois minutos, vou matar você e, a não ser que tenha família ou amigos chegados, garanto que ninguém por aqui vai dar a mínima para a sua morte.

E o atirou longe, com o que pareceu a Grace um simples movimento do punho, fazendo o homem aterrissar sobre uma mesa, quebrando-a. Então, Ethan virou-lhe as costas como se o sujeito não existisse. *Só* que nem um pouco da fúria dura como pedra desaparecera do seu rosto quando ele tornou a olhar para Grace.

— Eu avisei que era para você me esperar na caminhonete!

— Eu tenho que... eu preciso... — Ela apertava as mãos sobre o peito como se quisesse tentar arrancar as palavras dele. Nenhum dos dois olhou quando o homem saiu cambaleando e correu porta afora, aos tropeções. — Eu tenho que trancar tudo. Shiney...

— O Shiney pode ir para o inferno! — Já que, pelo jeito, ela não ia se mexer, Ethan agarrou-a pela mão e foi levando-a em direção à porta. — Shiney merecia ser chicoteado por deixar a responsabilidade de trancar esse lugar para uma mulher sozinha, a essa hora da madrugada.

— É que o Steve, ele...

— Eu vi quando o filho da mãe saiu daqui desabalado, como se estivesse escapando de uma bomba prestes a explodir. — Ethan pretendia levar um longo papo com Steve também, prometeu a si mesmo, com a cara amarrada. Assim que colocasse Grace dentro da caminhonete.

— Foi a Mollie. — gritou ela. — Ela entrou em trabalho de parto. Eu o mandei para casa.

— Você bem que faria isso mesmo. Uma idiotice dessas!

Esta afirmação, feita com o mesmo tom de fúria borbulhante, fez com que o tremor que Grace começava a sentir parasse na mesma hora e o sentimento de gratidão que ia expressar, meio gaga, foi cortado pela raiz. Ele a salvara, era tudo o que conseguia pensar, como um cavaleiro em um conto de fadas. A névoa de romantismo e sonho que se formava em seu cérebro ainda agitado evaporou de vez.

— Ei, eu certamente não sou uma idiota!

— É claro que é! — Saiu do estacionamento com a caminhonete cantando pneus e espalhando cascalho, fazendo com que Grace fosse lançada para trás no encosto do banco. Seu acesso de raiva que demonstrava um gênio terrível por trás da calma era muito raro, mas continuava a todo o vapor, e não havia como impedi-lo até que toda a sua fúria se dissipasse.

— Aquele homem é que foi o idiota da história! — reagiu ela. — Eu estava apenas fazendo o meu trabalho.

— Pois fazer o seu trabalho quase a fez ser estuprada. O filho da mãe já estava enfiando a mão por baixo da sua saia.

Ela ainda podia sentir aquela mão nojenta e o modo com que se sentiu agarrada e invadida. Uma sensação de náusea subiu-lhe pela garganta, mas foi implacavelmente engolida.

— Sei muito bem disso, Ethan, mas entenda que coisas como essa não costumam acontecer no bar do Shiney.

— Pois acabou de acontecer... no bar do Shiney.

— O bar não costuma atrair esse tipo de clientela. Ele não era da cidade. Estava apenas...

— Estava apenas lá! — Ethan chegou à calçada da casa de Grace, pisou no freio e então desligou o motor com um movimento brusco do pulso. — E você também estava. Limpando a porcaria do balcão de um bar no meio da madrugada, sozinha. E o que pretendia fazer quando acabasse de trancar tudo? Ia a pé para casa, no meio da noite, andando quatro quilômetros?

— Eu pretendia pegar uma carona, só que...

— Só que é cabeça-dura demais para pedir uma — disse ele, terminando a frase por ela. — Você preferia ir capengando até em casa em cima desses sapatos de salto alto a pedir um favor.

Ela levara um par de tênis para o trabalho, dentro da bolsa, mas achou que mencionar isso não faria diferença. A bolsa, lembrou naquele momento, que deixara para trás no bar que ficara destrancado. Agora, ela teria de voltar lá de manhã bem cedinho, pegar suas coisas e trancar tudo, antes que o patrão chegasse para verificar se estava tudo bem.

— Então, Ethan, agradeço muito pela sua opinião a respeito dos meus defeitos e também pelo sermão. E obrigada pela maldita carona também! — Tentou abrir a porta, mas Ethan agarrou-a pelo braço e a girou de volta na direção dele.

— Aonde a senhora pensa que vai?

— Vou para casa. Vou tomar um banho, para lavar a minha cabeça dura e o meu cérebro idiota e, depois, vou para a cama.

— Mas eu ainda não acabei.

— Não? Pois *eu* acabei. — Desvencilhando-se dele, saltou do carro. Se não fosse pela droga dos saltos altos, teria conseguido chegar à porta. Só que ele estava do lado oposto, junto da calçada, e bloqueou-lhe a passagem antes que ela conseguisse dar três passos. — Não tenho mais nada para falar com você. — Sua voz estava fria, distante, e seu queixo estava levantado.

— Ótimo. Então fique só ouvindo. Se não quiser pedir demissão do emprego, que é o que deveria simplesmente fazer, vai ter que tomar algumas precauções básicas. Arrumar um carro decente, para começar.

— Não venha me dizer o que eu tenho que fazer da minha vida.

— Cale a boca!

Ela calou, mas só porque ficou tão atônita que não conseguiu dizer nada. Jamais, em todos os anos em que o conhecia, vira Ethan naquele estado. Sob a luz do luar dava para ver que a fúria em seus olhos não diminuíra nem um pouco. Seu rosto estava rígido, como se fosse feito de pedra, e as sombras que ele lançava faziam-no parecer rude, até mesmo perigoso.

— Vamos providenciar para que você consiga um carro confiável — continuou ele, com o mesmo tom de irritação na voz. — E não quero que fique para trancar o bar sozinha novamente. Quando terminar o seu horário, quero que alguém vá com você até o carro e fique esperando até você travar a porta e sair do estacionamento.

— Isso é ridículo.

Ethan deu um passo à frente. Embora não a tocasse nem sequer movimentasse a mão, ela recuou. Seu coração começou a bater muito depressa e muito alto, como se estivesse dentro de sua cabeça.

— O que é ridículo — disse ele — é você achar que pode lidar com qualquer problema que apareça em sua vida sozinha. Estou farto disso!

— Você está... *farto* disso? — gaguejou ela, odiando-se por isso.

— Estou, e isso vai ter que parar. Não posso fazer muita coisa a respeito de você ficar se matando de trabalhar, mas posso resolver algo a respeito do resto. Se você não fizer acordos e exigir algumas medidas de segurança no bar, eu mesmo vou cuidar disso. Você tem que parar de procurar encrenca.

— *Eu* procurando encrenca? — A indignação surgiu por dentro dela como uma onda fervente e foi aumentando tanto de intensidade que ela ficou surpresa por sua cabeça simplesmente não estourar. — Eu *não estava* procurando encrenca nenhuma. O canalha não sabia aceitar um não como resposta, por mais que eu insistisse nisso.

— Então é exatamente sobre isso que eu estou falando!

— Pois eu não entendi o que você está dizendo — reagiu ela, com um sibilar furioso. — Cuidei dele, e teria dado conta de tudo se...

— Dado conta? Como? — Havia uma área vermelha nos cantos dos olhos de Ethan. Ele ainda conseguia ver o jeito com que ela fora pressionada de encontro ao balcão, com os olhos arregalados e assustados. Seu rosto ficou pálido como um lençol e sua visão parecia uma vidraça embaçada. Se ele não tivesse entrado naquela hora...

E pelo fato de que o simples pensamento sobre o que poderia ter acontecido arranhava-lhe o cérebro com garras afiadas, seu controle, já tênue, desapareceu por completo.

— Vamos lá... — exigiu ele, puxando-a com um movimento brusco para junto dele. — Conte, como é que você ia fazer, me mostre!

Grace girou o corpo, empurrando-o, e seu pulso começou a acelerar.

— Pare com isso! — pediu ela.

— Você acha que pedir para ele parar depois que o cachorro já havia sentido o seu perfume ia fazer alguma diferença? — Cheiro de limão e de medo. — Acha que ele ia parar depois de sentir o seu corpo sob suas mãos? — Curvas sutis e linhas esbeltas. — Ele sabia que não havia ninguém ali para impedi-lo, sabia que podia fazer qualquer coisa que quisesse com você.

— Eu não deixaria. — Tudo dentro dela parecia correr loucamente: seu coração, seu sangue, seus pensamentos. — Eu teria conseguido impedi-lo.

— Então tente me impedir.

E falou sério. Uma parte dele queria desesperadamente que ela tentasse impedi-lo, que dissesse ou fizesse algo que pusesse aquele ímpeto selvagem sob controle. Mas sua boca já estava sobre a dela, com força e carência, engolindo seus suspiros ofegantes, querendo mais e adorando o latejar forte e rápido do seu corpo.

Quando ela gemeu baixinho e seus lábios se abriram e responderam aos dele, Ethan perdeu a cabeça.

Arrastou-a para a grama, rolou junto com Grace e se colocou por cima dela. O cadeado pesado com o qual trancara dentro de si os desejos mais secretos por ela arrebentou, libertando tudo, e o que surgiu foi uma ganância insaciável e um desejo em estado puro. E ele violou sua boca com a avidez incontrolável de um lobo faminto.

Sentindo-se sufocada pelas carências reprimidas durante tanto tempo, o corpo dela se arqueou sob o dele, pressionando corpo contra corpo, alma contra alma. Seu corpo explodiu com um prazer que a deixou chocada a princípio, para depois rugir, liberando uma espécie de vida pulsante onde se misturavam corações que latejavam, gemidos estrangulados e delírios trêmulos.

Aquele não era o Ethan que ela conhecia nem o que ela sonhara que um dia iria tocá-la. Ali não havia gentileza nem cuidado, mas ela se entregou a ele, empolgada com a sensação de ser arrebatada de forma tão vertiginosa.

Enlaçou as longas pernas em volta dele para trazê-lo mais para perto e deixou que os dedos mergulhassem em seus cabelos, apertando-os. E sentiu um novo tremor percorrê-la diante da estranha maravilha de saber que ele era mais forte.

Ele se banqueteou com a sua boca e com a sua garganta, enquanto apertava o corpete baixo e bem justo de seu uniforme de garçonete. Estava desesperado para sentir a textura da pele que havia por baixo da roupa, sentir o calor e o sabor da carne. A carne dela, o gosto dela.

Seu seio era pequeno e firme, e a pele parecia seda de tão lisa em contraste com a palma de sua mão calejada. E o coração dela martelava incessantemente por baixo da mão que o cobria.

Ela soltou um gemido longo, atônita diante da sensação daquela mão rústica envolvendo-lhe o seio, apertando-a e fazendo ecoar a lembrança longínqua de um roçar gostoso entre suas pernas, cujos músculos já estavam moles e liquefeitos.

E suspirou o nome dele.

Foi como se ela o tivesse atingido com um tiro. O som de sua voz, o ofegar de sua respiração e os tremores de sua pele o atingiram como se fosse uma bofetada.

Ele rolou para o lado e deitou de costas, lutando para reencontrar o ritmo certo para voltar a respirar e em busca de um pouco de sanidade.

De decência. Eles estavam bem no jardim em frente à casa dela, pelo amor de Deus! Sua filhinha estava dormindo bem ali, dentro de casa. Por pouco, por muito pouco, ele fizera pior do que o cara do bar. Ele quase traíra a confiança, a amizade e a vulnerabilidade de Grace.

Aquele animal que morava dentro dele era exatamente a razão de ele ter jurado que jamais tocaria em um fio de cabelo dela. Agora, ao perder a cabeça, quebrara sua jura secreta e arruinara tudo.

— Desculpe... — Era uma frase patética, pensou, mas ele não tinha nenhuma outra palavra. — Por Deus, Grace, eu sinto muito.

O sangue dela continuava correndo muito depressa nas veias, e ela ainda sentia aquela necessidade e excitação aterradoras, que quase a faziam gritar. Mexendo-se um pouco para o lado, esticou a mão para tocar em seu rosto, dizendo:

— Ethan...

— Não há desculpas para isso — falou ele bem depressa, sentando-se na mesma hora para que ela não conseguisse tocá-lo nem tentá-lo. — Eu perdi o controle e parei de pensar direito.

— Perdeu o controle... — Grace permaneceu onde estava, esparramada na grama que agora lhe parecia tão fria, com o rosto olhando para a lua que agora parecia brilhar forte demais. — Então foi apenas um acesso de loucura — disse ela, em tom neutro.

— Eu estava louco sim, mas isso não era desculpa para machucar você.

— Você não me machucou. — Ela ainda podia sentir as mãos dele nela, a sua insistente pressão e aspereza. Só que a sensação que sentira não foi de dor, como não era agora.

De repente, ele sentiu que já tinha forças para lidar com aquilo... para olhar para ela, para tocá-la. Ela devia estar precisando de um toque amigo, ele imaginou. Não conseguiria conviver com a ideia de que ela poderia ficar com medo dele.

— A última coisa que eu desejo é magoar você, Grace. — E, com o carinho de um pai cuidadoso, ajeitou-lhe as roupas. Quando ela nem ao menos contraiu os músculos, ele afagou com cuidado os cabelos dela. — Tudo o que quero é o melhor para você.

Ainda impassível, Grace deu um tapa repentino e forte na mão dele, reclamando:

— Não me trate como criança! Há poucos minutos, você estava me tratando como mulher, e foi bem mais simples.

— Estava errado ao agir assim. — Não houve nada de simples no que acabara de acontecer, pensou ele com ar sombrio.

— Então nós dois agimos errado. — E se sentou, alisando as roupas com força. — A coisa não aconteceu só de sua parte, Ethan. Você sabe disso. Eu não tentei fazer com que você parasse simplesmente porque não queria que me largasse. Parar foi ideia sua.

— Pelo amor de Deus, Grace! — Ele parecia chocado, e, subitamente, se sentiu nervoso. — Nós estávamos rolando aqui na grama, no meio da rua, bem no jardim da frente da sua casa.

— Mas não foi isso o que fez você parar.

Suspirando baixinho, ela dobrou os joelhos e os enlaçou com os braços. O gesto, tão puramente inocente, contrastava terrivelmente com a saia muito curta e as meias arrastão, e isso fez com que os músculos do estômago de Ethan se contraíssem, formando nós bem apertados mais uma vez.

— Você teria parado de qualquer jeito, não importa onde estivéssemos. Talvez por ter se lembrado, de repente, de que era eu, mas é muito mais duro para mim achar que você não me deseja. Portanto, você vai ter que me dizer aqui e agora que realmente não me quer, se deseja que as coisas voltem a ser do jeito que sempre foram.

— Pois eu acho que elas devem voltar a ser do jeito que sempre foram.

— Isso não é resposta, Ethan! Desculpe pressionar você a respeito disso, mas acho que mereço uma resposta. — Era difícil e brutal para ela perguntar, mas o gosto dos lábios dele ainda estava em sua boca. — Se você não pensa em mim dessa maneira, e tudo aquilo foi só um acesso de raiva para me ensinar uma lição, então você tem que me dizer agora mesmo!

— Foi só um acesso de raiva.

Aceitando a nova pancada no coração, Grace balançou a cabeça para a frente, dizendo:

— Bem, então funcionou.

— Mas isso não torna o que aconteceu certo. O que acabei de fazer me torna muito parecido com o canalha do bar.

— Eu não queria que ele me tocasse. — Grace puxou o ar com força, segurou a respiração e, depois, o soltou bem devagar. Ethan, porém, não disse nada. Não falou, pensou, mas se afastou um pouco dela na mesma hora. Poderia ter ficado parado, sem se mover, mas se afastou dela justo no instante mais importante.

— Estou muito grata por você ter aparecido lá hoje. — Começou a se levantar, mas ele já se colocara de pé antes mesmo dela, e lhe ofereceu a mão para ajudá-la. Grace a pegou, decidida a não deixar nenhum dos dois sem graça por nem mais um minuto. — Eu fiquei com medo, e não sei se conseguiria mesmo ter me livrado dele por conta própria. Você é um bom amigo, Ethan, e eu agradeço de verdade por estar sempre querendo me ajudar.

Ele enfiou as mãos nos bolsos, onde elas ficariam a salvo.

— Conversei com o Dave sobre um carro novo para você, Grace. Ele tem uns carros usados decentes na loja dele.

Já que gritar não adiantaria, ela acabou rindo e dizendo:

— Você não perde tempo mesmo, hein? Tudo bem, vou conversar com ele a respeito disso amanhã. — Lançou o olhar na direção da casa, onde a luz da varanda da frente estava acesa. — Você quer entrar? Eu poderia arrumar um pouco de gelo para colocar na sua mão.

— Que nada, o queixo dele era macio como um travesseiro. Minha mão está legal... você precisa ir para a cama.

— É. — Sozinha, pensou ela, para ficar me revirando a noite toda, desejando que as coisas fossem diferentes. — Vou dar uma passada na sua casa no sábado para trabalhar por umas duas horas. Só para dar uma ajeitada nas coisas, antes de Cam e Anna voltarem da lua de mel.

— Seria bom. A gente bem que gostaria.

— Bem, boa noite. — Ela se virou, caminhando sobre a grama, em direção a casa.

Ele esperou. Disse a si mesmo que só queria se certificar de que ela ia entrar em segurança em casa, antes de ir embora. Mas sabia que era mentira, sabia que era covardia. A verdade é que ele precisava de uma distância maior entre eles antes de lhe fazer uma última pergunta.

— Grace?

Ela fechou os olhos devagar. Tudo o que queria agora era entrar, cair na cama e curtir um choro sentido e demorado. Não se permitia uma boa crise de choro havia anos. Mas se virou, apesar disso, e se obrigou a sorrir.

— Sim, Ethan?

— Eu penso em você daquele jeito que você perguntou. — E ele viu, mesmo à distância, a forma como os olhos dela se arregalaram, se tornaram mais densos e escuros, e o jeito como seu lindo sorriso se desfez, deixando-a apenas olhando fixamente para ele. — Não quero pensar em você desse jeito. Vivo dizendo a mim mesmo que não devo. Mas penso em você o tempo todo, de qualquer modo. Agora, pode entrar — completou, com gentileza.

— Ethan...

— Entre. Já está tarde.

Ela conseguiu girar a maçaneta, entrar e fechar a porta atrás de si. Mas foi correndo até a janela para vê-lo entrar de volta na caminhonete e ir embora.

Era tarde, pensou ela, com um tremor que reconheceu como sendo de esperança. Talvez, porém, não fosse tarde demais.

Capítulo Sete

— Agradeço muito pela sua ajuda, mamãe.

— Minha ajuda? — Carol Monroe balançou a cabeça e estalou a língua, como quem quer tirar um pensamento da cabeça, enquanto se abaixava para amarrar os tênis cor-de-rosa de Aubrey. — Pegar esse torrão de açúcar e trazê-la comigo para passar a tarde é puro prazer — disse e deu um beliscão leve, de forma carinhosa, embaixo do queixo da neta. — Vamos nos divertir à beça, não é, querida?

— Brinquedos! — Sorriu Aubrey, sabendo explorar bem o seu território. — Vou ganhar brinquedo, vovó? Bonecas?

— Pode ter certeza de que sim. Acho que tem uma surpresa para você quando a gente chegar lá em casa.

Os olhos de Aubrey se arregalaram e brilharam de alegria. Sugou o ar com força, soltou um grito agudo, deliciada, e pulou da poltrona, começando a correr por toda a casa em uma versão muito própria da dança da vitória.

— Ah, mamãe, não pode ser outra boneca. A senhora a está mimando demais!

— Não resisto! — respondeu Carol com firmeza, apoiando-se no joelho para conseguir se levantar. — Além do mais, é meu privilégio de avó.

Aproveitando que Aubrey continuava ocupada, correndo e gritando pela casa, Carol deu uma boa olhada na filha, observando-a com atenção. Não andava dormindo o suficiente, como sempre, decidiu, notando as escuras olheiras no rosto de Grace. E, pelo jeito, não comia o bastante nem para alimentar um passarinho, o que fez com que Carol trouxesse os biscoitos caseiros favoritos de Grace, feitos com manteiga de amendoim, em uma tentativa de oferecer alguma coisa nutritiva para tornar a filha mais robusta, pois seus ossos delicados estavam aparecendo.

Uma menina que ainda não tinha nem vinte e três anos devia colocar um pouco de maquiagem, ondular os cabelos e se divertir com coisas próprias da idade, pelo menos uma ou duas noites por semana, em vez de trabalhar feito louca até cair dura.

Porém, como Carol já expressara tudo isso para a filha umas dez vezes e fora ignorada em todas elas, tentou uma tática diferente:

— Você precisa largar esse emprego à noite, Grace. Isso não combina com você.

— Mas eu estou bem.

— É preciso trabalhar duro para se ganhar a vida de modo digno, e isso é uma coisa admirável, mas a gente precisa misturar um pouco de lazer e diversão nessa rotina, senão a pessoa se acaba muito cedo.

Por estar cansada de ouvir sempre a mesma ladainha, embora a abordagem mudasse um pouco, Grace se virou e esfregou o balcão da cozinha com um pano, embora ele já estivesse muito limpo.

— Eu gosto de trabalhar no bar. Lá eu tenho a chance de ver gente, conversar com as pessoas, mesmo que seja apenas para perguntar se eles vão querer mais uma rodada de chope. Além do mais, o salário é bom.

— Olhe, se você está precisando de dinheiro, filha...

— Não, eu não estou. — Grace rangeu os dentes. Preferia sofrer os tormentos do inferno a admitir que seu orçamento estava apertado e ela estava quase quebrada. Lembrou que para resolver o seu problema de transporte teria de despir um santo para vestir outro durante os próximos meses. — Esse dinheiro extra que vem do bar é muito útil, e eu sou boa em servir mesas e lidar com os clientes.

— Sei que sim, mas você podia trabalhar na lanchonete do seu pai, durante o dia.

Com toda a paciência, Grace enxaguou o seu pano de prato, pendurou-o para secar em um porta-toalhas que ficava acima da pia dupla e argumentou:

— Mãe, você sabe que isso é impossível. Papai não me quer trabalhando para ele.

— Ele nunca afirmou isso. Além do mais, você já o ajuda a limpar caranguejos sempre que ele está precisando de mais gente.

— Faço isso para ajudar *a senhora* — especificou Grace, tornando a se virar. — E fico feliz por fazer isso sempre que posso. Porém, nós duas sabemos muito bem que não posso trabalhar na lanchonete.

Sua filha tinha a teimosia de duas mulas que puxavam uma corda em direções opostas, pensou Carol. Era *igualzinha* ao pai.

— Filha, você sabe que conseguiria amolecer o seu pai se tentasse.

— Mas eu não quero amolecê-lo. Ele deixou bem claro como se sente a meu respeito. Deixa pra lá, mamãe — encerrou ao ver que a mãe se preparava para protestar. — Não quero brigar com a senhora, e nunca mais quero deixá-la na posição de ter que defender um de nós. Não está certo.

Carol levantou as mãos, impotente. Ela amava seu marido e sua filha, mas não conseguia compreendê-los.

— Ninguém consegue conversar com nenhum dos dois quando vocês ficam com essa cara... não sei nem por que ainda perco meu tempo tentando.

— Eu também não sei. — Grace sorriu, chegou mais perto da mãe, abaixou a cabeça e deu-lhe um beijo no rosto. Carol era quase quinze centímetros mais baixa que o metro e setenta e sete de Grace. — Obrigada, mamãe.

Carol se derreteu toda, como sempre acontecia, e passou a mão pelos cabelos ondulados, cortados curtos. No passado, eles eram tão louros quanto os de sua filha e os de sua neta. Porém, depois que a natureza começou a trazer-lhe alguns fios brancos, ela resolvera mantê-los louros com a ajuda de uma tintura discreta.

Suas bochechas eram redondas e bem rosadas, sua pele surpreendentemente lisa, considerando-se o quanto ela gostava de tomar sol. Por outro lado, ela também jamais a negligenciava. Não havia uma noite sequer em que ela fosse para a cama sem antes ter aplicado uma cuidadosa camada de creme antirrugas.

Ser feminina tratava-se de um ato de fé, na opinião de Carol Monroe. Mais que isso... uma obrigação. Apesar do fato de estar chegando à desconfortável idade de quarenta e cinco anos, ainda conseguia se parecer com a bonequinha de porcelana com a qual o marido, certa vez, a comparara.

O casal ainda estava na fase da paquera, como se dizia na época, e ele tinha uma certa dificuldade para ser poético.

Hoje em dia, se esquecera de vez desse tipo de coisa.

Mas era um homem bom, pensou ela. Um bom chefe de família, um marido fiel, um negociante honesto, muito correto e justo. Seu único problema, ela sabia bem, era um coração mole demais, tão mole que se machucava com facilidade. Grace o magoara profundamente, simplesmente por não ser a filha perfeita que ele esperava que ela fosse.

Todos esses pensamentos iam e vinham enquanto ajudava Grace a juntar tudo o que Aubrey precisaria para passar a tarde com a avó. Parecia-lhe que as crianças, nos dias de hoje, precisavam de muito mais coisas do que no tempo dela. Quando Grace era um bebê, bastava pegá-la no colo, jogar algumas fraldas em uma sacola e já estavam prontas para sair.

E, agora, aquele bebê crescera e tinha a própria filhinha. Grace era uma boa mãe, pensou Carol, sorrindo com carinho ao ver Aubrey e Grace escolhendo quais bichinhos de pelúcia teriam o privilégio de passear até a casa da vovó. A verdade, Carol tinha de admitir, é que Grace era melhor no papel de mãe do que ela mesma fora. Ela ouvia a filhinha, argumentava, considerava as opções. Talvez aquele fosse o jeito certo de criar os filhos, afinal. Ela, na sua época, simplesmente fazia, decidia e exigia. Grace era tão obediente quando criança que Carol jamais refletira sobre as carências não confessadas que podiam existir dentro dela.

E a culpa não abandonava o seu coração de mãe, pois Carol sempre soubera do sonho de Grace, que era estudar balé. Em vez de levar aquilo a sério, Carol desprezara a ideia, achando que era bobagem de criança. Não ajudara sua filhinha nesse ponto, não a incentivara nem acreditara em seu potencial.

As aulas de balé eram apenas uma atividade comum para uma menina, uma diversão como outra qualquer no que dizia respeito a Carol. Se ela tivesse um filho, procuraria uma escolinha de beisebol para ele. As coisas eram... simplesmente desse jeito, pensava naquele momento. As meninas tinham sapatilhas e os meninos, luvas e tacos. Por que as coisas tinham que ser mais complicadas do que isso?

O caso de Grace, porém, fora bem mais complicado, Carol admitia, e ela não enxergara... ou não quisera enxergar.

Quando Grace chegou para ela, ao completar dezoito anos, contando que conseguira economizar algum dinheiro durante o verão trabalhando... quando ela veio anunciando que queria ir para Nova York estudar balé e implorando para que a mãe a ajudasse com o resto das despesas, Carol mandou a filha parar de sonhar com bobagens.

Moças novinhas não acabavam de completar o ensino médio e se largavam em Nova York sozinhas. E logo em Nova York, ainda por cima, com tantos outros lugares para escolher neste mundo de Deus. Não, não... os sonhos de ser bailarina deviam desaparecer para dar lugar aos sonhos de um lindo casamento, com um vestido de noiva maravilhoso.

Grace, porém, cismara com aquilo, resolvera perseguir seus sonhos. Foi até o pai para pedir que a poupança que ele fizera com a finalidade de pagar uma faculdade para ela fosse usada para financiar a sua formação em uma importante escola de dança em Nova York.

Pete negara, é claro. Talvez tivesse sido até um pouco duro demais, mas era para o bem dela. Estava apenas sendo sensato, simplesmente queria proteger sua garotinha. E Carol concordara com o marido, do fundo de seu coração. Naquele momento.

Depois, testemunhou o momento em que a filha começou a trabalhar feito uma louca, sempre incansável, economizando cada centavo, semana a semana, mês a mês. Estava firmemente decidida a ir e, vendo tudo isso, Carol tentou convencer o marido a concordar com a ideia.

Ele, porém, não liberou o dinheiro, e Grace também não conseguiu economizar o que precisava.

Não tinha nem dezenove anos quando aquele sujeito de fala mansa e bom de conversa, Jack Casey, apareceu. E foi assim.

Ela não conseguia lamentar o fato, especialmente sabendo que Aubrey fora o resultado daquilo. Lamentava, no entanto, que a gravidez inesperada, o casamento feito às pressas e o divórcio, que saiu em menos tempo ainda, tivessem separado ainda mais pai e filha.

Enfim, aquilo não poderia mais ser modificado, disse a si mesma, enquanto pegava Aubrey pela mão e a levava para o carro.

— Filha, você tem certeza de que esse carro que Dave pediu para você ir ver está em bom estado?

— Bem, Dave assegurou que sim.

— É... ele deve saber... — Dave era um bom mecânico, pensou Carol, mesmo sendo o homem que dera emprego a Jack Casey. — Você sabe que pode pedir o meu carro emprestado se precisar, minha filha. Você deveria pegá-lo e dar uma voltinha com ele por aí, ir até o shopping.

— Obrigada, mãe, mas esse carro vai servir. — Grace ainda nem vira o carro usado que Dave escolhera para ela. — Nós vamos acertar a documentação toda até segunda, e então estarei motorizada novamente.

Depois de prender Aubrey na cadeirinha, Grace entrou, enquanto a mãe assumia o volante.

— Vamos, vamos, vamos! Vá bem depressa de novo, vovó! — exigiu Aubrey. Carol ficou vermelha quando Grace olhou para ela, com uma das sobrancelhas levantadas.

— A senhora anda correndo demais de novo, não anda?

— Ora... conheço estas estradas como a palma da minha mão e jamais levei uma multa em toda a minha vida.

— Isso é porque os guardas não conseguem alcançá-la. — E, com uma risada, Grace colocou o cinto de segurança.

— Quando é que os recém-casados voltam, filha? — Carol não desejava apenas manter-se informada sobre o assunto, mas, principalmente, queria desviar o assunto da conversa, que continuava girando em torno do seu famoso jeito de dirigir, sempre pisando fundo no acelerador.

— Acho que eles devem chegar logo mais, lá pelas oito da noite. Só quero dar uma caprichada na casa e, talvez, preparar algo rápido para o jantar, para o caso de eles chegarem com fome.

— Tenho certeza de que a esposa de Cam vai lhe agradecer muito. Como ela estava linda! Nunca vi uma noiva tão bonita. Como ela conseguiu arrumar um vestido tão lindo naquele curto prazo que o rapaz lhe deu para os preparativos é algo que não consigo imaginar.

— Seth me disse que eles foram até Washington para comprá-lo pronto, e o véu tinha sido da avó dela.

— Isso é ótimo! O meu véu de noiva está guardadinho até hoje. Sempre sonhei em como você ficaria linda com ele no dia do seu casamento. — Carol parou de falar e ficou com vontade de morder a língua.

— Um véu como aquele ia parecer meio deslocado dentro de um cartório.

Carol suspirou ao fazer a curva para passar pelo portão da casa dos Quinn e disse:

— Bem, filha, você pode usá-lo quando tornar a se casar.

— Eu nunca mais vou tornar a casar. Não sou boa para o casamento. — Enquanto a mãe abria a boca com espanto diante dessa afirmação, Grace saltou do carro bem depressa e, em seguida, se debruçou sobre a janela para dar beijos estalados em Aubrey. — Seja uma boa menina, ouviu? Comporte-se! E não deixe a vovó encher você de balas.

— Na vovó, eu como chocolate.

— E eu não sei? Tchau, querida. Até logo, mamãe. Obrigada.

— Grace... — O que ela poderia dizer? — Você... ahn... é só me telefonar quando acabar que eu passo e pego você.

— Sim, vamos ver. Não deixe que ela esgote a senhora — acrescentou Grace, e subiu os degraus da varanda depressa.

Sabia que calculara bem o tempo. Todos deviam estar no galpão, trabalhando. Estava determinada a não se sentir estranha pelo que acontecera duas noites antes. Só que ainda se sentia terrivelmente esquisita, e queria algum tempo para se acalmar antes de ser obrigada a encarar Ethan novamente.

Aquela era uma casa na qual Grace sempre se sentira bem-vinda e à vontade. Cuidar daquele lar sempre a acalmava. Por saber que grande parte de sua motivação para o trabalho extra daquela tarde era voltada para proveito próprio, empenhou-se ainda mais. O resultado seria bom para ela, não seria?, pensou, sentindo-se culpada enquanto passava a velha flanela com força sobre os tacos, encerando-os até parecerem um espelho. Anna voltaria para uma casa impecável e limpíssima, enfeitada com flores recém-colhidas, muito bem arrumada e com cheirinho de limpeza em toda parte, perfumando o ar.

Uma mulher não devia voltar da lua de mel para enfrentar poeira, sujeira e coisas fora do lugar. Só ela e Deus sabiam como os Quinn eram mestres na arte de desarrumar uma casa.

Ela era necessária ali, droga. Tudo o que estava fazendo com o seu esforço extra era tornar isso bem claro.

Gastou um tempo maior no quarto principal da casa, arrumando as flores que implorara a Irene e mudando a posição do vaso umas dez vezes até chegar ao ponto de se xingar. Anna ia acabar recolocando-o onde bem quisesse, lembrou a si mesma. E, provavelmente, mudaria todo o resto de lugar depois que voltasse. Era até mais provável que ela comprasse tudo novo, decidiu Grace enquanto passava a ferro as cortinas que lavara, com tanto cuidado que nem o menor amassado nem a mais imperceptível dobra apareciam no tecido fino, quase transparente.

Anna fora criada na cidade grande e provavelmente não ia querer manter a mobília muito usada e os toques rurais da decoração. Em um piscar de olhos, estaria com toda a casa redecorada, cheia de estofados de couro e tampos de vidro. Todas as coisas lindas que pertenciam à Dra. Quinn ficariam empilhadas ou guardadas em caixas no sótão, para serem substituídas por peças de arte e esculturas estranhas que ninguém entendia direito.

Sua mandíbula se contraiu ao recolocar as cortinas e balançá-las um pouco, a fim de dar um bom caimento.

Depois, ela iria cobrir o lindo piso em tábuas corridas com algum carpete sofisticado, e pintar as paredes com alguma cor quente da moda, dessas que faziam os olhos arderem só de olhar. O ressentimento por tudo aquilo começou a aumentar quando ela entrou quase marchando no banheiro para colocar um pequeno buquê de botões de rosa em um vaso pequeno.

Qualquer pessoa com um pouco de sensibilidade poderia notar que o lugar precisava apenas de um pouco de cuidado, um toque de cor aqui e ali. Se aquilo fosse da sua conta, ela aconselharia...

Parou na mesma hora, notando que seus punhos estavam cerrados e o rosto, refletido no espelho acima da pia, brilhava de fúria.

— Se liga, Grace, qual é a sua, hein? — Balançou a cabeça, quase rindo de si mesma. — Em primeiro lugar, você não tem nada a ver com isso e, em segundo, nem sabe se ela vai mesmo querer mudar alguma coisa.

O que a incomodava era que Anna tinha o poder e o direito de fazer isso se quisesse, admitiu Grace. E depois que as pessoas mudavam uma coisa, nada mais voltava a ser igual.

Pensou em si mesma, ponderou e suspirou diante da própria imagem refletida. O que Ethan estava pensando? Ela não era uma mulher bonita, e sempre fora magra demais para ser considerada sexy. De vez em quando, ela sabia que atraía um olhar masculino, mas era sempre passageiro.

Não era muito inteligente nem particularmente esperta; não conseguia manter uma conversa estimulante nem fazia o gênero da mulher charmosa e sexy que sabia flertar com facilidade. Jack, certa vez, dissera a Grace que ela lhe dava uma sensação de estabilidade. E convencera a ambos, por algum tempo, de que era disso que ele andava à procura. Estabilidade, porém, não era o tipo de qualidade que atraía um homem.

Talvez se suas maçãs do rosto fossem um pouco mais salientes ou suas covinhas um pouco mais acentuadas... ou se seus cílios fossem mais grossos e escuros. Talvez se os cabelos encaracolados e sedutores como os de Aubrey e os de sua mãe não tivessem pulado uma geração, deixando Grace com fios muito retos, parecendo escorridos.

O que Ethan pensava ao olhar para ela? Grace bem que gostaria de ter coragem para perguntar isso a ele.

Ela parecia uma mulher comum, e o que via no espelho não era nada de extraordinário.

No tempo em que dançava, não se sentira uma mulher comum. Sentira-se linda, especial e merecedora do significado de seu nome... uma mulher que possuía graça. Com ar sonhador, empinou os pés em um *plié*, abaixou-se reta até a coxa tocar no calcanhar e, em seguida, se elevou novamente, de forma graciosa. Entregando-se às lembranças, fluiu, parecendo voar, em um movimento antigo e muito ensaiado que acabou em uma lenta pirueta.

— Ethan! — guinchou ela, com o rosto completamente vermelho ao vê-lo parado, encostado ao portal.

— Não quis assustá-la, mas também não queria interrompê-la.

— Eu... bem... — Mortificada, ela agarrou o pano de tirar pó e o retorceu com as mãos. — Eu estava apenas... acabando de arrumar as coisas aqui em cima.

— Você sempre foi uma bailarina linda. — Ethan prometera a si mesmo que colocaria as coisas de volta ao pé em que sempre estiveram entre eles, e então sorriu para ela, como faria com uma amiga. — Você sempre pratica passos de balé pelo banheiro quando acaba de limpá-lo?

— E não é isso o que todo mundo faz? — Grace fez o que pôde para corresponder ao sorriso dele, mas continuava a sentir o forte rubor no rosto. — Achei que fosse conseguir terminar antes de vocês voltarem, mas acho que encerar o piso tomou mais tempo do que planejei.

— Mas ficou lindo... Bobalhão já levou o primeiro escorregão. Como é que você não ouviu o barulho?

— Estava sonhando acordada. Pensava em deixar tudo... — Nesse instante, ela conseguiu voltar à realidade e deu uma boa olhada nele. Ethan estava imundo, todo suado, coberto de graxa e sabe Deus mais o quê. — Você não está planejando tomar banho aqui, está?

— Bem, a ideia era essa. — Ethan levantou uma sobrancelha.

— Não, você não pode fazer isso!

Ethan recuou quando Grace deu um passo à frente. Estava ciente do quanto devia estar fedendo. Só isso já era motivo suficiente para manter-se afastado dela, mas o pior é que ela parecia tão limpa, cheirosa e linda. Ele fizera um voto solene de jamais voltar a tocá-la, e pretendia cumpri-lo.

— Não posso tomar banho? Por quê?

— Porque eu não vou ter tempo para limpar tudo de novo por aqui, nem o banheiro do andar de baixo também. Ainda tenho que fritar o frango para o jantar. Pensei em preparar isso e uma tigela de salada de batatas, para vocês não precisarem esquentar muita coisa quando Cam e Anna chegarem em casa. E ainda vou ter que lavar a cozinha depois de preparar a janta; portanto, não vou ter tempo de voltar a cuidar dos banheiros, Ethan.

— Olhe, todo mundo sabe que eu sempre enxugo o chão depois que tomo banho.

— Não é a mesma coisa. Você simplesmente não vai poder usá-lo.

Sentindo-se confuso e agitado, ele arrancou o boné e coçou a cabeça com os dedos, dizendo:

— Bem, acho que vamos ter problemas, porque temos três homens aqui que precisam se lavar e arrancar a sujeira com um caco de telha.

— Pois tem um bocado de água aí no rio, bem no fundo do quintal.

— Mas...

— Tome, pegue isso aqui. — Abriu o armário embaixo da pia para pegar um sabonete novo. De jeito nenhum ela ia permitir que eles usassem os pequenos sabonetes para visitas, em formato de coração, que espalhara em um pratinho. — Vou pegar toalhas limpas e roupas para todos vocês.

— Mas...

— Vá, vá, ande logo, Ethan, e vá contar aos outros o que eu lhe disse. — E largou o sabonete na mão dele. — Você já está espalhando serragem por toda parte.

— Até parece que a família real britânica vai passar aqui para nos fazer uma visita. — Olhou com cara feia para o sabonete e, depois, para ela. — Droga, Grace, eu não vou ficar pelado lá fora e mergulhar da ponta do cais para tomar banho.

— Eu, hein! Até parece que você nunca fez isso.

— Não com uma mulher por perto.

— Já vi alguns homens sem roupa antes, sabia? Além do mais, vou estar muito ocupada para ficar na varanda tirando fotos de você e seus irmãos pelados. Escute, Ethan, eu passei a maior parte do dia me matando para fazer esta casa brilhar. Vocês não vão espalhar toda essa sujeira pelos lugares que limpei.

Derrotado, pois, por experiência própria, sabia que discutir com uma mulher com ideia fixa na cabeça era tão doloroso e inútil quanto bater com o próprio crânio contra uma parede de tijolos, Ethan enfiou o sabonete no bolso e disse:

— Pode deixar que eu mesmo pego as toalhas.

— Não, senhor! Suas mãos estão imundas. Eu levo as toalhas para vocês.

Resmungando, Ethan desceu. A reação de Phillip às ordens relacionadas com o banho foi um simples encolher de ombros. Seth adorou a ideia. Saiu voando porta afora, chamando os cães para acompanhá-lo, e foi largando sapatos, meias e camisa, espalhando tudo pelo caminho enquanto corria em direção ao pequeno cais.

— Acho que esse garoto provavelmente nunca mais vai querer tomar um banho normal de novo — comentou Phillip, sentando-se no cais para tirar os sapatos.

Ethan continuou em pé. Não ia tirar uma única peça de roupa enquanto Grace não passasse ali para entregar as toalhas e as roupas, e, depois, entrasse de novo na casa.

— Ei, o que está fazendo? — quis saber ao ver Phillip arrancar a camiseta suada por cima da cabeça.

— Tirando a camiseta, ora...

— Pois torne a vesti-la. Grace vai vir até aqui para trazer as toalhas.

Phillip levantou a cabeça, viu que o irmão continuava com a expressão séria e deu uma gargalhada.

— Ah, se manca, Ethan! Mesmo a visão do meu peito musculoso, sedutor e másculo não vai conseguir fazê-la desmaiar de emoção.

Para provar isso, levantou-se e lançou um sorriso para Grace, que vinha pelo gramado.

— Grace, será que eu ouvi um papo sobre termos frango frito para o jantar? — gritou ele.

— Estou indo preparar. — Ao chegar ao cais, ela arrumou as toalhas e as roupas em três pilhas individuais. Em seguida se levantou, sorrindo com vontade ao olhar para o local onde Seth e os cães espalhavam água em todas as direções. Imaginava que, com aquela agitação toda, eles acabariam conseguindo espantar todos os pássaros e peixes para mais de dois quilômetros dali. — Pelo jeito, eles gostaram da ideia de tomar banho aqui, do lado de fora.

— É... Por que você não dá um mergulho com a gente também? — sugeriu Phillip, e podia jurar que ouviu os maxilares de Ethan estalarem. — Você pode esfregar as minhas costas.

Ela riu e pegou algumas roupas que já estavam espalhadas sobre o cais, respondendo:

— Já faz algum tempo desde a última vez em que tomei banho de rio sem roupa, e, por mais agradável que a ideia pareça, tenho muita coisa para fazer lá dentro e não posso ficar aqui brincando no momento. Depois, vocês podem me entregar o resto das roupas, e eu as colocarei na máquina antes de sair.

— Puxa, obrigado. — Quando Phillip tentou desafivelar o cinto, porém, Ethan deu-lhe uma cotovelada entre as costelas.

— Você pode pegá-las depois, já que faz tanta questão, Grace — disse Ethan. — Agora, volte para dentro de casa.

— Ele é do tipo envergonhado — explicou Phillip, levantando e abaixando as sobrancelhas. — Eu não...

Grace simplesmente tornou a rir, mas se virou e começou a caminhar de volta para casa a fim de deixá-los à vontade.

— Você não devia brincar com ela desse jeito — resmungou Ethan.

— Ué... eu sempre brinquei com ela desse jeito, a vida toda. — Phillip despiu o jeans manchado e sujo, adorando se livrar dele.

— É que agora as coisas são diferentes — explicou Ethan.

— Por quê? — Phillip já estava começando a arriar as cuecas de seda quando reparou no olhar de Ethan, que seguiu Grace. — Ora, ora, por que você não me contou isso antes?

— Não tenho nada para contar. — Vendo que Grace já entrara em casa e sabendo que ela não ia ficar com o nariz colado na janela para espiá-los, Ethan tirou a camisa.

— A voz dela foi o que sempre me atraiu — afirmou Phillip.

— Hein?

— Aquele tom meio rouco e profundo — continuou Phillip, feliz por ter encontrado algo para zoar Ethan, deixando-o irritado. — Uma voz baixa, densa e sexy.

— Acho que você não devia prestar atenção na voz dela com tanto interesse. — Rangendo os dentes, Ethan arrancou com raiva as botas que usava para trabalhar.

— O que posso fazer? Tenho culpa por prestar atenção nessas coisas e ter um ouvido tão apurado? E olhos atentos também — acrescentou Phillip, avaliando se estava a uma distância segura de Ethan. — E, pelo que consigo ver, não há nada de errado com o resto dela também. Sua boca, em particular, é muito atraente. Bem delineada, com lábios cheios e sem batom... parece muito saborosa.

Ethan respirou lentamente enquanto tirava as calças e perguntou:

— Você está tentando me irritar?

— Bem, estou fazendo o possível para isso.

Ethan se empertigou e avaliou o seu oponente, perguntando:

— Você prefere ser atirado de cabeça ou de costas?

— Eu ia lhe perguntar a mesma coisa — respondeu Phillip, sorrindo.

Os dois esperaram apenas um segundo e, em seguida, atacaram um ao outro, agarrando-se com força. Sob a torcida entusiasmada de Seth, os dois lutaram por um instante e acabaram caindo na água.

Puxa vida!, pensou Grace, com o nariz colado na janela para espiá-los. *Puxa vida!* Ela nem se lembrava de quando fora a última vez em que vira dois exemplos mais impressionantes do corpo masculino. Pretendia dar só uma espiada... sério... uma olhadinha inocente. Só que Ethan arrancara a camisa, e então...

Ora, que droga, ela também não era nenhuma santa. E que mal fazia dar só uma olhadinha?

Ele era tão bonito por fora quanto por dentro. E, Deus, se ela pudesse tornar a colocar as mãos nele, nem que fosse por cinco minutos, poderia morrer feliz. Talvez isso ainda acontecesse, já que Ethan não era assim tão indiferente como ela sempre imaginara.

Não houve nada de indiferente na maneira como os lábios dele se esmagaram contra os dela ou no jeito como suas mãos percorreram-lhe o corpo, ávidas.

Pare com isso! Ordenou a si mesma e deu um passo para trás, afastando-
-se da janela. A única coisa que ia conseguir ficando ali daquele jeito era se
ouriçar toda. Sabia como direcionar suas carências mais íntimas, e isso
teria de bastar, até elas tornarem a desaparecer.

Porém, se a sua cabeça não estava totalmente focada no frango, quem
podia culpá-la?

Grace já estava com as batatas cozidas e esfriando, prontas para a salada, e
o frango já estava fritando quando Phillip entrou na cozinha. A imagem do
trabalhador suado se fora, e em seu lugar estava um homem bem-arrumado,
sofisticado, mas de um jeito quase casual. Deu uma piscada para ela e disse:

— Estou sentindo um cheirinho de paraíso por aqui.

— Fiz um pouco a mais, vai sobrar comida para o almoço de amanhã.
Pode colocar as roupas sujas na lavanderia que eu vou cuidar delas em
um minuto.

— Não sei o que faríamos sem você por aqui.

Grace mordeu o lábio, torcendo para que todos pensassem a mesma
coisa.

— Ethan ainda está na água?

— Não, ele e Seth estão fazendo alguma coisa no barco. — Phillip foi
até a geladeira e pegou uma garrafa de vinho. — Onde está Aubrey?

— Eu a deixei com a minha mãe. Na verdade, ela acabou de ligar, pedindo para ficar mais um pouco com ela. Acho que qualquer dia desses
vou ter que ceder e deixá-la passar a noite lá. — Olhou meio sem expressão
para o cálice de vinho branco com um tom dourado que ele lhe oferecia.
— Ah, obrigada. — Tudo o que Grace sabia a respeito de vinhos cabia em
um dedal, mas ela provou a bebida, porque era o que se esperava que ela
fizesse. Então, suas sobrancelhas se levantaram. — Puxa, isso não é parecido
com nada daquilo que a gente serve no bar.

— Acho que não. — Phillip considerava o líquido que o pessoal no bar
do Shiney chamava de "vinho especial da casa" como equivalente a mijo
de cavalo. — Como vão as coisas por lá?

— Tudo bem. — Grace fixou a atenção no frango, perguntando a si
mesma se Ethan mencionara o incidente para o irmão. Era pouco provável,
decidiu, ao ver que Phillip não a pressionou. Assim, relaxou um pouco e
deixou que ele a distraísse com suas histórias enquanto trabalhava.

Ele vivia cheio de casos para contar, refletiu ela. Conseguia manter uma conversa descontraída e agradável. Grace sabia que ele era muito inteligente, bem-sucedido e se adaptara à vida da cidade grande tão bem quanto um pato à água. Jamais, porém, a fizera se sentir inadequada ou tola. E, de um jeito gostoso, fez com que ela se sentisse um pouco mais feminina do que antes de entrar na cozinha.

Por tudo isso, os olhos de Grace pareciam sorrir, e sua boca exibia um lindo sorriso no momento em que Ethan chegou. Phillip estava sentado, bebendo vinho, enquanto Grace dava os toques finais na refeição.

— Você está brincando. Essa história *é* invenção sua — dizia Grace.

— Juro que não! — Phillip levantou a mão como se estivesse fazendo um juramento e sorriu enquanto Ethan entrava. — O cliente quer que o ganso seja o garoto-propaganda do produto, então nós já estamos escrevendo o texto. "Jeans Riacho do Ganso, a sua melhor plumagem para o dia a dia".

— Esse é o slogan mais idiota que eu já ouvi.

— Ei! — Phillip ergueu um brinde na direção dela. — Espere só para ver como as vendas vão aumentar. Agora, preciso ir lá para dentro dar alguns telefonemas. — Ele se levantou, dando-se ao trabalho de rodear a mesa só para beijá-la e deixar Ethan fervendo de raiva. — Obrigado por nos alimentar, querida.

E saiu bem devagar, assobiando.

— Dá para imaginar ganhar a vida escrevendo textos para um ganso falar? — Divertida com aquilo, Grace balançou a cabeça enquanto guardava a tigela com a salada de batata na geladeira. — Já está tudo pronto e vocês podem comer agora se estiverem com fome. *As* roupas já estão na secadora. É melhor não deixá-las lá por muito tempo depois de a máquina desligar, senão vão ficar amarrotadas demais.

E se movimentou com leveza, limpando a cozinha enquanto falava.

— Eu poderia esperar que elas secassem e dobrá-las para vocês, mas estou meio atrasada.

— Eu levo você em casa.

— Eu agradeceria. Vou pegar o carro novo na segunda-feira, mas até lá... — Levantou os ombros e, dando uma última olhada em volta, viu que não faltava arrumar mais nada. Mesmo assim, foi olhando em cada cantinho da casa enquanto se encaminhava pela sala em direção à porta da frente.

— Como você vai para o trabalho depois? — quis saber Ethan quando eles já estavam na caminhonete.

— Julie vai me levar. E Shiney vai me deixar em casa na saída, pessoalmente. — Pigarreou. — Quando eu contei a ele o que aconteceu naquela noite, ele ficou muito chateado. Não comigo, mas, preocupado, sabe, por aquilo ter acontecido. Estava pronto para esfolar Steve, mas diante das circunstâncias... Eles tiveram um menino, por falar nisso. Três quilos e oitocentos! O nome do bebê vai ser Jeremy.

— Ouvi dizer — foi o único comentário de Ethan.

Respirando fundo para tomar coragem, Grace disse:

— Ethan, a respeito do que aconteceu naquela noite... quero dizer, depois daquilo...

— Eu tenho uma coisa para falar sobre isso. — Ele treinara as palavras com todo o cuidado, decorando-as uma por uma. — Não devia ter me zangado com você daquele jeito. Você estava apavorada, e eu passei mais tempo gritando do que me certificando de que você estava bem.

— Eu sei que não estava zangado de verdade comigo. Foi só...

— Deixe eu acabar de falar — disse ele, mas esperou até fazer a curva e passar pela porta da garagem dela. — Eu não devia ter tocado em você daquele jeito. Havia prometido a mim mesmo que jamais faria aquilo.

— Mas eu queria que você me tocasse.

— Só que não vai acontecer de novo. — Embora as palavras dela, ditas de forma tão simples e direta, fizessem seu estômago se retorcer, Ethan balançou a cabeça. — Tenho motivos para isso, Grace. Motivos fortes. Você não os conhece, e também não os compreenderia.

— Não posso compreendê-los mesmo, se não me contar quais são esses motivos.

Ethan não estava disposto a contar a ela o que acontecera na sua infância, nem o que haviam feito com ele. Muito menos o que ele temia que ainda estivesse à espreita dentro dele, pronto para saltar se ele não mantivesse a jaula fechada.

— Eu tenho meus motivos, simplesmente. — Ele se virou para olhar para ela, porque o mais correto era dizer o que precisava olhando-a nos olhos. — Eu poderia ter machucado você, e quase fiz isso. Não vai tornar a acontecer.

— Não tenho medo de você, Ethan. — Ele esticou o braço para tocá-lo e acariciar seu rosto, mas ele agarrou-lhe a mão e a afastou dele.

— Nem jamais terá motivos para ter medo. Você é importante para mim, Grace. — Deu-lhe um aperto carinhoso na mão, soltando-a em seguida. — Sempre foi importante.

— Não sou mais criança e não vou quebrar se você me tocar. Quero que me toque.

Lábios bem delineados, cheios e sem batom. As palavras de Phillip ecoavam na cabeça de Ethan. E, agora, Ethan sabia exatamente o quanto eles eram saborosos.

— Entendo que você ache que pensa assim, Grace, e é por isso que precisamos tentar esquecer o que aconteceu naquela noite.

— Não vou me esquecer de nada — murmurou ela, e o jeito com que se virou para ele, com um olhar carinhoso e cheio de carências, fez a cabeça de Ethan girar.

— Aquilo não vai tornar a acontecer. Portanto, fique longe de mim por algum tempo. — Um tom de desespero tingiu sua voz enquanto se esticava para abrir a porta para ela. — Estou falando sério, Grace, afaste-se de mim por algum tempo. Eu já estou com muitas preocupações na cabeça.

— Tudo bem, Ethan. — Ela não ia implorar. — Se é isso o que você quer.

— Isso é exatamente o que eu quero.

Dessa vez, ele não esperou até que ela entrasse em casa. Deu marcha à ré e foi embora assim que ela fechou a porta da caminhonete.

Pela primeira vez em muitos anos, tantos que ele mal lembrava, Ethan pensou seriamente em beber até cair de porre.

Capítulo Oito

Seth ficou de plantão lá fora, à espera deles. Sua desculpa para ficar de sentinela no jardim da frente enquanto a noite ia ficando mais escura eram os cães. Não que aquilo fosse uma desculpa exatamente, pensou. Seth estava tentando ensinar Bobalhão a não apenas perseguir a bola de tênis muito mordida e arranhada, mas trazê-la de volta para ele, como Simon fazia. O problema é que Bobalhão voltava até onde ele estava trazendo a bola, mas não a soltava de jeito nenhum, e ficava brincando de cabo de guerra com Seth.

Na verdade, Seth não se incomodava com isso. Tinha um bom suprimento de bolas e gravetos, além de um velho pedaço de corda grossa que Ethan lhe dera. Aguentava atirar os objetos e lutar para pegá-los de volta pelo tempo que os cães estivessem dispostos a correr. O que era, se dependesse deles, por toda a eternidade.

Enquanto brincava com os cães, porém, mantinha os ouvidos atentos, esperando o som do carro se aproximando a qualquer momento.

Seth já sabia que eles estavam a caminho porque Cam telefonara para casa de dentro do avião. Aquilo era simplesmente a coisa mais incrível que o menino já ouvira. Mal podia esperar para contar a Danny e Will como ele conversara com Cam enquanto ele ainda estava sobrevoando o Oceano Atlântico.

Seth já havia procurado a Itália no mapa e encontrara Roma. Traçara o trajeto em linha reta com os dedos, de um lado para outro, e depois repetindo o percurso através do imenso oceano, até chegar à baía de Chesapeake e ao pequeno ponto no mapa, junto da costa leste do estado de Maryland, onde ficava a cidade de St. Christopher.

Por algum tempo, teve um estranho receio de que nunca mais voltassem. Imaginava Cam telefonando para dizer que eles haviam resolvido ficar por lá para que ele pudesse voltar a disputar corridas.

Seth sabia que Cam morara em vários lugares da Europa, participando de corridas de barcos, carros e motos. Ray lhe contara a respeito de tudo isso, e havia um grosso álbum de recortes no escritório, cheio de todo tipo de notícias de jornal, fotos de revistas, artigos que falavam sobre as corridas que Cam vencera e as mulheres com as quais circulara por toda parte.

E Seth sabia que Cam acabara de vencer uma corrida muito importante com o seu hidrofólio, no qual Seth tinha a maior vontade de andar, nem que fosse uma vezinha apenas, pouco antes de Ray bater com o carro no poste telefônico, o que acabou por matá-lo.

Phillip conseguira localizá-lo em Monte Carlo. Seth procurara o lugar no atlas também, e a cidade não parecia muito maior do que St. Chris. Só que lá eles tinham um palácio, cassinos luxuosos e até um príncipe.

Cam voltara para casa a tempo de ver Ray morrer. Seth sabia que Cam não planejara ficar em St. Chris por muito tempo, mas acabara ficando. Depois de os dois terem tido uma espécie de discussão, ele dissera a Seth que não ia mais a parte alguma. Falou que os dois estavam presos um ao outro e que ele ficaria por ali.

Mesmo assim, tudo isso aconteceu antes de ele se casar e tudo o mais... antes de voltar para a Itália. Antes de Seth começar a se preocupar com a possibilidade de Cam e Anna se esquecerem dele e das promessas que haviam feito.

Mas eles não se esqueceram. Estavam voltando para casa.

Seth não queria que eles pensassem que ele estava ali esperando, cheio de ansiedade, ou que se sentia empolgado por eles estarem para chegar a qualquer momento. Mas estava... não conseguia compreender o motivo de estar tão vidrado. Eles estavam fora há apenas duas semanas, e Cam era um pé no saco na maior parte do tempo.

Além do mais, agora que Anna ia morar ali com eles, todo mundo mandaria ele parar de xingar o tempo todo, porque havia uma mulher dentro de casa.

Uma parte dele se preocupava com a possibilidade de Anna começar a modificar as coisas. Embora fosse a assistente social responsável pelo seu caso, talvez ela acabasse se aborrecendo por ter um garoto no pé dela. Anna tinha o poder de mandá-lo embora. Agora, mais poder ainda, pensou ele, porque estava transando com Cam o tempo todo.

Seth lembrou a si mesmo que Anna jogara limpo com ele desde o primeiro momento, quando pediu para ele sair da sala de aula, um dia, na escola, e o levou para se sentar com ela na cantina, a fim de conversarem.

Só que trabalhar em um caso e morar na mesma casa com a criança relacionada ao caso eram coisas muito diferentes, não eram?

E talvez... bem, apenas talvez, ela jogara limpo com ele, fora gentil e simpática porque queria que Cam ficasse cutucando-a com vara curta para dar em cima dela. Ela queria *se casar* com ele. Agora que já estava casada, não precisava mais ser uma pessoa tão legal. Podia até mesmo escrever, em um dos relatórios que fazia regularmente sobre o caso, que era melhor que ele fosse acolhido por outra família.

Bem, ele ficaria atento a tudo o que acontecia, e ia ver... podia fugir dali se as coisas ficassem esquisitas para o seu lado, embora a ideia de fugir fizesse o seu estômago doer como jamais doera antes.

Porque queria ficar ali. Queria correr solto pelo quintal, atirando gravetos para os cães buscarem. Queria se levantar da cama bem cedo, antes do sol nascer, e tomar café com Ethan, para depois sair de barco com ele para pegar caranguejos, trabalhar no galpão, ajudando a construir o barco, ou ir para a casa de Danny e Will.

Comer comida de verdade quando tivesse fome e dormir em uma cama que não fedia a suor de outras pessoas.

Ray havia lhe prometido tudo isso e, apesar de Seth jamais ter confiado em ninguém, confiara em Ray. Talvez Ray fosse mesmo o seu pai ou talvez não. O que Seth sabia é que ele pagara a Gloria uma nota muito alta para poder ficar com ele. O menino passara a pensar nela não mais como sua mãe. Era apenas Gloria. Isso ajudava a mantê-la mais distante.

Agora Ray estava morto, mas fizera cada um dos filhos prometer que manteria Seth morando ali, na casa junto do rio. Seth sacou que eles provavelmente não gostaram muito da ideia, mas acabaram prometendo isso ao pai mesmo assim. E descobrira que os Quinn mantinham a palavra empenhada. Aquilo era um conceito novo e maravilhoso para ele: uma promessa cumprida.

Se eles a quebrassem agora, ele sabia que a dor seria maior do que qualquer outra coisa que o machucara até então.

Assim, continuou esperando, e ao ouvir o carro — o ronco forte e feroz do Corvette —, seu estômago tornou a se contorcer de empolgação e nervosismo.

Simon soltou dois grunhidos à guisa de cumprimento, mas Bobalhão entregou-se a uma sessão agitada de ganidos e latidos ensurdecedores. Quando o carro branco bem polido passou pelo portão, os dois cães correram ao encontro dele, abanando as caudas levantadas como se fossem duas bandeiras. Seth enfiou as mãos, que já estavam suadas, dentro do bolso e caminhou na direção dos recém-chegados de forma casual.

— Oi! — Anna lançou-lhe um olhar brilhante.

Seth entendia o porquê de Cam ter ficado caidinho por ela. Ele mesmo já desenhara o lindo rosto dela um monte de vezes, em segredo. Desenhar era o que ele mais gostava de fazer na vida. Seus olhos de artista ainda inexperiente apreciavam a beleza pura daquele rosto; os olhos castanhos amendoados, a pele lisa e muito clara, a boca cheia e a leve e exótica saliência das maçãs do rosto. Seus cabelos estavam agitados pelo vento, formando uma massa escura cheia de cachos. Sua aliança de casamento refulgiu em ouro e diamante no instante em que ela saltou do carro.

E o pegou desprevenido, rindo muito e abraçando-o com tanta força que pareceu que ia esmagar-lhe os ossos.

— Que comitê de recepção fantástico! — elogiou ela.

Embora o abraço tivesse provocado em Seth a inesperada vontade de ficar ali, ele se desvencilhou, dizendo:

— Eu estava aqui fora dando uma volta com os cachorros. — Olhou para Cam e levantou um dos ombros, cumprimentando-o: — Oi!

— Oi, garoto. — Alto, esbelto, bronzeado e com aquele olhar ligeiramente perigoso, Cam saltou do carro, esticando as pernas compridas. Seu sorriso aparecia mais depressa do que o de Ethan, e era mais envolvente e maroto que o de Phillip. — Você apareceu bem a tempo de me ajudar a descarregar o carro.

— É... tá legal. — Seth olhou para cima e viu a pequena montanha de bagagem empilhada e presa ao teto do carro. — Não acredito que vocês tenham trazido esse lixo todo para casa.

— Bem, aproveitamos que estávamos lá e catamos um pouco de lixo italiano.

— Eu não consegui me controlar — explicou Anna, com uma risada. — Tivemos que comprar uma mala extra.

— Duas — corrigiu Cam.

— A outra é só uma sacola de viagem. É grande, mas não conta como mala.

— Sei... — Cam abriu o porta-malas e pegou uma imensa sacola verde-escura. — Então você pode carregar essa aqui, a tal que não conta.

— Já está colocando a noiva para trabalhar? — Phillip se aproximou do carro, quase tropeçando nos cães. — Deixe que eu pego para você, Anna — disse ele, beijando-a com tanto entusiasmo que Seth olhou na mesma hora para Cam a fim de ver a reação dele.

— Deixe Anna em paz, Phil, largue a coitada. — disse Ethan com a voz calma de sempre. — Não quero que Cam seja obrigado a matar você antes mesmo de entrar em casa. Seja bem-vinda ao seu novo lar, Anna — acrescentou ele, e sorriu quando Anna se virou e deu-lhe um beijo tão entusiasmado quanto o que Phillip dera nela.

— É muito bom estar em casa.

A sacola grande, como se viu em seguida, estava cheia de presentes, que Anna começou a distribuir de imediato, junto com a história de cada um. Seth simplesmente olhava com ar incrédulo para a camisa de futebol azul e branca que ela lhe trouxera. Na verdade, pensando bem, dava para Seth contar todos os presentes que recebera em toda a sua vida com os dedos de apenas uma das mãos.

— Esse jogo é a maior febre em todos os países da Europa — explicou ela. — Eles chamam o esporte de futebol, mas é bem diferente do nosso futebol americano, Seth. — Enfiando a mão mais no fundo da sacola, pegou um livro imenso e grosso, com capa colorida e brilhante. — Tome, eu achei que você ia gostar disso. Não é tão legal quanto ver as pinturas de perto, ao vivo. A gente sente um nó na garganta ao vê-las pessoalmente, mas acho que vai dar para você ter uma ideia.

O livro era cheio de pinturas famosas em cores gloriosas e imagens que ofuscavam os olhos. Um livro de arte. Ela lembrou que ele gostava de desenhar e trouxera aquilo só para ele.

— Que legal! — murmurou ele sem dizer mais nada, pois não confiava muito na firmeza de sua voz.

— Ela queria trazer sapatos para todos vocês — comentou Cam. — Fui obrigado a impedi-la.

— Foi por isso que eu só consegui comprar uns dez pares para mim.

— Dez? Eu achei que eram só quatro.

— Foram seis, na verdade. — Sorriu ela. — Comprei dois pares sem você saber. Phillip, encontrei, sem querer, andando pela rua, a butique de sapatos do Bruno Maglis. Fiquei com vontade de chorar de emoção.

— Armani também?

— Ah, sim, claro! — Anna suspirou, com ar de desejo.

— Agora, sou eu que estou com vontade de chorar.

— Vocês podem soluçar o quanto quiserem a respeito de moda, mas, depois, por favor — avisou Cam. — Estou morrendo de fome!

— Grace esteve aqui hoje — Seth estava louco para experimentar a camisa ali mesmo, mas achou que seria uma coisa tola de se fazer. — Ela deu uma faxina geral e nos obrigou a tomar banho no rio, porque os banheiros já estavam lavados. Também preparou frango frito.

— Grace fez frango frito?

— E salada de batatas.

— Não existe lugar tão bom quanto o lar — disse Cam baixinho, indo direto para a cozinha. Seth esperou alguns segundos e o seguiu.

— Acho que consigo comer mais um pedaço — comentou, de forma casual, olhando para Cam.

— Então entre na fila... primeiro eu! — Cam pegou a bandeja e a tigela na geladeira.

— Eles não servem aquela comida toda para os passageiros no avião?

— Aquilo foi antes, e nós estamos no agora. — Cam encheu um prato com comida, e então se encostou no balcão da cozinha. O garoto estava queimado de sol e com aparência saudável, reparou. Seus olhos continuavam meio desconfiados, mas ele perdera o ar de "coelho preparado para sair correndo". Ficou pensando se Seth ficaria tão surpreso quanto ele próprio, se Cam lhe contasse que sentira saudade daquele moleque de língua afiada. — E então, como andam as coisas por aqui?

— Tudo bem. Já estou de férias, e tenho ajudado Ethan no barco, pegando caranguejos quase todos os dias. Ele me paga salário de escravo lá e no galpão do barco que está sendo construído.

— Anna vai querer ver o seu boletim.

— E vai encontrar conceitos "A" — murmurou Seth, com a boca tomada por uma coxa de frango. Cam quase se engasgou.

136

— Você tirou "A" em todas as matérias?

— Foi. Qual é o problema?

— Anna vai adorar isso. Quer marcar mais alguns pontos extras com ela?

Seth levantou um dos ombros novamente, estreitando os olhos enquanto pensava no que Cam poderia pedir que ele fizesse para agradar a única mulher da casa.

— Talvez... — respondeu o menino.

— Então vista a camisa de futebol que ela lhe trouxe. Anna levou mais de meia hora escolhendo a mais bonita e a que combinava mais com você. Garoto, se você usar o presente na mesma noite em que o recebeu, vai marcar vários pontos a mais com ela.

— É mesmo? — Tão simples assim, pensou Seth, relaxando e abrindo um sorriso. — Acho que posso dar essa emoção a ela.

— Seth adorou a camisa! — disse Anna, enquanto guardava meticulosamente o conteúdo de uma das malas. — E o livro. Fiquei tão contente de ter pensado no livro.

— Foi mesmo, ele gostou dos presentes. — Na opinião de Cam, desfazer as malas era algo que podia ser deixado para o dia seguinte, até para o ano seguinte. Além do mais, gostava de ficar ali, esticado sobre a cama, observando Anna — observando a sua esposa, pensou, com um tremor estranho de emoção — circular pelo quarto.

— Ele não ficou duro como uma pedra de gelo quando eu o abracei — comentou ela. — Isso é um bom sinal. E a interação dele com Ethan e Phillip já está mais fácil, mais descontraída e natural do que há duas semanas. Ele estava louco para ter você de volta. E se sente um pouco ameaçado com a minha presença na casa. Eu cheguei para mudar a dinâmica dos relacionamentos por aqui, bem na hora em que ele já estava começando a se acostumar com a forma como as coisas funcionam. Então, ele está esperando e observando atentamente para ver o que vai acontecer em seguida. Mas isso é bom. Uma prova de que ele considera esta aqui a *sua* casa. Eu sou a intrusa.

— Srta. Spinelli...

— Você deve me chamar de Sra. Quinn agora... tenha respeito! — E virou a cabeça para trás, levantando uma sobrancelha.

— Por que não deixa a assistente social desativada até segunda-feira?

— Não consigo. — Pegando na mala um par dos seus sapatos novos, quase gemeu de satisfação. — A assistente social está muito satisfeita com o andamento deste caso em particular. A Sra. Quinn, por sua vez, a cunhada novinha em folha, está determinada a conquistar a confiança de Seth e, talvez, até mesmo o seu afeto.

Tornando a colocar os sapatos na mala, perguntou a si mesma quanto tempo deveria esperar antes de pedir a Cam que construísse um closet para eles ali no quarto. Ela já tinha toda a planta planejada na cabeça, ele era um bom carpinteiro e tinha as mãos muito hábeis. Pensando nisso, ela o avaliou. Cam tinha realmente as mãos muito, muito hábeis.

— Acho que posso acabar de desfazer as malas amanhã.

— Imagino que sim — sorriu ele, bem devagar.

— Eu me sinto culpada por deixar as coisas assim espalhadas. Grace deixou a casa tão impecável.

— Por que não vem até aqui, perto de mim? Podemos tentar resolver esse problema de culpa.

— Sim, por que não? — Lançando os sapatos para trás por cima do ombro, pulou sobre ele, dando uma risada.

— O barco está saindo, afinal!

Cam o analisava sob todos os ângulos. Ainda não eram nem sete horas da manhã, mas seu relógio biológico ainda estava funcionando como se estivesse em Roma, seis horas à frente do horário na Costa Leste americana. Já que acordara cedo, não viu razão para deixar seus irmãos dormindo o dia todo.

Assim, ali estavam os Quinn, reunidos sob as lâmpadas fortes do galpão e contemplando a obra que preparavam. Seth imitava a postura dos mais velhos: mãos nos bolsos, pernas bem separadas, braços cruzados e um olhar sério.

Era a primeira vez que os quatro trabalhavam juntos na construção de um barco. Ele estava incrivelmente empolgado.

— Imagino que você já possa começar a trabalhar na parte de baixo do deque — começou Ethan. — Phillip calcula em quatrocentas horas de trabalho o prazo para terminar toda a cabine.

— Ah, eu consigo fazer em muito menos tempo que isso — debochou Cam.

— Mas tem que fazer direito — informou Phillip. — Isso é mais importante do que fazer mais rápido.

— Pois eu consigo trabalhar bem *e* rápido. O cliente que fez a encomenda vai estar com essa beleza na água, velejando, a galé estocada com champanhe e caviar em muito menos de quatrocentas horas.

Ethan concordou com a cabeça. Já que Cam voltara de viagem trazendo um novo cliente com encomenda de outro barco, dessa vez uma embarcação para pesca esportiva em alto-mar, torcia para que a estimativa de Cam fosse realista.

— Vamos cair dentro, então — disse Ethan, convocando-os para trabalhar.

O trabalho mantinha sua cabeça longe de coisas que não eram da sua conta. O cérebro tinha de permanecer focado no uso do torno mecânico, a não ser que ele quisesse ficar sem as mãos. Ethan girava a madeira lenta e cuidadosamente, formando o mastro. Protetores de ouvido transformavam o ronco do motor e o rock pesado que explodia do rádio em um eco abafado.

Imaginava que houvesse algum tipo de conversa à sua volta também. E as pragas e palavrões ocasionais, como de praxe. Podia sentir o aroma doce da madeira, o cheiro penetrante da cola epóxi e o fedor do piche usado para revestir os parafusos.

Alguns anos antes, os três irmãos haviam construído o seu barco de trabalho. A embarcação não era nem um pouco sofisticada, e ele sabia que não era sequer bonita aos olhos, mas era segura, firme e valente. Também haviam construído o seu outro barco, para pesca e lazer, porque Ethan estava determinado a escavar o fundo do rio em busca de ostras da forma tradicional. Agora, as ostras haviam praticamente desaparecido da região, mas o seu barco se juntava a outros tantos na baía e fornecia um dinheirinho extra durante o verão, sendo alugado para passeios com turistas.

Ele o alugava para o irmão de Jim durante toda a temporada turística, porque era algo que ajudava a ambos, além de ser a coisa mais prática a se fazer. Só que se sentia um pouco incomodado ao ver o seu velho e querido barco utilizado daquela maneira. Da mesma forma que o chateava um pouco saber que outras pessoas estavam morando e dormindo na casa que era dele e que também estava alugada.

No fim das contas, porém, a necessidade do dinheiro pesava. A gargalhada de Seth penetrou através de seus protetores de ouvido, lembrando a ele o porquê de tudo aquilo importar agora mais do que nunca.

Quando sentiu as mãos dormentes de tanto trabalharem no torno, desligou o aparelho para poder descansar alguns minutos. O barulho encheu-lhe os ouvidos assim que ele arrancou os protetores.

Dava para ouvir as marteladas de Cam vindas da parte de baixo do deque. Seth estava cobrindo a placa metálica central estabilizadora do barco com óleo antiferrugem, de forma que o material, aço e ferro, brilhava devido ao líquido. Phillip estava com o trabalho mais desagradável, que era o de revestir toda a parte interna da cabine com creosoto, um óleo composto à base de alcatrão, usado para conservar melhor a madeira. Apesar de se tratar de um resistente cedro vermelho, o que devia desencorajar o ataque de brocas marinhas, decidiram que não iam arriscar.

Uma Embarcação Quinn era feita para durar muito tempo.

Sentiu um arrepio de orgulho ao olhar para eles, e quase conseguia imaginar seu pai sentado atrás dele, com as mãos grandes sobre os quadris e um sorriso largo no rosto.

— Que belo quadro esse! — disse Ray. — É o tipo de cena que sua mãe e eu adorávamos observar com atenção. Colecionávamos um monte de imagens como essa na lembrança, a fim de recordar mais tarde, e escolher cada uma delas para rever com carinho depois que vocês crescessem e seguissem, cada um, o seu rumo. Jamais tivemos a oportunidade de fazer isso, porque ela se foi antes de mim.

— Eu ainda sinto saudade dela.

— Eu sei. Ela era a cola que nos mantinha bem unidos. Mas ela fez um bom trabalho, Ethan. Você continua grudado à vida que construiu aqui.

— Acho que teria morrido se não fosse por ela, pelo senhor... por eles...

— Não... — Ray colocou a mão sobre o ombro de Ethan e balançou a cabeça. — Você foi sempre o mais forte, tanto de cabeça quanto de coração. Conseguiu escapar do inferno tanto pelo que tem dentro de você quanto pelo que nós fizemos. Devia se lembrar disso com mais frequência. Olhe só para Seth. Ele lida com as coisas de modo diferente, mas possui um bocado das mesmas qualidades que existem dentro de você. Ele se importa com as pessoas, mais do que gostaria. Pensa e reflete mais do que deixa transparecer. E seus sonhos vão mais além do que gosta de admitir até para si mesmo.

— Eu vejo o seu rosto nele, pai. — Aquela era a primeira vez que Ethan se permitia pensar naquilo e dizer em voz alta, até para si mesmo. — Não sei como me sentir a respeito disso.

— Engraçado... eu vejo o rosto de cada um de vocês nele. A verdade está nos olhos de quem vê, Ethan. — Ele deu um tapa carinhoso nas costas do filho. — Estamos acompanhando a construção de um barco muito especial. Sua mãe ficaria emocionada e muito orgulhosa.

— Os Quinn constroem coisas para durar muito tempo.

— Com quem você está conversando? — quis saber Seth.

Ethan piscou, sentiu a cabeça ficar mais leve, como se estivesse cheia de pensamentos esfarrapados e finos como fibras de algodão.

— O quê? — Levou a mão à testa, passou os dedos pelos cabelos e recolocou o boné. — Que foi?

— Cara, você está estranho. — Seth virou a cabeça meio de lado, fascinado. — Como é que pode você ficar aí parado, falando sozinho?

— É que eu estava... — O quê? Dormindo em pé?, perguntou a si mesmo. — Pensando — disse ele. — Pensando alto. — De repente, pareceu-lhe que o barulho e os cheiros iam fazer sua cabeça, ainda tonta, explodir. — Preciso tomar um pouco de ar — resmungou, e saiu o mais depressa que pôde pelas portas traseiras.

— Muito esquisito. — repetiu Seth. Começou a dizer algo para Phillip, que se distraiu ao ver Anna entrar pela porta da frente carregando uma enorme cesta de piquenique.

— Alguém aí está a fim de almoçar?

— Claro! — Sempre interessado em comer, Seth correu em linha reta até onde ela estava. — Você trouxe frango?

— Trouxe o restinho que sobrou de ontem — disse-lhe ela. — Além de sanduíches com dois dedos de presunto. Tem também um isopor com chá gelado no carro. Por que não vai buscá-lo?

— Minha salvadora! — disse Phillip, esfregando as mãos no jeans antes de pegar a imensa cesta das mãos da cunhada. — Ei, Cam! Chegou uma mulher maravilhosa aqui, trazendo comida.

O barulho das marteladas parou quase de imediato. Segundos depois, a cabeça de Cam surgiu por um buraco no teto da cabine.

— Essa é a minha mulher! Tenho o direito de ser o primeiro a atacar a comida.

— Tem o bastante aqui, ninguém precisa brigar. Grace não é a única que consegue preparar uma refeição para um bando de homens esfomeados... embora eu reconheça que o frango frito que ela prepara é um manjar dos deuses.

— Ela leva mesmo jeito para a coisa — concordou Phillip, colocando a cesta sobre a mesa improvisada, feita de um pedaço de compensado grosso apoiado em dois cavaletes. — Grace cozinhava para Ethan quase todos os dias enquanto vocês estavam fora — disse e pegou um sanduíche de presunto. — Tenho o pressentimento de que alguma coisa está rolando entre eles.

— Rolando entre quem? — quis saber Cam, chegando e já investigando o conteúdo da cesta.

— Entre Ethan e Grace.

— Qual é? Sério mesmo?

— Hum-hum. — A primeira mordida fez com que Phillip fechasse os olhos de tanto prazer. Ele podia preferir comida francesa servida em um prato de porcelana fina, mas também sabia apreciar um sanduíche bem-feito e mal equilibrado sobre um prato descartável. — Minhas imorredouras habilidades de observação da natureza humana andaram captando alguns sinais. Ethan fica olhando para Grace sempre que ela não está olhando. E ouvi uma fofoca interessante, da boca de Marsha Tuttle. Ela trabalha no mesmo bar que a Grace — explicou a Anna. — Shiney está instalando um sistema de segurança e implantou uma nova política no bar, segundo a qual nenhuma das garçonetes pode ficar sozinha para fechar o bar no fim da noite.

— Aconteceu alguma coisa lá? — quis saber Anna.

— Aconteceu. — Phillip olhou em volta para se certificar de que Seth ainda não voltara. — Há algumas noites, um palhaço safado entrou depois de o bar já ter fechado. Grace estava sozinha. Ele a agarrou e, segundo Marsha, estava disposto a fazer muito mais do que isso. Só que, por acaso, Ethan estava do lado de fora do bar. Isso por si só já é uma coincidência bem interessante, se querem saber, já que estamos falando daquele meu irmão que acorda antes do sol nascer e vai dormir com as galinhas. Enfim, ele entrou e deu algumas porradas no canalha. — Dizendo isso, deu mais uma mordida generosa no sanduíche.

Cam pensou na esbelta, frágil e delicada Grace. E pensou em Anna.

— Espero que tenham sido umas porradas muito bem dadas.

— Bem, imagino que o cara não saiu de lá assobiando de alegria. Claro que, como é típico de seu estilo, Ethan não mencionou uma palavra sobre o assunto, de forma que eu só fiquei sabendo por Marsha, quando a encontrei fazendo compras no mercado, sexta-feira à noite.

— Grace ficou machucada? — Anna sabia muito bem como era se ver presa em uma armadilha como aquela, sentir-se indefesa e encarar as coisas que certos tipos de homens eram capazes de fazer com uma mulher. Ou uma criança.

— Não, não se machucou. Deve ter levado um tremendo susto, mas ela é como Ethan nesse ponto. Não comentou nada sobre o assunto. Só que ontem notei vários olhares longos e silenciosos que um lançou para o outro. E quando Ethan voltou, depois de tê-la levado em casa, estava fervilhando de raiva. — Lembrando a cena, Phillip riu consigo mesmo. — Em se tratando de Ethan, isso é muita coisa. Foi direto para a geladeira, pegou duas cervejas e tornou a sair. Ficou sentado dentro da corveta por uma hora, pensando.

— Grace e Ethan... — Cam ficou considerando a ideia. —Até que eles combinam. — Ao ver Seth entrar, resolveu mudar de assunto. — Onde o Ethan se enfiou, afinal?

— Foi lá para fora. — Com um grunhido, Seth colocou o isopor no chão e acenou com a cabeça para as portas dos fundos. — Disse que precisava tomar um pouco de ar, e me pareceu que precisava mesmo. Estava bem ali em pé, falando sozinho. — Empolgado com o almoço inesperado, Seth mergulhou na cesta. — Ele parecia estar levando o maior papo com alguém que simplesmente não estava ali. Muito esquisito...

A nuca de Cam formigou na mesma hora. Mesmo assim, ele se movimentou com naturalidade e colocou um pouco de comida em um dos pratos descartáveis.

— Eu também podia ir lá fora tomar um pouco de ar. Vou levar um sanduíche para ele.

Cam viu Ethan parado de pé, na ponta do cais, olhando fixamente para a água. A ponta do litoral de St. Chris, com as suas casas lindas e jardins floridos, ficava do outro lado, mas Ethan estava com os olhos fixos em um ponto no além, sobre as ondas, na direção do horizonte.

— Anna trouxe comida.

Ethan recolheu os pensamentos e olhou para o prato com o sanduíche, agradecendo:

— Que legal da parte dela. Você tirou a sorte grande, Cam.

— E eu não sei? — O que estava prestes a fazer deixou-o um pouco nervoso. Ele, porém, era um homem que vivia correndo riscos. — Eu ainda me lembro da primeira vez em que a vi, Ethan, como se fosse hoje.

Eu estava revoltado com o mundo. Papai mal tinha sido enterrado, e tudo o que eu queria para mim parecia estar em outro lugar. O garoto tinha me perturbado a manhã inteira, e surgiu na minha cabeça a realidade de que a próxima etapa da minha vida não ia ser vivida em corridas e muito menos na Europa. Meu mundo ficaria estagnado bem aqui.

— Você foi quem abriu mão de mais coisas ao vir para cá.

— Pareceu-me assim na ocasião. Então, Anna Spinelli veio caminhando pelo quintal enquanto eu consertava os degraus da escada, na varanda dos fundos. Ela me deu a segunda sacudida do dia.

Já que a comida estava ali e Cam parecia inclinado a conversar, Ethan pegou o prato e se sentou na beira do cais. Uma garça passou voando acima deles, silenciosa como um fantasma.

— Um rosto bonito como o de Anna é de fazer qualquer homem balançar — concordou Ethan.

— É... e eu já estava me sentindo meio tenso. Menos de uma hora antes eu acabara de ter uma conversa com o papai. Ele estava sentado na cadeira de balanço, na varanda dos fundos.

— Ele sempre gostou de ficar sentado ali — concordou Ethan, balançando a cabeça.

— Eu não estou dizendo que me lembrei dele sentado ali... o que estou falando é que o vi na cadeira, de verdade, tão claro como estou vendo você agora.

— Você o viu sentado na cadeira de balanço da varanda? — Lentamente, Ethan virou a cabeça e olhou fixamente para Cam.

— Conversei com ele também. E ele conversou comigo. — Cam encolheu os ombros e olhou por sobre a água. — Naquele momento, eu achei que havia pirado, que estava tendo alucinações. Talvez por causa do estresse ou da raiva. Tinha um monte de perguntas para fazer a ele, coisas para as quais precisava de respostas. Então minha mente fez com que ele aparecesse ali. Só que não era isso que estava acontecendo.

— E o que você achou que estava acontecendo? — Ethan sentiu-se pisando em terreno instável.

— Ele estava ali, de verdade, não só naquela primeira vez como nas outras também.

— Outras vezes?

— Foi... a última delas aconteceu na manhã do dia do meu casamento. Ele me avisou que aquela seria a última, porque eu já conseguira descobrir o que precisava por ora. — Cam passou as mãos sobre o rosto. — Tive que deixá-lo ir embora, e o perdi novamente. Foi um pouco mais fácil dessa vez. Acho que não obtive resposta para todas as perguntas, mas as mais importantes foram respondidas.

Deu um longo suspiro, sentindo-se melhor, e se serviu de uma das batatas fritas que estavam no prato de Ethan.

— Agora — continuou ele —, ou você me diz que eu sou maluco, ou que sabe exatamente sobre o que estou falando.

Com o olhar pensativo, Ethan dividiu um dos sanduíches ao meio e ofereceu metade a Cam, falando devagar:

— Quando a gente segue a corrente, na água, acaba descobrindo que existem muitas coisas além do que as pessoas conseguem ver ou tocar. Sereias e serpentes. — Sorriu de leve. — Os marinheiros veteranos sabem tudo a respeito delas, não importa se as enxergam de verdade ou não. Eu não creio que você esteja maluco, Cam.

— Você não vai me dizer que preciso de repouso?

— Eu tive alguns sonhos. Pelo menos, eu achava que eram sonhos — corrigiu-se. — Ultimamente, porém, tenho tido alguns desses sonhos quando estou acordado. Acho que tenho muitas perguntas também, mas é difícil para mim forçar a barra com alguém para obter respostas. É muito bom ouvir a voz dele e ver seu rosto. Nós não tivemos muito tempo para dizer adeus de verdade antes de ele partir.

— Talvez isso seja uma parte dos motivos, mas não é tudo...

— Não. Mas não sei o que mais ele espera que eu faça que eu já não esteja fazendo.

— Imagino que ele vai permanecer por perto até você descobrir. — Cam mordeu o sanduíche e se sentiu surpreendentemente contente. — E então, o que ele está achando do barco?

— Ele acha que está ficando fabuloso.

— E tem razão.

— Você vai contar ao Phillip a respeito dessa nossa conversa? — Ethan olhou para o próprio sanduíche.

— Não. Porém, mal posso esperar até que isso comece a acontecer com ele também. Quanto você aposta que ele é capaz de achar que precisa se consultar com um desses psiquiatras que cobram uma nota? E vai querer se tratar com um que tenha uma porção de títulos e letras depois do nome, com um consultório na parte mais sofisticada da cidade.

— *Uma dessas* psiquiatras... vai ser uma mulher... — completou Ethan, começando a sorrir. — Phillip vai querer uma mulher bem bonita, já que vai ficar deitado em um divã à frente dela. O dia está lindo — acrescentou, apreciando, de repente, a brisa morna e o brilho do sol.

— Você tem só mais dez minutos para aproveitar a folga — avisou-lhe Cam. — Depois, vai ter que rebocar o seu traseiro de volta para o trabalho.

— Eu sei. Sua mulher sabe preparar um sanduíche muito bom — disse e virou a cabeça de lado. — Como é que você acha que ela se sairia lixando madeira?

Cam considerou a ideia e gostou da imagem.

— Vamos até lá conversar com ela a esse respeito para descobrir o que ela pensa da ideia.

Capítulo Nove

Anna estava empolgada por ter a tarde de folga. Adorava o seu emprego, tinha afeição e respeito pelas pessoas com quem trabalhava. Acreditava cegamente na função que desempenhava e nos objetivos do serviço social. E tinha a satisfação de sentir que seu trabalho fazia diferença. Ela ajudava as pessoas. A jovem mãe que não tinha a quem recorrer, a criança enjeitada, o idoso abandonado. Dentro dela ardia o desejo forte e profundo de ajudá-los a encontrar o próprio caminho. Anna sabia, por experiência própria, como era se sentir perdida e desesperada, e sabia também a diferença que fazia quando uma pessoa oferecia a mão e se recusava a afastá-la, mesmo depois de ser rejeitada ou receber um tapa da pessoa que sofria.

E por estar tão determinada na ocasião a ajudar Seth DeLauter, encontrara Cam. Uma nova vida, uma nova casa. Novos começos.

Às vezes, pensava ela, as recompensas voltavam multiplicadas por cem.

Tudo o que ela sempre desejara, mesmo antes de ter consciência disso, estava englobado na adorável casa antiga à beira d'água. Uma casa branca com detalhes em azul. Cadeiras de balanço na varanda, flores no jardim. Ela ainda se lembrava da primeira vez em que a vira. Viera dirigindo por essa mesma estrada, com o rádio a todo o volume. É claro que a capota estava levantada naquele dia, para que o vento não soltasse os seus cabelos, presos por grampos.

Aquele era um assunto profissional, e Anna decidira parecer o mais profissional possível.

A casa a deixara encantada, não só por sua simplicidade como pela estabilidade que inspirava. Então ela caminhara em volta da linda residência de dois andares à beira do rio e dera de cara com um homem zangado, pouco disposto a cooperar, mas muito sexy, que consertava os degraus da escada dos fundos.

Nada mais voltou a ser o mesmo para ela a partir daquele instante.

Graças a Deus.

Aquela era a sua casa agora, pensou, com um sorriso de orgulho, enquanto dirigia velozmente pela estrada ladeada por campos extensos e muito planos. Aquela era a sua casa no campo, com o jardim que ela imaginara e tudo... e quanto ao homem zangado, sexy e pouco cooperativo? Ele também era dela, e era muito mais do que Anna jamais poderia ter sonhado.

Dirigindo pela estrada comprida e reta, ouvia Warren Zevon cantar uma música que falava dos lobisomens de Londres. Dessa vez, porém, ela não se importava se o vento despenteasse o seu cabelo, que estivera tão comportado naquela primeira vez. Ela estava indo para casa com a capota arriada e o astral muito elevado.

Tinha trabalho a fazer, mas os relatórios que precisava apresentar poderiam ser feitos no notebook, em casa mesmo, enquanto seu molho de tomate muito especial cozinhava em fogo brando sobre o fogão. Ela resolveu preparar *linguini* para fazer Cam se lembrar da lua de mel.

Não que a lua de mel estivesse dando sinais de ter acabado, mesmo depois de eles terem voltado de Roma e entrado na rotina da vida na baía de Chesapeake. Anna perguntou a si mesma se aquela paixão ardente e avassaladora que os dois tinham um pelo outro iria terminar algum dia.

Esperava que não.

Rindo consigo mesma, abriu bem a curva para entrar no portão. E quase enfiou o seu lindo conversível na traseira de um carro cinza e sem graça, com o porta-malas todo enferrujado. Depois de passado o susto, com o coração de volta ao lugar certo e batendo com mais disciplina, ficou intrigada com o veículo desconhecido.

Certamente, aquele não era o tipo de carro pelo qual Cam se interessaria, decidiu de imediato. Ele adorava mexer em motores e consertá-los, mas preferia os velozes e bonitos. Aquele carrinho velho e sem estilo podia parecer tudo, menos veloz.

Será que pertencia a Phillip? Não, descartou a ideia, com ar de deboche. O refinado e exigente Phillip Quinn jamais colocaria as solas dos seus sapatos italianos feitos à mão em contato com o piso gasto e sem brilho de um veículo caidaço como aquele.

Então, só podia ser de Ethan. Mas Anna se pegou franzindo o cenho diante da ideia. Picapes, jipes e caminhonetes faziam o estilo de Ethan, não carros compactos com para-choques recém-pintados de cinza.

Talvez a casa estivesse sendo assaltada, pensou com um sobressalto que fez seu coração disparar. Em plena luz do dia! Ninguém jamais se lembrava de trancar as portas por ali, eles nem pensavam nisso, e a casa ficava escondida das outras casas da vizinhança, protegida pelas árvores e pelos brejos em volta, cobertos de vegetação.

Alguém estava dentro da casa naquele exato momento, mexendo nas coisas deles. Com os olhos apertados de ódio, Anna bateu a porta do carro. Aquilo não ia ficar assim. Os bandidos não iam escapar assim tão fácil. Aquela era a casa dela agora, droga, e aquelas eram as coisas dela! Se algum ladrãozinho de meia-tigela achava que podia ir entrando e...

Parou na mesma hora ao olhar para dentro do carro e ver um imenso coelho cor-de-rosa. E uma cadeirinha de bebê. Um ladrão de residências que levava um bebê para assaltar?

Grace, descobriu ela, dando um suspiro de alívio. Aquele era um dos dias de faxina de Grace Monroe.

Você é uma garota da cidade grande mesmo, Anna, zombou de si mesma. Deixe as paranoias urbanas de lado... você está morando em outro lugar agora. Sentindo-se uma completa idiota, voltou ao próprio carro para pegar a pasta e as sacolas com as compras que fizera no supermercado a caminho de casa.

Ao subir os degraus da frente e entrar na varanda, ouviu o barulho rouco e monótono do aspirador de pó, acompanhado pela musiquinha saltitante de um comercial de tevê. Sons domésticos agradáveis, pensou. E se sentiu ainda mais aliviada ao lembrar que não era ela que estava pilotando aquele aspirador de pó.

Grace quase deixou o tubo do aparelho cair no chão quando viu Anna aparecer na porta. Muito agitada, deu um passo para trás e, por pouco, não tropeçou ao tentar desligar o aparelho.

— Sinto muito — desculpou-se ela. — Pensei que ia conseguir acabar a limpeza antes de alguém voltar para casa.

— Eu é que voltei mais cedo. — Embora estivesse com os braços cheios de coisas, Anna se agachou em frente à cadeirinha onde Aubrey estava sentada, fazendo movimentos frenéticos com um lápis de cera roxo, na tentativa de pintar um elefante em seu livrinho de colorir. — Está ficando lindo!

— É um *efante*.

— Eu sei, e é um *efante* muito bonito. Acho que é o *efante* mais bonito que eu já vi. — Como o rostinho de Aubrey parecia pedir por aquilo, Anna lhe deu um beijo rápido e estalado.

— Estou quase acabando. — Os nervos pareciam dançar, subindo e descendo pela espinha de Grace. Anna parecia muito profissional em seu *tailleur* de trabalho. O fato de seus cabelos estarem em desalinho, fora dos grampos que deveriam mantê-los firmes, a fazia parecer... sexy, mas com um jeito chique, decidiu Grace. — Já terminei de limpar tudo lá em cima e já lavei a cozinha também. Não sabia... eu não sabia o que a senhora ia querer para o jantar, mas preparei uma caçarola de pernil e batatas ao molho madeira. Está no freezer.

— Parece delicioso. Hoje à noite, eu resolvi que vou preparar o jantar. — Anna se levantou e sacudiu as sacolas de compras, com ar alegre. Quase tirou os sapatos, mas se segurou na hora H. Não lhe pareceu correto começar a espalhar as coisas pela casa quando Grace ainda estava no meio da limpeza.

Dava para esperar mais um pouco para descalçar os sapatos.

— Olhe, amanhã eu não vou poder sair tão cedo do trabalho — continuou Anna. — Portanto, a caçarola que você preparou veio bem a calhar.

— Bem, eu... — Grace sabia que estava um pouco suada, meio suja e se sentiu miseravelmente inferiorizada pela blusa elegante de Anna e seu *tailleur* feito sob medida. E, nossa! Que sapatos lindos, pensou ela, fazendo o possível para não tornar sua inspeção tão óbvia. Eles eram maravilhosos, tinham tanta classe, e o couro parecia tão macio... Seus dedos dos pés chegaram a se encolher de tanta vergonha dentro dos chinelos brancos muito gastos.

— As roupas já estão quase todas lavadas também. Coloquei um monte de toalhas na secadora. Não sabia onde a senhora queria que eu colocasse as suas coisas, então deixei tudo dobrado em cima da cama do seu quarto.

— Obrigada. Voltar a entrar no ritmo depois de duas semanas fora leva algum tempo. — Anna evitou fazer qualquer tipo de careta. Jamais tivera uma empregada na vida, e não sabia bem quais eram os procedimentos adequados. — Olhe, preciso guardar a minha pasta e os meus papéis. Você quer alguma coisa gelada para beber?

— Como? Não, obrigada... não... tenho que terminar o meu serviço para deixar a senhora em paz.

Curioso, pensou Anna. Grace jamais lhe parecera formal ou nervosa antes. Embora não se conhecessem muito bem, Anna achava que elas fossem amigas. De um jeito ou de outro, iam ter que acabar se entendendo.

— Grace, nós precisamos muito ter uma conversa quando você tiver tempo.

— Sim. — Grace passava a mão para cima e para baixo pelo cano do aspirador de pó. — Claro. Aubrey! Eu preciso ir até a cozinha com a Sra. Quinn.

— Também quero ir! — Aubrey saiu da cadeirinha e correu para a cozinha na frente delas. Quando a mãe conseguiu alcançá-la, ela já estava esparramada de barriga para baixo no chão da cozinha, tentando, com o maior cuidado, colorir uma girafa de roxo.

— Roxo é a cor que ela escolheu esta semana — comentou Grace. De modo quase mecânico, foi até a geladeira e pegou a jarra de limonada que preparara. — Ela costuma escolher uma cor e usa o lápis de cera até deixá-lo reduzido a um cotoco, e só então escolhe outra cor. — A mão de Grace ficou paralisada segurando o copo que acabara de pegar no armário. — Desculpe — disse ela, com o corpo rígido. — Eu fiz sem pensar.

— Fez o que sem pensar? — Anna colocou as sacolas de compras sobre o balcão.

— Estou aqui mexendo em tudo, à vontade, como se a cozinha fosse minha.

Ahh... pensou Anna, então era esse o problema. Duas mulheres, uma casa. Ambas estavam meio sem graça devido à situação. Anna pegou um tomate bem grande e redondo da sacola, examinou-o com atenção e, depois, o colocou sobre a bancada. No próximo ano, ela planejava fazer uma horta e plantar os próprios tomates.

— Grace, sabe qual foi a primeira coisa pela qual eu me apaixonei nesta casa, desde a primeira vez em que coloquei os pés nesta cozinha?

É que ela é o tipo de lugar que faz as pessoas se sentirem em casa. Não gostaria que isso mudasse.

E continuou a esvaziar a sacola de compras, colocando os vegetais que escolhera com todo o cuidado também sobre a bancada.

Grace quase mordeu a língua para evitar mencionar que Ethan não gostava de champignons no momento em que viu Anna colocar uma embalagem deles ao lado dos pimentões.

— Agora, esta é a sua casa — disse Grace, bem devagar. — A senhora vai querer cuidar dela ao seu modo.

— Isso é verdade. E eu estou realmente pretendendo fazer algumas mudanças por aqui. Será que você se incomodaria de servir a limonada pra gente? Ela está com uma cara ótima!

Lá vamos nós, pensou Grace. Mudanças. Serviu dois copos, e então pegou uma caneca de plástico no armário para oferecer um pouco a Aubrey.

— Tome, querida, cuidado para não entornar.

— Você não vai me perguntar que mudanças pretendo fazer por aqui? — quis saber Anna.

— Isso não é da minha conta.

— Quando isso foi resolvido, e por quem? — perguntou Anna com um tom de irritação na voz que fez Grace esticar o corpo.

— Eu trabalho para a senhora, sou apenas a empregada, pelo menos por enquanto.

— Por enquanto? Se você está querendo me dizer que vai largar o emprego, vai estragar o meu dia de verdade. Não me importo com o progresso que as mulheres tenham conseguido nas últimas décadas. O fato é que se eu ficar sozinha nesta casa, cuidando de quatro homens, vou acabar fazendo noventa por cento do trabalho. Talvez não a princípio — continuou ela, começando a andar de um lado para outro —, mas, depois de algum tempo, é isso que vai acabar acontecendo. E o fato de que eu tenho um emprego de horário integral, ainda por cima, não vai nem pesar. Cam odeia serviços domésticos e vai fazer tudo o que puder para escapar disso. Ethan é muito organizado e solícito, mas tem o hábito de desaparecer de vez em quando. Seth tem apenas dez anos, e isso já diz tudo. Quanto a Phillip, só mora aqui nos fins de semana, e vai argumentar que não foi ele que fez a bagunça nem a sujeira para começar. — E girou o corpo, perguntando:
— Você está querendo dizer que vai sair do emprego e me deixar na mão?

Aquela era a primeira vez que Grace via Anna com cara de furiosa, e ficou não só impressionada como também confusa.

— Eu pensei que a mudança sobre a qual a senhora falou era me mandar embora do emprego.

— Não! Estou pensando em fazer algumas mudanças na decoração, comprar uns almofadões novos e mandar estofar as poltronas e o sofá — disse Anna com impaciência. — Jamais perder a pessoa da qual eu descobri que vou depender totalmente, se quiser manter a minha sanidade. Você acha que eu não reparei quem é que fez de tudo para que eu não voltasse de viagem e encarasse uma pilha imensa de pratos sujos, outra de roupas e muita poeira? Será que eu pareço assim tão idiota?

— Não, eu... — O princípio de um sorriso começou a dançar nos lábios de Grace. — Eu ralei muito aqui para que a senhora reparasse.

— Certo. — Anna expirou devagar. — Por que não nos sentamos aqui e começamos o papo todo novamente?

— Seria ótimo. Desculpe.

— Desculpá-la pelo quê?

— Por todas as coisas horríveis que me permiti pensar a respeito da senhora nos últimos dias. — Sorriu abertamente ao se sentar. — Eu me esqueci do quanto gosto da senhora.

— Então não me chame mais de senhora, para começar. Estou em desvantagem numérica por aqui, Grace. É claro que vou precisar muito de outra mulher por perto, para me ajudar. Nem sei exatamente como as coisas devem ser feitas por aqui. Sou a pessoa de fora nesta casa.

— Não, a senhora... você... não é uma estranha. — Grace só faltou abrir a boca, chocada ao ouvir isso. — É a esposa de Cam!

— Você, por sua vez, vem sendo parte da vida dele há muito mais tempo. Por sinal, vem sendo parte da vida de *todos eles* há muito mais tempo. — Levantou as mãos com as palmas para cima e sorriu. — Vamos esclarecer bem direitinho esse ponto para depois esquecermos tudo. O que quer que você ande fazendo e organizando por aqui, Grace, está dando muito certo. Sou muito grata a você por estar à frente de tudo isso, pois assim eu posso me concentrar mais no meu casamento, pensar em Seth e no meu trabalho. Isso ficou claro?

— Sim.

— E já que os meus instintos me dizem que você é uma pessoa gentil e compreensiva, vou lhe confessar que, na verdade, preciso muito mais de você do que você de mim. E estou me colocando em suas mãos, pedindo misericórdia.

O riso rápido e fácil fez surgir lindas covinhas nas bochechas de Grace.

— Anna, acho que não existe nada que você não consiga fazer.

— Talvez não, mas juro por Deus que não quero dar uma de Mulher Maravilha por aqui. Não me deixe sozinha cuidando de todos esses homens.

— Se você vai querer reformar os estofados da sala de estar, vai precisar de cortinas novas também. — Mordeu o lábio por um momento.

— Estava pensando em colocar cortinas com bando plissado.

E as duas sorriram ao mesmo tempo, em perfeita harmonia de ideias.

— Mamãe! Qué xixi...

— Ai! — Grace se levantou como se tivesse sido impulsionada por uma mola e pegou Aubrey, que dançava freneticamente, no colo. — A gente volta já, Anna...

Anna deu uma boa gargalhada, então se levantou, despiu o paletó do *tailleur* e se preparou para fazer o molho. Aquele tipo de atividade culinária, bem familiar, a deixava relaxada. Além do mais, sabendo que aquilo ia lhe garantir pontos extras junto aos homens da família Quinn quando eles voltassem para casa, pretendia curtir cada minuto.

Ficou satisfeita, também, por sentir que preparara a base de uma boa amizade com Grace. Anna desejava o benefício que só se encontrava em cidades pequenas e na vida do campo: os vizinhos. Um dos motivos para ela se sentir tão deslocada e inquieta durante o tempo que morou em Washington foi a falta de conexão com as pessoas que moravam e trabalhavam junto dela. Ao se mudar para a cidadezinha de Princess Anne, encontrara um pouco da descontração da velha e agradável "boa vizinhança", um conceito que já conhecera do tempo em que crescera, criada pelos avós, em um bairro seleto de Pittsburgh.

Agora, pensou, tinha a oportunidade de fazer amizade com uma mulher que admirava e com a qual parecia que ia se dar muito bem.

Quando Grace e Aubrey voltaram para a cozinha, Anna sorriu e comentou:

— Já ouvi dizer que treinar uma criança pequena para usar o banheiro é um pesadelo para todos os envolvidos.

— Às vezes, dá tempo de chegar lá; outras vezes, não. — Grace deu um aperto carinhoso na filhinha, antes de colocá-la no chão. — Aubrey é uma garotinha tão comportada, não é, querida?

— Não molhei minhas calcinhas... ganhei uma moedinha para pôr no cofrinho.

Quando Anna caiu na gargalhada, Grace franziu a testa de forma natural, explicando:

— Um pouquinho de suborno também ajuda.

— Eu sou a favor...

— Agora, preciso acabar o serviço.

— Você está com muita pressa, Grace?

— Nem tanto... — Com cautela, Grace olhou para o relógio da cozinha. Pelos seus cálculos, Ethan não devia estar de volta por, pelo menos, mais uma hora.

— Talvez você possa me fazer um pouco de companhia, enquanto eu preparo este molho.

— Por mim, está ótimo. — Já fazia... puxa, ela nem conseguia se lembrar de quanto tempo havia que ela não se sentava na cozinha para bater papo com outra mulher. A simplicidade da cena quase a fez suspirar. — Tem um programa na tevê que Aubrey adora e já vai começar. Tudo bem se eu a colocar na sala para assistir? Posso acabar de passar o aspirador assim que o programa terminar.

— Isso! Boa ideia! — Anna colocou os tomates na panela para deixá--los cozinhando.

— Eu jamais preparei molho de macarrão desse jeito — comentou Grace ao voltar da sala. — Isto é, feito direto com tomates frescos.

— Leva mais tempo, mas vale a pena... Grace, espero que você não se importe de eu tocar no assunto, mas é que eu soube o que aconteceu naquela noite, no bar em que você trabalha.

A surpresa foi tão grande que Grace piscou e deixou de prestar atenção nos ingredientes que Anna colocara na panela.

— Ethan contou para você?

— Não. A gente tem que arrancar a língua de Ethan para fora da boca para obrigá-lo a contar alguma coisa. — Anna enxugou as mãos no avental que colocara. — Não quero me intrometer, mas tenho alguma experiência com assédio sexual. Quero que você saiba que pode conversar comigo sobre o assunto, se precisar.

— Não foi tão ruim como poderia ter sido, se Ethan não tivesse en-trado bem na hora... — Ela parou de falar, notando que só de pensar no assunto já se sentia esfriar por dentro. — Bem, a sorte é que ele estava lá. Eu devia ter sido mais cuidadosa.

Anna teve uma rápida lembrança de uma estrada escura, o pinicar do cascalho nas suas costas no momento em que foi atirada no chão.

— Grace, é um erro culpar-se pelo que aconteceu.

— Ah, mas eu... não me culpo, não desse jeito. Eu não mereci o que ele tentou fazer. Não o incentivei, pelo contrário. Na verdade, deixei bem claro que não estava interessada nele nem na cama do seu quarto de hotel. O problema é que eu devia ter trancado a porta por dentro depois que Steve foi embora. Não pensei no que poderia acontecer, e isso foi descuido.

— Fico feliz em saber que você não ficou machucada.

— Mas poderia... não posso me dar ao luxo de ser descuidada. — Lançou o olhar para a porta, por onde entravam os sons da música alegre e da gargalhada gostosa de Aubrey. — Tenho muita coisa em jogo na vida.

— Mães que criam os filhos sozinhas sempre têm. Eu vejo os problemas que podem surgir de uma situação como essa o tempo todo. Você é uma mãe brilhante.

Dessa vez, o que Grace sentiu não foi surpresa e sim choque. Jamais em sua vida alguém a qualificara como brilhante, em nada.

— Eu simplesmente... cuido dela.

— Sim — sorriu Anna. — Minha mãe morreu quando eu tinha doze anos, mas até então ela me criou sem pai, sozinha... Quando penso naquela época e me lembro das coisas que ela fazia, reconheço que ela era brilhante comigo também. Simplesmente *cuidava* da filha. Espero ter pelo menos a metade do talento de vocês duas quando tiver um filho.

— Você e Cam já estão planejando isso?

— Eu sou boa para planejar sonhos — disse Anna, com uma risada. — Quero dar mais um tempo para aproveitar a vida de casada, mas quero filhos sim. — Olhou pela janela para o lugar onde as flores que plantara estavam começando a desabrochar. — Este aqui é um lugar maravilhoso para criar filhos. Você conheceu Ray e Stella Quinn?

— Ah, conheci! Eram pessoas maravilhosas. Ainda sinto muita falta deles.

— Eu gostaria de tê-los conhecido.

— Eles teriam gostado de você.

— Acha mesmo?

— Sim... teriam gostado de você pela pessoa que você é — confirmou Grace. — E teriam amado você pelo que fez pela família deles. Você ajudou a uni-los todos novamente. Acho que eles se sentiram meio perdidos por algum tempo, depois que a Dra. Quinn morreu. Talvez precisassem mesmo fazer aquilo, seguir cada um o seu caminho, da mesma forma que precisaram voltar para casa agora.

— Ethan ficou aqui.

— As raízes da alma dele estão aqui, na água, como uma planta aquática. Mas ele se afastou também. E passou tempo demais sozinho. A casa dele fica logo depois da curva do rio, assim que passa o cais, no centro da cidade.

— Eu nunca fui até lá.

— A casa é meio escondida — murmurou Grace. — Ele gosta de ter privacidade. Às vezes, em noites calmas, quando saía para caminhar, com Aubrey ainda na barriga, ouvia Ethan tocando suas músicas. Dava para ouvir os acordes quando o vento soprava na direção certa, mesmo eu estando longe. Era lindo... e solitário.

Olhos que cintilavam de amor sempre viam coisas com perfeita clareza.

— Há quanto tempo você está apaixonada por ele?

— Acho que por toda a minha vida — murmurou Grace, e então se arrependeu. — Eu não ia dizer isso, saiu sem querer.

— Tarde demais. Você ainda não contou isso a ele?

— Não. — Só de pensar nisso, o coração de Grace se apertou de pânico. — Eu não devia estar conversando a respeito disso. Ele detestaria se soubesse. Ia se sentir sem graça.

— Só que ele não está aqui, não é? — Divertida com aquilo, e sentindo-se deliciada com a história, Anna sorriu. —Acho isso fantástico!

— Não é não! É horrível! Simplesmente horrível. — Aterrorizada, Grace colocou a mão na boca, como se tentasse segurar uma súbita e inesperada crise de choro. — Eu estraguei tudo. Estraguei mesmo, e, agora, ele não quer nem mesmo ficar perto de mim.

— Ah, Grace... — Inundada de solidariedade por ela, Anna deixou de picar ingredientes para o molho, envolveu o corpo rígido de Grace em um abraço carinhoso e então forçou-a a se sentar em uma cadeira. — Não posso acreditar nisso.

— Mas é verdade. Ele me pediu para ficar longe dele. — Sua voz estava mais aguda, deixando-a mortificada. — Desculpe, não sei o que deu em mim. Eu nunca choro.

— Então já está na hora de quebrar a tradição. — Anna pegou dois pedaços de papel-toalha e os ofereceu a Grace. — Vá em frente, coloque as lágrimas para fora. Vai se sentir melhor.

— Eu me sinto uma idiota. — Abrindo a represa, Grace começou a soluçar sobre o papel-toalha.

— Não há por que se sentir idiota.

— Há sim... fiz tudo de um jeito que, agora, não podemos mais nem mesmo ser amigos.

— Como fez isso? — perguntou Anna com gentileza.

— Eu estava me oferecendo a ele. Pelo menos, achei que estava, depois da noite em que ele me beijou...

— Ele beijou você? — repetiu Anna, e na mesma hora começou a se sentir melhor.

— É que ele estava muito zangado. — Grace apertou o rosto sobre o papel-toalha e respirou fundo, até conseguir se controlar. — Foi logo depois daquilo que aconteceu no bar. Eu nunca o tinha visto daquele jeito. Conheço Ethan desde pequena, por quase toda a minha vida, e jamais imaginei que ele pudesse ficar assim. Eu teria ficado apavorada se não o conhecesse... pelo jeito violento com que ele arrancou o sujeito de cima de mim e o lançou longe, como se ele fosse um travesseiro de plumas. E ele tinha um brilho estranho nos olhos que os fazia ficar mais penetrantes, duros, diferentes e — suspirando, admitiu o pior — excitantes. Ai, é horrível pensar nisso.

— Você está brincando? —Anna esticou o braço e apertou a mão de Grace. — Eu nem estava lá, e só de ouvir já fiquei excitada.

Com uma gargalhada molhada de lágrimas, Grace limpou o rosto.

— Não sei o que aconteceu direito, só sei que Ethan estava gritando comigo. Ele me colocou de pé e tivemos uma briga quando ele me levou para casa. Estava dizendo que eu devia pedir demissão do emprego e falava comigo como se eu tivesse perdido todos os neurônios.

— Típica reação masculina.

— Exato! — Subitamente zangada ao reviver toda a cena, Grace balançou a cabeça, concordando. — Foi bem típico, e eu jamais esperava aquela atitude dele. Então, de repente, a gente estava rolando em cima do gramado, em frente de casa.

— É mesmo? — Deliciada com o que ouvia, Anna sorriu.

— Ele me beijava, eu o beijava de volta, e foi maravilhoso. Durante toda a minha vida, eu tentei imaginar como seria aquilo, e, de repente, estava acontecendo de verdade, e era melhor do que tudo o que havia sonhado. Então, sem que eu esperasse, ele parou e disse que sentia muito.

— Ah, Ethan, que grande tolo! — Anna fechou os olhos.

— Ele me mandou entrar, mas, pouco antes de eu fazer isso, ele me confessou que pensava muito em mim. Disse que não queria, mas acontecia. Então eu tive esperança de que as coisas pudessem mudar.

— Pois eu diria que elas já mudaram.

— Sim, mas não do jeito que eu esperava. No dia em que você e Cam voltaram da lua de mel, eu estava aqui na hora em que ele voltou para casa. E me pareceu que, talvez... mas ele me levou de volta para casa. Disse que andara pensando muito sobre o assunto e resolveu que não ia mais tornar a tocar em mim e que eu deveria me manter afastada dele. — Ela soltou um longo suspiro. — E foi o que eu fiz.

— Ah, Grace, sua grande tola! — disse Anna, depois de esperar por um momento, e balançou a cabeça. Ao ver Grace franzir as sobrancelhas, Anna se inclinou por sobre a mesa. — Obviamente, o cara deseja você, e isso o está deixando apavorado. É você quem está com todo o poder por aqui. Por que não o está usando?

— Poder? Que poder?

— O poder de conseguir o que quer, se é que realmente deseja Ethan Quinn. Você só precisa pegá-lo sozinho para seduzi-lo.

— Seduzi-lo? — Grace soltou uma risada de deboche. — Eu seduzir Ethan? Não conseguiria fazer isso.

— Por que não?

— Porque eu... — Não havia nenhuma explicação ou motivo lógico. — Sei lá! Acho que não sou muito boa nisso.

— Pois eu aposto que você seria ótima nisso. E vou ajudar você.

— Vai?

— Claro! — Anna se levantou para mexer o molho na panela e pensar. — Quando é a sua próxima noite de folga?

— Amanhã.

— Ótimo. Vamos ter tempo suficiente para armar tudo. Eu poderia ficar com a Aubrey para você e trazê-la para passar a noite aqui, mas isso deixaria as coisas muito na cara para ele, e temos que ser sutis. Há alguém em quem você confie para cuidar dela?

— Minha mãe anda pedindo para eu deixá-la passar a noite lá, mas eu não ia conseguir...

— Perfeito! Você poderia ficar meio inibida com o bebê em casa. Agora, preciso pensar em um meio de fazer com que ele vá até a sua casa. — Anna se virou, avaliando Grace. Ela possuía uma beleza clássica, com traços marcantes, refletiu. Olhos grandes e tristes. O pobre do Ethan já estava no papo! — Você deve usar alguma coisa simples, mas bem feminina. — Considerando a ideia, bateu com uma das unhas contra os dentes da frente. — Uma cor pastel seria o ideal, uma cor assim bem frágil, tipo verde-água ou rosa.

— Você está indo depressa demais. — Grace colocou a mão na cabeça, pois sentiu que ela estava começando a girar.

— Bem, alguém tem que pisar nesse acelerador! No ritmo em que vocês vão, os dois vão estar ainda circulando, um em volta do outro, quando completarem sessenta anos. Não use joias — acrescentou — e coloque o mínimo possível de maquiagem. Use o seu perfume de sempre também. Ele já está acostumado com o seu cheiro, e isso vai ajudar.

— Anna, não importa a roupa que eu vou usar, porque ele não vai querer ir até lá.

— Mas é claro que a roupa importa! — Sendo uma mulher que alimentava casos de amor de muitos anos com roupas, Anna ficou quase chocada diante do que ouviu. — Os homens costumam achar que não reparam na roupa que uma mulher está usando, a não ser, é claro, que ela esteja quase nua. No fundo, porém, reparam sim, de forma subconsciente. E a imagem ajuda muito a criar um clima.

Com os lábios unidos e um ar pensativo, adicionou um pouco de manjericão fresco ao molho e pegou uma pequena frigideira para fritar cebola e alho.

— Vou tentar fazer com que ele chegue lá de noitinha — continuou Anna. — Você pode acender algumas velas aromáticas, colocar música... os Quinn gostam de música.

— Mas o que é que eu vou dizer pra ele?

— Ah, sei lá, só posso ajudar vocês até esse ponto, Grace — falou Anna de modo objetivo. — Aposto que você vai acabar descobrindo o que dizer quando o momento chegar.

Grace não estava nem um pouco convencida disso. Apesar dos aromas deliciosos que enchiam a cozinha de um clima romântico, torceu os lábios, dizendo:

— Vai parecer que eu armei para ele.

— E não é esse o objetivo?

Grace riu... e desistiu.

— Tenho um vestido cor-de-rosa muito bonito — lembrou ela. — Comprei para o casamento de Steve, há uns dois anos.

— E como é que você fica nele? — perguntou Anna, olhando por cima do ombro.

— Fico bem. — Os lábios de Grace se abriram devagar, formando um sorriso. — O padrinho de casamento de Steve começou a dar em cima de mim antes mesmo do bolo ser cortado.

— Então deve ser bem sedutor.

— Mesmo assim eu não... — Grace parou de falar quando seus ouvidos de mãe se ligaram na musiquinha que vinha da sala de estar. — O programa que Aubrey estava assistindo acabou. Tenho que acabar de limpar o resto da casa.

Levantando-se devagar, começou a entrar em pânico ao pensar na possibilidade de Ethan chegar em casa antes de ela acabar o serviço e ir embora. Certamente, tudo o que ela estava sentindo estaria estampado em seu rosto.

— Anna, agradeço muito pelo que você está tentando fazer, mas não creio que vá dar certo. Ethan já está decidido.

— Então não vai fazer mal algum ele dar uma passada na sua casa e encontrar você em um lindo vestido cor-de-rosa, vai?

— Cam consegue ganhar alguma discussão com você? — perguntou Grace, expirando com força.

— Em raras ocasiões, mas nunca quando estou bem afiada.

Grace foi se encaminhando para a porta, sabendo que o período de Aubrey ficar sentada e bem comportada estava quase acabando.

— Fiquei contente por você ter vindo para casa mais cedo, Anna.

— Eu também — disse ela, batendo com a colher de pau na borda da panela.

Capítulo Dez

No dia seguinte, à medida que o pôr do sol se aproximava, Grace já não estava tão certa de se sentir satisfeita. Estava tão nervosa que quase conseguia sentir os nervos esticados e se agitando bem debaixo da pele. Seu estômago ficava dando pulos e cambalhotas como um coelho agitado. E sua cabeça estava começando a doer, com um latejar insistente, agudo e ritmado.

Seria perfeito, pensou, desgostosa e irônica, se Anna conseguisse que Ethan fosse até lá e, ao vê-lo chegar, ela simplesmente caísse dura aos pés dele, enjoada e falando coisas sem sentido.

Seria muito sedutor.

Jamais deveria ter concordado com uma tolice dessas, disse a si mesma enquanto andava de uma ponta até a outra de sua pequena casa, mais uma vez. Anna pensara em tudo tão depressa, conseguiu convencê-la tão rápido e colocou o plano em execução de forma tão suave que Grace acabou sendo arrastada pela empolgação antes de poder se ligar nas armadilhas de uma ideia como aquela.

O que, meu Deus, ela ia *dizer* para Ethan se ele realmente aparecesse por lá? Coisa que, provavelmente, nem ia acontecer, refletiu, sentindo um misto de alívio e desespero. Na certa ele nem ia dar as caras, e ela mandara sua filhinha para passar a noite fora à toa.

Estava tudo muito silencioso. Não havia som algum no ar, a não ser a brisa do anoitecer sussurrando por entre as árvores, como que para lhe fazer companhia. Se Aubrey estivesse ali, que era onde devia estar, elas estariam curtindo a historinha da hora de dormir que Grace sempre lia para a filha. A menina estaria bem limpinha, cheirosa e enroscada nos braços da mãe, sobre a cadeira de balanço. Bem aconchegada e sonolenta.

Ao ouvir o próprio suspiro, Grace apertou os lábios com força e foi com determinação até o aparelho de som que tinha sobre as prateleiras de pinho na sala de estar. Escolheu alguns CDs de sua coleção, uma coisa da qual ela não abria mão e pela qual se recusava a se sentir culpada, e deixou a casa se encher com as notas comoventes e românticas de Mozart.

Foi, então, até a janela para observar o sol que descia bem devagar no céu. Sua luminosidade ia ficando cada vez mais fraca, e as sombras vinham surgindo como em camadas. Na ameixeira ornamental que emprestava um pouco de sua graça ao jardim da frente dos Cutter, um solitário bacurau começou a entoar seu lindo canto diante do anoitecer. Ela bem que gostaria de sorrir daquela imagem, visualizando a si mesma como a tola Grace Monroe encostada na janela com seu lindo vestido cor-de-rosa, à espera da primeira estrela a surgir no céu, para fazer um pedido.

Em vez disso, porém, abaixou a testa, encostou-a no vidro e fechou os olhos, lembrando que já era velha demais para sonhos e pedidos românticos.

Anna achava que poderia se dar muito bem como espiã. Conseguira manter seus planos bem guardados e os lábios selados, por mais que desejasse desesperadamente entregar o ouro e contar tudo a Cam.

Precisava se lembrar de que, afinal, ele era homem. E irmão de Ethan ainda por cima, o que era mais um fato contra ele. Aquilo era assunto entre mulheres. Ela conseguiu ser bem sutil também, mantendo Ethan sob vigilância. Ele não ia escapar dali e se enfiar em algum canto logo depois do jantar, como era o seu costume, nem fazia a menor ideia de que sua cunhada estava de olho nele e com rédeas curtas.

A ideia de levar uma sobremesa diferente para casa foi um achado. Anna comprou uma embalagem gigante de sorvete na volta do trabalho e, agora, estava com seus três homens, como ela gostava de pensar neles, refestelados na varanda dos fundos, empanturrando-se de sorvete.

Cálculo de tempo e execução perfeitos, congratulou-se, esfregando as mãos de contentamento segundos antes de sair para a varanda.

— Hoje vai ser uma noite bem quente. Mal dá para acreditar que já estamos quase em julho.

Vagou pela varanda e se curvou sobre a grade para dar uma boa olhada nos canteiros de flores. Estão indo muito bem, decidiu, com uma vitoriosa sensação de satisfação.

— Estava pensando que a gente podia fazer um piquenique aqui no quintal no feriado de Quatro de Julho.

— Eles soltam fogos de artifício no cais, lá no centro — comentou Ethan. — Isso acontece todo ano, meia hora depois do sol se pôr. Dá para ver tudo de camarote, bem aqui da varanda.

— É mesmo? Então seria o máximo! Não seria divertido, Seth? Você convida seus amigos e a gente pode preparar hambúrgueres e cachorros--quentes.

— Puxa, ia ser legal! — Ele já estava raspando a tigela, e pensava se seria educado ir lá dentro pegar mais.

— Vamos ter que encontrar as ferraduras para fazer um torneio — resolveu Cam. — A gente ainda tem aquelas ferraduras antigas, Ethan?

— Temos sim. Estão por aí, em algum lugar.

— E precisamos de música. — Anna se aproximou mais, o suficiente para afagar o joelho do marido. — Vocês três podiam tocar. Vocês quase nunca tocam juntos... eu mesma gostaria que isso acontecesse com mais frequência. E tenho que preparar uma lista. Vocês vão ter que me dizer quem preciso convidar, e a comida que tenho que comprar... comida! — E fingiu muito bem um ataque de irritação, mostrando-se agitada enquanto se afastava do gradil. — Como é que eu pude me esquecer? Prometi a Grace que passaria para ela a minha receita de tortellini se ela me desse a dela de frango frito.

E entrou em casa para pegar um pedaço de papel onde escrevera a receita, com caligrafia caprichada, coisa que jamais fizera em toda a sua vida, e saiu novamente para a varanda, com cara de afobada e distribuindo sorrisos de desculpas.

— Ethan, será que você poderia ir até a casa da Grace para lhe entregar essa receita que eu prometi?

Ele olhou para o pedaço de papel. Se não estivesse sentado, suas mãos teriam ido parar direto dentro dos bolsos.

— O quê? — perguntou ele com cara de desentendido.

— É que eu prometi que levaria isso para ela hoje, mas acabei me esquecendo por completo. Eu mesma poderia dar um pulinho até lá para entregar-lhe pessoalmente, mas ainda tenho um relatório para terminar. Além do mais, estou louca para experimentar aquela receita de frango frito que vocês adoram — e continuou a falar sem parar, colocando o papel com a receita na mão dele, quase puxando-o da cadeira à força.

— Está meio tarde — argumentou ele.

— Ora, mas ainda não são nem nove horas... — Não dê a ele tempo para pensar, lembrou Anna a si mesma. Não lhe ofereça a mínima oportunidade de sacar os furos daquela história. Ela o empurrou para dentro de casa, usando sorrisos e balançando os cílios para animá-lo a andar mais depressa. — Eu ficaria muito grata, Ethan. Ando meio avoada ultimamente, fico me esquecendo das coisas e rodando feito uma tonta de um lado para outro. Diga a Grace que eu sinto muito por não ter levado mais cedo, e não se esqueça de pedir a ela que me conte se a receita deu certo. Muito obrigada, Ethan — acrescentou, ficando nas pontas dos pés para lhe dar um beijinho rápido e afetuoso na bochecha. — Como é bom ter irmãos!

— Bem... — Ele estava meio confuso, sentindo-se um pouco estranho, mas o jeitinho com que ela pedira aquilo, ainda mais com o sorriso que usara, deixou-o indefeso. — Tudo bem, eu volto logo.

Acho que não, pensou Anna, tentando controlar o riso e agindo de forma controlada enquanto acenava para ele, toda contente. No segundo exato que a caminhonete saiu de sua vista, esfregou as mãos uma na outra. Missão cumprida!

— Que diabo de história foi essa que acabou de acontecer aqui? — quis saber Cam, fazendo-a dar um pulo, assustada.

— Que diabo foi o quê? — Ela teria passado por ele e entrado novamente em casa, mas ele deu um passo à frente e bloqueou a passagem.

— Ah, qual é? Você sabe muito bem do que estou falando. — Intrigado, olhou-a com a cabeça meio de lado, a fim de avaliá-la. Ela estava fazendo cara de inocente, reparou, mas não conseguia enganá-lo. Havia um brilho de puro contentamento em seus olhos. — Você agora anda trocando receitinhas, Anna?

— O que isso tem de mais? — Ela levantou os ombros. — Sei cozinhar muito bem!

— Sem dúvida que sabe, mas você não é do tipo que considera uma simples troca de receitas um caso de emergência; mesmo que fosse, se estivesse realmente tão desesperada assim para passar essa receita para

Grace, teria feito isso por telefone. Isso foi algo que você nem deu chance a Ethan de sugerir, pois estava muito ocupada balançando as pestanas para ele e tagarelando sem parar, feito uma idiota.

— Idiota?

— Sim, coisa que você não é — continuou ele, fazendo-a recuar lentamente, até que Anna se viu grudada ao gradil da varanda. — Nem um pouco. Sagaz, astuta, com a mente afiada... — Colocou as duas mãos sobre a grade, uma de cada lado dela, deixando-a presa. — É isso o que você é.

— Obrigada, Cameron. — Aquilo, ela supunha, era um elogio. — Agora, eu preciso entrar para terminar aquele relatório.

— Rã-rã... sei. Por que você enrolou o Ethan para ele ir até a casa de Grace?

Anna lançou os cabelos para trás, atirou um olhar suave, mas certeiro, direto nos olhos de Cam, e respondeu:

— Um cara sagaz, astuto e com a mente afiada como você já devia ter sido capaz de sacar o motivo.

— Está tentando armar tudo para rolar alguma coisa entre eles — disse e suas sobrancelhas se uniram.

— Alguma coisa *já está* rolando entre eles, mas seu irmão é mais lento que uma tartaruga capenga.

— Ethan é mais lento que uma tartaruga capenga usando bifocais, você está certa, mas esse *é* o jeito dele. Você não acha que eles deveriam resolver esse assunto por conta própria?

— Tudo o que precisam para isso é ficar por cinco minutos a sós, e foi só isso que eu fiz: armei tudo para dar a eles a chance de conseguir esses cinco minutos. Além do mais — ela deixou as mãos escorregarem pelo pescoço de Cam, envolvendo-o com carinho —, as mulheres extremamente felizes querem que todo mundo seja extremamente feliz também.

— Você acha que eu vou embarcar nesse papo? — Levantou uma sobrancelha.

— Acho! — Sorriu, inclinando-se para morder de leve o lábio inferior dele.

— Acertou — murmurou ele, deixando-a convencê-lo.

Ethan ficou sentado dentro da caminhonete parada por quase cinco minutos. Receitas? Aquilo era a coisa mais idiota que já ouvira. Sempre achou que Anna era uma mulher sensata, mas veja só... lá estava ela, mandando-o entregar uma receita com aquela pressa toda. Fala sério!

E ele ainda não estava pronto para se reencontrar com Grace. Não que sua cabeça já não estivesse feita com relação a não se envolver com ela, mas... até mesmo uma mente racional tinha as suas fraquezas.

De qualquer modo, não via como escapar do lance e já estava lá mesmo. Resolveu entregar o papel bem depressa. Grace devia estar colocando o bebê para dormir; portanto, simplesmente daria o recado e, depois, a deixaria em paz.

Como um homem condenado, arrastou-se para fora da caminhonete e foi quase se empurrando até a porta da frente. Através das cortinas dava para ver a luz incerta e oscilante de velas. Mudou o peso do corpo de um pé para outro e reparou na música que vinha lá de dentro, uma melodia comovente com cordas e um piano inspirador.

Ethan jamais se sentira mais ridículo em toda a sua vida do que naquele momento, vendo-se parado na varanda da frente da casa de Grace, segurando uma receita de macarrão enquanto sons melodiosos enchiam a noite morna de verão.

Bateu à porta bem de leve, como se estivesse preocupado em não acordar Aubrey. Pensou seriamente em enfiar a receita por baixo da porta e sair dali correndo, mas sabia que aquilo seria covardia pura e simples.

E Anna ia submetê-lo ao maior interrogatório, querendo saber por que ele não levara as dicas de Grace para preparar o famoso frango frito.

Ao vê-la, desejou, por Deus Todo-Poderoso, ter escolhido a fuga covarde.

Grace surgiu na sala vindo da cozinha, conforme ele pôde ver pelo vidro. Aquela era uma residência minúscula, que sempre fazia Ethan pensar em uma casa de boneca, de modo que ela não teve muito o que andar para chegar até a porta da frente. Pareceu a Ethan, porém, que ela caminhava no compasso da música, sob a luz das velas à sua volta, e foi como se tivesse levado horas para chegar até ele.

Usava um vestido comprido rosa pálido, até a altura dos tornozelos, com uma fileira de pequeninos botões perolados que desciam do decote fechado junto da garganta até a bainha, a qual parecia fluir com leveza em volta de seus pés descalços. Ethan raramente a via de vestido. Naquele momento, porém, parecia fulminado diante de sua visão maravilhosa para se lembrar de perguntar-lhe por que o estava usando.

Tudo o que conseguia pensar era que ela parecia uma rosa, comprida, esbelta e pronta para desabrochar. Sua língua ficou colada no céu da boca.

— Ethan... —As mãos de Grace tremiam um pouco no momento em que abriu a porta. Talvez ela não precisasse de uma estrela cadente para fazer seus pedidos afinal, pois ali estava ele, em pé, pertinho dela e olhando-a com atenção.

— Eu estava... — O perfume dela, tão familiar quanto o dele mesmo, parecia envolvê-lo antes de penetrar em seu cérebro. — Anna me mandou... ela me pediu para trazer isto aqui para você.

Perplexa, Grace pegou o papel que ele lhe estendia. Ao ver que era uma receita, teve que morder a parte de dentro da bochecha para evitar uma gargalhada. O nervoso diminuiu apenas o bastante para permitir que seus olhos sorrissem ao encará-lo e dizer:

— Isso foi muito gentil da parte de Anna.

— Você já está com a dela pronta?

— Com a dela o que pronta?

— A receita que ela pediu para trocar. Aquela do frango.

— Ah... é! Está lá na cozinha. Entre um instantinho, enquanto eu vou buscá-la. — Que receita de frango?, perguntou a si mesma, quase tonta por causa do riso reprimido, que ela sabia que teria de continuar prendendo para não parecer histérica. — É a receita da caçarola de frango, certo?

— Não... — Ela tinha uma cintura bem fina, pensou ele. E pés estreitos — É a do frango frito.

— Ah, isso mesmo! Ando tão avoada ultimamente.

— As pessoas têm andado assim mesmo — murmurou ele, decidindo que era melhor olhar para qualquer outro lugar, menos para ela. Foi quando reparou o par de velas brancas grossas que estavam acesas sobre o balcão da cozinha. — Queimou algum fusível aqui na sua casa?

— Como assim?

— O que houve com as suas lâmpadas?

— Ah... nada. — Grace sentiu um calor subir-lhe pelo rosto. Ela não tinha receita de frango nenhuma por escrito. E por que teria? Preparava o prato sempre do mesmo jeito, não precisava seguir uma receita. — É que eu gosto de acender algumas velas de vez em quando. Elas combinam com a música.

Ele simplesmente deu um grunhido de aprovação, querendo que ela pegasse a receita logo, para ele sair dali ventando.

— Já colocou a Aubrey para dormir?

— Ela foi passar a noite na casa da minha mãe.

Os olhos dele, que estavam decididos a continuar observando os detalhes do teto, baixaram e se encontraram com os dela, perguntando:

— Ela não está aqui?

— Não. É a primeira vez que passa a noite fora de casa. Já liguei para lá duas vezes. — Sorriu um pouco, levantando um dos dedos, que ficou brincando com o último botão do seu vestido, de um jeito que fez a boca de Ethan se encher d'água. — Eu sei que ela está a poucos quilômetros daqui e tão segura quanto se estivesse em seu berço, mas não consegui deixar de ligar. A casa parece tão diferente sem a Aubrey...

"Perigosa" era a palavra que Grace deveria ter usado, pensou Ethan. A linda casinha de boneca subitamente se transformara em algo tão letal quanto um campo minado. Não havia uma garotinha dormindo inocentemente no quarto ao lado. Eles estavam ali sozinhos, com música sussurrante e velas tremulantes.

E Grace usava um vestido rosa-claro que parecia implorar para que seus minúsculos botões fossem desabotoados lentamente, um a um.

As pontas dos dedos de Ethan começaram a coçar.

— Fico feliz por você ter passado aqui. — Agarrando-se com firmeza em um fiapo de coragem, ela deu um passo em direção a ele e tentou se lembrar de que tinha o poder — Eu estava me sentindo meio triste.

Ele deu um passo para trás. Agora, eram outras coisas em Ethan que estavam se agitando, além das pontas dos dedos.

— Eu disse a Anna que ia voltar logo com a receita.

— Você não pode ficar para tomar um... café ou algo assim?

Café? Se seu organismo ingerisse um estimulante forte como café naquele momento, seu coração seria capaz de pular no meio da sala e começar a dançar a tirolesa.

— Acho que não deveria...

— Ethan, eu não consigo me manter afastada de você do jeito que pediu. St. Chris é uma cidade muito pequena, e nossas vidas estão muito entrelaçadas. — Grace podia sentir a pulsação em sua garganta, em um latejar forte e constante. — E também não quero fazer isso. Não quero me manter afastada de você, Ethan.

— Já lhe falei que tenho meus motivos para pedir isso. — Talvez até conseguisse lembrar quais eram os tais motivos se ela pelo menos parasse de olhar para ele com aqueles olhos verdes e imensos. — Pretendo apenas tomar conta de você, Grace.

— Não preciso que você tome conta de mim. Já somos adultos, nós dois. Estamos sozinhos, nós dois. — E se aproximou mais um pouco. Dava para sentir o cheiro de loção pós-barba que vinha dele e, além desse, o perfume onipresente das águas da baía. — Não quero passar a noite sozinha.

— Já resolvi tudo com relação a isso. — Ethan recuou mais um pouco. Se não a conhecesse tão bem, acharia que ela o estava seduzindo. Droga, não era a sua cabeça que estava raciocinando e sim a parte abaixo da cintura. — Afaste-se de mim, Grace.

— Parece que eu venho me afastando de você a vida inteira. Agora, eu quero andar para a frente, Ethan, o que quer que isso signifique. Estou farta de recuar ou ficar parada. Se você não me deseja, posso aceitar isso. Mas se me quer... — E se aproximou mais, levantando a mão para tocar em seu peito, bem junto do coração. E descobriu que o coração dele disparara. — Se você me quer, por que não me toma?

— Pare! — Ele recuou e bateu com força na borda do balcão. — Você não sabe o que está fazendo.

— Claro que sei muito bem o que estou fazendo! — reagiu ela, subitamente furiosa com os dois. — Só que não devo estar fazendo um bom trabalho, já que você prefere escalar a parede da minha cozinha, de costas, a colocar um dedo em mim. O que acha que ia acontecer? Acha que eu ia me estilhaçar em mil pedaços? Sou uma mulher feita, Ethan. Já fui casada, tenho uma filha. Sei muito bem o que estou pedindo a você, e sei muito bem o que quero.

— Eu sei que você é uma mulher feita. Tenho olhos!

— Então, use-os e olhe bem para mim.

Como era possível agir de outra forma? Por que ele achou que seria possível conseguir? Ali, bem diante dele, entre a luz e a penumbra, estava aquilo pelo qual ele tanto ansiara.

— Eu estou olhando para você, Grace. — Encostado na parede, ele pensou, e com o meu coração na boca.

— Aqui está uma mulher que deseja você, Ethan. Uma mulher que precisa de você. — Viu os olhos dele mudarem diante disso e ficarem mais aguçados, mais escuros e focados. Com a respiração ofegante, ela deu um passo para trás. — Talvez eu também seja o que você quer... o que você precisa.

Ele temia que Grace fosse exatamente isso, e ficar tentando se convencer de que ele podia ir em frente e continuar vivendo sem saciar a carência que sentia se mostrara um exercício inútil. Ela era tão adorável, toda rosa e dourada à luz das velas, com os olhos tão claros e honestos.

— Eu sei que você é exatamente isso — disse ele, no mesmo tom de voz que ela usara. — Só que isso não deveria mudar nada entre nós.

— Você precisa pensar e analisar as coisas o tempo todo?

— Bem, isso está ficando difícil — murmurou —, pelo menos neste instante.

— Então não pense! Vamos parar de pensar por um instante, nós dois. — Mesmo sentindo o sangue latejar em seu cérebro, Grace manteve os olhos fixos nele. E levantou as mãos trêmulas, levando-as para o botão de cima do seu vestido.

Ele a viu desabotoá-lo bem devagar e se sentiu abalado ao notar como aquele gesto simples e os poucos centímetros de pele que apareceram eram capazes de eletrificá-lo. Sentiu a respiração parar, o sangue ferver e suas carências, por tanto tempo negadas, implorarem por libertação.

— Pare, Grace — pediu ele com voz suave. — Não faça isso.

As mãos dela se soltaram do vestido e se largaram ao lado do corpo, derrotadas, e ela fechou os olhos.

— Deixe que eu faço isso por você — continuou ele.

Os olhos dela se abriram e viram, arregalados, o momento em que ele começou a se aproximar. Inspirou bem fundo e prendeu a respiração.

— Eu sempre quis fazer isso — murmurou ele, abrindo o botão seguinte do vestido.

— Ah, Ethan! — O ar que ela prendera se soltou com dificuldade, em um sibilo fraco.

— Você é tão linda. — Ela começou a tremer. Ele abaixou a cabeça, a fim de lhe pousar um beijo em seus lábios para acalmá-la. — E tão macia... e eu tenho mãos tão ásperas. — Olhando para ela, passou os nós dos dedos, de leve, sobre seu rosto, descendo pelo queixo e a garganta. — Mas eu não vou machucar você.

— Eu sei. Você jamais faria isso.

— Você está tremendo. — Abriu mais um botão, e depois outro.

— Não consigo evitar.

— Não me importo com isso. — Com toda a paciência, continuou desabotoando os que faltavam, até chegar à altura da cintura. — Acho que eu sabia, bem lá no fundo, que se entrasse aqui, na sua casa, esta noite, não conseguiria mais ir embora.

— E eu estava pedindo às estrelas que você aparecesse. Venho esperando por este momento há muito tempo.

— Eu também. — Os botões eram tão minúsculos, e suas mãos tão grandes. A pele dela, no espaço em que o vestido se abriu, onde as pontas dos dedos dele roçavam, era tão macia e quente. — Quero que você me diga se eu fizer alguma coisa de que você não goste. Ou se eu não fizer alguma coisa que você queira.

— Acho que não vou conseguir falar direito, pelo menos por mais alguns instantes. — As palavras que ela pronunciava pareciam gemidos suaves, com um pouquinho de riso. — Mal consigo respirar... Mas gostaria que você me beijasse.

— Ia fazer isso exatamente agora. — Começou a mordiscá-la com carinho, excitando-a, porque não fizera nada disso com calma da primeira vez que experimentara seus lábios. Agora, ele ia se deixar abandonar, bem devagar, para prová-la com cuidado e buscar um ritmo que satisfizesse aos dois. Quando o suspiro que ela soltou encheu-lhe a boca, Ethan sentiu um gosto doce. E soltou mais alguns botões enquanto a beijava mais profundamente, prolongando aquele momento tanto quanto possível.

Não a tocou em parte alguma, pelo menos não ainda. Eram apenas bocas pressionadas uma contra a outra, com sabores variados. Quando ela começou a balançar para a frente e para trás, ele levantou um pouco a cabeça para olhá-la fixamente nos olhos. Eles estavam enevoados agora, penetrantes e alertas.

— Quero ver você. — Lentamente, centímetro por centímetro, ele fez o vestido escorregar-lhe pelos ombros. Eles estavam muito bronzeados, eram fortes e tinham curvas graciosas. Ele sempre achara que ela tinha os ombros mais lindos do mundo, e agora se perdia neles, sentindo-lhes o sabor.

O gemido leve que surgiu em sua garganta mostrou a Ethan que ela estava surpresa e satisfeita com tanta atenção. E ele ainda tinha muito mais para oferecer a ela.

Grace jamais havia sido tocada daquela forma, como se seu corpo fosse algo raro e precioso. O que aquele toque fazia surgir dentro dela era absolutamente novo e quente. Sua pele parecia ficar mais macia e sensível sob o roçar dos lábios dele, e o sangue corria mais devagar, quase preguiçosamente. Ela simplesmente suspirou no instante em que sentiu o vestido escorregar de vez e cair a seus pés, formando uma pilha de tecido.

Quando ele se afastou ligeiramente dela, tudo o que Grace conseguiu fazer foi olhar para cima em êxtase, fixando-se no rosto dele. Seus cílios se agitaram e sua pulsação pareceu se interromper por completo quando ele enfiou os dedos de leve por baixo da alça do sutiã simples, de algodão. Foi obrigada a morder os lábios para sufocar o gemido que lhe veio à garganta no instante em que ele abriu o fecho, libertando-lhe os seios e tomando-os com toda a gentileza em suas mãos.

— Quer que eu pare?

— Ó, Deus! — Sua cabeça pendeu para trás, e, dessa vez, o gemido escapou. Seus polegares ásperos estavam roçando seus mamilos de forma suave e rítmica. — Não, não pare!

— Segure-se em mim, Grace — ele falou baixinho, e quando as mãos dela chegaram aos ombros dele, apertando-os, ele colocou novamente a boca sobre a dela, levando ainda mais tempo dessa vez, pedindo por mais, até que ela sentiu o corpo mole.

Então, ele a levantou nos braços e esperou até que os olhos dela tornassem a se abrir.

— Vou me apossar de você, Grace.

— Graças a Deus, Ethan.

Ele teve que sorrir quando ela pressionou o rosto sobre a curva de seu ombro.

— E vou proteger você.

Por um instante, enquanto ele a carregava nos braços, ela pensou em dragões e cavaleiros. Então, pensamentos mais práticos começaram a surgir e ela avisou:

— Estou tomando a pílula... mas está tudo bem... não estive com mais ninguém desde Jack.

Ele já sabia disso com o coração, mas ouvir essa frase dita por ela só fez aumentar a sua carência e o seu desejo.

Ela também acendera velas no quarto. Aquelas eram mais finas e estavam presas em pequenos castiçais brancos em forma de concha. A cabeceira de sua cama de ferro, que era pintada de branco, brilhava sob a luz suave. Margaridas também brancas enchiam um vasinho de vidro sobre a mesinha ao lado da cama.

Ela achou que ele a colocaria deitada sobre a cama, mas, em vez disso, ele se sentou na beira do colchão e a embalou, segurando-a cada vez com mais força e deixando-a tonta com seus beijos lentos e intermináveis, até que sua pulsação começou a se acalmar e seu corpo ficou inerte. Nesse momento, suas mãos começaram a trabalhar.

Em toda parte que ele tocava, um novo ponto esquentava, até parecer se incendiar.

Eram mãos calejadas que acariciavam e escorregavam de leve sobre a sua pele. Dedos longos e com as pontas ásperas que a apertavam e a pressionavam. Ali, oh, sim... bem ali onde a carência parecia ainda maior.

A barba por fazer arranhava suavemente a curva sensível dos seus seios, enquanto sua língua circulava os mamilos, batendo neles de leve. E sempre, sempre voltando em seguida para encontrar a boca ávida, para penetrá-la em mais um interminável e estonteante beijo.

Ela puxou a camisa dele para fora da calça, na esperança de retribuir um pouco do prazer que estava experimentando, um pouco da magia... Encontrou cicatrizes, músculos e uma pele viril. Seu tronco era bem moldado, com ombros largos, e a carne estava quente por baixo de seus dedos sedentos. Uma brisa sussurrou pela janela aberta, e o canto do bacurau entrou logo atrás dela. Só que dessa vez seu pio dolente não parecia tão solitário.

Ele a colocou de costas sobre a cama, acomodou sua cabeça sobre o travesseiro e então se abaixou para tirar as botas. O ouro pálido da luz das velas tremeluzia em contraste com as sombras que pareciam esfumaçadas. Os dois tons se misturavam sobre o corpo dela. Ele viu quando a mão dela subiu e cobriu o seio, e parou um instante para tomá-la, levá-la à boca e beijar-lhe os nós dos dedos.

— Não se cubra. — murmurou ele — Você é tão linda de olhar...

Ela não achou que fosse se sentir envergonhada, e sabia que era tolice, mas foi preciso ordenar a si mesma para colocar as mãos ao longo do corpo sobre a cama. Quando ele despiu os jeans, ela teve que lutar novamente para recuperar o fôlego. Nenhum cavaleiro de conto de fadas jamais tivera um corpo tão magnífico nem exibira cicatrizes tão heroicas.

Desesperada de tanto amor, estendeu os braços para ele, como se estivesse lhe oferecendo boas-vindas.

Ele mergulhou neles, com cuidado para não jogar todo o peso do seu corpo em cima dela. Grace era frágil, lembrou a si mesmo, com a silhueta tão fina, esbelta e muito mais inocente do que acreditava ser.

Enquanto a lua que surgia lançava seus primeiros raios através da janela, ele começou a mostrar isso a ela.

Suspiros e murmúrios, carícias longas e lentas, pequenos goles de sabor e prazer. As mãos dele invadiam, devastavam, mas sem pressa. As dela exploravam, admiravam e não hesitavam em seguir. Ele descobriu os lugares onde ela era mais sensível: a lateral dos seios, a parte côncava atrás do joelho, o vale doce, raso e sedutor entre as coxas e o centro do corpo.

Estava tão focado em proporcionar prazer a ela que a força de sua própria excitação tomou-o de surpresa, fazendo-se presente em um pulsar duro e forte, obrigando-o a soltar um gemido no instante em que colocou o seio dela em sua boca.

Ela arqueou as costas, estremecendo diante da exigência dele, cada vez mais premente.

E o ritmo mudou.

Com a respiração entrecortada, ele levantou a cabeça e olhou fixamente para o rosto dela. Sua mão escorregou por entre suas coxas e pressionou-a no ponto mais quente, encontrando-o já completamente molhado.

— Quero ver você gozar. — Brincou com os dedos sobre ela, dentro dela, ouvindo-a respirar mais depressa. Prazer, pânico, excitação, tudo surgiu a um só tempo em seu rosto. Ele a observou ir subindo cada vez mais alto, chegando mais perto, quase sem ar, para aliviar-se, por fim, soltando um grito estrangulado ao atingir o orgasmo.

Ela tentou balançar a cabeça para clarear a mente, mas a sensação deliciosa de tontura continuava a fazê-la girar. O quarto tão familiar começou a rodar e sair de foco, e só o rosto dele continuou nítido e real. Ela se sentia embriagada, zonza e incrivelmente excitada.

Isso, finalmente, era o amor... do jeito exato que ela sonhara um dia que poderia ser.

Sua pele arrepiou-se toda enquanto ele foi seguindo lentamente pelo seu corpo acima, sua boca deixando uma trilha morna e úmida.

— Por favor... — pediu ela. Aquilo ainda não era o bastante. Mesmo o prazer que sentira até ali não era o bastante. Ela ansiava pela fusão completa, pela união, pela intimidade final. — Ethan! — disse e se abriu para ele, arqueando-se mais. — Agora!

As mãos dele emoldularam-lhe o rosto e seus lábios se uniram.

— Agora... — murmurou ele, lançando-se dentro dela e a preenchendo por completo.

Os gemidos longos e graves que os dois emitiram se fundiram e aquela primeira onda interminável de prazer no instante em que ele a invadiu por inteiro abalou-os mutuamente. Então, quando começaram a se movimentar ao mesmo tempo, o ritmo era suave, leve, como se eles já estivessem simplesmente esperando um pelo outro.

O desejo fluía, a corrente que os energizava era constante. Cavalgando aquela energia, foram se excitando mais e mais a cada estocada profunda, lenta e ressonante de prazer. Grace se remexeu, já quase se lançando novamente no abismo do orgasmo, sentindo-o avolumar-se por dentro dela como uma fita de veludo, fazendo-a ir mais além, deliciando-se no brilho dourado de uma onda que crescia, para então sentir-se flutuar como se não tivesse peso.

Ele pressionou o rosto contra os cabelos dela e deixou que seu corpo a seguisse, mergulhando no prazer final.

Ele estava tão quieto que a deixou preocupada. Continuava abraçando-a, pois sabia que ela precisava daquilo. Mesmo assim, continuava sem dizer nada, e quanto mais o silêncio se estendia, mais ela temia o que ele ia dizer quando tornasse a falar.

Por isso, ela falou primeiro:

— Não venha me dizer que sente muito. Acho que eu não conseguiria suportar se você me dissesse que sente muito.

— Eu não ia dizer isso. Tinha prometido a mim mesmo jamais tocar em você desse jeito, mas não me arrependo de tê-lo feito.

— E pretende me tocar desse jeito novamente? — Ela recostou a cabeça no ombro dele, bem debaixo do seu queixo.

— Você quer dizer neste minuto?

Ao notar o tom divertido na voz dele, ela relaxou um pouco e sorriu.

— Não, sei muito bem que é melhor não apressar você em nada. — Levantou a cabeça, porque era vital para ela saber a resposta de imediato.

— Você vai, Ethan? Você vai vir ficar comigo novamente?

— Não há como convencer nenhum de nós a não fazer isso depois desta noite. — Passou um dos dedos sobre os cabelos dela.

— Se tentar fazer isso, serei obrigada a seduzir você novamente.

— Ah, é? — Um sorriso se insinuou em seu rosto. — Então talvez eu deva fingir que estou desistindo.

Empolgada, ela rolou por cima dele e o abraçou com força, garantindo:

— Da próxima vez, vou me sair ainda melhor do que hoje, porque não vou estar tão nervosa.

— Não me pareceu que os nervos tenham atrapalhado você. Quase perdi o ar quando vi você caminhando em direção à porta com aquele vestido cor-de-rosa. — Começou a cheirar o seu cabelo, para logo em seguida parar e apertar os olhos. — O que é que você estava fazendo, vestida daquele jeito para ficar em casa sozinha?

— Sei lá... simplesmente me deu vontade. — Ela virou a cabeça, dando-lhe um monte de beijinhos ao longo da garganta.

— Espere um instante... — Conhecendo muito bem a rapidez com que ela conseguia distraí-lo, segurou-a pelos ombros e a levantou um pouco. — Um vestido de festa, luz de velas... foi quase como se você *soubesse* que eu passaria por aqui.

— Eu estou sempre com a esperança de que você faça isso — afirmou ela, tentando beijá-lo novamente.

— Ela me mandou até aqui só para trazer uma receita para você. — Com um movimento rápido e suave, ele a colocou sentada ao lado dele e se sentou também. — Você e Anna andaram tramando isso juntas, não andaram? Armaram tudo direitinho para mim.

— Que coisa ridícula de se dizer! — Grace tentou parecer indignada, mas só conseguiu demonstrar culpa. — Não sei de onde você tira essas ideias!

— Você nunca foi boa para contar mentiras. — Com firmeza, segurou-a pelo queixo com uma das mãos, apertando-a com a outra e forçando-a a olhar para ele. — Levei um tempo para entender tudo, mas acertei na mosca, não foi?

— Ela só estava tentando ajudar. Sabia que eu andava aborrecida por causa do jeito que as coisas estavam entre nós. Você tem todo o direito de ficar irritado, mas não desconte nela. Anna estava apenas...

— Eu disse que fiquei irritado? — interrompeu ele.

— Não, mas... — Parou de falar, respirando fundo. — Você não está chateado, então?

— Não, estou grato. — Seu sorriso foi lento e malicioso. — De qualquer jeito, talvez você devesse tentar me seduzir mais uma vez. Só para garantir.

Capítulo Onze

No escuro, enquanto uma coruja ainda piava ao longe, Ethan se remexeu, afastando-se um pouco, sob o braço com o qual Grace continuava a enlaçá-lo. Em resposta, ela se aconchegou mais a ele. O gesto o fez sorrir.

— Você já vai se levantar? — perguntou ela com a voz abafada, de encontro ao ombro de Ethan.

— Eu preciso... já passa das cinco. — Ele sentia cheiro de chuva no ar e a ouviu chegando no vento que começou a soprar mais forte. — Vou tomar um banho. Volte a dormir.

Ela fez um som que ele considerou como um "sim" e tornou a enfiar o rosto no travesseiro.

Ele se movimentou bem devagar no escuro, embora tivesse que parar para se orientar, a caminho do banheiro. Não conhecia a casa dela tão bem quanto a sua. Esperou até entrar no banheiro e fechar a porta para acender a luz, a fim de que a luminosidade não a perturbasse.

O banheiro era minúsculo. Fora construído para combinar com o resto da casa. Era tão pequeno que, ao ficar de pé no centro do cômodo, podia tocar em todas as paredes sem sair do lugar. Os azulejos eram brancos e o espaço acima deles até o teto estava coberto por um papel de parede listrado. Ethan sabia que a própria Grace o instalara. Alugava a casa de Stuart Claremont, um sujeito que não tinha fama de ser muito interessado em decoração.

Teve de sorrir diante do pato de borracha que viu no canto da banheira. Levando o sabonete ao nariz, descobriu por que Grace estava sempre com aquele cheirinho de limão. Apesar de gostar do cheiro nela, esperava sinceramente que Jim não sentisse o perfume cítrico que ficaria nele.

Enfiou a cabeça debaixo do que lhe pareceu ser um conta-gotas. Grace estava precisando de um novo chuveiro, avaliou e, ao esfregar o rosto para lavá-lo, reparou que precisava se barbear. Tanto uma coisa quanto a outra iam ter que esperar.

Provavelmente, porém, agora que as coisas haviam mudado entre os dois, talvez ela o deixasse cuidar de algumas coisas na casa para ela. Grace sempre fora incrivelmente teimosa quanto a aceitar ajuda. Parecia a Ethan que mesmo uma mulher orgulhosa como Grace seria menos rígida a respeito de aceitar ajuda de um amante em vez de um amigo.

Era aquilo que eles eram agora, refletiu Ethan. Não serviram de nada as promessas que fizera a si mesmo. Aquilo não ia acabar em uma noite. Nenhum dos dois fora criado desse jeito, e o caso deles tinha tanto a ver com o coração quanto com desejo. Eles deram um passo, e esse passo envolvia um compromisso.

Era isso o que o preocupava mais.

Ele jamais poderia se casar com ela ou ter filhos com ela. E ela ia querer mais filhos. Era uma excelente mãe e tinha amor demais para distribuir para não querer mais filhos. Aubrey merecia irmãos ou irmãs.

Agora, porém, não havia motivos para pensar naquele assunto, lembrou ele. As coisas eram do jeito que eram. Naquele momento, ele tinha o direito e a necessidade de viver o agora. Eles se amariam tanto quanto pudessem e por quanto tempo conseguissem. Isso seria o bastante.

Levou menos de cinco minutos para Ethan descobrir que o aquecedor de Grace era tão inadequado quanto o resto da casa. Até mesmo as míseras gotas que caíam sobre ele ficaram frias e depois geladas, antes mesmo de ele conseguir tirar toda a espuma do corpo.

— Canalha mão de vaca! — murmurou, pensando em Claremont. Desligou a água e enrolou uma das toalhas rosa-choque na cintura. Pretendia voltar e se vestir no escuro, mas, quando abriu a porta, viu a luz que vinha da cozinha e ouviu a voz de Grace, ainda meio rouca por causa do sono, cantarolando uma canção que falava de um amor que surgiu na hora certa.

Quando os primeiros pingos de chuva começaram a tamborilar sobre as vidraças, ele entrou e foi recebido por um delicioso aroma de bacon frito e café fresquinho, além da visão de Grace enrolada em um roupão curto de algodão, com o tom verde-claro das folhas de primavera. Seu coração pulou de alegria de forma tão forte que Ethan ficou surpreso por ele não saltar-lhe pela boca para aterrissar, trêmulo, em suas mãos.

Moveu-se silenciosamente e de forma tão rápida que quando a enlaçou por trás com os braços e pressionou os lábios no topo de sua cabeça, Grace deu um pulo.

— Eu disse para você continuar a dormir.

— Mas eu queria preparar o seu café. — Ela se reclinou, apoiando-se nele e fechando os olhos para absorver a emoção adorável de um abraço matinal na cozinha.

— Você não precisava fazer isso — disse e a virou para ele. — Não quero que vá para a cozinha assim tão cedo. Você precisa descansar.

— Eu quis fazer isso. — O cabelo dele estava pingando e seu peito brilhava, ainda molhado. A súbita fisgada de desejo que sentiu deixou-a surpresa e deliciada. — Hoje é um dia especial.

— Obrigado. — Ele se inclinou, com a intenção de dar nela apenas um beijo de leve. Mas o clima ficou um pouco mais quente entre eles, e o beijo se aprofundou e demorou mais tempo do que o planejado, até que ela se viu nas pontas dos pés, roçando o corpo contra o dele.

Ethan teve que se afastar para bloquear a necessidade urgente que sentiu de arrancar-lhe o roupão e possuí-la ali mesmo.

— O bacon vai queimar — murmurou, e, dessa vez, pressionou os lábios contra a testa de Grace. — É melhor eu me vestir.

Ela apressou-se em virar o bacon para fritá-lo do outro lado e para dar tempo a ele de chegar à porta da cozinha. Anna estava certa, pensou, quando falou sobre ela ter poder.

— Ethan...

— Sim?

— Eu tenho um enorme desejo reprimido por você. — Olhou para ele por sobre os ombros e seu sorriso era de orgulho. — Espero que você não se importe.

O sangue circulou em sua cabeça mais depressa, parecendo dançar. Ela não estava apenas flertando com ele, estava desafiando-o. Ele tinha a impressão de que ela já havia vencido a disputa. A única resposta segura na qual podia pensar era um grunhido, antes de voltar para o quarto.

Ele a desejava, pensou Grace, realizando um pequeno passo de dança e dando um rodopio. Eles haviam feito amor três vezes durante a noite, três momentos lindos e gloriosos. Haviam dormido abraçados um ao outro. E, mesmo assim, ele ainda a desejava.

Aquela era a manhã mais maravilhosa de toda a sua vida.

Choveu o dia todo. O mar estava mais agitado do que a língua de uma fofoqueira e pronto para chicotear quem surgisse em seu caminho. Ethan lutou para manter o barco no curso e ficou feliz por não ter deixado o garoto ir trabalhar com eles. Ele e Jim já haviam enfrentado condições piores, mas Seth ia passar grande parte do dia debruçado sobre a amurada.

O tempo ruim, porém, não ia estragar o seu astral. Ele assobiava até mesmo quando a chuva o esbofeteava e o barco afundava e corcoveava como um touro de rodeio.

O ajudante olhou para ele meio de lado algumas vezes. Jim já trabalhava com Ethan há tempo suficiente para saber que o rapaz era muito amigável e tinha uma boa natureza. Porém, assobiar tolamente era algo que não costumava fazer. Sorriu para si mesmo enquanto puxava mais uma armadilha para caranguejos. Pelo jeito, seu parceiro desempenhara alguma atividade bem mais energética na cama do que ler um bom livro na noite anterior.

Também já era tempo, em sua opinião. Pelos seus cálculos, Ethan estava com quase trinta anos. Um homem devia se estabelecer, casar-se e ter filhos a essa altura da vida. Um trabalhador do mar rendia muito mais se tivesse uma refeição quente e uma cama aconchegante para recebê-lo ao voltar para casa. Uma boa mulher servia para ajudar um homem em tudo, dar direção, sentido à sua vida e animá-lo quando o mar se mostrava mesquinho, como só Deus sabia o quanto era comum.

Jim se perguntou quem, em especial, poderia ser essa mulher. Não que gostasse de se meter na vida dos outros. Cuidava apenas da sua e esperava que os vizinhos fizessem o mesmo com ele. Só que um homem tinha todo o direito de ser um pouco curioso a respeito das coisas.

Estava pensando em como abordar o assunto com Ethan, quando um caranguejo fêmea cuja pinça era menor do que a média encontrou um pequeno buraco em sua luva e o beliscou antes que ele conseguisse lançá-lo de volta ao mar.

— Bichinho sacana! — reclamou ele, fazendo uma careta, mas sem demonstrar muita raiva.

— Ela beliscou você?

— Foi... — Jim a viu espalhar água ao cair de volta sobre as ondas e ameaçou: — Pode esperar que eu volto para te pegar antes que a temporada deste ano acabe!

— Parece que você está precisando de luvas novas, Jim.

— Minha mulher vai comprá-las para mim qualquer hora dessas. — Colocou um pouco dos crustáceos descongelados que eles usavam como isca dentro da armação de arame. — Pode ter certeza de que ajuda muito ter uma mulher para fazer coisas pela gente.

— Hã-hã... — Ethan lançou a vara com um gancho na ponta para fora com uma das mãos, pegou o arpão com a outra e ficou calculando o tempo entre uma onda agitada e outra, bem como a distância entre elas.

— Quando um homem passa o dia inteiro trabalhando na água — continuou Jim —, é uma bênção saber que tem uma mulher esperando por ele em casa.

— Imagino que sim — concordou Ethan, ligeiramente surpreso por eles estarem conversando. — Vamos terminar só mais esta fieira e, depois, voltamos para casa por hoje, Jim.

Jim separou com cuidado os animais presos na armação seguinte e deixou o silêncio voltar a cair entre eles. Algumas gaivotas estavam fazendo um tremendo alvoroço acima do barco, guinchando e mergulhando, brigando umas com as outras na disputa pelos pedaços de peixe que estavam sendo desprezados.

— Sabia que eu e Bess vamos fazer trinta anos de casados na primavera do ano que vem?

— É mesmo?

— É... uma mulher estabiliza um homem, pode crer. Quando a gente espera muito tempo para casar, acaba ficando cheio de manias e só aceita as coisas do nosso jeito.

— Imagino que sim.

— Você já deve estar perto dos trinta, não está, capitão?

— Isso mesmo.

— Não queira ficar cheio de manias e bitolado.

— Vou me lembrar disso — disse Ethan, e tornou a lançar o arpão.

Jim simplesmente suspirou e desistiu de continuar puxando assunto.

Quando Ethan chegou ao galpão para trabalhar, Cam manejava habilmente o serrote enquanto três meninos lixavam o casco. Ou, pelo menos, tentavam.

— Você contratou uma equipe nova? — perguntou Ethan enquanto Simon vinha logo atrás dele, interessado em investigar tudo.

— Assim eles não ficam no meu pé. — Cam olhou para o canto onde Seth tagarelava com Danny e Will Miller. — E você, desistiu de pegar caranguejos por hoje?

— Consegui o suficiente para um dia — disse e pegou um charuto, acendendo-o enquanto olhava com ar pensativo para as altas portas dos fundos, que estavam abertas. — Uma tempestade vem vindo.

— Nem me fale... — Cam lançou um olhar acusador para as portas, por onde um vento forte entrava. — Foi por isso que aqueles três vieram me encher o saco. O menorzinho fala tanto, que deixou minhas orelhas roxas. Os outros, se não se mantiverem ocupados, conseguem aprontar encrencas usando apenas o ar em volta deles.

— Bem... — Ethan soprou um pouco de fumaça e observou quando os meninos levaram Simon ao êxtase, esfregando-lhe a barriga e coçando a sua cabeça. — Na velocidade em que estão trabalhando, vão conseguir acabar de lixar aquele casco em uns dez ou vinte anos.

— Isso é algo sobre o qual precisamos conversar.

— Contratar esses garotos pelas próximas duas décadas?

— Não... trabalho. —Aquele era um momento tão bom quanto qualquer outro para fazer um intervalo. Cam largou o serrote e pegou chá gelado no isopor. — Recebi um telefonema de Tod Bardette hoje de manhã.

— Aquele amigo seu que está querendo um barco de pesca esportiva?

— Esse mesmo. Bem, Bardette e eu nos conhecemos há muito tempo. Ele sabe do que sou capaz.

— E ofereceu uma corrida a você.

Ele fizera isso, refletiu Cam, lavando a poeira que tinha dentro da garganta com o chá doce e gelado. Dispensar a oferta havia doído, mas a dor da recusa passara mais depressa dessa vez.

— Escute, Ethan, eu fiz uma promessa e não pretendo quebrá-la.

— Não quis dizer isso. — Ethan enfiou a mão no bolso de trás e olhou na direção do barco. Aquele lugar, a empresa, tudo fora um sonho seu, não de Cam nem de Phillip. — Tenho consciência das coisas das quais você abriu mão para montarmos isto aqui.

— A gente precisava fazer isso.

— Sim, mas você foi o único a desistir de algo importante para que tudo se tornasse realidade. Eu nem me dei ao trabalho de agradecer a você por ter feito esse sacrifício... sinto muito por isso.

— Bem, eu não estou exatamente sofrendo ao fazer este trabalho. — Sentindo-se tão desconfortável quanto o irmão, Cam olhou para o barco.

— O negócio vai nos ajudar a garantir a guarda definitiva de Seth, e é rentável por si só... apesar de Phillip empentelhar, resmungando feito uma velha rabugenta o tempo todo por causa do fluxo da grana.

— É a especialidade dele.

— Empentelhar?

— É... — Ethan deu um sorriso espremido entre o charuto que trazia preso à boca — Isso e o fluxo do caixa também. Você e eu jamais teríamos conseguido montar essa firma sem Phillip nos enchendo o saco, sempre pensando nos detalhes.

— Pois eu acho que ele vai ter mais motivos para pegar no nosso pé. Era isso que eu estava começando a lhe contar. Bardette tem um amigo que está interessado em encomendar um pequeno veleiro artesanal. Só que ele quer o barco para ontem. Quer que fique bem bonito, enfeitado e que esteja velejando antes de março do ano que vem.

Ethan franziu os olhos e começou a calcular os cronogramas de cabeça.

— Vamos levar mais umas sete ou oito semanas para acabar este aqui, e isso nos coloca em fins de agosto, começo de setembro.

Ainda fazendo os cálculos, recostou-se na bancada com os olhos apertados no meio da fumaça.

— Depois disso, temos o outro barco de pesca já encomendado — prosseguiu. — Não vejo como terminá-lo antes de janeiro. Não temos tempo suficiente para pegar essa nova encomenda e entregá-la no prazo.

— Não, certamente não nesse ritmo. Posso aumentar minhas horas de trabalho e ficar o dia inteiro aqui. Depois que a temporada de caranguejos se encerrar, imagino que você também possa contribuir com mais horas.

— Bem, depois dos caranguejos, vamos entrar na temporada das ostras que, diga-se de passagem, não anda tão boa como antigamente. Eu...

— Olhe, você vai ter que decidir se consegue organizar os seus horários, Ethan, passar mais tempo longe do mar para se dedicar aqui. — Cam sabia o que estava pedindo. Ethan não apenas vivia do trabalho na água, ele vivia *em função* da água. — Phillip também vai ter que tomar algumas decisões drásticas na vida dele muito em breve. Não vamos ter grana suficiente para contratar pessoas para trabalhar aqui no galpão, pelo menos por mais algum tempo. — Expeliu o ar com força. — Esse tal amigo do Bardette ainda não está pronto para fazer a encomenda. Quer vir até aqui para dar uma olhada no lugar, nos avaliar e ver os equipamentos que temos. Acho melhor a gente se garantir e fazer com que Phillip esteja por perto nesse dia, para envolver o cliente com aquele papo macio dele, a fim de conseguir um contrato e um depósito como adiantamento.

Ethan não imaginava que aquilo fosse acontecer tão depressa. Não esperava que um sonho crescesse tanto a ponto de sufocar o outro. Lembrou-se dos meses gelados de inverno, período que passava dragando o fundo das águas em busca de ostras; recordou-se do jeito como o barco subia e descia sobre as águas revoltas, e as longas e muitas vezes frustrantes buscas, não só pelas ostras, mas também pelos budiões e outros peixes da estação, tudo em nome da subsistência.

Um pesadelo para muitos pescadores, supunha. Para ele, porém, eram momentos de esperança e glória.

Passou algum tempo analisando com atenção o galpão. O barco estava quase pronto, à espera de mãos capazes e dispostas a trabalhar duro sob as fortes luzes que pendiam das vigas do telhado. Os desenhos de Seth estavam emoldurados em uma das paredes e falavam de sonhos de uma forma doce. Ferramentas ainda brilhando de tão novas sob uma camada fina de poeira aguardavam, silenciosas, porém prontas.

Embarcações Quinn, refletiu ele. Quando a gente queria seguir um caminho com determinação, às vezes era obrigado a desistir de outro.

— Eu não sou o único que pode servir de capitão no barco de trabalho nem no outro. — Notou o ar de questionamento e compreensão nos olhos de Cam e levantou um dos ombros. — É só uma questão de encaixar as horas de trabalho onde elas são mais necessárias.

— Isso!

— Acho que posso começar a fazer o esboço para um veleiro.

— Mas peça a Seth para fazer o desenho final — acrescentou, e riu quando Ethan fez cara de ofendido. — Todos nós temos nossos pontos fortes, mano. Arte não é o seu.

— Vou pensar no assunto — decidiu Ethan. — E, a partir daí, a gente vê o que acontece.

— Tá legal. Mas... e aí... — Cam bebeu o que restava em sua caneca de chá de uma vez só. — Como foi o lance da troca de receitas?

— Vou ter que bater um papo com sua mulher a respeito disso — respondeu Ethan, passando a ponta da língua por dentro da bochecha.

— Fique à vontade. — Sorrindo, Cam pegou o charuto da mão de Ethan e deu três baforadas descontraídas. — Hoje, você está me parecendo, assim... mais calmo e relaxado, Ethan.

— É, estou bem relaxado — confirmou ele sem pestanejar —, mas acho que você deveria ter me contado que Anna andava planejando melhorar a minha vida sexual.

— Eu o teria avisado se soubesse dessa história. Por outro lado, como sua vida sexual andava precisando mesmo de um empurrão, talvez não tivesse lhe contado nada. — Por impulso, Cam agarrou a cabeça de Ethan e imobilizou-a com uma chave de braço. — Por que eu amo você, cara! — E simplesmente caiu na risada quando o cotovelo de Ethan atingiu-lhe as costelas. — Viu só? Transar ajudou até a melhorar os seus reflexos.

— Você tem razão. — Ethan se esgueirou, escapando pelo lado, e trocou de posição com Cam, agarrando-o com firmeza, prendendo-o embaixo do braço e dando uns soquinhos em sua cabeça com os nós dos dedos.

Já que era a sua noite de cozinhar, Ethan acrescentou um ovo na tigela de carne moída que preparava para fazer um bolo de carne no forno. Não se incomodava de cozinhar. Era uma daquelas coisas que a pessoa tinha de encarar. No fundo, alimentava uma esperança secreta, egoísta e machista de que Anna fosse assumir as tarefas da cozinha, já que era a mulher da casa.

Se ela soubesse disso, iria esmagar aquela esperança como se fosse um inseto.

É claro que, com ela na casa, as tarefas domésticas também aumentaram. O pior de tudo, porém, no que dizia respeito a Ethan, era tentar bolar o cardápio. Era bem diferente de cozinhar apenas para si. Aprendera bem depressa que, quando alguém cozinha para toda uma família, todo mundo só sabe criticar.

— O que é isso? — quis saber Seth quando viu Ethan colocar um pouco de farelo de aveia na mistura.

— Bolo de carne.

— Isso aí parece bosta de boi doente. Por que a gente não pode comer uma pizza?

— Porque vamos comer bolo de carne.

Seth fingiu estar vomitando ao ver Ethan colocar um envelope de sopa de tomate na mistura e comentou:

— Que gororoba! Eu preferia comer terra.

— Tem um monte de terra lá fora.

Seth mudou o peso do corpo de um pé para outro e se colocou nas pontas dos pés para espiar melhor o conteúdo da tigela. A chuva o estava deixando louco. Não havia *nada* para fazer. Estava morrendo de fome, tinha seis milhões de picadas de mosquito e não havia nada de bom na tevê, a não ser umas porcarias de desenhos para crianças pequenas, além de noticiários.

Ao ouvir as reclamações do menino, Ethan simplesmente encolheu os ombros, sugerindo:

— Vá perturbar o Cam um pouco, garoto...

Cam mandara Seth perturbar Ethan. Seth já sabia por experiência própria que levava muito mais tempo para conseguir fazer Ethan se desesperar do que Cam.

— Como é que pode? Por que você mistura toda essa titica aí dentro se o prato é um bolo de carne?

— Para não ficar com gosto de titica quando você comer.

— Pois aposto que vai ficar.

Para um garoto que, poucos meses atrás, nem mesmo sabia de onde viria a próxima refeição, refletiu Ethan com ar amargo, Seth estava ficando exigente demais para o seu gosto. Em vez de dizer isso, olhou para o menino e lançou um dardo com ponta fina e certeira:

— É o Cam quem vai cozinhar amanhã.

— Caramba! Veneno! — Seth girou os olhos de forma dramática, agarrou a garganta com as duas mãos e começou a cambalear pela cozinha.

Ethan até que acharia graça naquilo se os cães não tivessem resolvido participar da cena, entrando na cozinha de forma estabanada, empurrando um ao outro e latindo furiosamente.

Quando Anna chegou, Ethan já estava com o bolo de carne no forno e colocava duas aspirinas na palma da mão.

— Oi, Ethan... que dia terrível! O tráfego estava insuportável. — Levantou uma sobrancelha ao ver os comprimidos. — Dor de cabeça, é? Uma chuva como essa, que não parou um segundo o dia todo, dá dor de cabeça mesmo.

— Só que essa aqui tem nome. Chama-se Seth.

— Ah. — Preocupada, ela se serviu de uma taça de vinho e se preparou para escutar. — Haverá alguns períodos de estresse, além de certas dificuldades. Ele ainda tem um monte de coisas para superar, e sua agressividade é só uma defesa.

— Ele não fez nada além de reclamar da vida por mais de uma hora. Estou até com zumbido nos ouvidos. Não quer comer bolo de carne — murmurou Ethan, pegando uma cerveja na geladeira. — "Por que a gente não pode comer uma pizza?" Ele deveria estar muito grato por alguém estar colocando comida em sua barriga, mas não! Em vez disso, ficou falando que a comida estava com o mesmo aspecto de um cagalhão, e que o gosto devia estar pior ainda. Depois, começou a agitar os cachorros, para que eu não conseguisse ter paz nem por cinco minutos. Então... — parou de falar de repente, olhando para Anna com olhos frios como aço ao vê-la sorrir. — É... é fácil para você achar graça.

— É que eu acho engraçado mesmo. Desculpe, mas estou até mais satisfeita por ouvir tudo isso. Puxa, Ethan, o que você está me contando é tão maravilhosamente normal. Seth está se comportando como qualquer menino de dez anos, emburrado e entediado após um dia inteiro de chuva. Há dois meses, ele teria passado o dia todo trancado dentro do quarto, remoendo os pensamentos, em vez de ficar aqui provocando dores de cabeça em você. Isso é um progresso e tanto!

— O único progresso que estou vendo Seth fazer é que ele está se tornando um tremendo pé no saco.

— Exato. — Anna sentiu lágrimas de alegria lhe fisgarem os olhos. — Isso não é maravilhoso? Ele deve ter estado realmente insuportável para conseguir derrubar a sua inabalável paciência. Nesse ritmo, vai estar terrível quando chegarmos ao Natal.

— E isso é bom?

— Sim, Ethan, é bom! Já trabalhei com crianças que não passaram nem a metade dos abusos que Seth enfrentou, e posso lhe assegurar que elas levaram muito mais tempo para conseguir se ajustar, mesmo fazendo terapia. Você, Cam e Phillip têm feito coisas fantásticas por Seth.

— Você também deu uma mãozinha. — Acalmando-se, Ethan provou a cerveja.

— Sim, dei mesmo, o que me deixa tão feliz em nível profissional quanto pelo lado pessoal. Para provar isso, vou ajudá-lo com o jantar. — E dizendo isso, tirou o paletó do terninho que usava e começou a arregaçar as mangas da blusa. — O que pensou em fazer como acompanhamento para o bolo de carne?

Ethan planejara colocar algumas batatas para cozinhar no micro-ondas, porque não dava muito trabalho, e talvez esquentar umas ervilhas congeladas. Mas já que ela estava se oferecendo...

— Acho que um pouco daquele macarrão com queijo que você prepara cairia muito bem para acompanhar.

— O fettuccine com molho à Alfredo? É um coquetel de colesterol, ainda mais com bolo de carne, mas, tudo bem, quem se importa? Vou preparar tudo. Por que não se senta um pouco, até a dor de cabeça passar?

A dor já havia passado, mas Ethan achou mais sábio não comentar nada.

Sentou-se em uma cadeira, preparando-se para curtir a cerveja e fazer uma pequena zoação com a cunhada.

— Ah... — começou ele. — Grace me pediu para agradecer a você pela receita. Depois, ela conta se conseguiu preparar tudo direitinho.

— Ah, tá bom... — Virando-se para não demonstrar seu sorriso satisfeito, Anna foi pegar um avental.

— É... e eu também peguei a receita do frango que você pediu, coloquei-a dentro do livro de receitas. — E escondeu o próprio sorriso com a cerveja, ao ver a cabeça dela se virar na direção dele.

— Você colocou... ah, tá legal...

— Eu poderia ter lhe entregado ontem à noite mesmo, mas já era muito tarde quando voltei para casa, e vocês já tinham ido dormir. Fui visitar Jim depois que saí da casa de Grace, assim que peguei a receita.

— Jim? — Um ar de surpresa e aborrecimento apareceu claramente em seu rosto.

— Ele mesmo. Fui até lá para ajudá-lo a regular o motor de popa, que andava engasgando.

— Você esteve com Jim ontem à noite?

— Estive, e acabei ficando mais tempo do que pretendia, porque começou um jogo na tevê. Os Orioles estavam disputando uma partida importante na Califórnia.

Anna teve uma vontade súbita de pegar a garrafa de cerveja da mão de Ethan e quebrá-la em sua cabeça.

— Quer dizer — perguntou ela, tentando manter a calma — que ontem você passou a noite toda consertando um motor e assistindo a um jogo de beisebol na tevê?

— Isso mesmo! — Lançou-lhe um olhar inocente. — Acabei voltando para casa meio tarde, mas foi um jogo e tanto!

Ela bufou e abriu a porta da geladeira com toda a força para pegar queijo e leite.

— Homens! — resmungou. — São todos uns idiotas!

— Como assim?

— Não importa... bem, espero que você tenha se divertido muito assistindo ao seu jogo. — Enquanto Grace estava em casa sozinha, arrasada, pensou.

— Há muito tempo, eu não me divertia tanto. O jogo teve até prorrogação. — Ethan estava sorrindo a essa altura, não conseguia evitar. Anna parecia tão agitada e furiosa, e tentava desesperadamente esconder isso dele.

— Ora, mas que diabos... — Fumegando, ela se moveu um pouco para o lado, a fim de pegar o fettuccine no armário, e reparou na expressão dele. Virou-se lentamente, ainda segurando a embalagem do macarrão. — Você *não esteve* na casa do Jim para assistir ao jogo ontem à noite.

— Não estive? — Levantou uma sobrancelha, olhando com ar pensativo para a cerveja, antes de tomar mais um gole. — Sabe de uma coisa, agora que estou me lembrando, você tem razão. Acho que o lance na casa de Jim foi anteontem.

— Você ficou com Grace.

— Fiquei?

— Ai, Ethan! — Com os dentes cerrados, Anna bateu com a embalagem de massa na mesa. — Você está me deixando louca! Afinal, onde foi que você passou a noite?

— Sabe de uma coisa? Acho que ninguém me fazia essa pergunta desde o tempo em que minha mãe ainda era viva.

— Olhe, não estou querendo me intrometer na sua vida, mas...

— Não está?

— Tudo bem, tudo bem, estou tentando me intrometer, mas você nem me dá a chance de, pelo menos, tentar ser sutil.

Ethan se recostou na cadeira, observando-a. Gostara do jeito de Anna, quase que desde a primeira vez, mesmo quando ela o deixava meio desconfortável. Não era engraçado, refletiu, que, em algum momento no decorrer das últimas semanas, ele tivesse descoberto que a amava como uma irmã de verdade? O que significava que curtir com a cara dela era, de certa forma, algo esperado e inevitável.

— Você não está me perguntando se eu passei a noite na cama da Grace, está?

— Não... não, claro que não! — Ela levantou a embalagem de macarrão, deixando-a cair novamente. — Não exatamente...

— As velas foram ideia sua ou dela?

Anna decidiu que aquele era um bom momento para pegar a frigideira. Talvez precisasse de uma arma.

— Elas serviram para alguma coisa? — perguntou, cautelosa.

— Foi ideia sua, imagino; provavelmente, o vestido também. A cabeça da Grace não funciona assim. Ela não é o que as pessoas chamam de... dissimulada.

Anna começou a cantarolar baixinho, dando início aos preparativos para o molho de queijo.

— E aquilo foi um ato dissimulado, manipulador e intrometido... pedir que eu fosse até a casa dela daquele jeito.

— Eu sei, mas faria tudo de novo se fosse preciso. — Com mais habilidade da próxima vez, prometeu a si mesma. — Você pode ficar chateado comigo pelo tempo que quiser, Ethan, mas o fato é que eu nunca vi alguém que precisasse mais de uma intromissão na vida.

— E você é profissional nessa área. Quero dizer, sendo assistente social, faz parte do seu trabalho se intrometer na vida dos outros.

— Eu ajudo quem precisa — afirmou ela, acendendo o fogo. — Deus sabe o quanto você estava precisando. — Soltou um grito quando sentiu a mão dele pousar em seu ombro. Já estava esperando que ele começasse a sacudi-la e, quando ele se inclinou e a beijou no rosto, tudo o que conseguiu fazer foi piscar os olhos sem parar.

— E eu lhe agradeço por isso — disse ele.

— Agradece mesmo?

— Não que eu queira que você volte a fazer uma coisa dessas. Pelo menos, dessa vez, porém, me sinto muito grato.

— Ela faz você feliz — Anna começou a se acalmar. — Dá para ver.

— Vamos ver por quanto tempo *eu* consigo fazê-la feliz.

— Ethan...

— Deixe as coisas como estão. — Ele tornou a beijá-la, tanto em sinal de afeição quanto de advertência. — Vamos dar um passo de cada vez por enquanto.

— Tudo bem. — Mas seu sorriso se abriu. — Grace está trabalhando no bar hoje à noite, não está?

— Está... e para você não morder a língua, evitando perguntar, estou pensando em dar uma passada lá, depois do jantar.

— Ótimo! — Mais que satisfeita, Anna voltou ao trabalho. — Vamos jantar mais cedo, então.

Capítulo Doze

Foi como entrar em um sonho mesmo estando acordada, pensou Grace, sem saber ao certo o que ia acontecer em seguida, mas sabendo que seria algo maravilhoso. Era como viver em um mundo muito familiar que havia sido polido com carinho até alcançar um brilho de excitação e expectativa.

Os dias e as noites continuavam cheios, com muito trabalho, responsabilidades, pequenas alegrias e aborrecimentos corriqueiros. Por enquanto, porém, em meio àquela enxurrada de amor, as alegrias pareciam imensas e os problemas, mínimos.

Tudo o que ela sempre lera a respeito do amor era verdade, descobriu. O sol brilhava com mais intensidade, o ar tinha um frescor diferente. As flores eram mais coloridas e o canto dos pássaros mais musical. Todos os clichês se transformaram em realidade.

Havia momentos roubados... um abraço apertado do lado de fora do bar, na hora de seu intervalo, que a deixava inquieta, deliciada e incapaz de pegar no sono depois de chegar em casa. Ou um lento e intenso olhar cheio de promessas quando ela trabalhava até um pouco mais tarde na casa dos Quinn só para vê-lo. Parecia estar em um estado de constante carência, ainda mais aguda agora que sabia o que poderia ser e como era estar com ele.

Ela queria tocar e ser tocada, queria tornar a fazer aquela cavalgada longa, bem lenta, até atingir o prazer e a paixão uma vez mais. Convivendo lado a lado com essas sensações, havia uma infinita frustração pelo fato de a vida constantemente interferir em seus sonhos.

Parecia jamais haver tempo para os dois estarem simplesmente sozinhos para curtir.

Ela, muitas vezes, tentava imaginar se Ethan também sentia a mesma necessidade urgente e obstinada durante todo o dia. Achava que talvez fosse alguma coisa dentro dela, alguma necessidade sexual reprimida por muito tempo, e não sabia ao certo se devia gostar daquilo ou sentir vergonha.

Tudo o que sabia com certeza é que o desejava o tempo todo, e, a cada dia que aquele desejo insatisfeito se transformava em uma noite passada sozinha, sua intensidade aumentava. Ela perguntava a si mesma se Ethan ficaria chocado ao saber daquilo e se preocupava com essa possibilidade.

Ela, porém, não precisava se preocupar tanto.

Ethan simplesmente tinha esperança de estar calculando bem o tempo, e torcia para que suas desculpas sobre voltar para casa mais cedo a cada dia, antes de ele e Jim verificarem todas as armações de pegar caranguejo, não estivessem tão ridiculamente na cara como pareciam estar. Ele não ia se deixar devorar por sentimentos de culpa, prometeu a si mesmo enquanto ancorava o barco no cais, já em casa.

Pretendia fazer algumas horas extras trabalhando no galpão aquela noite para compensar o fato de ter deixado Cam ralando sozinho a tarde toda. Porém, se não conseguisse pelo menos uma hora a sós com Grace... se não conseguisse dar vazão àquela pressão que sentia aumentar dentro dele, iria enlouquecer, e isso não ajudaria ninguém.

E, caso Grace tivesse terminado a limpeza da casa e já tivesse ido embora, bem... ele iria arrumar um jeito de ir atrás dela. Tinha bastante autocontrole para não deixá-la assustada, mas simplesmente não podia passar nem mais um dia sem estar com ela.

Seu sorriso se abriu ao entrar em casa pela porta dos fundos e ver que a bagunça do café da manhã ainda não tinha sido limpa. A máquina de lavar roupa estava ligada, fazendo muito barulho na lavanderia. Grace ainda não acabara o serviço. Ethan entrou a passos largos na sala, buscando sinais dela.

As almofadas do sofá estavam bem arrumadas, afofadas, e a mobília, totalmente sem poeira, brilhava. Ele ergueu os olhos quando o assoalho no andar de cima rangeu.

Naquele momento, Ethan achou que o destino era a coisa mais maravilhosa que conhecia. Grace estava em seu quarto, e o que poderia ser mais perfeito? Seria muito mais fácil convencê-la a se deitar com ele em plena luz do dia sem melindrá-la, se ela já estivesse ao lado da cama.

Correu escada acima, adorando quando ouviu o seu cantarolar.

Então o seu organismo disparou um relâmpago de desejo que pareceu deixá-lo fervendo por dentro ao ver que ela não só estava junto da cama, e sim praticamente em cima dela. Estava inclinada, alisando e prendendo os lençóis recém-lavados, com as pernas compridas de fora, saindo dos shorts muito curtos e com a bainha desfiada.

Seu sangue acelerou e pareceu correr tão depressa que ele ficou sem fôlego, transformando a leve dor com a qual ele aprendera a conviver em uma fisgada forte e torturante. Já se via pulando sobre ela, atirando-a sobre a cama, puxando e rasgando-lhe as roupas até conseguir se lançar dentro dela.

E por ter esse poder, por ter esse desejo, obrigou-se a ficar parado em pé exatamente onde estava, até ter certeza de que conseguiria se controlar por completo.

— Grace?

Ela endireitou o corpo, girou e colocou a mão sobre o coração.

— Oh... eu... ahn... — Mal conseguia falar e raciocinar direito. O que ele poderia pensar, perguntou a si mesma subitamente agitada por dentro, se soubesse que ela estava, naquele exato momento, fantasiando sobre como seria rolar nua e suada sobre aqueles lençóis imaculados na companhia dele?

— Não pretendia assustar você — disse ele, encantado ao ver que o rosto dela ficara vermelho.

— Tudo bem. — Soltou o ar bem devagar, mas isso não serviu de nada para acalmar seu coração disparado. — É que eu não esperava que ninguém... o que está fazendo em casa tão cedo? — Cruzou as mãos na frente do corpo bem depressa, pois queria agarrá-lo. — Não está se sentindo bem?

— Estou ótimo.

— Mas ainda não são nem três horas.

— Eu sei — disse e entrou no quarto, vendo-a unir os lábios e umedecê-los com a língua. Vá com calma, lembrou a si mesmo, não a assuste. — Aubrey não veio com você?

— Não, Julie ficou com ela. É que Julie arrumou um gatinho novo e Aubrey quis ficar lá, então... — Ele cheirava à água, sal e sol. Isso a deixou tonta.

— Então temos algum tempo. — Ele se aproximou. — Eu queria ficar com você a sós.

— Queria?

— Estou à espera de uma oportunidade como essa desde que fizemos amor naquela noite. — Levantou a mão, segurando carinhosamente sua cabeça pela nuca. — Estou louco de desejo por você — disse baixinho, cobrindo os lábios dela com os dele.

Aquilo foi tão suave, tão terno, que o coração dela pareceu dar uma cambalhota longa em câmera lenta dentro do peito. Seus joelhos viraram geleia. Começaram a tremer no exato instante em que ela o enlaçou com os braços, enquanto respondia ao beijo hesitante com uma injeção de calor. Os dedos dele se enterraram na pele dela, segurando-a com mais força, e suas bocas se esmagaram com mais intensidade. Por um instante louco e cruel, ela achou que ele ia possuí-la ali mesmo, em pé, de forma louca e frenética.

Então as mãos dele se tornaram mais suaves, alisando-a em toda parte. Os lábios ficaram mais relaxados, passeando sobre os dela.

— Venha para a cama comigo — murmurou ele enquanto a deitava de costas, cobrindo-a com seu corpo.

Ela se arqueou toda, buscando-o, carente e receptiva, impaciente com as roupas que separavam a carne dele da dela. Parecia que anos haviam transcorrido desde a última vez em que ela o tocara, a última vez que sentira seu peito forte com músculos que pareciam de ferro. Gemendo o nome dele, arrancou-lhe a camisa para fora da calça e deixou que suas mãos se apossassem dele, e, ao fazer isso, sentiu que ele se excitou.

A respiração de Ethan começou a ficar entrecortada, queimando-lhe a garganta. Os movimentos dela por baixo dele o incentivavam a ir mais rápido, a correr, mas ele temia acabar machucando-a se não esperasse um pouco e tomasse mais cuidado, indo bem devagar. Assim, esforçou-se para diminuir o ritmo, para saborear, em vez de devorar, acariciar, em vez de invadir.

Da mesma forma, porém, que Grace antes o seduzira, dessa vez, o atacava.

Ele arrancou-lhe a blusa e viu que ela estava sem roupa alguma por baixo. Ela viu os olhos dele brilharem diante daquela visão e o tom azul deles se transformou em brasas que pareciam chamuscar-lhe a pele. Mas ele foi cuidadoso, tocando-a bem de leve, para não machucá-la nem assustá-la.

Foi devagar, diminuindo o ritmo mesmo no instante em que sentiu o desejo brutal de agarrá-la com força e tomar mais, cedendo à avidez do desejo que o invadia.

Então sua boca já estava contra a dela, sugando-a com uma fome desesperada que parecia prestes a consumir os dois. Ela atirou os braços para trás, tentado se equilibrar, mas não havia nada em que se apoiar, a não ser o ar. Ethan a puxou de volta para junto dele, a boca descendo-lhe pelo busto, os dentes arranhando cada centímetro de pele, até que, arfando por um pouco de ar, ela se enroscou em volta dele.

Ele mal podia esperar, sabia que a cada segundo de espera seu tormento aumentava. O único pensamento que vinha em sua cabeça era o agora... tinha que ser agora, e mesmo essa certeza parecia envolta pelas arestas rudes do seu desejo em estado primitivo. Ele arrancou-lhe o short, reclamando baixinho, e penetrou-a com os dedos.

Ela deu um pulo, soltou um grito e teve um orgasmo. Ele viu os olhos dela ficarem opacos e a cabeça tombar em espasmos para trás, deixando à mostra a longa linha de sua garganta para ele se banquetear. Lutando contra a violenta urgência de mergulhar nela, continuou a prová-la, até sentir que uma espécie de vácuo fora preenchida.

Então arriou as calças, atirou-as longe, e se lançou entre suas pernas. Ela soltou outro grito, e seus músculos o apertaram com força dentro dela.

E ele sentiu-se enlouquecer.

Velocidade, calor e força... mais. Ele ergueu as pernas dela pelos joelhos e a penetrou bem mais fundo, com mais força, ficando ainda mais excitado ao sentir as unhas que se enterravam em seus ombros. Precipitando-se cada vez mais fundo, estremeceu de desejo cego em estado bruto.

As sensações a inundavam, arranhando-a, despindo-a de todas as camadas até deixar apenas uma massa trêmula feita de pura carência. Por um instante, ela pensou que ia morrer por causa daquilo. Quando outro orgasmo a atingiu como uma lança, rasgando-a por dentro, ela se sentiu morta, inerte de tanto prazer.

E ficou mole, com as mãos escorregando dos ombros dele e um último lampejo de energia drenando-a por completo, deixando-a exausta. Ouvindo um gemido grave e longo, Grace sentiu o corpo dele tremer e, logo em seguida, ficar mais rígido. Quando ele jogou o corpo por cima do dela, sem fôlego, seus lábios se abriram em um sorriso que expressava pura satisfação feminina.

A luz do sol refletiu sobre os olhos dela enquanto ela acariciava os quadris dele.

— Ethan... — Ela virou a cabeça um pouco para beijar-lhe o cabelo.

— Não, ainda não... — murmurou quando sentiu que ele estava tentando sair de cima dela. — Espere só mais um pouquinho.

Ele fora bruto com ela, e, agora, xingava a si mesmo por ter permitido que o nó que o mantivera sob controle tivesse se afrouxado.

— Você está bem, Grace?

— Humm... acho que eu conseguiria ficar aqui deitada o dia inteiro, exatamente assim...

— Não consegui me segurar por tanto tempo quanto planejara.

— Nós não temos tanto tempo quanto a maioria das pessoas.

— Não. — Ele levantou um pouco a cabeça. — E você não me contaria se eu a tivesse machucado. — Sentindo isso, avaliou com todo o cuidado o rosto dela. E viu nele a satisfação sonolenta de uma mulher bem amada, ainda que de forma apressada. — Não, acho que não a machuquei, afinal.

— Foi excitante. Foi maravilhoso saber que você me deseja tanto. — De forma lânguida, enroscou, com o dedo, um cacho do cabelo dele, alourado de tanto sol, e adorou sentir-se travessa, por estar nua na cama ao lado dele durante o dia, em horário de trabalho. — Estava preocupada por achar que gostava mais de você do que você gostava de mim.

— Você não conseguiria. — E, para provar, beijou-a longamente, de forma lenta e apaixonada. — Não é assim que eu quero as coisas entre nós... tentando arrancar alguns minutos a sós entre as tarefas domésticas. E usando os poucos minutos para pular na cama, por ser a única oportunidade que temos.

— Nunca em minha vida eu havia feito amor no meio do dia. — Ela sorriu. — Gostei.

Soltando o ar lentamente, Ethan abaixou a cabeça até pousar as sobrancelhas sobre a testa de Grace. Se aquilo fosse possível, ele teria passado o resto do dia bem ali, dentro dela.

— Grace, precisamos arranjar um modo de conseguir mais tempo para nós, nem que seja de vez em quando.

— Amanhã é minha noite de folga. Você podia passar na minha casa para jantar... e ficar por lá.

— Gostaria de levar você a algum lugar.

— Mas não há lugar algum que eu queira conhecer. O que eu gostaria é que pudéssemos simplesmente jantar juntos. — E seu sorriso se abriu.

— Vou preparar um tortellini. Acabei de conseguir uma receita ótima.

Ao vê-lo dar uma gargalhada, ela o enlaçou com os braços e sentiu outra das sensações mais felizes de sua vida.

— Ahhh, eu amo você, Ethan! — Estava tão tonta com aquela sensação que levou um instante para perceber que ele já não estava mais rindo, e ficara muito quieto. Seu coração, que batia descompassado de emoção, foi perdendo o ritmo e esfriou.

— Pode ser que você não goste de me ouvir dizer isso, mas não posso evitar o sentimento. Não estou esperando que você me diga a mesma coisa de volta nem quero que se sinta na obrigação de...

Os dedos dele apertaram de leve seus lábios, silenciando-a.

— Escute o que eu vou falar por um instante, Grace — pediu baixinho. Por dentro, sentia-se inundado por sentimentos fortes, marés sucessivas de alegria, esperança e medo. Não conseguia livrar-se delas, não de forma clara. Porém, ele a conhecia muito bem e sabia que o que dissesse agora bem como a maneira como ia dizê-lo teriam uma importância vital.

— Venho tendo sentimentos profundos por você há tanto tempo — começou — que nem me lembro da época em que eles *não* existiam. Passei todo esse período dizendo a mim mesmo que não devia alimentá-los, e é por isso que... vai levar algum tempo até eu me acostumar com tudo o que está acontecendo entre nós.

Quando ele se afastou dela dessa vez, ela não tentou detê-lo. Concordando com a cabeça, evitou encará-lo e começou a recolher as roupas que ele arrancara.

— Para mim, é o bastante saber que você me deseja, e que talvez sinta um pouco a minha falta. Isso é o suficiente, Ethan. Tudo ainda é tão novo para nós dois...

— São sentimentos muito fortes, Grace. Você tem mais importância para mim do que qualquer outra mulher até hoje.

Ouvindo isso, ela olhou para ele. Se ele confessara aquilo, é porque era verdade. A esperança começou a pulsar novamente com força em seu peito.

— Se você nutria sentimentos por mim, sentimentos assim tão fortes, por que jamais me disse nada em todos esses anos?

— A princípio, porque você ainda era muito nova. — Passou a mão pelos cabelos, sabendo que aquilo era fugir do assunto, era só uma desculpa e não o ponto principal da questão. Ele não podia contar a verdade a ela. — Eu me sentia pouco à vontade por ter esse tipo de pensamento e sentimento, sabendo que você ainda estava na escola.

— Desde que eu estava na escola? — Ela quase pulou da cama dançando. — Tem tanto tempo assim?

— Sim. Depois, você se apaixonou por outro cara, e eu achei que não tinha mais direito de sentir nada por você, exceto amizade.

Soltando o ar dos pulmões bem devagar, ela se preparou para contar algo que a deixava envergonhada.

— Ethan, eu jamais estive apaixonada por outra pessoa. Para mim, sempre existiu apenas você.

— Mas Jack...

— Eu nunca o amei, e tudo o que deu errado em nosso casamento foi mais por culpa minha do que dele. Deixei que ele fosse o primeiro homem a me tocar porque jamais imaginei que você fosse fazer isso. Depois, quando percebi o quanto era tola, já estava grávida.

— Mas você não pode achar que a culpa foi sua.

— Posso, claro que posso. — Para manter as mãos ocupadas, Grace começou a arrumar a cama. Eu sabia muito bem que ele não estava apaixonado por mim, mas me casei mesmo assim, porque tinha mais medo de não casar. Por algum tempo, me senti envergonhada... zangada comigo mesma, mas basicamente com vergonha do que aconteceu. — Levantando um dos travesseiros, ela o arrumou dentro da fronha. — Até uma noite, quando estava deitada na cama, achando que minha vida se acabara, e senti uma coisinha se mexendo dentro de mim.

Fechando os olhos, ela apertou o travesseiro contra o peito e continuou:

— Senti Aubrey dentro de mim pela primeira vez, e isso foi algo tão... tão imenso, aquela cosquinha por dentro, que, a partir daí, não tive mais vergonha nem medo de nada. Jack me deixou esse presente. — Abrindo os olhos novamente, colocou o travesseiro sobre a cama com todo o cuidado. — Sou grata a ele por isso, e não o culpo por ter me abandonado. Ele jamais sentiu aquela cosquinha se mexendo dentro dele. Aubrey jamais representou algo real para Jack.

— Ele foi um grandessíssimo covarde, isso sim... pior até, abandonando você poucas semanas antes do bebê nascer.

— Pode ser que sim, mas eu fui tão covarde quanto Jack, e mais até por permanecer com ele, por me casar, ainda por cima sabendo muito bem que não sentia por ele nem uma fração dos sentimentos que tenho por você.

— Você é a mulher mais corajosa que eu conheço, Grace.

— É fácil ter coragem quando existe uma criança que depende totalmente de você. Acho que o que estou tentando lhe dizer é que o meu grande erro foi deixar passar tanto tempo sem lhe contar o quanto eu amo você, Ethan. E quaisquer que sejam os sentimentos que você tenha por mim, são muito maiores do que eu jamais sonhei que você tivesse, e isso já me basta.

— Eu estou apaixonado por você há quase dez anos, e acho que todo esse tempo ainda é pouco.

Grace pegara o segundo travesseiro para arrumar, mas, ao ouvir essas palavras, deixou-o escorregar das mãos. Quando sentiu as lágrimas começarem a brotar-lhe dos olhos, apertou-os com força.

— Eu achava que poderia sobreviver sem jamais ouvir isso da sua boca. Agora, preciso que você repita muitas vezes para conseguir tornar a respirar.

— Eu amo você, Grace.

— Você parece tão sério — seus lábios formaram um sorriso e ela abriu os olhos —, quase parece triste ao dizer isso. — Querendo vê-lo sorrir novamente, estendeu-lhe o braço. — Talvez você precise treinar as palavras mais um pouco.

Os dedos dele mal haviam tocado os dela quando a porta do andar de baixo bateu com força. Passos vieram subindo rapidamente pela escada. No mesmo instante em que os dois se afastaram, Seth saiu correndo pelo corredor. Ao passar pela porta do quarto, parou na mesma hora e olhou, espantado.

Observou a cama, com os lençóis ainda um pouco desarrumados e viu o travesseiro caído no chão. Então seu olhar mudou e se encheu de uma fúria amarga que parecia adulta demais em seu rosto infantil.

— Seu canalha! — Havia um tom hostil ao dizer essas palavras olhando para Ethan, e, logo a seguir, um ar de nojo surgiu-lhe no rosto ao olhar para Grace, dizendo: — Eu achei que você era diferente.

— Seth! — Ela deu um passo na direção dele, mas o menino girou nos calcanhares e correu porta afora. — Ai, meu Deus, Ethan. — E quando tentou correr atrás de Seth, Ethan a segurou pelo braço.

— Não, deixe que eu vou falar com ele. Sei como ele está se sentindo, não se preocupe. — Ele deu um aperto carinhoso no braço de Grace antes de sair. Mesmo assim, ela o seguiu até as escadas, louca de preocupação. Jamais vira tanto ódio estampado nos olhos de uma criança.

— Que droga, Seth, eu mandei você se apressar! — Cam entrou pela porta da frente no exato momento em que Ethan alcançava o último degrau da escada. Cam olhou para cima, avistou Grace e não conseguiu segurar um leve sorriso, dizendo: — Opa, desculpem.

— Não tenho tempo para piadinhas, Cam. — Ethan atirou-lhe de volta. — Seth acabou de sair daqui desembestado.

— Hein? Por quê? — Percebeu o que acontecera antes mesmo de terminar o que ia perguntar. — Cacete! Ele deve ter fugido pela porta dos fundos.

— Eu vou atrás dele — avisou Ethan, balançando a cabeça antes mesmo de Cam protestar. — É comigo que ele está furioso. Sou eu quem ele acha que o decepcionou. Vou ter de consertar as coisas. — Olhou para cima, onde Grace se sentara, no último degrau da escada. — Cuide dela — murmurou para Cam e saiu correndo pela porta dos fundos.

Ethan sabia que Seth devia ter fugido para o bosque, e precisava confiar nele, torcendo para que o menino não tivesse se embrenhado muito em direção à área pantanosa. Afinal, ele era um sobrevivente, refletiu. Mesmo assim, viu-se aliviado ao ouvir o farfalhar de galhos e folhas secas.

Foi muito fácil descobrir por onde Seth saíra da pequena trilha. Ethan seguiu o caminho de galhos torcidos e arbustos espinhentos quebrados e foi em frente. As folhas das árvores mais altas formavam uma abóbada que bloqueava os raios do sol e diminuía o seu calor, mas a umidade era imensa.

O suor começou a escorrer pelas costas e testa de Ethan, pingando-lhe sobre os olhos enquanto ele andava com paciência e esperava. Sabia muito bem que Seth estava tentando escapar dele, mantendo-se alguns metros à frente. Finalmente, resolveu se sentar sobre um tronco caído, depois de chegar à conclusão de que era mais fácil deixar que o garoto viesse até ele.

Passaram-se dez longos minutos e Ethan se viu cercado por uma nuvem de insetos diversos e mosquitos ávidos por sangue, mas, finalmente, Seth emergiu de um local onde a mata era mais cerrada e o encarou.

— Não vou voltar para casa com você — avisou o menino, parecendo cuspir as palavras —, e, se tentar me obrigar a fazer isso, eu torno a fugir.

— Não vou obrigar você a fazer nada. — De seu lugar, sobre o tronco caído, Ethan o observou. O rosto de Seth estava todo sujo, manchado de terra e suor, vermelho por causa do calor e da raiva. Seus braços e pernas estavam muito arranhados devido à corrida desenfreada por entre os arbustos espinhentos.

Aquilo ia arder como o diabo, pensou Ethan, quando o menino esfriasse a cabeça o suficiente para reparar nos machucados.

— Você quer se sentar aqui e colocar o que pensa para fora? — perguntou em um tom moderado.

— Não acredito em nada do que vai falar. Mentiroso! Vocês todos são um bando de mentirosos safados. Vai querer tentar me convencer de que vocês dois não estavam trepando?

— Não, não era isso o que estávamos fazendo.

Seth voou em cima dele tão depressa que Ethan foi pego desprevenido e sentiu um punho atingir-lhe o queixo com toda a força. Mais tarde, bem mais tarde, ele poderia avaliar com cuidado o soco forte que o menino tinha. Naquele momento, porém, manteve toda a concentração para agarrar Seth e grudá-lo de costas sobre o chão.

— Vou matar você, seu canalha! Vou matá-lo assim que tiver uma chance! — Remexeu-se todo, tentando se desvencilhar de Ethan e já esperando por uma rodada de socos na cara.

— Calma aí, fique quieto, garoto! — Frustrado ao ver que os braços suados do menino ficavam escapando do seu domínio, Ethan deu uma boa sacudida em Seth. — Você não vai conseguir ir a lugar algum desse jeito! Sou muito maior do que você e vou mantê-lo assim, colado no chão, até sua energia acabar.

— Tire as mãos de mim! — gritou Seth por entre os dentes. — Seu filho de uma puta!

Aquele foi um golpe mais duro para Ethan e o atingiu com mais força, direto no alvo, do que o soco que recebera. Prendendo a respiração, olhou para o menino, concordando com a cabeça.

— Sim, é exatamente isso o que eu sou. É por isso que você e eu nos conhecemos tão bem. Você pode fugir correndo assim que eu o soltar, Seth. Pode me atirar todo o tipo de sujeira na cara. É isso o que as pessoas estão preparadas para esperar de filhos de putas. Só que imagino que você queira mais para si mesmo do que apenas isso.

Ethan chegou um pouco para trás, apoiando o corpo sobre os calcanhares, e limpou o sangue que lhe escorria da boca.

— Escute aqui... essa é a segunda vez que me dá um soco na cara. Se tentar fazer isso mais uma vez, vou colocar o seu traseiro para cima e lhe dar uma sova tão pesada que você não vai conseguir sentar direito por um mês.

— Odeio a sua raça!

— Tudo bem, mas, pelo menos, depois da surra, você vai passar a me odiar pelos motivos certos.

— Tudo o que queria era se meter entre as pernas dela, e ela se escancarou toda pra você.

— Escute aqui, segure sua onda! — Com um movimento rápido, Ethan agarrou Seth pela gola da camisa e o ergueu do chão, deixando-o meio de joelhos. — Não fale dela desse jeito! Sua intuição foi boa o bastante para reconhecer de cara o tipo de pessoa que Grace é. Foi por isso que confiou nela desde o início e sempre tentou protegê-la.

— Isso é o que *você* pensa, eu não dou a mínima para ela... — afirmou Seth, obrigando-se a engolir em seco para evitar que as lágrimas lhe escorressem pelo rosto.

— Se fosse verdade, não ficaria assim tão puto com nós dois e não estaria se sentindo tão decepcionado conosco.

Largando Seth, Ethan passou as mãos pelo rosto. Sabia o quanto era incompetente para falar de emoções, especialmente as suas.

— Agora, serei bem direto com você. — Deixou as mãos caírem. — Você está certo sobre o que rolou entre nós antes de entrar em casa, só está errado a respeito do significado disso.

— Sei muito bem o que significa trepar! — Os lábios de Seth começaram a tremer e formaram uma careta furiosa.

— Sei... só que do jeito que você conhece, trata-se apenas de sons horríveis no quarto ao lado, apalpadelas rudes no escuro, cheiros podres e dinheiro que troca de mãos.

— Só pelo fato de você não dar dinheiro para ela não significa que...

— Cale a boca! — Pediu Ethan com toda a paciência. — Eu também costumava pensar que isso era tudo o que havia em uma transa ou que esse era o único jeito de as coisas acontecerem: de forma rude, sem envolvimento do coração e, às vezes, de um jeito muito cruel. Tudo o que o sujeito espera da mulher é o que consegue arrancar dela. Isso o torna egoísta também. O cara se alivia, levanta as calças e cai fora. Não quer dizer que esteja errado. Se o lance não é importante nem para o homem nem para a mulher, se o tesão bate no meio da noite, não é necessariamente errado. Só que esse não é o único jeito de as coisas acontecerem, e, com certeza, não é a melhor maneira.

Ethan se lembrou, nesse momento, das muitas vezes em que refletiu sobre o assunto, esperando que outra pessoa pudesse um dia explicar todas essas coisas para o garoto, quando chegasse a hora certa. Pelo visto, porém, a hora chegara e a tarefa caíra em suas mãos.

Talvez ele não falasse do assunto com um sorriso maroto e uma piscadela, como Cam provavelmente faria, nem da forma educada e didática que Phillip certamente usaria. Tudo o que conseguia fazer era falar dessas coisas com o coração e torcia para que funcionasse.

— Sexo pode ser o mesmo que comer simplesmente para matar a fome. Às vezes, você paga por uma refeição; às vezes, oferece algo em troca, e o certo é a pessoa dar tanto quanto está recebendo.

— Sexo é apenas sexo! Eles só enfeitam as coisas para fazer o sucesso de livros e filmes.

— E você acha que é apenas isso o que rola entre Cam e Anna?

Seth deu de ombros, mas começou a pensar no assunto.

— Eles conseguiram uma coisa muito bonita, que é importante, permanente e, a partir dessa base, novas vidas podem ser construídas. Não tem nada a ver com aquilo que você passou a infância testemunhando, não tem nada a ver com o que eu também vivi quando era garoto, isso eu posso lhe garantir, com certeza.

Ethan apertou os olhos com os dedos e tentou ignorar o zumbido dos mosquitos e o suor.

— Tudo é muito diferente quando você se importa com a pessoa — continuou — ou quando o outro não é apenas um rosto e um corpo convenientes que estão simplesmente ali, disponíveis. Eu consegui isso... muita gente consegue ao longo da vida. É completamente diferente quando a pessoa que está ali é tudo o que interessa na vida, e só com ela as coisas funcionam para você. É outro lance, muito mais bonito, quando não é só desejo o que impele a gente... quando o que você quer, mais do que qualquer outra coisa, é dar mais do que receber. Jamais consegui com nenhuma outra mulher o que tenho quando estou com Grace.

Seth tornou a encolher os ombros e olhou para longe, mas não antes de Ethan perceber o sofrimento que o menino trazia estampado no rosto.

— Olhe, garoto, eu sei muito bem que você tem sentimentos por ela e sei que tudo o que sente é verdadeiro, forte e importante. Talvez uma parte de você deseje que ela seja uma pessoa perfeita, sem ter as mesmas carências das outras mulheres. Acho que uma grande parte de você deseja protegê-la, fazer de tudo para que ninguém a magoe. Portanto, estou dizendo a você a mesma coisa que acabei de dizer para ela. Eu a amo. Jamais amei outra mulher assim em toda a minha vida.

Seth continuou com o olhar distante, voltado para a direção do pântano. Estava com o corpo todo doído, mas o pior de tudo era a vergonha que sentia.

— E ela também ama você?

— Sim, ela também me ama. E não faço a menor ideia do motivo disso.

Seth parou para pensar e sentiu que sabia o motivo. Ethan era forte e não gostava de se exibir. Fazia o que precisava ser feito, o que era correto.

— Eu pensava em tomar conta dela quando ficasse mais velho — afirmou o menino. — Você deve achar isso uma coisa bem idiota.

— Não! — De repente, Ethan sentiu uma vontade imensa de puxar o menino para junto de si e abraçá-lo, mas sabia que aquele não era o momento adequado. — Não, acho isso uma coisa muito legal. Fico orgulhoso de você!

Seth levantou os olhos para Ethan e depois, rapidamente, tornou a desviá-los, dizendo:

— Também acho que, tipo assim... eu a amo também... mais ou menos. Não que eu queira ver Grace pelada, nem nada desse tipo — acrescentou depressa. — É só que...

— Entendi o que você quis dizer. — Ethan apertou a ponta da língua com os lábios para segurar o riso. Uma onda forte e imediata de alívio percorreu-lhe por dentro, e aquilo foi mais agradável do que uma cerveja gelada em um dia quente. — É como se você gostasse dela feito uma irmã, querendo o melhor para ela.

— Isso. — Seth suspirou. —Acho que é isso aí.

Com ar pensativo, Ethan sugou o ar por entre os dentes, dizendo:

— Puxa, deve ser duro para um cara entrar em casa de repente e ver que a irmã está na companhia de um sujeito qualquer.

— Eu a magoei. Tive vontade de fazer isso na hora.

— É verdade, você a magoou mesmo. Agora, você vai ter que pedir desculpas para limpar a sua barra com ela.

— Ela vai me achar um idiota, não vai querer falar comigo.

— Não, ela até queria vir atrás de você. A essa altura, tenho certeza de que está no quintal, andando de um lado para outro, morta de preocupação.

Seth suspirou com um jeito entrecortado, quase um soluço, o que deixaria os dois sem graça, e disse:

— Eu perturbei Cam até ele me levar em casa para eu pegar minha luva de beisebol, e quando... quando vi vocês dois ali, aquilo me fez pensar em como seria voltar para sei lá onde Gloria está morando agora, e pensei que ela também deveria estar transando com algum cara naquele mesmo instante.

Um lugar onde o sexo era apenas um negócio, pensou Ethan com amargor e tristeza.

— Sei que é difícil separar as coisas ou conseguir acreditar que elas possam ser diferentes. — Já que ele mesmo ainda estava trabalhando isso em sua cabeça, Ethan falou com cuidado: — Sei que é difícil acreditar que fazer amor, quando você se importa com a pessoa, quando realmente o ato faz diferença em sua vida e quando as coisas correm do modo certo, é uma coisa limpa e bonita.

— Esses insetos! — murmurou Seth, fungando e aproveitando para enxugar os olhos.

— Sim, eles atacam de verdade aqui fora.

— Você devia ter me dado uma porrada por eu ter dito todas aquelas merdas.

— Tem razão — soltou Ethan depois de pensar por um momento. — Da próxima vez, eu enfio umas porradas em você. Por ora, é melhor a gente voltar para casa.

Levantando-se, Ethan limpou as calças e estendeu a mão. Seth olhou para ele e viu bondade, paciência e compaixão. Qualidades que o teriam feito torcer o nariz em descrédito, especialmente ao vê-las em um homem, pois ele encontrara muito pouco disso nas pessoas que haviam cruzado o seu caminho.

Segurou a mão de Ethan e, sem perceber, continuou de mãos dadas enquanto saíam do bosque, voltando pela trilha.

— Como é que você conseguiu se segurar, sem me dar nem mesmo uma porrada de leve?

Garoto, pensou Ethan, você já viu mãos demais levantadas contra você em sua curta vida.

— Acho que fiquei com medo de você revidar e me pegar de jeito — respondeu Ethan.

— Ah, qual é? Você está de gozação comigo.

— Não estou não. Você é baixinho — disse Ethan, pegando o boné no bolso de trás da calça de Seth e enfiando-o na cabeça do menino —, mas muito valente.

Seth precisou respirar fundo várias vezes à medida que eles chegavam perto do local onde a luz do sol beijava a borda do bosque, atirando lanças de luz sobre o chão.

Viu Grace, como Ethan previra, no quintal, com os braços cruzados e bem apertados contra o peito, como se sentisse frio. Ao vê-los, abaixou os braços e deu um pequeno passo na direção deles, mas então parou.

Ethan sentiu a mão de Seth tornar-se rígida dentro da sua, e deu-lhe um aperto de encorajamento, cochichando:

— Acho que ia acelerar um pouco o lance de limpar a barra com a Grace se você corresse até ela e a abraçasse. Grace adora abraços.

Aquilo era exatamente o que o menino estava querendo fazer, apesar de ficar um pouco amedrontado. Olhando para Ethan, levantou um dos ombros e pigarreou, dizendo:

— Acho que posso abraçá-la, se isso fizer com que ela se sinta melhor.

Ethan ficou para trás, viu o menino sair correndo pelo gramado e notou que o rosto de Grace se iluminou todo com um sorriso brilhante enquanto abria os braços para recebê-lo.

Capítulo Treze

Já que seria obrigado a trabalhar durante um feriadão, pensou Phillip, pelo menos seria bom se certificar de que a tarefa seria divertida. Ele adorava o seu trabalho. O que era propaganda, afinal, se não conhecer as pessoas e saber quais botões apertar para convencê-las a abrir a mão e soltar o dinheiro?

Era, como ele costumava pensar, uma forma criativa, aceita e, até mesmo, esperada de esvaziar as carteiras das pessoas. Para um homem que passara a primeira metade da vida como ladrão, aquela era a carreira perfeita.

Na véspera do feriado da Independência americana, ele colocou todo o seu talento em prática para tentar seduzir um cliente em potencial. Preferia mil vezes fazer aquilo a enfrentar o trabalho braçal.

— Por favor, desculpe a bagunça. — Ele estendeu uma das mãos bem cuidadas, englobando o imenso espaço, as vigas do telhado, as lâmpadas penduradas, as paredes ainda necessitadas de uma boa pintura e o piso arranhado. — Meus irmãos e eu acreditamos que o mais importante é concentrar nossos esforços no produto em si, mantendo as despesas extras dentro do mínimo necessário. A economia que fazemos é repassada integralmente ao cliente.

Naquele momento, pensou Phillip, o número exato de clientes era *um*, com outro a caminho e aquele ali, tentando entrar na fila.

— Humm... — Jonathan Kraft esfregou o queixo com a mão. Tinha trinta e poucos anos e muita sorte, pois era um membro da quarta geração da herança dos produtos farmacêuticos Kraft. Desde o primeiro momento da empresa, com o bisavô começando humildemente como farmacêutico em uma lojinha de Boston, sua família construíra um império baseado em aspirina tamponada e analgésicos em geral. Isso permitia a Jonathan dedicar-se à sua grande paixão, que era velejar.

Era alto, estava em forma e exibia um lindo bronzeado. Seus cabelos castanho-claros estavam cortados com estilo, valorizando o maxilar quadrado e o rosto bonito. Usava calças de algodão, uma camisa azul-marinho e sapatos em estilo top-sider muito gastos, porém vistosos. Seu relógio de pulso era um Rolex, e o cinto feito à mão em couro italiano.

Parecia exatamente o que era: um homem rico e privilegiado que adorava a vida ao ar livre.

— Vocês abriram o negócio há poucos meses, não é?

— Oficialmente — disse Phillip com um sorriso contagiante. Seus cabelos tinham a cor de bronze escuro e estavam cortados bem curtos para tirar o máximo proveito de um rosto que os anjos haviam esculpido, dando-lhe um toque final de pura beleza máscula. Usava jeans da moda, desbotados, uma camisa verde em algodão e sapatos de couro macio. Tinha os olhos perspicazes e um sorriso cativante.

Parecia exatamente o homem no qual se transformara: um sofisticado morador de cidade grande com uma afeição especial pelas marcas famosas e pelo mar.

— Nós três formamos equipes ou trabalhamos em grupos que construíram um bom número de barcos ao longo dos anos. — De forma sutil, foi guiando Jonathan na direção dos esboços emoldurados e colocados na parede. O trabalho artístico de Seth estava em exibição ali de forma rústica, como Phillip achava mais apropriado para o ambiente de um galpão destinado à construção de barcos. — Este aqui é o barco de pesca do meu irmão Ethan, um dos muitos que ainda içam as velas a cada inverno em busca das ostras na baía de Chesapeake. Já tem mais de dez anos de serviço.

— É lindo! — O rosto de Jonathan adquiriu um ar sonhador, como Phillip suspeitara que fosse acontecer. Mesmo quando um homem escolhia arrancar dinheiro dos outros por profissão, tinha de escolher bem seus objetivos. — Eu gostaria de vê-lo, Phillip.

— Certamente podemos arranjar isso.

Deixando Jonathan ficar diante do quadro um pouco mais antes de empurrá-lo com delicadeza para seguir em frente, Phillip exclamou:

— Veja este... você deve reconhecê-lo. — Indicou o desenho de um elegante esquife de corrida. — É o famoso *Circe*. Meu irmão Cameron se envolveu tanto no projeto quanto na construção dessa coisa linda.

— E foi esse barco que deixou o meu *Lorilee* para trás, bem na linha de chegada, por dois anos seguidos. — Jonathan fez uma careta, mas com espírito esportivo. — E claro que foi Cam quem liderou a equipe.

— Bem, ele conhece tudo sobre barcos. — Phillip ouviu o barulho de uma furadeira vindo do lugar em que Cam estava trabalhando, embaixo do deque. Pretendia incluir Cam no papo dali a poucos instantes.

— Esse veleiro de um mastro que estamos construindo no momento foi um projeto de Ethan basicamente, embora Cam também tenha colaborado em alguns detalhes. Nosso objetivo é servir o cliente, sejam quais forem as suas necessidades e desejos. — Ele levou Jonathan até o local onde Seth continuava a desempenhar, com vontade, a sua tarefa de lixar o casco. Ethan continuava de pé sobre o deque, aparafusando as bases para os gradis de convés. — Este cliente, em especial, queria velocidade, estabilidade e alguns acabamentos mais luxuosos.

Phillip sabia que o casco era um brilhante exemplo da arte do encaixe e do acabamento, pois ele mesmo gastara muitas horas na execução dessa parte. — Essa beleza também foi construída para ser exibida, e não apenas para velejar. Trata-se de madeira nobre. Usamos teca de proa a popa, conforme exigência do cliente — acrescentou, batendo no casco com os nós dos dedos enquanto exibia um ar satisfeito.

Phillip ergueu as sobrancelhas para Ethan, que, reconhecendo o sinal do irmão, evitou soltar um suspiro de resignação. Sabia que ia odiar essa parte, mas Phillip argumentara que era uma boa tática envolver o cliente em potencial trabalhando em grupo.

— As juntas são unidas unicamente por cunhas e chavetas, sem o uso de cola — informou Ethan, alongando os ombros ligeiramente, sentindo-se como se estivesse na escola, fazendo a apresentação oral de uma pesquisa. Sempre odiara aquilo. — Chegamos à conclusão de que, se os antigos construtores de barcos conseguiam fazer juntas que duravam mais de um século sem o uso de cola, nós também podíamos fazer isso. Além do mais, a maioria das juntas coladas se solta depois de um tempo.

— Humm... — exclamou Jonathan novamente, e Ethan inspirou com força para tomar fôlego.

— O casco foi calafetado do jeito tradicional, com isolamento em fibras de algodão. As tábuas por dentro foram bem presas, e unimos madeira diretamente com madeira em toda a parte interna. Enrolamos camadas duplas de fibras na maioria das juntas e não usamos a marreta para forçar os encaixes. Depois, completamos o trabalho com componentes comuns para acabamento.

Jonathan tornou a soltar misteriosas exclamações de aparente concordância. Na verdade, tinha apenas uma vaga ideia das coisas sobre as quais Ethan estava falando. Gostava de velejar... usar barcos que comprava recém-saídos da fábrica, limpos, bonitos e bem acabados. Mesmo assim, gostou do que ouvia.

— Parece ser um barco muito bem-feito e forte. Algo artesanal e lindo, um prazer de admirar. No meu caso, quero velocidade e eficiência aliadas a uma boa estética.

— Pois é o que vai obter de nós — atalhou Phillip, abrindo um amplo sorriso e balançando o dedo por trás da cabeça de Jonathan. Era o momento de passar para a etapa seguinte.

Ethan foi para baixo do deque, onde Cam estava encaixando as laterais de uma cama dobrável na suíte do barco.

— É a sua vez de subir, Cam — Ethan avisou o irmão.

— Phil já está com ele na palma da mão?

— Não dá para saber. Eu fiz a minha pequena apresentação, e o cara ficou soltando exclamações e grunhidos. Se quer saber, acho que não estava entendendo nada do que eu estava explicando.

— Claro que não estava. Jonathan contrata pessoas de fora para cuidar da manutenção do barco. Jamais raspou cracas de um casco nem rejuntou as tábuas de um deque em toda a sua vida. — Cam esgueirou-se para o lado, ainda de cócoras, a fim de poder se esticar, e massageou os joelhos que estavam dormentes depois de ficar por tanto tempo na mesma posição. — É o tipo de cara que dirige um Maserati sem entender nada de motores. Mas deve ter ficado bem impressionado com o seu sotaque arrastado de pescador e a sua cara rústica e muito bronzeada. — Ouvindo a risada de deboche de Ethan, Cam se espremeu para passar por ele. — Vou lá dar um empurrãozinho nele.

Subiu para o convés e conseguiu fingir muito bem uma cara de surpresa ao ver Jonathan ali, observando a amurada do barco.

— Oi, Kraft! Como vão as coisas?

— Estou na correria de sempre. — Com um prazer genuíno, Jonathan apertou a mão de Cam. — Fiquei surpreso por você não dar as caras na regata de verão em San Diego.

— É que eu me casei.

— Foi o que me contaram. Meus parabéns! E, agora, soube que está se dedicando a construir barcos em vez de pilotá-los.

— Sim, mas não comece a me considerar fora da jogada... Estou pensando em construir um veleiro *catboat* para mim durante o inverno, se os negócios por aqui acalmarem o bastante para me dar essa chance.

— Vocês andam muito ocupados?

— É... as notícias voam — comentou Cam em um tom casual. — Um barco feito pelos irmãos Quinn significa qualidade, e quem é esperto sempre exige o melhor... isto é, quando pode bancar. — E sorriu, rápido e certeiro. — Você tem condições de bancar um barco desses, Jonathan?

— Bem, estava justamente pensando em encomendar um *catboat*. Seu irmão deve ter comentado isso com você.

— Sim, falou por alto. E parece que você quer um barco leve, rápido e resistente, não é? Ethan e eu estamos fazendo algumas modificações no projeto que já havíamos preparado para mim.

— Isso é a maior cascata — murmurou Seth, de modo que apenas Phillip ouviu.

— Cascatíssima! — confirmou Phillip, piscando para o menino. — Só que é uma cascata de alta classe. — Inclinou-se, chegando um pouco mais perto de Seth enquanto Cam e Jonathan comentavam sobre a emoção que seria pilotar um *catboat* em uma regata. — Cam sabe que, apesar de o cara gostar dele, é muito competitivo. Jamais conseguiu vencê-lo em uma regata. Portanto...

— Portanto, o cara vai topar gastar montanhas de dinheiro para que Cam construa um barco para ele que nem mesmo Cam poderia derrotar.

— É isso aí! — Orgulhoso, Phillip deu um soco de leve no ombro de Seth. — Você tem um cérebro esperto dentro dessa cabeça, sabia? Continue a usá-lo e, em pouco tempo, não vai mais precisar gastar todo o seu tempo lixando cascos. Agora, preste atenção, garoto, e observe o mestre em ação.

Endireitando o corpo, Phillip abriu um sorriso largo, dizendo:

— Posso lhe mostrar alguns dos esboços desse *catboat*, Jonathan. Por que não vamos até o escritório? Vou ver se consigo desencavá-los para você.

— É... não seria má ideia dar uma olhadinha. — Jonathan desceu do barco. — O problema é que eu vou precisar desse barco pronto para entrar na água no início de março, antes da primavera. Terei que testá-lo, aprender alguns macetes e treinar um pouco para chegar em forma nas regatas de verão.

— Início de março... — Phillip apertou os lábios e então balançou a cabeça. — Isso talvez seja um problema. A qualidade vem sempre em primeiro lugar por aqui. Leva tempo para construir um barco imbatível. Deixe-me ver o nosso cronograma — acrescentou, colocando a mão no ombro de Jonathan enquanto caminhavam. — Vamos ver o que podemos fazer para encaixar você. O problema é que os contratos para esse período já foram assinados, e acho que o cronograma vai confirmar que maio é o prazo mais curto para podermos entregar um produto com a alta qualidade que você espera e merece.

— Mas assim eu não vou ter muito tempo para sentir o barco e me acostumar com ele — reclamou Jonathan.

— Pode acreditar, Jonathan, um barco feito pelos irmãos Quinn vai sair daqui tinindo... perfeito para encarar qualquer prova — assegurou, olhando rapidamente para trás, na direção dos irmãos, lançando-lhes um sorriso de lobo diante do cordeiro antes de empurrar Jonathan para dentro do escritório.

— Ele vai convencê-lo a nos dar esse prazo até maio — decidiu Cam, e Ethan concordou, completando:

— Ou então vai fechar o contrato com prazo em abril e arrancar a pele do pobre coitado para nos pagar uma grana extra pela urgência.

— De um jeito ou de outro — Cam apertou a mão sobre o ombro de Ethan —, vamos ter mais um contrato nas mãos antes do fim do dia.

— Qual é? — zombou Seth, um pouco abaixo dos dois. — Phillip vai enrolar o cara direitinho e sair com tudo acertado antes da hora do almoço. O sujeito já está no papo!

— Não... — Cam empurrou a bochecha por dentro com a língua — Acho que não sai nada de concreto antes das duas horas da tarde.

— Meio-dia! — afirmou Seth, levantando a cabeça e olhando para Cam com o rabo do olho.

— Quer apostar dois dólares?

— Claro. Estou mesmo precisando de grana.

— Sabe de uma coisa? — perguntou Cam a Seth, enquanto pegava a carteira. — Antes de você chegar e arruinar a minha vida eu tinha acabado de ganhar uma bolada em Monte Carlo.

— Pode ser, mas aqui não é Monte Carlo — caçoou Seth, com a expressão alegre.

— Eu que o diga... — Passou duas notas para o menino, e então franziu a testa ao ver sua mulher entrando no galpão. — Segure a onda, garoto. Assistente social na área. Ela não vai aprovar nem um pouco se souber que há menores envolvidos em apostas por aqui.

— Ei, mas fui eu que ganhei de você, que *é* adulto — argumentou Seth, mas enfiou as notas no bolso. — Oi, Anna, trouxe algum rango?

— Não, não trouxe, Seth. Sinto muito. — Distraída, passou as mãos pelos cabelos. Havia um bolo em seu estômago que ela estava se esforçando para ignorar. Deu um sorriso, mas não conseguiu que a expressão em seus olhos acompanhasse a dos lábios. — Vocês não trouxeram marmita?

— Trouxemos, mas é que você normalmente aparece com alguma coisa muito melhor.

— Dessa vez, não deu... fiquei toda enrolada tentando preparar um monte de comida para o piquenique do feriado, amanhã. — Passou a mão com carinho pela cabeça do menino, deixando-a pousar em seguida sobre o seu ombro. Ela precisava daquele contato. — Eu apenas... pensei em fazer um intervalo na cozinha para ver como as coisas vão indo por aqui.

— Phillip acaba de enrolar um cara rico e conseguiu uma tonelada de dinheiro.

— Que bom! Isso é muito bom — falou, meio distraída. — Temos que celebrar. Podíamos tomar sorvete. Você acha que consegue trazer alguns sundaes com cobertura de chocolate lá do Crawford's?

— Claro! — disse e abriu um sorriso de orelha a orelha. — Consigo sim.

Ela pegou alguns trocados na bolsa, torcendo para que ele não percebesse que suas mãos estavam um pouco trêmulas. — Sem castanhas no meu, não esqueça.

— Certo, não esqueço. Fui! — E saiu correndo enquanto ela o seguia, com tristeza no olhar.

— O que foi, Anna? — Cam colocou as mãos sobre os ombros dela, virando-a para ele. — O que aconteceu?

— Deixe eu respirar um minutinho. Quebrei o recorde de velocidade para chegar aqui, preciso recuperar o fôlego. — Ela expirou com força, inspirou devagar e se sentiu ligeiramente melhor. — Vá chamar seus irmãos, Cam.

— Certo. — Mas ficou mais alguns instantes ao lado dela, massageando-lhe os ombros. Era raro Anna se mostrar tão abalada. — Seja o que for, a gente consegue dar um jeito.

Foi até as imensas portas duplas para carga, no fundo do galpão, onde Ethan e Phillip estavam discutindo sobre beisebol.

— Pintou um problema — avisou ele de modo lacônico. — Anna veio até aqui e dispensou Seth. Ela parece preocupada.

Ela estava de pé ao lado de uma bancada, com um dos cadernos de desenho de Seth abertos, quando eles entraram. Seus olhos se encheram de lágrimas ao ver o próprio rosto desenhado de forma habilidosa, com todo o cuidado, pelas mãos de artista do menino.

Seth, para Anna, fora mais do que um caso profissional como outro qualquer, desde o início. E agora ele pertencia a ela tanto quanto Ethan e Phillip. Eles eram a sua família. Não suportava pensar que alguma coisa ou alguém pudesse magoar sua família.

Mas se mostrou mais serena ao se virar e olhar com atenção para os homens que haviam se transformado em parte essencial de sua vida e que estavam diante dela com os rostos cheios de expectativa e preocupação.

— Isto chegou pelo correio agora de manhã. — Sua mão já parara de tremer e ela pegou uma carta na bolsa. — Está endereçada aos Quinn, simplesmente assim: "Aos Quinn" — repetiu. — É de Gloria DeLauter. Eu a abri. Achei melhor... além disso, também sou uma Quinn, afinal de contas. — Ela entregou a carta a Cam. Sem dizer nada, ele pegou a folha pautada que vinha no envelope, leu e passou direto para Phillip.

— O carimbo do correio é de Virginia Beach — murmurou Phillip. — Nós perdemos a pista dela na Carolina do Norte. Ela continua vindo pelo litoral, mas está chegando perto.

— O que ela quer? — Ethan enfiou as mãos que já haviam se fechado dentro dos bolsos. Sentiu uma fúria lenta que fervia em fogo brando e já começava a ser bombeada em suas veias.

— O que era de se esperar... — respondeu Cam, sem rodeios. — Grana! "Caros Quinn" — começou a ler. — "Soube da forma como Ray morreu. Isso não foi nada bom. Talvez vocês não saibam, mas Ray e eu tínhamos um acordo. Imagino que vocês vão querer cumpri-lo, já que estão cuidando de Seth. Acho que ele está muito bem instalado nessa linda casa que vocês têm. Sinto saudades do menino. Vocês não fazem ideia do sacrifício que foi, para mim, desistir dele e entregá-lo a Ray, mas sei que fiz o que era melhor para o meu único filho."

— Você devia ter trazido o seu violino para acompanhar o texto — murmurou Phillip para Ethan.

— "Sei que Ray seria muito bom para ele" — continuou Cam. — "Ele fez um grande trabalho com vocês três, e Seth era sangue do seu sangue."

Cam parou de ler por um momento. Estava ali, estampado, preto no branco.

— Será verdade ou mentira? — perguntou, olhando para os irmãos.

— Isso a gente descobre depois. — Ethan sentiu uma dor junto do coração que parecia apertá-lo, mas balançou a cabeça. — Acabe de ler.

— Certo. "Ray sabia muito bem o quanto seria difícil separar-me do menino e, por isso, me ajudou. Agora que ele se foi, porém, estou começando a me preocupar, achando que ficar com vocês talvez não seja o melhor para Seth. Estou disposta a ser convencida do contrário. Se estão mesmo dispostos a mantê-lo com vocês, devem cumprir a promessa que Ray fez de me ajudar. Vou precisar de algum dinheiro por enquanto, como uma espécie de prova de suas boas intenções. Cinco mil dólares. Podem enviar o envelope endereçado a mim para o endereço da agência dos correios em Virginia Beach. Vou lhes dar um prazo de duas semanas, pois sei que não se pode confiar muito nos correios. Se não tiver resposta, vou saber que vocês não querem ficar de verdade com o garoto, e vou até aí pegá-lo de volta. O pobrezinho deve estar morrendo de saudades de mim. Não se esqueçam de dizer a ele que a mamãe o ama muito e talvez esteja com ele muito em breve."

— Piranha! — Foi o primeiro comentário de Phillip. — Ela está nos testando, fazendo um jogo através de uma pequena chantagem para ver se caímos na rede dela, como o papai caiu.

— Vocês não podem aceitar. — Anna segurou Cam pelo braço e o sentiu trêmulo de ódio. — Vocês têm que deixar a lei trabalhar. Precisam confiar em mim, que vou cuidar para que ela não faça isso. No tribunal...

— Anna... — Cam entregou a carta para Ethan, que estava com a mão estendida, querendo ler. — Nós não vamos permitir que esse caso chegue aos tribunais. Aquele menino não vai passar por isso, a não ser que não tenhamos outra escolha.

— Mas você não pretende pagar essa grana para ela. Cam...

— Não, ela não vai receber nem um centavo. — Ele se afastou, andando sem rumo, lutando para aplacar a fúria que sentia. — Ela acha que nos pegou de jeito, mas está enganada. Não somos um velho solitário! — Girou o corpo, olhando para trás com olhos cheios de fogo. — Vamos ver se ela consegue passar por cima da gente para colocar as mãos em Seth.

— Ela foi muito cuidadosa na forma de se expressar — comentou Ethan enquanto analisava a carta mais uma vez. — E claro que não deixa de ser uma ameaça, mas ela não é burra.

— Gananciosa é o que ela é — completou Phillip. — Se está se preparando para sugar mais grana além do que papai já pagou a ela, deve ser um teste para ver a profundidade do poço.

— Ela vê vocês como uma nova fonte de renda — concordou Anna —, e não há como prever o que poderá fazer se descobrir que dessa fonte não vai jorrar dinheiro assim tão fácil. — Fazendo uma pausa, apertou as têmporas com os dedos, ordenando a si mesma que pensasse. — Se ela ultrapassar os limites do município e tentar entrar em contato com Seth, posso fazer com que seja detida e impedida judicialmente de vê-lo, pelo menos temporariamente. Vocês têm a guarda legal do menino. E Seth também já tem idade suficiente para falar por si mesmo. A questão é: será que ele vai falar?

Levantando as mãos, frustrada, Anna deixou-as cair novamente antes de continuar:

— Ele me contou muito pouco sobre a sua vida antes de chegar aqui. Vou precisar de fatos específicos, a fim de tentar bloquear qualquer movimento por parte dela.

— Ele não quer nada com ela, e ela também não o quer. — Ethan, por pouco, não resistiu à tentação de amassar a carta, fazer uma bola com ela e arremessá-la longe. — A não ser que ele valha o preço de algumas das drogas que Gloria usa. Nesse caso, ela vai deixar um dos homens dela atacar o garoto.

Anna virou o corpo para ficar de frente para Ethan e manteve os olhos calmos e centrados nele.

— Seth lhe contou isso? — perguntou. — Ele lhe contou que sofreu abuso sexual e a mãe era conivente com isso?

— Ele me contou o suficiente. — A boca de Ethan de repente pareceu dura e sombria. — Cabe a ele decidir se quer contar a mais alguém e ver o caso oficializado em uma porcaria de relatório qualquer.

— Ethan... — Anna colocou a mão sobre o braço do cunhado, que ficara rígido. — Eu também o amo. Só quero ajudá-lo.

— Eu sei. — Deu um passo para trás, porque a raiva era grande demais e capaz de respingar em alguém se ele a deixasse transbordar. — Sinto muito, mas eu acho que há momentos em que o sistema torna as coisas ainda piores. A gente se sente engolido. — Lutou para bloquear a sensação de dor. — Ele vai saber que pode contar conosco, com ou sem a ajuda do sistema, e que sempre ficaremos do seu lado.

— O advogado precisa saber que ela fez contato conosco. — Phillip pegou a carta das mãos de Ethan, dobrou-a e a colocou de volta no envelope. — Precisamos decidir como lidar com isso. Meu primeiro impulso é ir até Virginia Beach, arrancar Gloria do buraco onde está se escondendo e dizer a ela, de um jeito que a faça compreender de forma bem clara, o que vai acontecer se ela chegar a menos de cinquenta quilômetros de Seth.

— Ameaçá-la não vai ajudar em nada — começou Anna.

— Ah, mas vai fazer a gente se sentir muito melhor. — Cam arreganhou os dentes. — Deixem que eu faço isso.

— Por outro lado — continuou Phillip —, acho que também seria muito eficiente, além de ser bom para o nosso lado, caso cheguemos a uma batalha judicial, se nossa amiga Gloria receber uma carta oficial da assistente social responsável pelo caso de Seth. Nessa carta, seriam delineados o pé em que as coisas estão, as opções e as conclusões possíveis. Entrar em contato com a mãe de uma criança que está reconsiderando o fato de ter desistido da custódia do filho, ainda mais uma criança que está sob sua supervisão, ficaria dentro dos parâmetros do seu trabalho, não ficaria, Anna?

Anna refletiu sobre a ideia, sabendo que estava caminhando em uma corda bamba e teria que demonstrar um bom equilíbrio para andar sobre ela.

— Eu não posso ameaçá-la — afirmou. — Porém, pode ser que eu consiga fazê-la parar para raciocinar um pouco. O problema, agora, é saber se devemos ou não contar a Seth.

— Ele tem medo dela — murmurou Cam. — Droga, o garoto mal está começando a relaxar, a acreditar que está a salvo. Por que temos que contar a ele que a mãe está novamente enfiando o dedo na ferida, tentando entrar de novo em sua vida?

— Porque ele tem o direito de saber — respondeu Ethan baixinho. Sua raiva já diminuíra e ele já se sentia capaz de pensar com clareza novamente. — Tem o direito de saber o que talvez sejamos obrigados a enfrentar. Quando a pessoa sabe o que a está perseguindo, tem mais chances de escapar. Além do mais — acrescentou —, a carta veio endereçada aos Quinn. Ele é um de nós.

— Eu preferia queimá-la — resmungou Phillip —, mas tenho que reconhecer que você tem razão.

— Vamos todos juntos contar a ele — concordou Cam.

— Eu gostaria de ser o primeiro a falar — disse Ethan.

— Gostaria? — tanto Cam quanto Phillip olharam com espanto para o irmão.

— Acho que ele vai aceitar melhor se eu falar. — Olhou para trás ao ouvir Seth entrar pela porta da frente. — Vamos descobrir agora se eu tenho ou não razão.

— Mamãe Crawford colocou uma camada extra de cobertura. Cara, ela deixou a calda escorrendo e escorrendo, sem parar. Havia um milhão de turistas na beira do cais e...

Sua tagarelice empolgada desapareceu de repente. Seus olhos se transformaram de alegres em desconfiados. Sentiu o coração começar a martelar em seu peito. Reconhecia encrenca de longe, especialmente encrenca séria. Sentia o cheiro no ar.

— O que aconteceu? — perguntou a todos.

Anna pegou a sacola das mãos dele e se virou para pegar as embalagens de sorvete cobertas com uma tampa de plástico.

— Por que não se senta, Seth? — sugeriu ela.

— Não preciso me sentar. — Era muito mais fácil fugir correndo se ele já estivesse em pé.

— Chegou uma carta hoje. — Ethan sabia que era melhor dar as más notícias logo de cara, sem rodeios. — É da sua mãe.

— Ela está aqui? — O medo voltou ao seu rosto, penetrante como uma lança. Seth deu um passo para trás, ficando rígido como uma tábua no momento em que Cam colocou a mão em seu ombro.

— Não, ela não está aqui. Mas nós estamos. Lembre-se disso.

— Que diabos ela está querendo? — Seth sentiu um tremor percorrer-lhe o corpo e afastou as pernas para se equilibrar melhor. — Por que ela está mandando cartas? Não quero ler carta nenhuma.

— Então não precisa ler — disse Anna para tranquilizá-lo. — Por que não deixa que Ethan lhe explique tudo e, a partir daí, conversamos sobre o que vamos fazer a respeito?

— Ela já soube que Ray morreu — começou Ethan. — Acho que soube da morte dele logo depois que aconteceu, mas deve ter esperado algum tempo antes de se manifestar.

— Ele deu dinheiro para ela. — Seth engoliu em seco para ver se o medo descia junto. Os Quinn não tinham medo de nada, lembrou a si mesmo... de nada! — Depois, ela se mandou. Não ligou a mínima para a morte dele.

— Sim, também achamos que ela não ligou a mínima, mas quer mais grana... é isso o que ela exige na carta.

— Ela quer que eu dê dinheiro para ela? — Uma nova onda de medo explodiu em seu cérebro. — Mas eu não tenho grana... por que ela está escrevendo para me pedir dinheiro?

— Ela não escreveu para você.

Seth respirou um pouco ofegante e se concentrou no rosto de Ethan. Os olhos dele eram claros e pacientes, a boca estava firme e séria. Ethan sabia, foi tudo o que conseguiu pensar na hora. Ethan sabia como era passar pelo que ele passara. Sabia como eram os quartos, os cheiros, as mãos gordas apertando-o no escuro.

— Ela quer que vocês mandem dinheiro para ela. — Uma parte dele queria implorar para que eles fizessem isso. Para que pagassem o quanto ela exigisse. Era capaz de jurar que faria tudo o que eles pedissem pelo resto da vida a fim de honrar essa dívida.

Mas não adiantava fazer aquilo. Notou isso pelo jeito como Ethan continuava olhando para ele, à espera. E compreendeu tudo.

— Se vocês pagarem, ela vai continuar vindo para pegar mais grana. Vai ficar voltando pelo resto da vida. — Seth passou as costas suadas da mão sobre a boca. — Enquanto ela souber onde eu estou, vai continuar voltando. Tenho que ir para algum outro lugar, um lugar onde ela não consiga me encontrar.

— Você não vai a lugar algum. — Ethan se agachou para que os dois ficassem mais próximos, olho no olho. — E ela não vai mais conseguir dinheiro algum de nós. Não vai conseguir vencer.

— Vocês não a conhecem. — De forma lenta e mecânica, Seth balançou a cabeça para a frente e para trás.

— Eu conheço algumas características dela. Sei que ela é esperta o bastante para perceber que estamos decididos a manter você conosco. Que amamos você o bastante para pagar. — Viu um lampejo de emoção surgir nos olhos de Seth ao ouvir isso, antes que ele os baixasse. — Aceitaríamos pagar se isso encerrasse a questão ou se servisse para facilitar as coisas. A história, porém, não vai acabar nem ficar mais fácil. É como você disse... ela vai continuar voltando.

— O que vocês vão fazer?

— A pergunta é o que *nós* vamos fazer. Todos juntos — respondeu Ethan, esperando que o olhar de Seth pousasse novamente em seu rosto. — Vamos continuar do mesmo jeito que estamos indo, basicamente. Phil vai conversar com o advogado para cercar o aspecto legal da coisa.

— Então diga para ele que eu não vou voltar a morar com ela — afirmou Seth, olhando com desespero para Phillip. — Não importa o que aconteça, eu não vou voltar para ela.

— Eu digo a ele.

— Anna vai escrever uma carta para Gloria — continuou Ethan.

— Que tipo de carta?

— Uma carta bem transada — disse Ethan, com um leve sorriso —, cheia de palavras importantes e com todo o jeito de coisa oficial. Ela vai fazer isso no papel de assistente social responsável pelo seu caso e vai dizer a Gloria que nós temos a lei e todo o sistema judiciário do nosso lado. Isso deve fazer com que ela pare um pouco para pensar.

— Ela odeia assistentes sociais — informou Seth.

— Ótimo! — Pela primeira vez em mais de uma hora, Anna sorriu, e com vontade. — As pessoas costumam ter medo daquilo que odeiam.

— Há uma coisa que poderia nos ajudar a resolver o caso, Seth, se você puder fazer por nós.

— O que eu preciso fazer? — perguntou o menino, tornando a olhar para Ethan.

— Poderia conversar com Anna, contar a ela como as coisas eram antes de você vir para cá. Contar tudo da forma mais detalhada que conseguir.

— Não quero falar sobre esse assunto. Já acabou. Eu não vou voltar.

— Eu sei. — Com todo o carinho, Ethan colocou as mãos nos ombros trêmulos de Seth. — Sei também que falar sobre esse assunto é quase como estar lá, passando por tudo aquilo novamente. Levei muito tempo para conseguir contar tudo à minha mãe... contar a Stella... colocar tudo para fora em voz alta, embora ela já soubesse da maioria dos fatos. Comecei a me sentir melhor depois disso. E o fato de eu ter falado também ajudou a ela e ao Ray na hora de lidar com a papelada legal.

Seth lembrou-se mais uma vez do filme *Matar ou Morrer*. Pensou nos heróis. Pensou em Ethan.

— Essa é a coisa certa a fazer? — perguntou.

— Sim, é a coisa certa.

— E você vai comigo?

— Claro. — Ethan se levantou e estendeu a mão para o menino. — Vamos para casa, para conversarmos a respeito.

Capítulo Quatorze

— Tá tudo pronto, mamãe? Já tá na hora de ir?

— Quase, Aubrey. — Grace estava dando os toques finais na salada de batatas, polvilhando-a com páprica, para acrescentar um pouco de vida e cor.

Aubrey estava repetindo aquelas perguntas desde sete e meia da manhã. Grace sabia que o único motivo de não ter perdido a paciência com a filha era o fato de ela mesma estar se sentindo tão ansiosa e inquieta quanto uma menina de dois anos.

— Mamããããeee...

— Deixe ver... — Diante do tom de profunda frustração na voz de Aubrey, Grace teve que engolir um risinho. Cobriu a tigela com cuidado, usando filme plástico para proteger alimentos. Depois, virou-se e analisou a filhinha. — Você está linda!

— Estou de fitinha no cabelo. — Com um gesto puramente feminino, Aubrey levantou a mão e deu palmadinhas sobre a fita que Grace trançara entre seus cachos.

— Sim... uma fitinha cor-de-rosa.

— Cor-de-rosa. — Sorrindo abertamente, Aubrey olhou para a mãe. — Mamãe bonita.

— Obrigada, querida. — Ela esperava que Ethan achasse o mesmo. Como será que ele ia olhar para ela?, perguntou-se. Como eles deveriam se comportar? Haveria um monte de gente em volta e ninguém... bem, com exceção dos Quinn... ninguém sabia que eles estavam apaixonados.

Apaixonados, pensou, soltando um suspiro longo e sonhador. Era uma sensação maravilhosa... e piscou os olhos com rapidez ao sentir os bracinhos em volta de sua perna, dando-lhe um afetuoso abraço.

— Tá tudo pronto, mamãe? Já tá na hora de ir?

Rindo, Grace a pegou no colo, dando-lhe um abraço apertado e um beijo estalado enquanto dizia:

— Certo. Vamos lá.

Nenhum general, nem mesmo nas horas que antecederam batalhas decisivas, jamais organizou suas tropas preparando-as para entrar em ação com mais autoridade e determinação do que Anna Spinelli Quinn.

— Seth, coloque essas cadeiras dobráveis debaixo da sombra daquela árvore ali. Phillip ainda não voltou com o gelo? Já faz mais de vinte minutos que ele saiu. Cam! Você e Ethan estão colocando essas mesas de piquenique juntas demais.

— Um minuto atrás, você disse que elas estavam muito afastadas uma da outra — resmungou Cam por entre os dentes, mas voltou até onde estava e afastou as mesas mais alguns centímetros.

— Agora, ficou bom. Está ótimo! — Uniformizada com roupas vermelhas e brancas com listras azuis, Anna corria de um lado para outro no gramado. — Agora, acho que vocês têm que levar aquelas mesas com guarda-sol mais para perto da água.

— Você falou que as queria lá do outro lado, junto das árvores — reclamou Cam, estreitando os olhos.

— Mudei de ideia. — E deu uma boa olhada em torno, enquanto estendia as toalhas.

Cam abriu a boca para protestar, mas percebeu Ethan balançar de cabeça, alertando-o. Seu irmão tinha razão, decidiu. Discutir não ia mudar coisa alguma.

Anna estava uma pilha de nervos desde cedo, e, quando Cam comentou o fato com Ethan ao se ver longe dos ouvidos da mulher, as palavras saíram com irritação e indignação.

— Puxa, ela sempre tem a mente prática, calma e organizada — acrescentou Cam. — Não sei o que deu nela. É só a porcaria de um piquenique.

— Acho que as mulheres, em geral, se comportam dessa forma em momentos como esse. — Foi a opinião de Ethan. Lembrou-se de como

Grace o impedira de tomar banho no próprio banheiro só porque Cam e Anna estavam voltando da lua de mel. Quem era capaz de decifrar o que se passava na cabeça de uma mulher?

— Ela não ficou assim tão agitada na festa do nosso casamento.

— Devia estar com outras coisas na cabeça.

— É... — grunhiu Cam enquanto pegava uma das mesas redondas com guarda-sol, mais uma vez, e saía carregando-a rumo à beira da água, em cuja superfície o sol se refletia em mil direções. — Phil é que é esperto. Arrumou um jeito de cair fora daqui.

— Phillip sempre teve o dom de se dar bem em momentos como esse — concordou Ethan.

Ele não se incomodava de mudar as mesas de lugar, ajeitar as cadeiras ou desempenhar qualquer uma das dezenas de tarefas, pequenas e grandes, que Anna inventara. Aquilo ajudava a manter as preocupações maiores longe da cabeça.

Se ele se permitisse refletir demais sobre as coisas, começaria a imaginar a figura de Gloria DeLauter. Por jamais ter se encontrado com ela, seu cérebro criava uma figura alta e um pouco cheia, com cabelos cor de palha muito embaraçados, olhos duros manchados com maquiagem escura, a boca meio mole por excesso de viagens até os gargalos e repetidos encontros com as agulhas.

Seus olhos eram azuis, como os dele. A boca, apesar da pesada camada de batom, tinha o mesmo formato da sua. E ele sabia que não era o rosto da mãe de Seth que estava vendo. Era o semblante de sua própria mãe.

A imagem não estava tão fraca e fosca como fora ficando ao longo dos anos. Era nítida e clara, como se ele a tivesse visto na noite anterior.

Ainda tinha o poder de congelar seu sangue e agitar um medo primitivo e animal em seu estômago que o deixava envergonhado.

Ainda o fazia querer lutar com valentia, mesmo com os punhos sangrando e cheio de manchas roxas.

Virou-se bem devagar ao ouvir um grito de alegria. E viu Aubrey correndo pelo gramado, os olhos brilhando como dois raios de sol. E viu Grace, parada nos degraus da escada, com um sorriso caloroso, mas um pouco tímido.

Você não tem o direito, sussurrou a horrível vozinha dentro de sua cabeça. *Não tem o direito de macular uma coisa assim tão linda e brilhante.*

Mas, puxa, ele tinha uma carência enorme que o inundava como uma enxurrada e o fazia se debater como um náufrago. Quando Aubrey se lançou para ele, seus braços a pegaram de forma automática, levantando-a e girando-a no ar, ouvindo seus gritos agudos de felicidade.

Ethan queria que ela fosse sua filha. Com um anseio profundo que lhe atingia o coração, queria que aquela criança perfeita, inocente e feliz pertencesse a ele.

Os joelhos de Grace pareciam moles como geleia enquanto caminhava na direção deles. A imagem dos dois cintilou em sua mente e lançou um reflexo forte em seu coração, onde ela sabia que ficaria impressa para sempre: o homem alto, magro, com mãos grandes e um sorriso meio sério junto da menina dourada com uma fita cor-de-rosa trançada entre os cabelos louros.

O sol que os banhava era tão forte e generoso quanto o amor que transbordava de seu coração.

— Ela estava querendo vir desde que abriu os olhos hoje de manhã — começou Grace. — Pensei em vir um pouco mais cedo para dar uma mãozinha a Anna. — Ele olhou para ela de um jeito tão focado, tão calmo que ela sentiu os nervos dando cambalhotas por baixo da pele. — Parece que não sobrou muita coisa para eu fazer, mas...

Grace parou de falar de repente, porque o braço dele a envolveu como se fosse uma serpente, de forma brusca e possessiva, puxando-a para junto dele. Ela mal teve tempo de lançar um olhar espantado antes que a sua boca se encontrasse com a dela. De forma primitiva e carente, aquilo lançou ondas de calor em seu sangue, fazendo com que seu cérebro, pego de surpresa, entrasse em uma deliciosa espiral tonta e vertiginosa. Ao longe, ela ouviu o grito feliz de Aubrey:

— Beija, mamãe!

Claro, pensou Grace, tentando alcançar o ritmo frenético com o qual Ethan se lançara sobre ela. Sim, por favor, beije-me, beije-me... beije-me.

Pareceu-lhe ouvir um ruído qualquer vindo dele... um suspiro, talvez, que vinha de algum ponto longínquo em sua alma até conseguir se manifestar sob a forma de som. Os lábios dele tornaram-se mais macios. A mão que segurara a blusa dela por trás, como a de um homem agarrado a uma tábua de salvação, se abriu lentamente e tornou-se carinhosa. Aquela emoção mais gentil e doce que fervilhava agora, vindo dele, não era mais calma do que o primeiro açoite do desejo, e simplesmente colocava uma moldura dourada ao redor dos anseios que pusera em movimento.

Ela podia sentir o cheiro dele, calor e virilidade. Podia sentir o cheiro da filha, talco e infância. Os braços de Grace abraçaram a ambos, criando, instintivamente, um senso de unidade, e se manteve firme ali até que o beijo foi acabando lentamente e ela teve a chance de apertar o rosto de encontro ao ombro dele.

Ele jamais a beijara em público antes, assim na frente de todos. Ela sabia que Cam estava a poucos passos dali quando Ethan a agarrara. Seth devia ter visto tudo... e Anna também.

O que aquilo significava?

— Também quero beijo! — exigiu Aubrey, colocando a mãozinha sobre a bochecha de Ethan e apertando-a.

Ele atendeu o seu pedido e, em seguida, esfregou o nariz no pescoço dela, onde sabia que ela sentia cócegas, e a menina começou a gargalhar. Depois, virou a cabeça e passou os lábios de leve sobre os cabelos de Grace, dizendo:

— Não planejei agarrar você desse jeito.

— Ah, e eu achando que você havia premeditado tudo... — murmurou. — Isso me fez sentir que você anda pensando em mim... anda me desejando.

Como Aubrey estava muito agitada em seu colo, ele a colocou de novo no chão e a deixou correr em direção a Seth, que vinha chegando com os cães.

— Não, o que eu quis dizer é que não planejei ser assim tão rude e grosseiro com você.

— Mas você não foi. Não sou frágil, Ethan.

— Sim, você é sim. — Ao ver Aubrey agarrar Bobalhão e começar a rolar com ele na grama, tornou a fitar Grace no fundo dos olhos. — Você é delicada — disse com suavidade. — É como os pratos de porcelana fina com rosas pintadas à mão que a gente só usava no dia de Ação de Graças.

Saber que ele pensava isso dela fez seu coração agitar-se de alegria, embora Grace não se sentisse daquele jeito.

— Ethan... — tentou falar.

— Os pratos eram tão leves que eu morria de medo de tocá-los de forma desajeitada e vê-los quebrar bem na minha mão. Jamais consegui me acostumar com aquela louça.

Acariciou de leve a maçã do rosto de Grace com o polegar e viu que a pele dela ali era mais quente, macia e sedosa. Então, abaixou a mão, dizendo:

— É melhor a gente ir ajudar lá dentro, antes que Anna leve Cam à loucura.

Grace continuava a tremer de nervoso, mesmo quando ela assumiu a tarefa de levar os pratos de comida da cozinha para a mesa de piquenique lá fora. De vez em quando, parava com um prato ou uma tigela na mão, a fim de olhar para Ethan, que estava fincando pequenas estacas na grama para o jogo de lançamento de ferraduras.

Veja como os músculos dele se retesam por baixo da camisa, pensou ela. Ele é tão forte... veja só o jeito com que mostra a Seth como segurar o martelo. Ele é tão paciente... está usando a calça jeans que eu lavei anteontem. A bainha já está desbotada e começando a desfiar. Havia sessenta e três centavos no bolso da frente.

Veja como Aubrey sobe por suas costas, aproveitando que ele está agachado. Ela sabe que vai ser bem recebida. Sim, ele se vira, dá um pequeno apertão para mantê-la firme em suas costas e volta ao trabalho. Não se importa quando ela pega o boné dele e o coloca na própria cabeça. O cabelo dele está mais comprido, e as pontas brilham sob o sol quando ele os balança para tirar da frente dos olhos.

Espero que ele não vá ao barbeiro para cortar os cabelos, pelo menos por mais algum tempo.

Gostaria de tocá-los neste instante. Enroscar aqueles cachos grossos e queimados de sol em volta dos meus dedos.

— É uma linda imagem — murmurou Anna por trás de Grace, fazendo-a dar um pulo de susto. Rindo baixinho, Anna colocou sobre a mesa a imensa tigela com salada de macarrão. — Eu faço a mesma coisa com Cam, às vezes. Simplesmente me esqueço do tempo e fico olhando para ele. Os Quinn são homens muito bonitos.

— Eu tento dar só uma espiadinha, mas não consigo tirar os olhos dele. — Sorriu ao ver quando Ethan se levantou, ainda com Aubrey grudada em suas costas, e começou a girar lentamente, como se estivesse tentando achá-la.

— Ele tem um dom natural e maravilhoso para lidar com crianças — comentou Anna. — Será um pai formidável.

Grace sentiu um rubor tomar-lhe o rosto. Estava pensando exatamente a mesma coisa. Mal dava para acreditar que, poucas semanas atrás, ela dissera à sua mãe que jamais tornaria a se casar. E, agora, ali estava ela, pensando e desejando... e esperando.

Fora fácil deixar todas as ideias sobre casamento de lado quando acreditava que jamais pudesse ter uma vida ao lado de Ethan. Já fizera um casamento fracassar porque seu coração pertencia a outro homem que não o seu marido. Isso era culpa dela, e ela aceitava a responsabilidade pelo fracasso.

Com Ethan, porém, ela poderia fazer um casamento brilhante e feliz, não poderia? Iriam construir um lar, uma família e um futuro baseados em amor, confiança e honestidade.

Ele não tomaria a iniciativa tão cedo, refletiu Grace. Esse era o jeito dele. Mas ele a amava e ela o compreendia bem o bastante para saber que o casamento seria o passo seguinte.

E já estava preparada para isso.

O cheiro dos hambúrgueres que vinha da grelha e o aroma forte do chope tirado diretamente do barril enchiam o ar. O som de crianças rindo e as vozes dos adultos envolvidos em animadas conversas às vezes se transformavam em sussurros que denunciavam a troca de fofocas. O barulho grave e distante de um barco singrando as águas, cheio de adolescentes que gritavam, empolgados, se misturava ao som metálico de uma ferradura que era atirada e atingia a estaca enterrada no gramado.

Eram muitos aromas, sons e imagens. Havia o vermelho forte acompanhado pelo branco e o azul das toalhas que cobriam as mesas enfeitadas por tigelas, pratos, bandejas e caçarolas.

Ali estavam a torta de cereja da Sra. Cutter, a salada de camarão trazida pelos Wilson, o que sobrara da montanha de espigas de milho que os Crawford haviam preparado, as lindas e coloridas gelatinas e a salada de frutas, além do frango frito e do molho vinagrete. Havia pessoas espalhadas enquanto outras conversavam, próximas, sentadas em cadeiras, sobre o gramado, com as pernas balançando no cais e esparramadas pela varanda.

Vários homens estavam em pé, com as mãos nos quadris, observando a partida de arremesso de ferraduras, com o ar sério que assumem quando estão peruando algum evento esportivo do qual não participam. Alguns bebês cochilavam em seus carrinhos ou nos braços dos pais, enquanto outros pediam atenção. Os jovens nadavam e faziam a maior farra na água fria, enquanto os idosos se abanavam sob as sombras.

O céu estava claro e o calor, imenso.

Grace observou Bobalhão, que xeretava o chão em volta em busca de algum pedaço de comida caído. Encontrou muitos, e ela imaginou que o cão talvez ficasse doente antes do fim do dia, depois de se empanturrar tanto.

E sentiu vontade de que aquele dia jamais terminasse.

Molhou as pernas na água, segurando Aubrey com firmeza no colo, apesar de estar cercada de boias e salva-vidas coloridos. Abaixou a menina e começou a rir ao ver as perninhas dela se agitarem assim que entraram em contato com a água.

— Solta, mamãe... solta, solta!

— Querida, eu não trouxe roupa de banho — disse, mas abaixou-a um pouco mais, até a água chegar aos joelhos da menina, que imediatamente começou a espalhar ainda mais água.

— Grace! Grace! Veja só isto!

Atendendo ao pedido, Grace apertou um pouco os olhos para protegê-los do sol e viu Seth, que tomou distância, correu por toda a extensão do cais, pulou abraçando as pernas, formando uma bola com o corpo, e atingiu a superfície da água como um projétil, espalhando água por toda parte, mais parecendo uma fonte. Grace ficou toda molhada.

— Esse é o mergulho "bola de canhão" — anunciou ele, todo orgulhoso, abrindo um sorriso assim que voltou à superfície. — Caramba! Você ficou toda molhada!

— Seth, me pega! — Remexendo-se muito no colo de Grace, Aubrey estendeu os bracinhos para o menino. — Me pega!

— Não posso, Aub. Tenho um monte de bombas para soltar. — Ao ver que ele nadava para longe, para junto dos outros meninos, Aubrey começou a fungar.

— Ele vai voltar para brincar com você mais tarde — assegurou-lhe Grace.

— Não... quero agora!

— Depois! — Para evitar o que Grace sabia que poderia se transformar numa cena de pirraça, jogou Aubrey para cima, tornando a segurá-la assim que a menina atingiu a água. Deixou-a bater os braços e as pernas dentro d'água, segurando-a pela barriga, até que finalmente a soltou, mordendo o lábio de preocupação ao ver Aubrey se esbaldar na água, completamente solta.

— Tô nadando, mamãe.

— Estou vendo, querida. E você é uma boa nadadora, mas não vá para longe.

Como Grace imaginava, o sol, a água e a empolgação se combinaram para deixar a criança morta de cansaço. Quando Aubrey começou a piscar e arregalar os olhos, como fazia para espantar o sono, Grace resolveu levá--la para dentro de casa, dizendo:

— Vamos tomar um refresco, Aubrey.

— Não, quero nadar!

— A gente nada um pouco mais depois. Estou morrendo de sede. — Grace levantou-a e se preparou para a pequena cena que ia começar.

— O que temos aqui, Grace, uma pequena sereia?

Mãe e filha olharam ao mesmo tempo para a margem e viram Ethan.

— Ela realmente é uma gracinha! — disse ele, sorrindo para a cara amarrada de Aubrey. Posso segurá-la?

— Deixe ver... talvez... — Ela se inclinou na direção de Aubrey, cochichando: — Ele acha que você é uma pequena sereia.

Os lábios de Aubrey tremeram um pouco, mas ela quase se esqueceu do motivo que a levou a choramingar.

— Uma sereia como a Ariel? — perguntou.

— Sim, como a Ariel do filme. — Grace começou a tirar a menina da água e, de repente, sentiu a mão de Ethan segurando a sua com firmeza. Quando ela conseguiu se equilibrar, ele pegou Aubrey de seus braços.

— Eu nadei! — contou a menina, falando meio enrolada, para então enterrar o rosto na curva de sua garganta.

— Eu vi você nadando. — Ela estava fria, molhada e se enroscou nele. Ethan estendeu o braço, tornou a pegar na mão de Grace e a puxou para fora d'água. Dessa vez, seus dedos se entrelaçaram com os dela e ficaram ali. — Parece que tenho duas sereias comigo agora.

— Ela está cansada — disse Grace baixinho. — Isso a deixa um pouco irritada, às vezes. E está toda molhada — acrescentou, tentando tirar Aubrey do colo dele.

— Pode deixar, ela está bem assim. — Soltou a mão de Grace, começando, em seguida, a acariciar-lhe os cabelos úmidos e brilhantes. — Você está molhada também — disse e colocou a mão em volta dos ombros dela. — Vamos caminhar um pouco ao sol para secar.

— Certo.

— Vamos até a frente da casa — sugeriu ele, sorrindo um pouco ao sentir a respiração compassada de Aubrey soprando-lhe a pele, indicando que ela pegara no sono. — Lá está mais calmo.

Com surpresa e ligeira satisfação, Carol Monroe observou enquanto Ethan levava sua filha e sua neta para darem uma volta. Com seus olhos de mulher, viu mais ali do que uma amizade e um passeio descontraído entre amigos e vizinhos. Por impulso, puxou o braço do marido, atraindo a sua atenção, que continuava voltada para os lances do jogo de arremesso de ferraduras.

— Espere um pouco, Carol. Júnior e eu estamos participando desta rodada.

— Olhe ali, Pete, veja só aquilo... Grace está com Ethan.

— E daí? — perguntou ele, com a voz ligeiramente aborrecida, depois de olhar na direção indicada e encolher os ombros.

— Está *com ele*, Pete, seu cabeça-dura. — Isso foi dito com um misto de impaciência e afeto. — Como namorados.

— Namorados? — Ele fez um som de deboche com os lábios, descartando a ideia. Só Deus sabia como Carol enfiava as ideias mais estranhas na cabeça. Como aquela vez em que se ouriçou toda com a possibilidade de os dois fazerem um cruzeiro pelas Bahamas. Como se ele não pudesse passear de barco a qualquer hora do dia ou da noite, e quando bem quisesse, zarpando dos fundos do quintal. Mas então ele percebeu algo diferente no jeito como Ethan inclinou o corpo na direção de Grace e na forma com que ela levantou a cabeça para olhar para ele.

Aquilo fez Pete mudar os pés de posição, tornar a fazer um ar de descrença e olhar para o outro lado, resmungando:

— Namorados... — E ficou sem saber ao certo como se sentir com relação àquilo. Jamais enfiava o nariz nos assuntos da filha, relembrou a si mesmo. Grace já construíra a vida do jeito dela.

Olhou para o sol que brilhava e fez uma careta, porque se lembrou de como tinha sido, há muitos anos, ter a cabeça de sua filhinha deitada sobre seu ombro, na mesma posição em que Aubrey estava naquele mesmo instante no colo de Ethan Quinn.

Quando as crianças tinham aquela idade, pensou, confiavam nos pais sem restrições, respeitavam-nos e acreditavam em tudo o que ouviam deles, até mesmo que os trovões eram apenas anjos batendo palmas no céu.

Quando ficavam mais velhas, começavam a questionar tudo. E a querer coisas que não faziam sentido algum. Como dinheiro para morar em Nova York, por exemplo, ou a bênção para um casamento com um canalha ordinário que não servia nem como amigo.

Elas deixavam de pensar que o pai era o homem que tinha todas as respostas e partiam-lhe o coração sem pestanejar, fazendo-o remendá-lo da melhor maneira que conseguisse, colocando um cadeado para aquilo não tornar a acontecer.

— Ethan é exatamente o que Grace está precisando — disse Carol, bem baixinho, para o caso de algum dos sujeitos pré-históricos, que achavam que atirar ferraduras até conseguir enganchá-las em um pino de ferro era um jeito empolgante de passar o dia, estar com as antenas ligadas. — É um homem com vida estável e muito cavalheiro. Um homem no qual se pode confiar cegamente.

— Ela não vai.

— Não vai o quê?

— Confiar cegamente nele nem em ninguém. É orgulhosa demais para isso. Sempre foi.

Carol simplesmente suspirou. Aquilo era verdade. Grace puxara todo aquele orgulho tolo do próprio pai.

— Pete, você nunca tentou nem ao menos se reaproximar dela.

— Não comece com essa história novamente, Carol. Não tenho nada a dizer a ela. — Afastou-se da mulher, ignorando a culpa que sentia, pois sabia que isso ia magoá-la. — Vou buscar uma cerveja — anunciou ele com um resmungo e se afastou.

Phillip Quinn e alguns outros homens estavam reunidos em volta do barril de chope. Pete reparou, com ar divertido, que Phillip estava de flerte com Célia, a filha dos Barrow. Não culpava o rapaz por isso. A jovem possuía o corpo de uma coelhinha da *Playboy* e não tinha vergonha alguma de mostrar isso para quem quisesse ver. Era algo que um homem não conseguia deixar de reparar, mesmo sendo velho o bastante para ser seu pai.

— Quer que eu lhe sirva um chope, Sr. Monroe? — perguntou Phillip.

— Sim, obrigado. — Pete balançou a cabeça na direção da multidão que celebrava o dia espalhada pelo quintal. — Veio um monte de gente, Phil. A comida também está ótima. Lembro-me do tempo em que seus pais ofereciam um piquenique como esse, todo verão. É muito bom saber que a tradição está sendo mantida por vocês.

— Foi ideia da Anna — contou Phillip, entregando a Pete um copo de plástico alto de chope com o colarinho de espuma quase transbordando.

— As mulheres se preocupam com coisas mais do que os homens. Se eu não tiver oportunidade de fazer isso, diga a ela que agradecemos muito o convite. Vou ter que voltar para a loja daqui a uma hora, mais ou menos, para preparar a queima de fogos na beira do cais.

— Vocês sempre oferecem um espetáculo e tanto. É a melhor queima de fogos em toda a baía.

— Tradição — repetiu Pete. Aquela era uma palavra muito importante.

Carol Monroe não foi a única a perceber que Ethan e Grace haviam saído de fininho, juntos. Especulações e sorrisinhos marotos começaram a se espalhar junto da salada de batatas e dos caranguejos cozidos.

Mamãe Crawford balançou o garfo na direção de sua boa amiga Lucy Wilson, comentando:

— Se quer saber, acho que Grace vai ter que correr muito atrás se quiser que Ethan Quinn venha cheirar o seu cangote antes de aquela menininha entrar na faculdade. Nunca vi um homem tão devagar para essas coisas!

— Ele pensa muito antes de tomar decisões — disse Lucy, leal a Ethan.

— Não estou dizendo o contrário. Estou apenas comentando que ele é lento. Venho acompanhando os olhares melosos que um lança para o outro desde o tempo em que ele nem sequer tinha o próprio barco de pesca. Isso já deve fazer quase dez anos. Stella e eu, que Deus a tenha, conversamos a respeito disso uma ou duas vezes.

Lucy suspirou, olhando para o prato de salada de frutas que tinha na mão, e não foi pelo excesso de calorias.

— Stella conhecia aqueles meninos até pelo avesso.

— Conhecia mesmo. Certo dia, eu disse a ela: "Stella, o Ethan está com um olhinho de interessado na menina dos Monroe", e ela riu, disse que aquilo era coisa de adolescentes, mas que, às vezes, essa era a melhor forma de começar a descobrir o amor de verdade. Jamais consegui entender por que Ethan não tomou a dianteira quando viu Grace se envolvendo com aquele tal de Jack Casey. Nunca gostei dele...

— Ele não era um mau rapaz, apenas fraco. Olhe os dois ali, Mamãe Crawford. — Disfarçadamente, como uma conspiradora, Lucy baixou a voz e apontou para Ethan e Grace, enquanto eles caminhavam de volta para casa, de mãos dadas, com a criança dormindo no ombro dele.

— Pois esse aí não tem nada de fraco — cochichou Mamãe Crawford, levantando as sobrancelhas com ar travesso e cutucando a amiga. —Além do mais, chegar devagar pode ser muito bom na cama, não é, Lucy?

— Ah, isso é verdade — concordou Lucy, formando um bico com os lábios —, pode ser muito bom mesmo.

Sem ter a mínima ideia da onda de fofocas provocadas por sua calma caminhada ao redor da casa na tarde quente de verão, Grace fez uma pausa para se servir de chá gelado. Quando o copo ainda estava pela metade, sua mãe apareceu ao seu lado, cheia de sorrisos.

— Olhem, deixem que eu tomo conta dessa preciosidade. Não há nada que me acalme mais do que ficar sentada com um bebê adormecido nos braços — disse e pegou Aubrey do colo de Ethan enquanto continuava a falar em voz baixa, mas bem depressa: — Isso vai me dar uma boa desculpa para ficar sentada na sombra, em paz. Nancy Claremont não para de falar, meus ouvidos estão quase estourando. Vocês, jovens, podem se divertir por aí.

— Eu ia colocá-la na cama — começou Grace, mas sua mãe já estava abanando a mão, descartando a ideia.

— Não precisa, não precisa... eu quase nunca tenho a chance de segurá--la no colo quando ela está quietinha assim. Vão vocês, e terminem sua caminhada. Eu só preciso sair um pouco do sol, que está de matar!

— Foi uma boa ideia — disse Ethan, pensando alto ao ver Carol sair quase correndo, dando cheirinhos no pescoço da menina que dormia. — Um pouco de sombra e um pouco de paz não vão fazer mal.

— Bem... por mim está bom, mas eu tenho só mais uma hora ou pouco mais antes de ir embora.

Ethan a estava guiando delicadamente em direção às árvores, pensando que talvez ali encontrasse um lugar protegido, bem escondido, para beijar Grace. Parou quando já estavam chegando ao bosque e franziu o cenho, olhando para ela.

— Você vai ter que ir embora? Por quê?

— Para trabalhar. Hoje é dia de ir para o bar.

— Mas é a sua noite de folga!

— Era... isto é, normalmente é, mas estou fazendo algumas horas extras.

— Você já trabalha horas demais.

Ela sorriu, distraída, e então se sentiu aliviada ao sentir que a sombra na qual entrara parecia fresquinha, e ali estava fazendo metade do calor que fazia fora do bosque. — É só por mais algum tempo. Shiney me ofereceu essa oportunidade, e assim eu posso terminar de pagar a diferença do preço do carro. Puxa, aqui é gostoso... — Fechou os olhos, respirando fundo o ar úmido e fresco que havia ali. — Anna me disse que você e seus irmãos vão tocar mais tarde. Vou sentir muito por não poder assistir.

— Grace, eu disse que se você estivesse com problemas financeiros eu poderia ajudá-la.

— Não é necessário que você me ajude, Ethan. Tenho condições de conseguir o dinheiro com o meu trabalho.

— Sim, você sabe trabalhar... demais até... é praticamente tudo o que faz na vida. — Ele se afastou dela, caminhando um pouco e a seguir voltando até onde Grace estava, como se tivesse ido espalhar um pouco do aperto que sentia na barriga. — Detesto ver você trabalhando naquele bar.

— Não quero brigar novamente com você por causa disso. — Grace sentiu a espinha ficar rígida, vértebra por vértebra. — É um bom emprego, um trabalho honesto.

— Não estou brigando com você, estou só comentando. — Veio caminhando mais para junto dela, com uma raiva tão forte no olhar que a fez dar um passo para trás, a fim de se encostar em uma árvore.

— Já ouvi esse papo antes — disse Grace, mantendo o tom. — Nada disso muda os fatos. Eu trabalho lá e vou continuar trabalhando.

— Você precisa de alguém que cuide de você. — Ethan se sentia mal por não poder ser essa pessoa.

— Não preciso não.

É claro que precisava. Já estavam aparecendo olheiras sob os olhos verdes de Grace, e agora ela estava dizendo a ele que esticara o horário até as duas da manhã.

— Você ainda não pagou Dave pelo carro?

238

— Só metade. — Era humilhante. — Ele foi gentil o bastante para me deixar pagar o resto no mês que vem.

— Pois você não vai pagar mais nada a ele! — Aquilo, pelo menos, era algo que ele podia fazer por ela, e faria, com toda a certeza. — Quem vai pagar sou eu.

— Não vai não! — Deixando a humilhação de lado, Grace levantou o queixo, rápida, com o olhar penetrante como uma bala.

Em outra situação, ele a teria convencido com jeitinho... ou simplesmente pagaria a Dave sem avisar a ela. Algo, porém, parecia borbulhar dentro dele... uma coisa que estava ali, em fogo brando, desde que a vira de manhã, quando ela chegou. Algo que não o deixara raciocinar, apenas sentir e agir. Com os olhos grudados nos dela, ele levantou a mão e segurou-a pelo queixo.

— Fique quieta...

— Não sou mais uma criança, Ethan. Você não pode me tratar...

— Não estou vendo você como criança. — Os olhos dela estavam alertas e brilhantes. Aquilo o estava esquentando por dentro ainda mais, fazendo-o ferver. — Já parei de pensar em você desse jeito, e agora não posso mais voltar atrás, nem que quisesse. Faça o que eu quero dessa vez.

Ela não sabia identificar o instante exato em que sua respiração começou a falhar e sua pele se arrepiou. Aos poucos, ela sentiu o desejo em estado bruto chegar às suas mãos, que pressionavam o peito de Ethan. Pelo jeito, ele não estava mais falando a respeito de ela aceitar ou não algumas centenas de dólares pelo carro.

— Ethan...

A mão dele já estava sobre um dos seios dela. Ele não planejara colocá-la ali, mas agora cobria tudo, e seus dedos começaram a acariciá-la e apalpá-la. Suas roupas ainda estavam um pouco úmidas, mas Grace podia sentir a pele esquentar por baixo da blusa.

— Faça do jeito que eu quero dessa vez — repetiu ele.

Os olhos dela se arregalaram. Ele estava mergulhando neles, afogando-se neles. O coração dela estava martelando forte de encontro à sua mão, como se ele o tivesse na palma da mão, pulsando. Sua boca esmagou a dela com um desejo violento que ele foi incapaz de segurar. Ouviu o grito abafado que ela soltou contra a boca que a violava com furor. E isso só serviu para excitá-lo ainda mais.

O calor parecia sair dele em ondas de vapor, deixando-a perplexa. Os dentes dele mordiscavam-lhe os lábios, fazendo-a arfar e afastando-os para dar passagem à invasão habilidosa de sua língua.

As sensações começaram a se atropelar, correndo depressa demais para que Grace conseguisse identificá-las individualmente. Todas elas, porém, eram prazerosas, agudas e excitantes. As mãos dele estavam em toda parte agora, puxando-lhe a blusa para fora, apossando-se dos dois seios, arranhando-a com a pele deliciosamente áspera em todos os lugares ao mesmo tempo. Ela o sentiu estremecer e apertou-lhe os ombros, a fim de manter o equilíbrio de ambos.

No momento seguinte, ele já estava arriando o short dela.

Não! Uma parte distante de sua mente tentou recuar, chocada, quase histérica. Ele não podia estar pensando em possuí-la ali, daquele jeito, a poucos metros de onde as pessoas estavam sentadas e as crianças brincavam. Outra parte dela, porém, simplesmente gemia com uma excitação louca e sussurrava que sim.

Aqui. Agora. Desse jeito. Exatamente desse jeito.

Quando ele a penetrou, o grito que ela tentou soltar teria atraído algumas daquelas pessoas e crianças, mas o som foi engolido por sua boca e perdido em meio à respiração entrecortada de ambos.

Ele se impulsionou com mais força dentro dela, mais depressa, mais fundo, seu corpo parecendo ondular sobre o dela, suas mãos apertando com força suas nádegas firmes e redondas, enquanto ele a bombeava sem parar. A mente dele pareceu apagar tudo o mais que havia no mundo, com exceção daquela necessidade desesperada. Quando ela gozou, explodindo de prazer em torno de seu membro, sua excitação aumentou, tornando-se sombria, primitiva e encharcando-o de suor.

O seu próprio clímax pareceu prendê-lo por garras poderosas, pontudas e afiadas que o rasgaram por dentro de forma brutal, fazendo-o enxergar tudo em tons de vermelho por um instante.

Mesmo depois que tudo acabou, ele continuou a tremer e ofegar. Aos poucos, começou a perceber onde estava. Ouviu o martelar contínuo de um pica-pau ao longe, na mata, e o riso alegre que vinha de trás das árvores. E ouviu a respiração resfolegante de Grace.

Sentiu a brisa refrescar sua pele exposta e percebeu os tremores dela.

— Ah, meu Deus... que droga — sua reclamação foi em voz baixa, mas furiosa.

— Ethan? — Ela jamais suspeitara, jamais poderia ter acreditado que alguém tivesse tanta necessidade dentro de si. Ou sentisse aquilo por ela.

— Ethan — repetiu, e o teria abraçado, quase sem forças, se ele não tivesse dado um passo para trás.

— Sinto muito, Grace. Eu... — Não havia palavras. Nada do que ele pudesse falar seria o certo, seria o bastante. Ele se agachou, levantou o short dela e o fechou. Com o mesmo carinho cuidadoso, tornou a vestir-lhe a blusa. — Não posso lhe pedir desculpas pelo que fiz. Não há justificativas para isso.

— Não quero desculpas. Jamais preciso de desculpas para o que fazemos juntos, Ethan.

— Mas eu não lhe dei escolha. — Olhou para o chão enquanto sentia uma dor latejante golpear-lhe a cabeça. Ele sabia muito bem o que era não ter alternativa.

— Eu já fiz a minha escolha. Eu amo você.

Ele então olhou para Grace, tudo o que havia dentro dele flutuando e se expondo em seu olhar. Os lábios dela estavam inchados depois da invasão brutal. Seus olhos pareciam imensos. Seu corpo devia estar cheio de marcas roxas feitas por suas mãos.

— Você merece mais do que isso, Grace.

— Eu gosto de pensar que mereço você. Você me fez sentir... querida. Essa nem sequer é exatamente a palavra. — Colocou a mão sobre o coração ainda descompassado. — Desejada ao extremo — compreendeu, repetindo: — Desejada ao extremo. E agora sinto pena... — Seu olhar se afastou do dele. — Sinto pena por todas as mulheres que jamais experimentaram a sensação de serem desejadas ao extremo.

— Eu assustei você.

— Por um instante apenas. — Mortificada, soltou o ar dos pulmões com força. — Droga, Ethan, será que eu vou ter que lhe dizer o quanto gostei disso? Eu me senti indefesa e poderosa ao mesmo tempo, e isso foi muito excitante. Você perdeu o controle, logo você que se controla de forma incrivelmente imutável na maior parte do tempo. Gostei de saber que algo que fiz, ou algo que sou, foi o que provocou isso em você.

— Você está me deixando confuso, Grace. — Passou a mão sobre o cabelo.

— Não foi minha intenção. Mas acho que isso também não é assim tão mau.

Ele suspirou, e então deu um pequeno passo à frente, o suficiente apenas para que ela tivesse a chance de arrumar os cabelos.

— Talvez o problema seja o fato de que a gente *acha* que conhece um ao outro muito bem, mas, no fundo, não temos todas as peças desse quebra-cabeça. — Pegou a mão dela, analisando-a com carinho, com aquele ar pensativo que ela amava. Então, beijou os dedos de Grace de um jeito que fez os olhos dela começarem a piscar muito depressa. — Eu jamais quis magoar você... de modo algum. — Era o que ele fizera, porém, e tornaria a fazer.

Ethan continuava de mãos dadas com ela, enquanto caminhavam de volta ao local ensolarado. Teria de contar a Grace sobre as peças de si mesmo que ela não conhecia em breve. Só assim, ela compreenderia o motivo pelo qual ele jamais poderia lhe oferecer mais.

Capítulo Quinze

— Então não sei se vamos continuar namorando, porque Don está ficando possessivo demais, entende? Não quero ferir os sentimentos dele, mas tenho que levar a minha vida, certo?

Julie Cutter deu uma dentada na maçã verde que pegara na fruteira da cozinha de Grace. Ela se sentia tão à vontade ali quanto em sua própria casa, ao lado. Sentou-se no balcão enquanto Grace dobrava as roupas que tirara da corda e as colocava sobre a mesa.

— Além do mais — continuou a jovem, gesticulando com a maçã —, conheci um outro cara incrível, gatíssimo! Trabalha na loja de computadores do shopping. Usa óculos com aquelas armações fininhas de metal e tem um sorriso lindo. — E abriu ela mesma um sorriso, iluminando seu lindo rostinho em forma de coração. Pedi o número do telefone dele e ele ficou vermelho.

— Você pediu a ele o número do telefone? — Grace estava ouvindo tudo pela metade. Adorava quando Julie passava lá para fazer uma visitinha. Naquele dia, porém, estava achando mais difícil se concentrar na conversa. Sua cabeça ainda estava repleta com as coisas que haviam acontecido no bosque entre ela e Ethan. O que será que saíra de dentro dele e quase a devorara e por que isso o deixara tão distante depois?

— Claro que pedi! — Julie colocou a cabeça meio de lado, com os olhos castanhos que pareciam sorrir. — Vai me dizer que você jamais chamou um cara para sair? Qual é, Grace, estamos no século 21. A maioria dos homens bem que gosta quando a mulher toma a iniciativa. Enfim... — Balançou os cabelos muito lisos e compridos, ajeitando-os para trás da orelha — Jeff gostou. É esse o nome do gatinho especialista em computadores. Ficou um pouco aturdido a princípio, mas acabou liberando o número, e quando liguei para ele, deu para sentir que ficou feliz com o contato. Assim, já combinamos de sair no sábado, mas tenho que terminar o namoro com Don antes.

— Pobre Don — murmurou Grace enquanto olhava para trás, meio distraída, e via Aubrey chutar a torre de blocos de plástico que construíra, aplaudindo o desabamento em seguida.

— Ah, ele vai superar. — Julie encolheu os ombros. — Não está apaixonado por mim nem nada desse tipo. Simplesmente está acostumado a ter sempre uma namorada.

Grace teve que sorrir. Alguns meses antes, Julie estava apaixonadíssima por Don, e vinha correndo contar a ela todos os detalhes dos encontros com ele. Ou, conforme Grace suspeitava, pelo menos uma versão com cortes do que acontecia nos encontros.

— Julie, você me disse que Don era o homem da sua vida.

— E foi mesmo — riu Julie —, mas só durante algum tempo. Eu ainda não estou pronta para o homem da minha vida que também seja o *único*.

Grace foi até a geladeira para pegar alguma coisa para as três beberem. Com a idade de Julie, dezenove anos, ela ficara grávida, se casara e começara a se preocupar com as contas a pagar. Era apenas três anos mais velha, mas era como se fossem trezentos.

— Você está certa em olhar em volta para ter certeza — disse e entregou um copo a Julie, olhando séria para ela por um momento. — É preciso ter cuidado.

— Eu tomo cuidado, Grace — assegurou Julie, comovida com a preocupação da amiga. — Pretendo me casar um dia. Especialmente se isso significar ter um bebê tão lindo quanto a Aubrey. Só que quero terminar a faculdade antes e depois ver um pouco do mundo lá fora. Fazer... coisas — acrescentou, com gestos largos. — Não quero ficar presa aqui neste lugar, trocando fraldas e trabalhando em algum buraco só por ter deixado que um cara qualquer me convencesse a... — e parou de falar de repente, sinceramente chocada consigo mesma. Arregalando os olhos e com cara de quem pede desculpas, pulou do balcão. — Nossa, Grace, desculpe... sou tão tapada às vezes. Não estou insinuando que você...

— Está tudo bem. — Ela deu um aperto carinhoso no braço de Julie.

— Foi exatamente isso que eu fiz, exatamente o que deixei que acontecesse comigo. Fico satisfeita por ver que você é mais esperta do que eu fui.

— Sou uma anta. — murmurou Julie, quase às lágrimas. — Sou uma idiota insensível. Sou detestável.

— Não, não é não... — Grace soltou uma leve gargalhada e pegou um macacãozinho de Aubrey da cesta. — Você não me magoou. Detestaria pensar que não somos amigas o suficiente para você me dizer o que pensa.

— Você é uma das minhas melhores amigas, Grace. E a verdade é que eu falo demais.

— Bem, isso é verdade. — Grace deu uma risadinha ao ver Julie franzir as sobrancelhas. — Mas eu gosto.

— Eu adoro você e a Aubrey.

— Sei que sim. Agora, pare de se preocupar com isso e me conte aonde é que você vai em companhia do Jeff, o gato especialista em computadores.

— Vai ser um encontro careta... cinema e depois pizza. — Julie soltou um leve suspiro de alívio. Faria qualquer coisa, incluindo raspar a cabeça ou pintar os cabelos de roxo para não magoar Grace. Na esperança de compensar a sua falta de sensibilidade, abriu um sorriso. — Olhe, eu ficaria feliz em tomar conta da Aubrey na sua próxima noite de folga, se você e Ethan quiserem ir a algum lugar.

Grace já acabara de dobrar o macacãozinho e começou a dobrar as meias. Então parou, olhando para Julie, com uma minúscula meia branca com borda amarela em cada mão.

— O que você disse?

— Você sabe... ir ao cinema ou a um restaurante, sei lá. — Levantou as sobrancelhas ao falar o "sei lá" e, depois, teve que prender o riso ao ver a expressão de Grace. — Você não vai negar agora, na minha cara, que anda saindo com Ethan Quinn.

— Bem, ele está... eu estou... — Ela olhou com ar indefeso para Aubrey.

— Se era segredo, ele deveria estacionar a caminhonete em outro lugar que não fosse a porta da sua casa nas noites em que dorme aqui.

— Ai, meu Deus!

— Qual é o problema? Você não está tendo um caso extraconjugal, como o que está rolando entre o Sr. Wiggins e a Sra. Lowen toda segunda-feira à tarde no motel da estrada 13. — Diante do grito escandalizado de Grace,

Julie simplesmente deu de ombros. — Minha amiga Robin trabalha lá e estuda comigo na faculdade. Ela me contou que ele entra no motel toda segunda às dez e meia da manhã, e ela já está esperando por ele, dentro do próprio carro.

— Nossa, o que será que sua mãe deve estar pensando? — murmurou Grace.

— Minha mãe? A respeito do Sr. Wiggins? Bem, ela...

— Não, não. — Grace não queria nem imaginar o distinto Sr. Wiggins botando para quebrar toda segunda em um motel. — O que ela pensa sobre...

— Você e Ethan? Acho que ela falou alguma coisa do tipo "já estava na hora...". Minha mãe não é boba, e ele é um *pedaço de mau caminho* — disse Julie com sinceridade —, isto é, os músculos dele dentro daquela camiseta apertada são um espetáculo! E aquele sorriso... leva dez minutos para o sorriso se formar em sua boca, e quando isso acontece, puxa, todo mundo em volta já está *de boca aberta e língua de fora*... Robin e eu fomos todos os dias até o cais no verão passado, durante mais de um mês, só para vê-lo descarregar o barco.

— Vocês fizeram isso? — perguntou Grace baixinho.

— Montamos o maior esquema para ficar ali, babando por ele — Julie pegou o pote de biscoito de louça, enfiou a mão lá dentro e pescou dois cookies de aveia com passas. — Eu flertava com ele descaradamente, sempre que tinha oportunidade.

— Você... flertava com o Ethan?

— Hum-humm — concordou ela com a cabeça, enquanto mastigava e engolia os cookies. — Forcei a maior barra, para falar a verdade. Na maior parte do tempo, acho que o deixava sem graça, mas consegui alguns sorrisos memoráveis de volta. — E sorriu, com descontração, enquanto Grace continuava a encará-la. — Olhe, eu já superei essa fase, não precisa ficar preocupada comigo.

— Ótimo! — Grace pegou o refresco que esquecera sobre a mesa e o bebeu de uma vez só. — Isso é muito bom.

— De qualquer modo, ele tem um traseiro lindo!

— Ah, Julie... — Grace mordeu o lábio para evitar cair na risada e lançou um olhar cuidadoso em direção à filha.

— Ela nem está ouvindo. Enfim, sobre o que mesmo eu estava falando? Ah, lembrei! Eu tomo conta da Aubrey para vocês, caso queiram sair.

— Eu... bem, obrigada. — Grace estava tentando decidir se era melhor mudar de assunto ou se preferia manter o papo girando em torno de Ethan Quinn. Nesse momento, ouviu uma batida na porta da sala e o viu diante de sua casa.

— Viu? Parece até mágica — murmurou Julie, sentindo uma atmosfera de romance florescer dentro do peito. — Quer saber? Acho que vou levar a Aubrey lá para casa, para a mamãe dar uma olhadinha nela. Pode deixar que eu tomo conta dela, dou jantar e tudo.

— Mas eu só preciso sair para o trabalho daqui a uma hora.

— Então aproveite bem esse tempo, amiga. — Julie revirou os olhos com ar impaciente e pegou Aubrey no colo. — Quer vir até a minha casa, Aubrey, para ver o gatinho?

— Quero ver o gatinho. Tchau, mamãe.

— Escute, eu... — As duas já estavam saindo pela porta dos fundos, Aubrey já chamando pelo gatinho e acenando, empolgada. Grace tornou a olhar para Ethan, vendo o seu rosto através da porta telada, e levantou as mãos.

Considerando aquilo um convite, ele entrou.

— Foi Julie que acabou de sair correndo com a Aubrey?

— Sim. Ela levou Aubrey para brincar com o seu gato, e vai ficar com ela para jantar lá.

— É muito bom ter alguém como Julie para cuidar da Aubrey.

— E como! Estaria perdida sem ela. — Intrigada, Grace virou a cabeça meio de lado. Ethan estava em pé, parecendo um pouco sem graça e com uma das mãos escondida atrás das costas. — Há algo errado? Você machucou a mão?

— Não. — Que idiota ele era, Ethan pensou, oferecendo a Grace as flores que estava escondendo. — Achei que você ia gostar de receber isto. — Ele queria, desesperadamente, encontrar um meio de limpar a barra com Grace depois da forma como a tratara no bosque.

— Você me trouxe flores!

— Roubei algumas pelo caminho, aqui e ali. É melhor você não comentar nada com a Anna. Peguei alguns dos lírios rajados que ficam na entrada lá de casa. Estão florescendo que é uma beleza este ano.

Ele colhera as flores pessoalmente para ela. Não haviam sido compradas em uma loja. Eram flores que ele parara para selecionar e colhera com as próprias mãos. Com um suspiro longo e trêmulo, Grace enterrou o rosto nelas, exclamando:

— São lindas!

— É que elas me fizeram pensar em você. Quase tudo o que vejo me faz pensar em você. — E quando ergueu a cabeça dela, segurando-a pelo queixo, e viu que seus olhos estavam perplexos e cheios de carinho, sentiu-se mal por não saber falar outras coisas, usando palavras mais bonitas e elaboradas. — Sei que você tem apenas um dia na semana de folga agora. Gostaria de levá-la para jantar se você já não tiver outros planos.

— Jantar?

— Tem um lugar que Anna e Cam frequentam e gostam muito em Princess Anne. É meio sofisticado, tipo terno e gravata, mas eles garantem que a comida vale o sacrifício. Gostaria de ir lá para conhecer?

— Sim, gostaria muito! — Reparou que estava balançando a cabeça para a frente e para trás feito uma idiota, e se obrigou a parar com aquilo.

— Então eu passo para pegar você. Que tal às seis e meia?

— Ótimo, o horário está ótimo! — E lá se foi a cabeça dela de novo, indo para a frente e para trás como a de um pássaro bêbado.

— Não posso mais ficar aqui agora, porque o pessoal está me esperando para trabalhar no galpão.

— Tudo bem. — Grace perguntou a si mesma se os seus olhos estavam tão arregalados quanto imaginava. Sentia-se capaz de devorá-lo com eles. — Obrigada pelas flores, elas são lindas.

— De nada. — E, com os olhos abertos, ele se inclinou e colocou os lábios sobre os dela, com cuidado e suavidade. Viu quando as pestanas dela começaram a piscar depressa e notou as íris em seus olhos verdes se enevoarem sob minúsculos lampejos dourados. — Vejo você amanhã, então.

— Amanhã... — Seus músculos pareciam ter virado geleia, mas ela conseguiu dar um suspiro muito longo enquanto o viu se afastar e caminhar pela sala até a porta de entrada.

Ele lhe trouxera flores. Envolvendo os caules longos com as mãos, ela os segurou diante do corpo e começou a valsar pela casa. Flores perfumadas, lindas e com pétalas delicadas. E, se algumas das pétalas caíssem no chão enquanto ela rodopiava, isso não importaria, pois serviria para tornar tudo ainda mais romântico.

Ele a fazia se sentir como uma princesa. Como uma mulher. Cheirando as flores com vontade enquanto rodava em círculos pela sala, foi em direção à cozinha em busca de um vaso, sentindo-se feliz como uma noiva.

E parou abruptamente, olhando para as flores. *Uma noiva.*

Sua cabeça ficou mais leve, sua pele esquentou e suas mãos tremeram. Quando percebeu que estava prendendo a respiração, soltou o ar com um sopro, mas ele não saiu de todo, ficou preso nos pulmões enquanto ela tentava inspirar mais uma vez.

Ele lhe trouxera flores, tornou a pensar. E a convidara para jantar. Bem devagar, apertou a mão contra o coração e viu que ele estava batendo depressa, muito depressa.

Ele a pediria em casamento. *Casamento.*

— Puxa vida! Puxa vida! — Suas pernas ficaram bambas e ela teve que se sentar bem no chão da cozinha, embalando as flores no colo como se fossem um bebê. Flores, beijos suaves, um romântico jantar para dois. Ele a estava cortejando...

Não, não, ela já estava tirando conclusões precipitadas. Ethan jamais passaria assim tão depressa para o passo seguinte. Balançando a cabeça, ela se levantou do chão e pegou um recipiente velho com gargalo largo para servir de vaso. Ele estava apenas sendo gentil. Estava apenas demonstrando consideração. Estava simplesmente sendo Ethan.

Abriu a torneira e encheu o recipiente. Estava simplesmente sendo Ethan, tornou a pensar, e viu-se sem fôlego novamente.

E como era Ethan, planejaria e faria as coisas de uma forma específica. Lutando consigo mesma para readquirir calma e ser lógica, começou a arrumar as preciosas flores, uma por uma.

Os dois já se conheciam há... puxa, ela mal conseguia se lembrar do tempo em que ainda não o conhecia. E, agora, eram amantes. Estavam apaixonados. Como se tratava de Ethan, ele provavelmente ia considerar casamento o próximo passo. Era a coisa mais honrada e tradicional a se fazer. A coisa certa. Ele dava muita importância ao que era certo.

Ela compreendia aquilo, mas esperava que se passassem meses antes de ele tomar essa atitude. No entanto, por que razão ele esperaria ainda mais, considerando que já haviam esperado por anos?

Só que... ela prometera a si mesma que jamais tornaria a se casar. Fizera esse voto secreto no momento em que assinava os papéis do divórcio. Não aguentaria falhar de forma tão terrível assim novamente, nem se arriscaria a deixar Aubrey passar por todo aquele trauma e drama. Grace tomara a decisão de criar Aubrey sozinha, e criá-la bem, criá-la com amor. Resolvera que ela mesma seria a provedora da casa, construiria um lar e cuidaria dele. Um lar onde sua filha pudesse crescer feliz e segura.

Isso, porém, fora antes de se permitir acreditar que Ethan pudesse querer a ela e à filha ou pudesse amá-la do jeito que amava. Porque, durante todo esse tempo, havia apenas Ethan em seu coração. Só Ethan, pensou Grace, fechando os olhos. No seu coração e nos seus sonhos. Será que ela conseguiria quebrar a promessa que fizera a si mesma, um voto que decidira tomar em um momento tão solene? Será que se arriscaria a se tornar novamente uma esposa, concentrando, mais uma vez, suas esperanças e empenhando seu coração, colocando-o nas mãos de outro homem?

Ah, sim. Sim, ela poderia arriscar tudo se esse homem fosse Ethan. Era tudo tão perfeito, tão certo e bem encaixado, pensou, rindo sozinha ao sentir a cabeça e o coração flutuarem de alegria. Aquilo era o "felizes para sempre" com o qual ela parara de sonhar acordada.

Como será que ele a pediria em casamento? Apertou os dedos sobre os lábios e sentiu-os trêmulos, abrindo um sorriso. Seria de forma discreta, imaginou, com o semblante muito sério e olhando fixamente para ela. Ele tomaria a sua mão entre as dele com aquele jeito cuidadoso. Provavelmente, estariam ao ar livre, sob a luz das estrelas e ao sabor da brisa, sentindo os aromas da noite em volta e ouvindo a música das ondas quebrando docemente ali perto.

Seria tudo muito simples, pensou, sem poesia nem grandes produções. Ele abaixaria a cabeça para olhar para ela, não diria nada por um longo tempo e, depois, começaria a falar, sem pressa:

Eu amo você, Grace. Sempre vou amar. Quer se casar comigo?

Sim, sim, sim! E deixou o corpo girar, fazendo círculos vertiginosos. Ela seria sua noiva, sua esposa, sua parceira, sua amante. Agora. Para sempre. Ela entregaria sua filhinha a ele sem pestanejar, sabendo que ele iria amá--la, protegê-la e cuidar dela. E teria mais filhos com ele.

Ai, meu Deus... um filho de Ethan crescendo dentro dela... Perplexa com a imagem, pressionou a mão sobre o estômago. E dessa vez... dessa vez, a vida que ia se desenvolver dentro dela seria desejada e bem-vinda pelas duas pessoas que a haviam gerado.

Eles construiriam uma vida em comum juntos, uma vida maravilhosamente simples, de forma comovente até.

Ela mal podia esperar para dar início a tudo isso.

Amanhã à noite, lembrou-se, e, em pânico, puxou as pontas do cabelo e abaixou as mãos, olhando para as unhas com desespero. Puxa, ela estava um desastre. Precisava ficar linda para a ocasião.

O que poderia usar para ir ao restaurante?

Pegou-se rindo, um riso nervoso, mas cheio de alegria. Pelo menos, por uma vez, ela se esqueceu do trabalho, das programações e responsabilidades e correu para o closet.

Só no dia seguinte, Anna reparou nas flores que haviam sido arrancadas. Quando isso aconteceu, porém, ela gritou bem alto:

— Seth! Seth, venha até aqui nesse instante! — Ela já estava com as mãos nos quadris, o chapéu de palha colocado de lado de forma petulante e os olhos penetrantes e perigosos.

— Que foi? — Chegou ele, mastigando um punhado de biscoitinhos pretzel, embora o jantar já estivesse quase pronto.

— Você andou mexendo nas minhas flores? — quis saber, irritada.

Ele lançou um olhar para o canteiro, onde Anna misturara flores que brotam o ano inteiro com outras que só floresciam em algumas estações. Fez uma cara de pouco caso e respondeu:

— E por que eu iria mexer com essas flores idiotas?

— É exatamente isso o que estou querendo saber — insistiu ela, batendo o pé no chão.

— Eu não toquei nelas! Olhe, Anna, você não aceita nem que a gente ajude a tirar as ervas daninhas.

— Claro, pois vocês não sabem a diferença entre um mato qualquer e uma margarida — lançou ela. — Bem, o que eu sei é que alguém andou mexendo nas flores do meu canteiro.

— Eu não fui! — Deu de ombros, rolando os olhos para cima de contentamento ao sair correndo para entrar em casa.

Alguém, pensou ele, estava em maus lençóis.

— Cameron! — Ela entrou ventando e foi direto para o banheiro onde ele estava se limpando depois de chegar do trabalho. Levantando a cabeça, ele ergueu uma sobrancelha, enquanto a água escorria do rosto e pingava na pia. Ela fez uma cara estranha por um momento, e então balançou a cabeça. — Deixa pra lá! — resmungou, batendo a porta.

Era tão pouco provável que Cam tivesse mexido em suas flores quanto Seth, decidiu. E se ele estava colhendo flores para dar a alguém, era bom que esse alguém fosse a sua adorada esposa, senão ela simplesmente o mataria e resolveria o problema.

Seus olhos se estreitaram ao passar diante do quarto de Ethan. E ela soltou um grunhido grave e ameaçador.

Chegou a bater na porta, embora fossem na verdade três socos fortes, antes de simplesmente escancará-la.

— Caramba, Anna! — Envergonhado, Ethan agarrou as calças que estavam sobre a cama e as segurou na altura da barriga, protegendo-se. Estava só de cuecas e exibiu uma expressão ofendida.

— Pode deixar a modéstia de lado porque não estou interessada nisso aí. Foi você que andou mexendo nas minhas flores?

— Em suas flores? — Puxa, ele sabia que isso ia acontecer. Os olhos da mulher diante dele brilhavam de fúria como os de uma gata quando se tratava de suas flores. Ele só não esperava que isso acontecesse bem na hora em que ele estava quase nu. Quase, pensou com dignidade, e segurou as calças com mais firmeza.

— Alguém arrancou mais de uma dúzia de flores! Arrancou da terra, simplesmente, na maior cara de pau. — Avançou para cima dele, com os olhos vistoriando tudo em volta, em busca de provas.

— Bem, hã...

— Algum problema? — Cam se encostou no portal, empurrando a bochecha com a língua. Aquela era uma imagem divertida depois de um dia de trabalho pesado. Sua mulher, muito revoltada, estava rodeando o seu irmão como um sargento furioso, e o coitado estava quase com o traseiro de fora.

— Alguém andou no meu jardim e roubou minhas flores.

— Sério? — Riu Cam. — Quer que eu chame a polícia?

— Ah, cale a boca! — E tornou a se virar para Ethan, que deu um cauteloso passo para trás, acovardado. Ela parecia disposta a cometer um assassinato. — E então?!

— Bem, eu... — Ele planejara confessar tudo, colocar-se em suas mãos. Mas a mulher que continuava a fitá-lo com olhar sombrio e furioso parecia não estar disposta a gestos de misericórdia. — Foram os coelhos — disse devagar —, provavelmente.

— Coelhos?

— É... — Ethan mudou de posição, sentindo-se ainda muito desconfortável e desejando ter tido a chance de pelo menos vestir as calças antes de ela entrar. — Esses coelhos são um grande problema no jardim. Aparecem do nada e se servem à vontade.

— Coelhos... — repetiu ela.

— Talvez um cervo — acrescentou, ligeiramente desesperado. — Eles chegam, resolvem pastar e comem tudo, às vezes não deixam nem as raízes. — Contando com a compaixão do irmão, olhou para Cam. Não é?

Cam analisou a situação e imaginou que Anna era uma típica garota de cidade grande e, por isso, era bem capaz de engolir aquela história. Além do mais, Ethan ia ficar lhe devendo uma, ora se ia, decidiu, sorrindo e confirmando:

— É verdade. Cervos e coelhos são sempre um grande problema. — Que poderia ser facilmente eliminado pelos dois cães de guarda que ficam sempre em volta da casa, refletiu em silêncio.

— Mas por que ninguém nunca me disse isso? — Arrancando o chapéu com raiva, bateu na própria coxa com ele. — O que podemos fazer para resolver esse problema? Como impedi-los?

— Há duas maneiras. — Com um sentimento de culpa que o fisgava pelo menos um pouco, Ethan tentou racionalizar a situação e chegou à conclusão de que coelhos e cervos *podiam*, realmente, ser um problema e, portanto, ela deveria se precaver. — Sangue seco.

— *Sangue seco?* Sangue de quem?

— Você pode comprar na loja de jardinagem, é só espalhar um pouco em volta do canteiro. Isso vai mantê-los longe das flores.

— Sangue seco. — Anna apertou os lábios enquanto arquivava a informação no cérebro para não se esquecer de comprar um pouco daquele troço.

— Ou urina.

— Urina seca?

— Não. — Ethan pigarreou. —Você simplesmente vai lá fora e... você sabe, faz xixi em volta das plantas. Assim, quando eles sentirem o cheiro, vão saber que há um carnívoro nas proximidades.

— Entendo. — Ela balançou a cabeça, satisfeita com a explicação, e então virou o corpo para o marido, ordenando: — Muito bem, vá lá fora agora mesmo e mije nos meus cravinhos e nas calêndulas.

— Vou ter que beber uma cerveja antes — avisou Cam, e deu uma piscadela para o irmão. — Não se preocupe, querida, vamos cuidar disso e salvar suas flores!

— Certo, então. — Mais calma, soltou o ar e pediu: — Desculpe-me, Ethan.

— Sim... bem... humm... — Esperou até que ela saísse do quarto, apressada, e então se deixou cair na beira da cama. Olhou meio de lado para Cam, que continuava encostado no portal. — Essa sua mulher tem um quê de crueldade dentro dela.

— Tem mesmo. Eu adoro isso. Por que você arrancou as flores dela?

— Eu precisava de algumas... — murmurou Ethan, vestindo as calças. — Para que diabos elas servem, plantadas lá fora, se a gente corre o risco de ter a cabeça cortada só por colhê-las?

— Coelhos? E cervos?— Cam começou a uivar de tanto rir.

— Eles atacam os jardins sim.

— É... coelhos fortes e corajosos que enfrentam dois cães bem no meio do terreno e vão até o jardim escolher algumas flores para devorar. Se conseguissem realmente alcançar o jardim, não iria sobrar nem grama, quanto mais flores.

— Anna não precisa saber disso. Pelo menos, por algum tempo. Obrigado por você ter concordado comigo e me apoiado. Pensei que ela fosse me dar um soco na cara.

— Era bem capaz. Agora, já que eu salvei o seu rostinho lindo, acho que você está me devendo uma.

— Sei... nada vem de graça — resmungou Ethan enquanto ia até o closet para pegar uma camisa.

— Isso é verdade. Seth está precisando cortar o cabelo, e o último par de tênis que a gente comprou para ele já ficou pequeno.

— Você quer que eu o leve ao shopping? — perguntou Ethan, virando-se de repente, com a camisa ainda pendurada na mão.

— Acertou!

— Preferia o soco na cara.

— Tarde demais. — Cam enfiou a mão no bolso da frente da calça e sorriu. Então, conta aí... Para que você precisava das flores?

— Achei que a Grace ia gostar delas — murmurou Ethan vestindo a camisa, meio sem graça.

— Ethan Quinn roubando flores e planejando ir, por vontade própria, a um restaurante sofisticado. — O sorriso de Cam se alargou e suas sobrancelhas começaram a subir e descer, bem depressa. — A coisa parece séria mesmo.

— É muito comum um homem levar uma mulher para jantar e levar--lhe flores de vez em quando.

— Não. Para você, não é não. — Cam endireitou o corpo e deu um tapinha na barriga musculosa. — Bem, agora acho que vou entornar aquela cerveja para depois me transformar em herói.

— Um homem não tem mais nem privacidade por aqui — reclamou Ethan, depois que Cam saiu com toda a calma do mundo. — As mulheres chegam, vão entrando no quarto e não têm nem mesmo a educação de sair ao ver que o sujeito está sem calças.

Com a cara amarrada, voltou ao closet, pegou uma das duas gravatas que tinha e continuou a resmungar em voz alta:

— E fica todo mundo querendo escalpelar o cara só por causa de umas flores. E, de repente, quando menos espera, ele está na porcaria do shopping, acotovelando-se no meio de uma multidão só para comprar um par de tênis.

Forçando a gravata para entrar por baixo do colarinho, lutava para fazer o nó, ainda reclamando:

— Quando morava na minha própria casa, jamais tive que me preocupar com essas coisas. Podia ficar circulando por toda parte completamente pelado se me desse vontade — e bufou ao ver que a gravata se recusava a cooperar. — Detesto essa bosta!

— Isso é porque você se sente mais feliz dando nós nas amarras de um barco.

— E quem é que não se sentiria mais feliz fazendo isso?

Então parou, com os dedos petrificados sobre a gravata. Seu olhar permaneceu fixo no espelho, onde ele podia ver seu pai parado às suas costas.

— Você está apenas um pouco nervoso, isso é tudo — explicou Ray, com um sorriso e uma piscadela. — É um encontro importante.

Respirando bem devagar, Ethan se virou. Ray continuava em pé, ao lado da cama, com seus olhos muito azuis brilhando e parecendo sorrir, exatamente como Ethan se lembrava deles, sempre que via o pai empolgado com alguma coisa em particular.

Usava uma camiseta amarela onde se via um veleiro com as velas infladas, um jeans desbotado e sandálias muito usadas. Seus cabelos estavam mais compridos, cobriam a gola da camiseta e exibiam um tom prateado, mais brilhante do que ele se lembrava. Ethan conseguia ver o sol se refletindo neles.

Ray parecia exatamente o que era — ou o que fora: um homem robusto, com feições muito bonitas, que apreciava roupas confortáveis e boas risadas.

— Eu não estou sonhando — murmurou Ethan.

— Era mais fácil para você pensar que estava no princípio. Como vai, Ethan?

— Oi, papai.

— Estou me lembrando agora da primeira vez em que você me chamou de "papai". Levou um bom tempo para isso acontecer. Você já estava conosco há quase um ano. Nossa, você era um menino estranho, Ethan. Silencioso como uma sombra, profundo como um lago. Certa noite, quando eu estava corrigindo provas, você bateu na porta do escritório. Ficou simplesmente parado ali, por mais de um minuto, pensando. Era uma maravilha observar a sua mente funcionando. Então, finalmente, você falou: "Papai, telefone para o senhor." — O sorriso de Ray surgiu, brilhante como um raio de sol. — Você tornou a sair, de fininho, e foi bom, porque, se tivesse ficado ali, teria me visto fazer papel de bobo. Fiquei fungando que nem um bebê chorão, e tive que explicar a sei lá quem estava do outro lado da linha que eu fora acometido subitamente de um ataque de alergia.

— Jamais descobri por que vocês quiseram ficar comigo.

— Porque você precisava de nós. E nós precisávamos de você. Você já era *nosso,* Ethan, mesmo antes de nos conhecermos. O destino leva o tempo que bem entende para ajeitar as coisas, mas sempre encontra um meio. Você era tão... frágil — disse Ray, depois de um momento, e Ethan piscou de surpresa. — Stella e eu ficávamos preocupados em fazer alguma coisa errada ao lidar com você e vê-lo se quebrar diante de nós.

— Eu não era frágil.

— Ah, Ethan, era frágil sim. Tinha um coração delicado como cristal, apenas esperando para ser quebrado. Seu corpo era robusto. Jamais nos preocupávamos quando víamos você e Cam socando um ao outro naqueles primeiros meses. Achávamos que isso faria bem a vocês dois.

— Era ele quem começava as brigas geralmente. — Os lábios de Ethan se abriram em um sorriso.

— Mas você não era de levar desaforo para casa depois que o seu sangue esquentava. Embora demorasse algum tempo para isso acontecer — acrescentou Ray. — Acho que continua do mesmo jeito. Nós víamos você observar tudo em volta para depois se acomodar em um canto, a fim de pensar e considerar as coisas.

— Vocês me deram... tempo. Tempo para eu observar as coisas à minha volta e depois me acomodar, a fim de pensar e refletir sobre tudo aquilo. Todas as minhas noções de decência e integridade vieram de vocês dois.

— Não, Ethan. Nós simplesmente lhe oferecemos amor. E um pouco de tempo e um lugar.

Ray foi caminhando devagar até a janela, para olhar para fora, na direção da água e dos barcos que deslizavam suavemente junto do cais. Observou uma garça sair voando pelo céu denso devido ao calor e salpicado por pequenas nuvens redondas.

— Seu destino era ser nosso. Seu destino era estar aqui. Você abraçou a vida no mar como se tivesse nascido dentro d'água. Cam sempre gostou mais da velocidade do barco, enquanto Phillip preferia se recostar e curtir o passeio. Você, porém...

Ray tornou a se virar para o filho, com um olhar pensativo, ao continuar:

— Você analisava cada centímetro do barco, cada onda, cada curva do rio. Treinava os nós que queria aprender durante horas, e ninguém precisava mandar você limpar o convés com esfregão.

— Tudo foi simples para mim, desde o começo. Mas o senhor queria que eu fizesse faculdade.

— Queria, mas aquilo era para mim, Ethan. — Ray balançou a cabeça. — Aquilo era para mim. Os pais são humanos, afinal de contas, e eu passei por um período em que achava que meus filhos precisavam amar a vida acadêmica tanto quanto eu amava. Você fez o mais certo para si mesmo. E eu tinha orgulho de você. Deveria ter lhe dito isso mais vezes.

— O senhor sempre demonstrou esse orgulho.

— Pode ser, mas as palavras contam. Quem poderia saber isso melhor do que um homem que passou toda a sua vida tentando ensinar os jovens a amar as palavras? — Soltou um suspiro. — As palavras contam muito, Ethan, e eu sei que algumas delas são difíceis de colocar para fora. Quero apenas que se lembre de uma coisa: você e Grace ainda têm muitas coisas a dizer um ao outro.

— Não quero magoá-la.

— Mas vai fazê-lo — disse Ray baixinho. — Vai magoá-la exatamente no momento em que quiser evitar isso. Gostaria que conseguisse enxergar-se como eu o enxergo... como ela o enxerga. — E tornou a balançar a cabeça. — Bem, o destino realmente leva o tempo que bem entende. Pense no menino, Ethan, pense em Seth, e descubra quais são as partes de você que consegue ver refletidas nele.

— A mãe dele... — começou Ethan.

— Por enquanto, pense apenas no menino — disse Ray, e simplesmente desapareceu.

Capítulo Dezesseis

Não havia um indício sequer de chuva no agradável ar de verão, cheio de brisas. O céu estava quente, com um tom penetrante de azul, uma abóbada contínua que exibia uma suave névoa e nuvens frágeis. Um pássaro solitário cantava freneticamente, como se estivesse louco para terminar a canção antes que o dia terminasse.

Grace estava tão nervosa como uma adolescente no baile de formatura. Pensar nisso a fez rir. Nenhuma adolescente jamais chegara perto de ficar tão nervosa quanto ela estava.

Arrumou o cabelo mais uma vez, desejando ter cachos longos, sedosos e brilhantes como os de Anna... exóticos, sexy, com uma aparência cigana.

Mas não tinha cabelos assim, lembrou a si mesma com firmeza. Jamais teria. Pelo menos, o penteado bem simples no cabelo curto valorizava os lindos brincos de ouro que Julie lhe emprestara.

Julie fora ótima com Grace e ficara empolgada com o que chamava de "encontro decisivo". Entrara em um clima louco de "que acessório combina melhor com qual roupa" e, ao avaliar as peças disponíveis no closet de Grace, condenara todas, comentando que aquele era um caso de perda total.

É claro que se deixar arrastar até o shopping fora pura tolice. Não que Julie tivesse insistido demais, admitia Grace para si mesma. Afinal, já fazia muito tempo desde a última vez em que fizera compras pelo simples prazer de comprar. Durante as duas horas que passaram circulando pelas lojas, Grace se sentira muito jovem, sem compromissos nem responsabilidades. Como se nada na vida fosse mais importante do que escolher a roupa adequada.

Mesmo assim, não deveria ter comprado um vestido novo, mesmo ele estando em liquidação. Porém, não conseguiu se convencer a desistir dele. Simplesmente sucumbiu a uma pequena paixão, um momento raro de luxo. No fundo, queria desesperadamente algo novo e diferente para aquela noite especial.

Adorara o pretinho básico, sexy e sofisticado, colado ao corpo e preso aos ombros por alças finas como cordões. Também amara o vermelho chamativo, muito sensual e com decote profundo. O problema é que nenhum dos dois ficou bom nela, como já imaginava que aconteceria.

Não foi surpresa alguma descobrir que o conjunto de linho azul-claro estivesse com um desconto irrecusável. A princípio, ele lhe parecera muito sem graça e comum, pendurado na arara. Julie, porém, insistira para que Grace o experimentasse, e a menina até que tinha olho bom para essas coisas.

Julie tinha razão, é claro, pensava Grace naquele momento. Era uma roupa simples, quase virginal; tinha a parte de cima lisa, sem adornos, mas descia em linhas graciosas. E ficou lindo no corpo, a cor combinando com o seu tom claro de pele e a saia um pouco mais solta em volta das pernas.

Grace passou a ponta do dedo em volta do decote quadrado, ligeiramente surpresa ao notar que o sutiã que Julie a fizera comprar realmente realçava o busto. Aquilo por si só já era um milagre, considerou Grace, dando uma risada.

Concentrando-se, chegou mais perto do espelho. Fizera tudo como Julie ensinara, usando o estojo de maquiagem que a jovem lhe emprestara. Seus olhos não estavam mais parecendo imensos, com olheiras fundas, avaliou. Fizera todo o possível para disfarçar os sinais de fadiga e sentiu que conseguira. Apesar de mal ter pregado o olho na noite anterior, Grace não se sentia nem um pouco cansada.

Sentia-se energizada.

Esticando o braço, deixou a mão passear sobre as amostras de perfumes que ganhara no balcão de cosméticos. Então se lembrou de que Anna a aconselhara a usar o seu perfume de sempre ao sair com Ethan, pois isso o atrairia.

Decidindo, por fim, usar o perfume que usava normalmente, fechou os olhos e o aplicou de leve sobre a pele. Ainda com os olhos fechados, imaginou os lugares em que os lábios dele iriam roçar sua pele com suavidade, aqui e ali, para depois se demorarem um pouco, a fim de saborear o momento em que sua pulsação acelerada daria mais vida à fragrância.

Sonhando acordada, pegou a bolsa social marfim, também emprestada, e olhou o que havia lá dentro. Não saía com uma bolsa pequena assim desde... puxa, desde antes de Aubrey nascer, lembrou. Era tão estranho olhar o interior de uma bolsa e não ver nenhuma das dezenas de tralhas que uma mãe sempre carregava. Havia apenas coisas femininas ali. O pó compacto que ela também acabara comprando, um batom que Grace raramente se lembrava de colocar, a chave de casa, alguns dólares cuidadosamente dobrados e um lencinho que, para variar, não estava amarrotado nem sujo após limpar um rostinho lambuzado.

Só de olhar, Grace começou a se sentir mais feminina diante das sandálias pouco práticas, de salto alto, que estava prestes a colocar nos pés. Puxa, ia ter que ralar muito para pagar o cartão de crédito quando o extrato chegasse. Girando o corpo diante do espelho, viu a saia acompanhar o movimento com leveza.

Ao ouvir a caminhonete de Ethan estacionar do lado de fora, saiu correndo pela sala. De repente, obrigou-se a parar. Não, não era sensato ela correr para a porta como uma cadelinha ansiosa pela chegada do dono. Ficaria esperando ali dentro, bem quietinha, até ele anunciar sua chegada. Isso daria uma chance ao seu coração de voltar a bater mais devagar.

Quando, enfim, ele bateu à porta, a agitação em seu peito continuava forte, mas ela foi em frente, sorrindo através da porta telada enquanto se preparava para abri-la.

Ele se lembrava de vê-la caminhar em direção à porta, exatamente daquele jeito, na noite em que eles haviam feito amor pela primeira vez. Naquela noite, ela lhe pareceu muito linda, mas solitária, com a luz das velas oscilando em volta.

Agora, porém, parecia... nossa, Ethan nem tinha palavras para descrever aquilo. Tudo nela parecia refulgir, a pele, os cabelos, os olhos. Isso o fez se sentir humilde, estranho, quase reverente. Queria beijá-la para se certificar de que aquilo era real e, ao mesmo tempo, parecia ter medo de tocá-la.

Deu um passo para trás quando ela abriu a porta, e então pegou a mão que ela lhe estendeu de forma tão carinhosa.

— Você está diferente.

Não, aquilo não era nem um pouco poético, mas a fez sorrir.

— Eu quis parecer diferente. — Fechando a porta atrás de si, deixou que ele a guiasse até a caminhonete.

— Esse carro não combina com o seu vestido — disse ele ao vê-la entrar, desejando na mesma hora ter tido a ideia de pegar o Corvette emprestado.

— Mas combina comigo. — Puxou a saia para dentro com cuidado, para que a ponta não ficasse presa quando a porta fechasse. — Pode ser que eu pareça diferente, Ethan, mas continuo a mesma Grace.

E, recostando-se no banco, preparou-se para a noite mais maravilhosa de sua vida.

O sol ainda não havia desaparecido completamente quando eles chegaram a Princess Anne. O restaurante que escolheram era uma das casas antigas que haviam sido reformadas, mas continuavam com o pé-direito alto e as janelas compridas e estreitas. Velas à espera de serem acesas enfeitavam mesas cobertas por toalhas de linho branco, e os garçons usavam jaquetas e gravatas-borboletas pretas. As conversas dos outros clientes ecoavam aos sussurros, como se todos estivessem na igreja. Grace podia ouvir o "toc--toc" dos saltos altos das próprias sandálias no piso encerado enquanto eram encaminhados para a mesa.

Queria gravar na mente todos os detalhes. O jeito com que a mesa pequena parecia se encaixar sob o peitoril da janela, o quadro na parede atrás de Ethan, que retratava a baía de Chesapeake. Os olhos brilhantes e amigáveis do garçom ao entregar os cardápios e perguntar-lhes se desejavam algo para beber.

Acima de tudo, porém, queria se lembrar de Ethan. Do sorriso calmo em seus olhos quando se fixaram nela, do outro lado da mesa, do jeito como as pontas de seus dedos continuavam a acariciar os dela sobre o linho branco.

— Quer um pouco de vinho? — perguntou ele.

— Sim, seria bom. — Vinho, velas, flores.

Ethan abriu a carta de vinhos e a estudou com ar pensativo. Sabia que ela preferia o branco, e uma ou duas entre as opções oferecidas lhe eram familiares. Phillip sempre mantinha algumas garrafas na geladeira. Só

Deus saberia explicar por que motivo um homem razoável seria capaz de pagar tanto dinheiro, regularmente, por uma bebida.

Sentindo-se grato pelo fato de a lista de vinhos ser numerada e ele não precisar pronunciar nada em francês, Ethan fez o pedido, tendo a satisfação secreta de notar que o garçom apreciara a sua escolha.

— Está com fome?

— Um pouco. — Ela perguntou a si mesma se conseguiria fazer passar uma migalha que fosse através do bolo de emoção que bloqueava sua garganta. — É maravilhoso estar aqui com você, só nós dois...

— Eu já devia ter trazido você para jantar fora há mais tempo.

— Não, este momento é perfeito. Não temos tido muitas oportunidades para fazer essas coisas.

— Mas podemos gerenciar nosso tempo para fazermos isso mais vezes. — Não era tão mau afinal, descobriu ele, usar uma gravata e jantar em um lugar elegante, rodeado por outras pessoas. Especialmente quando era ela quem estava do outro lado da mesa. — Você está com um ar... descansado, Grace.

— Descansado? — O riso saiu sem que ela conseguisse segurar, fazendo-o abrir um sorriso meio incerto. Então, os dedos dela apertaram os dele, de forma carinhosa. —Ah, Ethan, eu realmente amo você!

O sol foi desaparecendo lentamente. As velas foram acesas enquanto eles bebiam o vinho e curtiam uma refeição preparada à perfeição e servida com requinte. Ethan contou a Grace sobre o avanço do barco que estavam construindo, e do novo contato que a lábia de Phillip conseguira para eles.

— Isso *é* maravilhoso. Mal dá para acreditar que vocês deram início ao negócio há poucos meses.

— Eu já pensava nisso há algum tempo — contou ele. — Já tinha um monte de detalhes prontos na cabeça.

E devia ter mesmo, pensou ela. Planejar as coisas com detalhes era algo típico de Ethan, um dom nato.

— Mesmo assim — argumentou ela —, vocês estão fazendo tudo funcionar. E funcionar muito bem... já pensei várias vezes em dar uma passada lá para olhar.

— E por que não foi?

— Porque antes... quando eu via você com muita frequência ou nos encontrávamos em vários lugares diferentes, ficava preocupada. — Ela adorava poder finalmente contar aquilo a ele e ver o jeito como seus olhos iam mudando enquanto ouvia. — Tinha certeza de que você ia acabar reparando no que eu sentia por você... o quanto eu queria tocar você e o quanto queria que você me tocasse.

Ethan sentiu o sangue correr mais depressa nas pontas de seus dedos ao enlaçá-los com os dela. E seus olhos realmente mudaram, do jeito que ela queria, tornando-se ainda mais penetrantes ao fitá-la.

— E eu me forcei a permanecer longe de você.

— Fico feliz por não ter conseguido.

— Eu também. — Trazendo os dedos dela para junto dos lábios, ele os beijou. — Se você aparecer no galpão um dia desses e eu a vir chegando, vou poder vê-la melhor do que antes.

— Então, talvez eu faça isso — disse ela, virando a cabeça um pouco de lado.

— Você bem que podia aparecer lá em uma tarde bem quente. — Seu polegar passeou devagar sobre os nós dos dedos dela. — Levar um frango frito para a gente comer.

O riso dela veio fácil e rápido.

— Eu devia imaginar que era isso que o atraía em mim, de verdade.

— Bem, pesou na balança... um rosto lindo, olhos de deusa do mar, pernas longas, sorriso caloroso, nada disso significa muito para um homem. Mas, se você acrescentar a tudo uma boa tigela de frango frito feito à moda do Sul, aí a coisa fica perfeita.

Sentindo-se maravilhosamente elogiada, Grace balançou a cabeça, dizendo:

— E eu aqui achando que não havia nem um pouco de poesia dentro de você.

Seu olhar percorreu o rosto dela e, pela primeira vez em toda a sua vida, Ethan sentiu vontade de possuir talento para compor poemas.

— Você quer poesia, Grace?

— Quero você, Ethan... do jeitinho que você é. — Soltou um suspiro lento e contido ao olhar o restaurante em volta. — E se você acrescentar uma noite como essa de vez em quando... — Voltou os olhos para ele e sorriu, completando: — Aí a coisa fica perfeita.

— Por mim, está combinado então, já que eu também gosto de sair com você exatamente assim, como hoje. Adoro estar em qualquer lugar com você.

— Há muito tempo — Grace disse e entrelaçou os dedos com os dele —, há muito tempo mesmo, eu costumava sonhar com coisas românticas. Sonhar com as coisas como eu esperava que elas fossem acontecer para mim um dia. Mas isso é ainda melhor, Ethan. No final, a realidade suplantou os sonhos.

— Eu quero que você seja feliz.

— Se eu estivesse mais feliz do que já estou, ia ter que me virar em duas para caber tanta felicidade. — Seus olhos brilharam de alegria ao vê-lo rir, enquanto se inclinava na direção dele. — E aí, você teria que descobrir o que fazer com duas Graces.

— Uma é tudo o que eu preciso. Quer dar uma volta?

— Sim. — Seu coração disparou. Será que ele falaria agora? — Acho que uma volta seria perfeito.

O sol já desaparecera quase por completo enquanto eles passeavam pelas ruazinhas lindas, mas ainda lançava sombras longas à frente dos dois. Em um céu ofuscado pelas cores quentes, a lua começava a surgir. Ainda não estava cheia, reparou Grace, mas isso não importava. Seu coração estava.

Quando ele a virou em sua direção, sob o foco brilhante de uma luminária pública, tudo se dissolveu em um beijo longo e lento.

Ela estava diferente, Ethan tornou a pensar enquanto deixava o beijo se aprofundar ainda mais. Parecia mais macia, mais quente, apertando o corpo contra o dele, embora desse para sentir leves tremores que emanavam da pele dela.

— Eu amo você, Grace — disse para tranquilizar a ambos.

O coração dela pareceu bater na garganta, tornando sua voz insegura e fraca. As estrelas começavam a dar sinais de vida acima deles, sob a forma de pontos brilhantes que piscavam.

— Eu amo você, Ethan. — E fechou os olhos, prendendo a respiração na expectativa das palavras que ia ouvir.

— É melhor irmos embora — disse ele.

— Ahn... sim. — Com os olhos piscando, soltou o ar dos pulmões. — Acho que você tem razão.

Que tolice a minha, pensou Grace, enquanto os dois caminhavam de volta para a caminhonete. Um homem tão cuidadoso e meticuloso quanto Ethan jamais lhe faria uma proposta de casamento numa esquina qualquer de Princess Anne. Certamente, ia esperar até os dois estarem de volta em casa, depois de terem dispensado Julie e verificado se estava tudo bem com Aubrey.

Na certa, ia esperar até os dois estarem a sós, em um ambiente privado e familiar. Claro, só podia ser isso... Grace lançou-lhe um sorriso assim que ele ligou o motor e disse:

— Foi um jantar maravilhoso, Ethan.

Havia luar, exatamente como ela imaginara. Lançava-se em raios oblíquos pela janela e iluminava carinhosamente o corpinho de Aubrey que dormia no berço. Sua filhinha tinha sonhos felizes, lembrou Grace. E todos ali estariam se sentindo ainda mais felizes pela manhã, quando ela e Ethan já tivessem dado o próximo passo na direção de formarem uma família.

Aubrey já o adorava, avaliou Grace enquanto acariciava o cabelo da menina. Não muito tempo atrás, ela resolvera criar a filha sozinha e se convencera de que isso seria o bastante. Agora, tudo mudara. Ethan seria um pai para sua filha, um pai amoroso que cuidaria bem dela.

Um dia, eles ainda teriam a chance de, juntos, colocá-la para dormir. E, um dia, eles teriam a chance de se debruçar sobre um berço para ver outra criança adormecida. Com Ethan ela seria capaz de compartilhar plenamente a alegria de um momento simples como aquele... um momento silencioso, banhado pelo luar, em que dois pais embevecidos viam o filho adormecido e protegido.

Havia tanta coisa que ele poderia trazer para elas, pensou. E tanta coisa que ela poderia oferecer a ele.

Um homem sensível como Ethan, pensou, seria capaz de perceber aquele primeiro estremecer de vida dentro do seu coração do mesmo modo que ela ia senti-lo dentro do útero. Poderiam compartilhar essa emoção também, além de uma vida inteira de momentos bons e simples.

Ela foi andando devagar, de volta para a sala, e viu Ethan de pé, olhando para fora pela porta telada, e teve um instante de pânico. Ele não estava indo embora, estava? Não podia estar saindo. Não agora. Não sem...

— Quer um café? — perguntou depressa, com a voz alta demais, sem conseguir evitar.

— Não, obrigado. — Ele se virou. —Aubrey está dormindo direitinho?

— Sim, ela está ótima.

— Ela se parece tanto com a mãe...

— Você acha?

— Principalmente quando sorri. Grace...

Ele viu os olhos dela se fixarem nos dele e brilharem sob a luz suave do abajur. Por um instante, pareceu-lhe que nada existira antes daquele momento e nada viria depois. Tudo se resumiria neles três ali juntos, em noites calmas como aquela, na pequena casa de boneca. Aquilo poderia ser o seu futuro. Ethan queria acreditar que poderia ser a sua vida.

— Eu gostaria de ficar. Queria passar a noite com você, se você quiser.

— Eu quero. Claro que quero. — Pareceu-lhe então compreender tudo. Ele precisava antes demonstrar a ela seu amor. Mais que disposta a recebê-lo, Grace estendeu a mão. — Venha para a cama, Ethan.

Ele teve o cuidado de ser gentil, para levá-la ao clímax de modo lento e carinhoso. Segurando-a com força, ele a manteve bem firme até que seu corpo se retesou e arqueou, formando uma ponte de sensações trêmulas. Ele a fez flutuar e suspirar. Reparou no luar que vestia sua pele, acompanhado pelas sombras mutantes de seus dedos e lábios, acariciando-a. Levando-a ao prazer.

O amor a rodeava, como se a embalasse, balançando-a com um ritmo calmo e compassado como o do mar em calmaria. Deslizando sobre aquela superfície plena, ela devolveu a ele todas as emoções que sentia em um reflexo tremulante.

O carinho extremo que ele demonstrou levou-a às lágrimas. Ela sabia o quanto os desejos dele podiam ser primitivos, rudes e impulsivos. Isso a excitava. No entanto, a outra parte dele que aparecia em momentos com aquele, a sua porção apaixonada, sensível e generosa, tocava-a bem no fundo do coração. Ela se deixou mergulhar muito mais fundo naquele imenso poço do amor.

No instante em que deslizou para dentro dela, penetrando-a com delicadeza e unindo-se a ela em um só corpo, sua boca moveu-se sobre a dela para capturar cada gemido. Ela moveu-se embaixo dele como se flutuasse sobre a cama, estremeceu ao atingir um orgasmo que pareceu cobri-la de seda, segurando-se ali, estendendo aquele momento até que o sentiu tremer dentro dela e junto com ela, para finalmente agarrarem-se um ao outro, apoiando-se na lenta queda vertiginosa que se seguiu.

Então, ele se moveu para o lado dela, para que ela pudesse se enroscar sob a curva de seu braço. E acariciou-lhe a cabeça. Os olhos de Grace começaram a ficar mais pesados. Era agora, pensou ela, enquanto começava a deslizar para o mundo dos sonhos. Ele ia pedi-la em casamento naquele momento, enquanto os dois ainda estavam com o corpo brilhando de fazer amor.

Esperando um pouco mais, acabou pegando no sono.

Ele tinha dez anos e a última surra que levara da mãe deixara suas costas lanhadas. Dava para ver nelas um labirinto de marcas roxas e muitos arranhões vermelhos e dolorosos. Ela jamais batia em seu rosto. Aprendera bem cedo que a maioria dos clientes não gostava de ver olhos roxos e lábios sangrando na mercadoria.

Na maior parte das vezes, não usava os punhos. Considerava um cinto ou uma escova de cabelos mais eficiente. Preferia as escovas grandes, com cerdas finas e pontudas. Na primeira vez em que usara uma dessas para feri-lo, o choque e a dor haviam sido tão indescritíveis que ele reagiu, e foi o lábio dela que acabou sangrando. Indignada, ela revidou com os punhos, e ele só conseguira escapar do inferno porque desmaiara.

Não era páreo para ela, sabia disso. Ela era uma mulher grande, muito robusta. Quando estava bêbada, ficava ainda mais forte e implacável. Não adiantava implorar nem chorar, e ele deixara de fazer ambos. E as surras não eram piores do que o outro problema. Nada era.

Ela conseguira vinte dólares por ele na primeira vez que o alugara para um cliente. Ele soube disso por ela mesma, que lhe prometeu dois dólares dos vinte que ia receber se ele prometesse não espernear demais. O menino não compreendeu sobre o que ela estava falando... Não naquela hora. Não soube de nada até o momento em que ela o deixou no quarto escuro com o homem.

Mesmo então, não chegou a compreender direito. Quando aquelas mãos grandes e úmidas começaram a apertá-lo, porém, o medo foi incomensurável, a vergonha indescritível e a sensação de terror grande, tão grande quanto os seus gritos.

Ele gritara a plenos pulmões até sentir que nada mais conseguia passar pela sua garganta, a não ser gemidos guturais. Nem mesmo a dor de ser estuprado conseguia arrancar mais do seu peito.

Ela chegou até a lhe dar os dois dólares. Ele os queimou, dentro da pia imunda do banheiro horrível que ainda carregava o cheiro do seu próprio vômito. Foi ali que ele viu o dinheiro ir escurecendo enquanto se retorcia e enrolava entre as chamas, até se transformar em um monte preto. Tão preto quanto o ódio que sentia por ela.

Prometeu a si mesmo, diante dos próprios olhos vazios refletidos no espelho manchado, que se ela tornasse a prostituí-lo ele a mataria.

— Ethan! — Com o coração na garganta, Grace tentou ficar de joelhos sobre ele para sacudir-lhe os ombros. A pele sob suas mãos parecia gelo. Seu corpo estava rígido como se fosse feito de pedra, mas tremia. A agitação interna que sentiu a fez pensar em terremotos e vulcões... violência fervendo sob uma camada dura de rocha.

Os sons que ele fizera a acordaram. Pareciam vir de um animal preso em uma armadilha.

Os olhos dele se abriram, arregalados. Ela só conseguiu ver um brilho intenso, no escuro, mas eles pareciam cegos e selvagens. Por um instante, Grace teve medo de que a violência que parecia prestes a transbordar de dentro dele pudesse se soltar, virando-se contra ela.

— Você estava tendo um pesadelo. — Disse a frase com voz firme, certa de que apenas isso era o bastante para trazer de volta os olhos pensativos de Ethan. — Está tudo bem agora. Foi só um sonho.

Ele podia ouvir a própria respiração ofegante. Fora mais que um sonho, e ele sabia disso. Fora o surto de lembranças horríveis que o faziam suar frio, coisa que já não acontecia com ele há anos. O resultado, porém, foi o de sempre. Uma sensação de náusea espremeu seu estômago, sua cabeça latejou e pareceu ficar suspensa sobre o eco patético do grito emitido pelo menininho. Tremeu apenas uma vez mais, de forma violenta, sob as mãos gentis que o seguravam pelos ombros.

— Já estou bem...

— Vou pegar um pouco d'água, Ethan. — A voz dela estava rouca e sabia que ele não estava falando a verdade.

— Não, não precisa, estou bem. — Nem mesmo um litro d'água serviria para acalmar seu estômago agitado. — Volte a dormir.

— Ethan, você está tremendo.

Ele ia fazer os tremores pararem. Tinha que pará-los. Precisava apenas de algum tempo e um pouco de concentração. Notou que os olhos dela estavam arregalados e muito assustados. Ele, por sua vez, sentia-se enojado e furioso por ter trazido para a cama de Grace uma lembrança sequer do horror que vivera no passado.

Ah, bom Deus! Será que acreditara mesmo, ainda que por um instante, que as coisas pudessem ser diferentes para ele? Para eles?

— Fiquei só meio assustado — disse ele, forçando-se a sorrir. — Desculpe por ter acordado você.

Mais tranquilizada ao ver de volta nos olhos dele uma sombra do homem que amava, ela acariciou-lhe os cabelos, dizendo:

— Deve ter sido um sonho horrível. Deixou a nós dois apavorados.

— É, deve ter sido... eu não me lembro. — Mais uma mentira, pensou ele, sentindo-se cansado. — Vamos lá, torne a deitar. Está tudo bem agora.

Ela se aconchegou junto dele, na esperança de confortá-lo, e pousou uma das mãos sobre o seu coração, que continuava disparado.

— Feche os olhos — murmurou ela, como costumava fazer com Aubrey. — Feche os olhos e descanse. Segure-se em mim, Ethan. Sonhe comigo.

Rezando por um pouco de paz, ele fez as duas coisas.

Ao acordar e ver que ele já se fora, Grace disse a si mesma que o desapontamento que sentia era exagerado. Ele simplesmente não quisera perturbá-la tão cedo; por isso, saíra sem se despedir.

Agora, com o sol já alto, ele devia estar no mar.

Levantando-se, Grace vestiu um robe e seguiu para a cozinha, pé ante pé, a fim de preparar café e aproveitar aqueles poucos minutos sozinha, antes de Aubrey acordar.

Então, suspirando, saiu para a pequena varanda dos fundos. Sabia que seu desapontamento não fora causado por ele ter partido antes que ela acordasse. Tinha tanta certeza, *tanta certeza* de que ele ia pedi-la em casamento na noite anterior. Todos os sinais estavam lá, o cenário armado, o momento perfeito. As palavras, porém, não apareceram.

Ela praticamente havia até preparado o *script*, lembrou-se com uma careta, mas ele não seguira o texto. Aquela manhã deveria ser o início de uma nova fase em suas vidas. Ela se imaginava correndo até a casa de Julie para compartilhar a alegria; pensara em ligar para Anna, a fim de tagarelar, pedindo-lhe conselhos para a cerimônia.

Ou contar à sua mãe.

E explicar tudo a Aubrey.

Em vez disso tudo, aquela era uma manhã calma e silenciosa.

Depois de uma noite maravilhosa, disse para si mesma, censurando-se. Uma noite linda. Ela não tinha o direito de reclamar de nada. Chateada consigo mesma, voltou para dentro a fim de se servir da primeira xícara de café fresquinho.

E, então, começou a rir. O que ela estava esperando, afinal? Era com Ethan Quinn que ela estava lidando. Não era esse o mesmo homem que esperava, conforme ele mesmo confessara, quase dez anos para beijá-la pela primeira vez? Nesse ritmo, era capaz de se passar mais uma década antes que ele trouxesse o assunto de casamento à baila.

O único motivo de eles terem avançado do estágio do primeiro beijo para o ponto em que estavam agora foi o fato de ela... bem, ter se atirado para ele, admitiu Grace. Era simples assim. E nem teria a coragem de fazer isso se Anna não a tivesse quase empurrado.

Flores, pensou, virando-se e sorrindo ao olhar para elas. Flores lindas e coloridas sobre o balcão da cozinha. Um jantar à luz de velas, caminhadas ao luar e depois fazer amor, de forma doce e lenta. Sim, ele a estava cortejando, e provavelmente iria continuar naquele estágio até ela enlouquecer esperando que ele desse o passo seguinte.

Mas Ethan era assim mesmo, admitiu, e essa era apenas uma das coisas que ela adorava nele.

Experimentou o café e mordiscou o lábio, pensativa. Por que tinha que ser ele a dar o próximo passo? Por que não podia ela mesma colocar as coisas para a frente? Julie lhe dissera que os homens gostavam quando a mulher tomava a iniciativa. E Ethan não gostara quando ela, finalmente, conseguiu arranjar coragem para pedir-lhe que eles fizessem amor?

Ela também podia cortejá-lo um pouco, não podia? E poderia fazer as coisas se acelerarem também. Só Deus sabia o quanto ela era especialista em organizar tudo em sua vida para que acontecesse no horário certo.

Era preciso apenas um pouco de coragem para pedir isso a ele. E expirou com força. Teria que desenterrar essa coragem, nem que fosse necessário cavar no fundo de si mesma, até conseguir.

A temperatura subiu muito e a umidade foi se tornando mais densa até virar um mormaço gosmento que Cam, não muito satisfeito, apelidava de "grumidade". Ele estava trabalhando embaixo do convés, fazendo os acabamentos da cabine, até que o calor insuportável o tirou lá de dentro e o fez sair em busca de líquidos e uma brisa fresca.

Embora raramente reclamasse das condições de trabalho, Ethan estava, como Cam, sem camisa. O suor escorria enquanto ele aplicava o verniz com toda a paciência.

— Isso vai levar uma semana para secar com essa droga de umidade — reclamou Cam.

— Uma tempestade decente era capaz de espalhar um pouco desse mormaço.

— Então, peço a Deus que nos mande uma. — Cam agarrou a jarra de água e bebeu direto dela.

— O tempo quente deixa as pessoas meio irritadas.

— Não estou irritado. Estou com calor. Cadê o garoto?

— Mandei-o buscar um pouco de gelo.

— Boa ideia. Eu era capaz de mergulhar em uma banheira cheia de gelo. Não tem ar nenhum lá embaixo.

Ethan concordou com a cabeça. Aplicar verniz era um trabalho terrível de se fazer sob aquele calor; porém, trabalhar sob o convés, na pequena cabine onde nem mesmo os grandes ventiladores que eles haviam instalado alcançavam, era, provavelmente, o equivalente a passar um dia de trabalho inteiro no inferno.

— Quer trocar comigo por algum tempo?

— Não, eu sei fazer muito bem a porra do meu trabalho.

— Você é quem sabe. — Ethan simplesmente levantou um dos ombros suados.

Cam rangeu os dentes, e depois bufou:

— Tudo bem, estou meio irritado. Esse calor está fritando os meus miolos, e não paro de pensar naquela gata de beco desnaturada. Será que ela já recebeu a carta da Anna?

— Deve ter recebido. Foi postada na terça-feira, assim que a agência dos correios abriu, depois do feriadão. Hoje já é sexta.

— Eu sei que dia é hoje, Ethan. — Cam enxugou o suor do rosto e fez cara feia para o irmão. — Você não está nem um pouco preocupado, não?

— Não vai fazer diferença nenhuma eu me preocupar ou não. Ela vai fazer o que quiser, de qualquer jeito. — Ele levantou a cabeça até seus olhos se encontrarem com os do irmão, duros como um punho cerrado. — Nesse momento, a gente entra em ação.

Cam caminhou de um lado para outro sobre o convés, levantou a cabeça para pegar o ventinho que vinha de um dos ventiladores e então voltou.

— Ethan, eu jamais consegui compreender como é que você consegue permanecer tão calmo quando tudo em volta está pegando fogo.

— Prática — murmurou ele em resposta, continuando a passar o verniz.

Cam alongou um pouco os ombros doloridos e tamborilou com os dedos sobre a coxa. Precisava arrumar alguma outra coisa para fazer; do contrário, iria enlouquecer.

— E então, como foi o grande encontro da outra noite?

— Foi bom.

— Caramba, Ethan, vou ter que arrancar a história à força?

— Jantamos juntos naquele lugar legal. — Um sorriso começou a surgir no rosto de Ethan. — Tomamos um pouco daquele vinho francês, Pouilly Fuissé, que Phil adora tanto. O sabor é muito bom, mas não sei por que Phil fala dele com tanta empolgação.

— E depois vocês transaram?

Ethan olhou de lado para Cam, viu o seu sorriso largo e resolveu endurecer o jogo, respondendo:

— Sim... e vocês?

Divertido com aquilo, Cam atirou a cabeça para trás e riu.

— Puxa, Ethan, ela *é* a melhor coisa que já aconteceu na sua vida. Não estou falando apenas do sexo, embora considere esse o motivo de ultimamente você andar mais animadinho. Essa garota combina com você.

— Por quê? — Ethan parou de trabalhar e coçou a barriga, no lugar onde o suor escorria.

— Porque ela é firme como uma rocha, linda como uma pintura, tem a paciência de Jó e bastante senso de humor para fazer cosquinhas na sua vida. Acho que *é* melhor a gente preparar o gramado para outro casamento, pois isso vai acontecer logo, logo...

— Não, porque eu não vou me casar com ela, Cam. — Os dedos de Ethan agarraram o pincel com mais força.

O tom de Ethan, mais do que sua declaração em si, fez Cam estreitar os olhos, avaliando. Era um tom de desespero contido.

— Então eu devo ter avaliado as coisas de forma errada — disse Cam devagar. — Imaginei que, pelo andar da carruagem, você tinhas intenções sérias.

— Eu *sou* sério. Com relação a Grace e com relação a um monte de coisas — disse e enfiou o pincel novamente na lata de verniz, observando o líquido dourado penetrar entre as cerdas. — Casamento não é uma coisa na qual eu esteja interessado.

Normalmente, Cam teria deixado um assunto como esse morrer. Sairia de fininho, dando de ombros. Problema seu, meu irmão. Mas conhecia Ethan bem demais, e o amava há tanto tempo que não dava para fingir que não via a dor em seus olhos. Agachou-se junto ao gradil, até seus rostos ficarem quase colados.

— Eu também não estava pensando em casamento — murmurou. — Só de imaginar, já ficava apavorado. Quando a mulher certa aparece em sua vida, porém, é mais apavorante deixá-la escapar.

— Eu sei o que estou fazendo.

O ar obstinado não impediu Cam de insistir:

— Eu sei, Ethan, que você sempre analisa com cuidado tudo o que faz, e espero que esteja certo dessa vez também. Só estou torcendo para que essa história não tenha nada a ver com alguma merda do passado que veio estampada no garoto com cara de quem via fantasmas que papai e mamãe trouxeram para casa um dia. O mesmo que costumava acordar de noite assustado, aos gritos.

— Não entre nessa, Cam.

— Não... você é que não deve entrar nessa! Mamãe e papai fizeram muito por nós, e merecem mais do que isso.

— Isso não tem nada a ver com eles.

— Tem tudo a ver com eles. Escute... — Parou de falar, xingando baixinho, quando viu Seth entrar no galpão, correndo e reclamando:

— Ei, esta merda já está derretendo!

Cam endireitou o corpo, fez uma cara feia para Ethan, mais por hábito do que por irritação.

— Seth, eu já não mandei você usar uma palavra alternativa para "merda"?

— Então me diz uma — defendeu-se Seth, trazendo o saco de gelo.

— Isso não vem ao caso agora.

— Por quê? — Conhecendo a rotina, Seth despejou o gelo dentro do isopor.

— Porque Anna vai colocar o meu traseiro a prêmio se você continuar assim. E se ela fizer isso, meu chapa, pode crer que coloco o seu a prêmio também.

— Ai! Agora, fiquei morrendo de medo!

— Pois devia ficar mesmo.

Os dois continuaram a zoar um ao outro, enquanto Ethan continuava a passar verniz. Divertindo-se com os dois e procurando se concentrar no trabalho que realizava, trancou a infelicidade dentro de si.

Capítulo Dezessete

Seria perfeito! Era uma coisa tão simples que Grace ficou espantada por não ter pensado nisso antes. Um passeio de veleiro ao pôr do sol, deslizando sobre um mar calmo, com o céu adquirindo tons rosados e dourados a oeste, era o cenário ideal para ambos. A baía de Chesapeake fazia parte da vida de ambos, tanto pelo que oferecia quanto pelo que tomava.

Ela sabia que era mais do que um lugar onde Ethan trabalhava. Era um lugar que ele amava.

Foi bem simples arranjar tudo. Tudo o que ela precisou fazer foi pedir. Ele pareceu surpreso, e então sorriu.

— Eu havia esquecido como você adora velejar — disse.

Ela ficou comovida ao ver que ele contava com a presença de Aubrey no passeio, como se fosse a coisa mais natural do mundo. Haveria outras oportunidades, refletiu ela. Uma vida inteira à frente deles. Aquela noite quente em que soprava uma brisa leve, porém, era só para eles dois.

Um risinho frívolo continuava a surgir sempre que ela imaginava a cara que ele faria quando ela o pedisse em casamento. Dava para prever a sua reação com clareza. Ele iria parar, olhar para ela com surpresa nos lindos olhos azuis. Ela iria sorrir, estender-lhe a mão enquanto o veleiro continuaria a seguir impelido pelo vento brando em direção às águas mais escuras. E, então, ela diria a ele tudo o que havia em seu coração.

Eu o amo tanto, Ethan. Sempre o amei e sempre amarei. Quer se casar comigo? Quero que formemos uma família. Quero passar a vida toda com você. Dar-lhe filhos. Fazê-lo feliz. Já não esperamos tempo demais?

Esse, ela sabia, seria o instante em que seu sorriso iria começar a se formar. Aquele sorriso lento e maravilhoso que se movia milímetro por milímetro sobre a superfície e as sombras do seu rosto, até chegar aos olhos. Ele, provavelmente, diria então algo sobre já andar planejando pedi-la em casamento e que acabaria chegando lá mesmo.

Ambos iriam rir muito e se abraçar enquanto o sol desaparecia em tons vermelhos por trás das margens. E suas vidas finalmente começariam a seguir o mesmo caminho.

— Para onde você está indo, assim à deriva, Grace?

Piscando, viu Ethan sorrindo para ela do seu lugar no leme.

— Estou sonhando acordada — respondeu-lhe, rindo para si mesma.

— O pôr do sol é o melhor momento para sonhar acordada. É um momento de tanta paz... — Levantando-se, ela se encaixou entre os braços dele. — Fiquei tão feliz por você conseguir tirar algumas horas de folga para podermos dar esse passeio.

— Vamos conseguir terminar o barco em um mês — disse e absorveu o aroma de seus cabelos —, duas semanas antes do prazo.

— Vocês todos trabalharam muito para isso.

— Mas vai valer a pena. O dono esteve lá hoje.

— Foi mesmo? — Aquilo também fazia parte da convivência, refletiu ela. A conversa descontraída a respeito de seus dias. — O que ele disse?

— Não conseguiu parar de falar, de forma que é difícil contar metade do que disse. Colocou para fora todas as novidades sobre isso e aquilo que andou lendo nas revistas especializadas, e fez tantas perguntas que ficamos com as cabeças zumbindo.

— Mas ele gostou?

— Acho que ficou bastante satisfeito com o barco, sim, já que riu mais do que uma criança em manhã de Natal a tarde inteira. Depois que saiu, Cam queria apostar comigo que ele ia conseguir encalhar o barco na primeira vez que saísse da baía.

— E você aceitou a aposta?

— Não, claro que não, porque provavelmente é o que vai acontecer mesmo. Ninguém pode dizer que conhece bem as águas da baía de Chesapeake até encalhar nelas pela primeira vez.

Ethan não precisava disso, pensou ela, observando as mãos grandes e habilidosas que pilotavam o barco. Jamais encalhara.

— Eu me lembro de quando você e sua família estavam construindo este veleiro. — Passou a mão de leve sobre o timão. — Eu estava ajudando o meu pai na loja, em frente ao cais, na primeira vez em que vocês saíram para velejar nele. O Professor Quinn vinha no leme, enquanto você e seus irmãos trabalhavam com o cordame. Você acenou na minha direção. — Rindo, ergueu um pouco a cabeça para olhar para ele. — Fiquei vidrada por você ter reparado em mim.

— Eu sempre reparava em você.

— Mas era discreto demais para me deixar perceber. — Levantando a cabeça um pouco mais, beijou-lhe o queixo. Aproveitando a empolgação, deu uma mordida de leve em seu maxilar. — Até há bem pouco tempo.

— Acho que foi só há pouco tempo que perdi o jeito de disfarçar bem. — Virou a cabeça até que sua boca se encontrou com a dela.

— Foi ótimo. — Com um riso calmo, ela encostou a cabeça em seu ombro. — Porque eu adoro quando você demonstra reparar em mim.

Eles não estavam sozinhos na baía, mas Ethan se mantinha bem longe dos barcos a motor que passavam em alta velocidade, aproveitando a noite quente de verão para um passeio pelo mar. Um bando de gaivotas que desciam, frenéticas, girava acima da popa de um esquife, junto do lugar onde uma menininha atirava pão na água. As gargalhadas dela eram trazidas pelo vento, fortes e claras, e se misturavam com o guincho agudo dos pássaros.

A brisa aumentou, enchendo as velas e carregando para longe o mormaço do ar. As poucas nuvens que passeavam pelo céu, a oeste, mantinham um tom rosado nas bordas.

Estava quase na hora.

Estranho, reparou Grace... ela não estava nem um pouco nervosa. Talvez ligeiramente agitada, mas sua cabeça parecia mais leve e seu coração, livre. A esperança, depois de permanecer enterrada por tanto tempo, assumia um tom dourado ao se ver solta.

Perguntou a si mesma se Ethan planejava levar o barco discretamente através de um dos canais estreitos, onde as sombras eram mais densas e a água ficava com um tom de tabaco. Ele conseguiria passar pelas boias de marcação, e talvez fosse até um local isolado, onde nem mesmo as gaivotas lhe fariam companhia.

Ele estava tão contente por tê-la ali, ao seu lado, que deixou o vento escolher o curso a seguir. Teria que fazer alguns ajustes, lembrou. As velas precisavam estar um pouco mais enroladas junto do mastro para diminuir a sua área, pois o barco ia perder velocidade se isso não acontecesse. Mas ele não queria se afastar de Grace, pelo menos por mais algum tempo.

Ela tinha um cheiro cítrico do sabonete que usava, e seus cabelos pareciam ainda mais macios, balançando junto ao rosto. Aquela poderia ser a vida deles, pensou ele. Momentos calmos, passeios de veleiro à noite. Estar sempre juntos, transformando pequenos sonhos em grandes.

— Ela está se divertindo à beça — murmurou Grace.

— Quem?

— A garotinha ali, alimentando as gaivotas. — Acenou com a cabeça na direção do esquife, sorrindo ao imaginar Aubrey, dali a alguns anos, rindo e chamando pelas gaivotas da popa do barco de Ethan. — Opa, lá vem o irmãozinho querendo se divertir também. — Riu, encantada com as crianças. — Eles estão lindos assim juntos —murmurou, olhando-os atirar pedaços de pão para cima, com toda a força, para bicos gulosos que pegavam a iguaria em pleno ar. — Eles fazem companhia um para o outro. Filhos únicos passam por mais momentos de solidão.

Ethan fechou os olhos por um instante ao ver seu sonho ainda em formação se estilhaçar. Ela queria mais filhos. E os merecia. A vida não seria feita apenas de lindos passeios de veleiro pela baía.

— Preciso ajeitar as velas — avisou. — Quer pegar o leme um pouco?

— Deixe que eu cuido delas. — Grace sorriu, enquanto passava por baixo do braço dele, indo para bombordo. — Ainda não esqueci como lidar com as velas, capitão.

Não, pensou ele, ela não esquecera. Sabia navegar muito bem, e se sentia tão em casa no convés de um barco quanto em sua própria cozinha. Manejou o cordame com a mesma habilidade com que servia drinques para a multidão de frequentadores do bar.

— Não há muita coisa que você não saiba fazer, Grace.

— O quê? — Ela olhou para cima e riu. — Não é difícil usar a força do vento quando a pessoa cresceu fazendo isso.

— Você nasceu para velejar, Grace — insistiu. — É uma mãe maravilhosa, uma excelente cozinheira. E sabe como deixar as pessoas à sua volta bem à vontade.

Sua pulsação passou do ritmo calmo ao frenético em questão de segundos. Será que ele ia pedi-la em casamento naquele momento, afinal, sem dar-lhe a chance de falar antes?

— Essas são coisas das quais eu gosto, Ethan — disse ela, olhando para ele, que a fitava de volta. — Fazer de St. Chris o meu lar é o bastante para me deixar feliz. Você faz o mesmo, porque é isso que o deixa feliz.

— Eu tenho uma necessidade visceral por este lugar — confirmou ele baixinho. — Ele me salvou — acrescentou, mas disse isso virando o rosto para o outro lado, e ela não o ouviu.

Grace esperou mais um momento, querendo que ele falasse, que contasse o que queria, que a pedisse em casamento. Então, balançando a cabeça, atravessou todo o convés novamente.

O sol já estava desaparecendo por completo, junto, bem junto do longo beijo da noite por trás das margens. A água estava calma e pequenas ondas valsavam em torno do casco. As velas estavam cheias e muito brancas.

O momento, pensou, sentindo o coração pular, era agora.

— Ethan, eu amo tanto você...

— E eu também amo você, Grace. — Ele levantou um braço para trazê--la mais para junto de si.

— Sempre amei você demais. Sempre vou amar.

Ele olhou para baixo, diretamente para o rosto dela, e Grace viu a emoção brotar em seus olhos, tornando o azul deles ainda mais forte. Ela levou a mão até sua face e a manteve ali enquanto tornava a inspirar.

— Quer se casar comigo? — perguntou ela, e viu a surpresa, como esperava, mas não notou o jeito como seu corpo tornou-se rígido, enquanto continuava a falar: — Quero que formemos uma família. Quero dividir minha vida com você. Dar-lhe filhos. Fazê-lo feliz. Não esperamos tempo demais?

E continuou a esperar aquele momento, mas não viu o sorriso lento surgir em seu rosto nem em seus olhos. Ethan simplesmente continuou a olhar para ela com uma expressão que lhe pareceu de horror. Seu estômago começou a ficar embrulhado

— Sei que você talvez estivesse planejando este momento de forma diferente, Ethan, e entendo que eu pedir você em casamento possa ser uma surpresa. Mas eu realmente quero que fiquemos juntos.

Por que ele ficava ali, sem dizer nada?, berrava ela, em pensamento. Qualquer coisa? Por que continuava ali, simplesmente encarando-a, como se ela o tivesse esbofeteado?

— Não preciso ser cortejada. — Sua voz ficara mais aguda, e ela parou de falar para tentar ajustá-la. — Não pense que eu não adoro flores ou jantares à luz de velas, mas o que realmente preciso é que você esteja comigo. Quero ser sua esposa.

Temendo que aqueles olhinhos assustados pudessem se estilhaçar caso ele continuasse a olhar para eles por mais um segundo, Ethan virou o rosto. Os nós de seus dedos ficaram brancos, apertando ainda mais o timão.

— Precisamos voltar — anunciou ele.

— O quê? — Recuou ela, olhando firme para seu rosto rígido e para o músculo que pulava sem parar em seu maxilar. O coração continuava martelando-lhe o peito, mas já não era de expectativa e sim de medo. — Você não tem mais nada para me dizer, a não ser que precisamos voltar?

— Não, eu tenho muitas coisas para lhe dizer, Grace. — Sua voz podia ser tão controlada quanto o coração podia ser selvagem. — Temos que voltar para que eu possa fazer isso.

Ela queria gritar com ele, pedindo-lhe que dissesse tudo ali, naquela hora. Mas simplesmente concordou com a cabeça.

— Tudo bem, Ethan. Vamos voltar.

O sol já desaparecera de vez quando eles chegaram ao cais. Grilos e sapos entoavam suas melodias noturnas, enchendo o ar com seus sons agudos e penetrantes. Acima deles, algumas estrelas cintilavam através da névoa e uma lua em quarto crescente brilhava.

O ar esfriara de repente, mas Grace sabia que não era esse o motivo de estar sentindo frio. Muito frio.

Ela mesma prendeu as cordas, em silêncio. Da mesma forma, fizera todo o caminho de volta para casa completamente em silêncio. Ele voltou para dentro do barco e se sentou diante dela. A lua ainda estava bem baixa, mal aparecendo entre as copas das árvores, mas as estrelas que haviam surgido emitiam luz suficiente para que ele visse o rosto dela.

Não havia alegria nele.

— Não posso me casar com você, Grace. — Ethan disse essas palavras com cuidado, sabendo que iam magoá-la. — Sinto muito. Não posso lhe dar o que você deseja.

Ela apertou as duas mãos uma contra a outra com força. Não sabia se elas queriam se fechar em punhos para atacá-lo ou simplesmente iam ficar pendentes caso se vissem soltas, sem vida e tremendo como as de uma velha.

— Então você mentiu quando disse que me amava?

Seria mais gentil dizer a ela que sim, pensou, mas, logo em seguida, balançou a cabeça. Não, seria covardia. Ela merecia a verdade. Toda a verdade.

— Eu não menti — garantiu ele. — Realmente amo você.

Havia graus diferentes de amor. Ela não era tão tola a ponto de desconhecer isso.

— Mas não me ama o bastante para se casar comigo.

— Não poderia amar nenhuma mulher mais do que amo você. Só que eu...

Ela levantou uma das mãos. Algo acabara de lhe ocorrer. Se aquela era a razão de ele a estar descartando, jamais poderia perdoá-lo.

— É por causa da Aubrey? É porque eu tenho uma filha com outro homem?

Ele raramente fazia movimentos rápidos; por isso, ela foi tomada de surpresa quando ele agarrou-lhe a mão no ar e a apertou tão forte que lhe pareceu que seus ossos se encontraram.

— Eu amo aquela menina, Grace. Ficaria orgulhoso se um dia ela pudesse pensar em mim como pai dela. Você precisa acreditar nisso.

— Não preciso acreditar em nada. Você diz que me ama, e que a ama também, mas não nos quer. Você está me magoando, Ethan.

— Sinto muito... sinto muito. — Soltou-lhe a mão, como se ela o estivesse queimando. — Sei o quanto a estou magoando. Sempre soube que isso ia acontecer. Não devia ter deixado as coisas chegarem a esse ponto.

— Mas deixou! — disse Grace no mesmo tom. — Você sabia que eu ia me sentir desse jeito e que eu esperava o mesmo de você.

— Sim, eu sabia. Devia ter sido honesto com você. Não há desculpas para o que eu fiz. — *A não ser que eu precisava de você. Precisava demais de você, Grace.* — Casamento não é algo que está nos meus planos.

— Ora, não me trate como uma idiota, Ethan — suspirou Grace, abatida demais para sentir raiva. — Gente como nós não tem relacionamentos casuais, não tem casos. Gente como nós se casa e constitui família. Somos pessoas simples, com sonhos básicos e, por mais que possa parecer engraçado para algumas pessoas, é assim mesmo que somos.

Ele olhou para as próprias mãos. Ela tinha razão. É claro. Ou teria em outra situação. O que ela não sabia é que ele não era tão simples nem básico.

— O problema não é com você, Grace.

— Ah, não? — A dor e a humilhação se entrelaçavam dentro dela. Imaginava que Jack Casey teria dito exatamente a mesma coisa para ela se

282

tivesse se dado ao trabalho de se despedir antes de desaparecer. — Se o problema não é comigo, com quem é, então? Eu sou a única mulher aqui.

— Sou eu. Não posso formar uma família por causa do lugar de onde vim, das minhas origens.

— Como assim o lugar de onde você veio? Você veio de St. Christopher, uma cidadezinha na parte sul da Costa Leste dos Estados Unidos. Suas origens são Ray e Stella Quinn.

— Não! — Levantou os olhos. — Eu vim de lugares pobres e fedidos em Washington, Baltimore e outras cidades, que são muitas para citar. Minha origem foi uma prostituta que vendia o próprio corpo e o corpo do filho por uma garrafa de bebida ou uma dose de drogas. Você não sabe de onde eu vim. Ou o que eu fui.

— Sei que você veio de um lugar terrível, Ethan — ela falava com delicadeza agora, tentando amenizar a dor brutal que via em seus olhos. — Sei que a sua mãe, sua mãe biológica, era uma prostituta.

— Ela era uma puta! — corrigiu Ethan. — "Prostituta" é uma palavra limpa demais para descrevê-la.

— Certo. — Cautelosa agora, pois notou mais do que dor nos olhos dele, Grace balançou a cabeça, concordando lentamente. Havia fúria nele, tão brutal quanto a dor. — Você viveu experiências pelas quais nenhuma criança deveria passar, antes de chegar aqui. Antes de os Quinn lhe darem esperança, amor e um lar. Antes de você se tornar parte deles. Mas você se transformou em Ethan Quinn.

— Isso não muda o que eu trago no sangue.

— Não entendo o que está querendo dizer.

— E como poderia? — atirou ele, como se fosse uma lança quente e perigosamente afiada. Como poderia ela saber dessas coisas?, pensou furioso. Grace crescera conhecendo os pais, e os pais de seus pais, jamais tendo que questionar que tipo de genes havia sido herdado por ela, nem as coisas que ela poderia ter puxado a eles.

Mas ia saber de tudo a respeito disso. Depois que ele terminasse de falar, ela entenderia tudo. E isso encerraria o assunto.

— Minha mãe era uma mulher grande. Minhas mãos são grandes assim por causa dela. Meus pés também, e o comprimento dos meus braços.

Ele olhou para aqueles braços naquele momento e para as mãos que se fecharam, formando uma bola, sem que ele percebesse.

— Não sei de quem herdei o resto das minhas características porque acho que nem mesmo ela tinha ideia de quem era o meu pai, como eu também jamais soube. Era só um cara qualquer de quem ela tivera o azar de engravidar. Não se livrou de mim porque já havia feito três abortos, e ficou com medo de se arriscar a fazer mais um. Foi isso o que me contou.

— Que crueldade a dela dizer isso!

— Meu Deus! — Sem conseguir ficar sentado por mais tempo, ele se levantou, pulou para o cais e começou a andar de um lado para outro.

Grace o seguiu, andando um pouco mais devagar. Em um ponto, ele tinha razão, compreendeu. Ela não conhecia aquele homem que se movia depressa, com passos nervosos e os punhos cerrados, como se estivesse pronto para usá-los com toda a crueldade em qualquer coisa que aparecesse em seu caminho.

Assim, permaneceu longe dele.

— Ela era monstruosa! Um monstro nojento. Costumava me surrar até me deixar desacordado, só para se divertir, quando não arrumava outro pretexto qualquer.

— Oh, Ethan... — Sem conseguir ajudá-lo de outra forma, ela estendeu o braço, tentando alcançá-lo.

— Não me toque agora. — Ele não tinha certeza do que poderia fazer se colocasse as mãos nela naquele exato momento, e isso o assustava. — Não me toque! — repetiu.

Grace deixou os braços vazios penderem ao lado do corpo e tentou evitar as lágrimas que teimavam em querer aparecer.

— Um dia, ela teve que me levar para o hospital — continuou ele. — Acho que ficou com medo de que eu morresse nas mãos dela. Foi quando nos mudamos de Washington para Baltimore. O médico começou a fazer perguntas demais sobre como eu caíra da escada e conseguira uma concussão na cabeça e algumas costelas quebradas. Costumava me perguntar por que ela simplesmente não me abandonava. A essa altura, porém, ela já estava ganhando uma grana do governo por ter um filho pequeno, além de possuir um saco de pancadas. Então eu acho que esses eram motivos suficientes para ficar comigo. Até o dia em que eu fiz oito anos.

Parou de andar e ficou olhando para ela. Havia tanto ódio dentro dele que Ethan podia senti-lo saindo como um líquido quente pelos poros, e um gosto amargo chegou-lhe à garganta.

— Foi nesse momento — continuou — que ela decidiu que já era hora de eu começar a ganhar a vida. Como estava naquela vida há muito tempo, sabia aonde ir a fim de achar homens que não ligavam muito para mulheres. Homens dispostos a pagar para fazer sexo com crianças.

Grace não conseguia falar, mesmo colocando a mão sobre a garganta, como se tentasse arrancar alguma palavra, qualquer palavra. Só foi capaz de ficar ali parada, o rosto pálido como cera à luz da lua que nascia e iluminava seus olhos imensos e aterrorizados.

— Da primeira vez, você luta. Luta como se sua vida dependesse disso e, lá no fundo, não acredita que aquilo vá realmente acontecer. Não pode acontecer. Não importa o quanto conheça a respeito de sexo, depois de ter passado toda a infância convivendo com ele. Mesmo assim, você não sabe que aquilo possa existir, não acredita que possa ser possível. Até ver acontecer... até não conseguir impedir que aconteça.

— Ah, Ethan... ó, meu Deus, meu Deus! — Grace começou a chorar. Por ele, pelo menininho, por um mundo onde tais horrores existem.

— Ela ganhou vinte dólares, me deu dois... e me jogou na prostituição.

— Não — reagiu Grace, indefesa e soluçando. — Não!

— Eu queimei o dinheiro, mas isso não mudou nada. Ela esperou duas semanas e tornou a me vender. Você luta na segunda vez também. Ainda com mais valentia do que na primeira, porque agora já sabe que é real, agora você acredita. E continua reagindo e lutando, a cada vez, e novamente sempre passando pelo mesmo pesadelo, até que, um dia, você desiste de lutar. Pega o dinheiro e o esconde, porque um dia vai conseguir juntar o bastante. Então, poderá matá-la e fugir. Só Deus sabe o quanto você deseja matá-la, talvez mais até do que deseja fugir.

— E você fez isso? — perguntou ela, fechando os olhos.

Ouvindo a rouquidão na voz de Grace, ele achou que era nojo, em vez da raiva louca que, na realidade, ela sentia. Raiva por Ethan, ressaltada por uma esperança cruel de que ele a tivesse matado.

— Não, não fiz isso. Depois de algum tempo, o horror passa a ser simplesmente o conteúdo da sua vida. Nada mais, nada menos. Você apenas segue em frente.

Ethan virou o rosto na direção da casa, onde as luzes brilhavam através das janelas. E de onde o som — Cam tocando violão — vinha trazido pelo vento, carregando uma linda melodia.

— Eu vivi assim até os doze anos, quando um dos homens para o qual ela me vendia teve um ataque de loucura. Ele me surrou, mas isso não era muito incomum. Naquela noite, porém, estava sob o efeito de alguma droga pesada, e foi atrás dela também. Eles destruíram o apartamento e fizeram tanto barulho que alguns dos vizinhos, que geralmente cuidavam apenas da própria vida, ficaram irritados o bastante para ir lá bater na porta.

— Ele estava com as mãos em volta da garganta dela, esganando-a — lembrou Ethan —, enquanto eu estava jogado, esparramado no chão, vendo os olhos dela quase saltarem das órbitas. Fiquei pensando: "Ora, isso é bom, talvez ele a mate para mim." Ela, porém, conseguiu pegar uma faca e a enfiou nele. Esfaqueou-o nas costas no exato momento em que os vizinhos que socavam a porta a arrombaram. As pessoas começaram a berrar e a fazer muito barulho. Ela agarrou a carteira do filho da mãe em seu bolso, enquanto ele ainda sangrava. E fugiu. Não me lançou nem mesmo um olhar de despedida.

"Alguém ligou para a polícia — continuou ele, encolhendo os ombros e dando meia-volta — e eles me levaram para o hospital. Não me lembro das coisas com muita clareza, mas sei que fui parar lá. Cercado de médicos, policiais e assistentes sociais. — Baixou a voz. — Faziam perguntas, escreviam coisas... acho que foram atrás dela, mas nunca a encontraram."

Ele deixou a voz esmorecer e ficou em profundo silêncio. Dava para ouvir apenas o rumor das ondas, o zumbido dos insetos e as cordas do violão dedilhando a noite. Grace, porém, não falou nada, pois sabia que ele ainda não acabara. Ainda havia o que contar.

— Stella Quinn estava em um congresso médico em Baltimore e foi convidada a visitar os pacientes internados. Ao se aproximar da minha cama, parou. Imagino que tenha visto o meu prontuário, não me lembro. Só me lembro da presença dela ali, colocando as mãos na grade da cama e olhando para mim. Tinha um olhar gentil, muito carinhoso, sem parecer tolo. Conversou comigo. Não consegui prestar muita atenção ao que dizia, apenas à sua voz. Continuou voltando para me ver com frequência. Às vezes, Ray ia até lá com ela. Certo dia, me disse que eu podia ir para casa com eles, se desejasse.

Tornou a fazer uma longa pausa, como se aquilo fosse o fim da história. Tudo o que Grace podia pensar, porém, é que o momento em que os Quinn lhe ofereceram um lar representou apenas o começo.

— Ethan, meu coração está arrasado por você. Acabei de descobrir que, por mais que eu tenha amado e admirado os Quinn por todos esses anos, não foi o bastante. Eles salvaram você.

— Sim, eles me salvaram — concordou ele. — Depois que decidi voltar a viver, fiz tudo o que pude para me tornar uma pessoa capaz de honrar o que eles me ensinaram e de render homenagens a eles, com toda a minha gratidão.

— Você é, e sempre foi, o homem mais honrado que conheço. — Grace foi até ele, enlaçou-o com os seus braços e apertou-o com firmeza, apesar do fato de os braços dele não a abraçarem de volta. — Deixe-me ajudá-lo — murmurou. — Deixe-me ficar com você, Ethan. — E levantou o rosto, levando a boca ao encontro da dele. — Deixe-me amá-lo.

Ele estremeceu e cedeu. Seus braços finalmente a envolveram com força. Sua boca aceitou o conforto que os lábios dela ofereciam. Deixou-se ficar ali, colado nela, uma tábua de salvação em um mar turbulento.

— Não posso fazer isso, Grace. Não é certo fazer uma coisa dessas com você.

— Certo? Você é o homem certo para mim. — Agarrou-o com mais força para ele não se afastar. — Nada do que você me contou muda o que eu sinto. Nada poderia mudar esse sentimento. Isso só me faz amar você ainda mais.

— Escute... — Suas mãos estavam firmes, mas pareceram ainda mais sólidas quando ele apertou-lhe os ombros e a empurrou um pouco para trás. — Não posso dar a você o que precisa, o que quer, o que merece ter. Casamento, filhos, uma família.

— Eu não...

— Não me diga que não precisa ter mais filhos. Eu sei que você quer tê-los.

— Quero tê-los, mas com você. — Sugou o ar, expirando a seguir, lentamente. — Preciso montar uma nova vida, sim, mas com você.

— Não posso me casar com você. Não posso lhe dar filhos. Prometi a mim mesmo jamais me arriscar a passar adiante, para uma criança, qualquer pedaço dela que possa estar em mim, dentro dos meus genes.

— Não existe nada dela em você!

— Existe sim. — Seus dedos apertaram-na por um instante. — Você constatou isso naquele dia, no bosque, quando eu possuí você de encontro a uma árvore, como um animal. E viu também no dia em que eu gritei com você por causa do seu trabalho no bar. E eu mesmo já vi, inúmeras vezes, partes dela surgirem em mim, sempre que alguém tenta me forçar a fazer o que não quero ou me guia para o lado errado. O fato de eu conseguir me segurar não significa que o problema não exista. Não posso fazer promessas a você nem ter um filho com você. Amo você demais para deixá-la acreditar que algum dia isso possa acontecer.

— Ela deixou cicatrizes muito profundas em você e não apenas no corpo — murmurou Grace. — Foi o seu coração que ela realmente violentou. Eu posso ajudá-lo a se curar daqui para a frente.

— Você não está me ouvindo! — Balançou-a de leve. — Não está me escutando direito! Se não conseguir aceitar o jeito que as coisas têm que ser entre nós, vou compreender. Jamais vou culpá-la por recuar e buscar o que quer junto de outro homem. A melhor coisa que pode acontecer com você *é* ser liberada, e é isso o que estou fazendo.

— Você está me liberando?

— Quero que você vá para casa. — E a soltou, dando um passo para trás, tonto, como se estivesse caindo de costas em um abismo escuro. — Depois que você analisar tudo o que falei, vai compreender a minha posição. Então, poderá decidir se devemos continuar nos vendo ou se quer que eu a deixe em paz.

— O que eu quero é...

— Não! — interrompeu ele. — Você não sabe o que quer nesse momento. Precisa de tempo para pensar, e eu também. Preferia que você fosse embora. Não quero que fique aqui, Grace.

— Não quer que eu fique? — Ela colocou a mão na testa.

— Não nesse momento. — Ele manteve o maxilar firme mesmo quando viu a mágoa surgir em seus olhos. Era para o bem dela, lembrou a si mesmo. — Vá para casa e me deixe sozinho por algum tempo.

Ela deu um passo para trás, e depois outro. Então, deu-lhe as costas e foi embora correndo. Saiu circundando a casa, sem entrar nela. Não poderia suportar que alguém visse suas lágrimas escorrendo pelo rosto ou notasse a dor cruciante que lhe rasgava o coração. Ele não a queria mais, era só o que conseguia pensar. Não queria deixá-la ser a pessoa que ele precisava.

— Ei, Grace! Ei! — Seth abandonou os vaga-lumes que perseguia no escuro e correu atrás dela. — Já consegui um milhão desses carinhas aqui! — E se preparou para lhe mostrar um pote de vidro com tampa.

Então ele viu as lágrimas, ouviu a sua respiração entrecortada, enquanto ela tentava abrir a porta do carro.

— Há algo errado? Por que está chorando? Você se machucou em algum lugar?

— Não, não foi nada! — Ela prendeu um soluço e colocou a mão no coração. Puxa vida, ela realmente se machucara. — Tenho que ir para casa, Seth. Não posso... não posso ficar.

Escancarando a porta do carro com força, Grace quase tropeçou ao entrar.

Os olhos de Seth foram mudando... de intrigados, assumiram um ar sombrio, enquanto a acompanhavam sumir na estrada. Enfurecido, seguiu pela lateral da casa como um furacão, largando o pote com luzes que piscavam no piso da varanda dos fundos. Notou a sombra junto do cais e foi com tudo naquela direção, já com os punhos cerrados para a batalha.

— Seu canalha! Seu filho de uma puta! — Esperou Ethan se virar e então deu-lhe um *soco* na barriga, com toda a força que conseguiu. — Você a fez chorar!

— Eu sei o que fiz. — A dor física do soco atravessou-o em ondas, e foi se juntar às outras dores dentro dele. — Isso não é da sua conta, Seth. Vá para dentro de casa.

— Vá se foder! Você a magoou. Vamos lá, tente comigo agora. Tente me machucar também! Não vai ser tão fácil! — Rangendo os dentes, Seth tentou aplicar outro soco e, mais uma vez, Ethan o pegou pela gola da camisa e pelos fundilhos, e ficou balançando-o no ar, na beira do cais.

— Esfrie essa cabeça, garoto, senão vou atirar você na água! — E o balançou com mais força, com jeito ameaçador, embora seu coração estivesse em outro lugar. — Você acha que eu quis machucá-la? Acha que tive algum prazer em fazer isso?

— Então, por que fez? — gritou Seth, debatendo-se como um peixe recém-fisgado.

— Não houve escolha. — Sentindo-se, subitamente, muito cansado, Ethan colocou Seth em pé sobre o cais. — Deixe-me em paz — murmurou, sentando-se na beira. Cedendo ao desespero, colocou a cabeça entre as mãos, apertando os olhos com os dedos. — Simplesmente vá embora e me deixe em paz.

Seth se mexeu, meio sem graça. Não era só Grace que estava magoada. Ele jamais imaginou que um homem adulto também podia ficar magoado, mas Ethan estava. Sem saber o que fazer, deu um passo à frente. Enfiou as mãos nos bolsos e, depois, voltou a tirá-las. Tornou a mudar os pés de posição. Finalmente, se sentou.

— Mulheres! — disse Seth, no tom de voz de quem sabe das coisas. — Elas fazem um homem ter vontade de dar um tiro na cabeça para acabar com tudo. — Era uma frase que ouvira Phillip dizer para Cam, e achou que talvez fosse apropriada. Sentiu-se recompensado quando Ethan soltou uma gargalhada curta, ainda que não fosse de alegria.

— É, acho que elas são assim mesmo. — Ethan abraçou Seth, envolvendo-o pelo ombro e puxando o menino mais para perto dele. Isso o fez se sentir um pouco melhor.

Capítulo Dezoito

Anna avaliou suas prioridades... e tirou o dia de folga. Não tinha certeza sobre a hora em que Grace ia aparecer para limpar a casa, e não podia se arriscar a se desencontrar dela.

Não dava a mínima para o que Ethan dissera ou deixara de dizer. O momento era de crise.

Se acreditasse que tudo não passara de um desentendimento ou uma discussão boba, teria mostrado solidariedade ou simplesmente se divertido, conforme o caso. Só que não foi um desentendimento o que colocara aquela dor nos olhos de Ethan. É claro que ele tinha um dom especial para esconder, avaliou enquanto arrancava implacavelmente as ervas daninhas que ameaçavam suas begônias no canteiro da frente. Sabia esconder seus sentimentos muito bem. Só que ela era uma profissional na arte de filtrar as coisas e enxergar através das emoções.

Pior para ele, que arrumara uma assistente social como cunhada.

Anna tentara descobrir alguma coisa por Seth. Não havia dúvidas de que o menino sabia de algo. Só que batera de frente com a lealdade masculina, sempre inabalável. Tudo o que conseguira arrancar dele foi um levantar de ombros à moda dos Quinn e uma boca selada.

Ela poderia ter feito algum tipo de chantagem para conseguir a informação do garoto, mas não teve coragem de criar uma situação que acabaria por abalar os laços que formara com ele. Seth podia ficar com a sua lealdade a Ethan.

Anna ia trabalhar em Grace.

Tinha certeza de que os dois não se viam há dias. Era pateticamente simples vigiar Ethan. Todos os dias, ele saía bem cedo com o barco para trabalhar. À tarde, ia para o galpão, e ficava lá até a noite. Ciscava um pouco a comida, no jantar, e então se retirava para seu quarto. Anna reparou que a luz ficava acesa, refletida por baixo da porta, até tarde da noite, muitas vezes.

Ele devia ficar lá dentro, remoendo seus pensamentos, imaginava ela, e balançou a cabeça com impaciência. Quando não estava matutando, procurava brigas.

No fim de semana, ela separara uma briga que estourara no galpão entre os irmãos, briga que quase acabara em derramamento de sangue, com os três se encarando, cheios de marra, enquanto Seth assistia a tudo com ávido interesse.

O motivo da briga continuava um mistério, e ela não conseguia penetrar na parede sólida de lealdade masculina. Um levantar de ombros e caras feias foi tudo o que conseguiu ao tentar descobrir.

Bem, aquilo tinha que ter um fim, decidiu enquanto arrancava um marinho intruso com entusiasmo. As mulheres sabiam como compartilhar os problemas e discuti-los. E Grace Monroe ia compartilhar e discutir com ela o que estava acontecendo, nem que fosse preciso atingir-lhe a cabeça com a pequena pá de jardinagem.

Foi com satisfação que ouviu o carro de Grace se aproximando. Anna colocou o chapéu um pouco para trás, levantou-se e ofereceu seu melhor sorriso de boas-vindas.

— Oi, Grace!

— Olá, Anna. Achei que você já tinha ido trabalhar.

— Tirei um saudável dia de folga — disse, reparando que também havia muita tristeza nela. E sem tantos disfarces como a de Ethan. — Você não trouxe Aubrey?

— Não, minha mãe quis ficar com ela hoje. — Passou os dedos para cima e para baixo sobre a alça da sacola gigantesca que pendurara no ombro. — Bem, é melhor eu entrar e começar logo, para deixar você em paz cuidando das suas plantas.

— Ora, mas eu estava justamente à espera de um pretexto para fazer um intervalo no trabalho. Por que não sentamos ali na varanda por um minutinho?

— Olhe, eu estou atrasada. Preciso colocar logo a primeira leva de roupa para lavar na máquina.

— Grace... — Anna colocou a mão sobre o braço dela, com carinho. — Sente-se aqui, converse comigo... considero você uma amiga. Espero que você também me considere assim.

— Eu considero! — A voz de Grace tremeu levemente. Foram necessárias três inspirações profundas para acalmá-la. — Eu a tenho como amiga, Anna.

— Então vamos nos sentar aqui. Conte-me o que aconteceu para deixar você e Ethan tão arrasados.

— Não sei se posso contar. — Mas ela estava cansada, esgotada, e por isso se sentou nos degraus, junto à varanda. — Acho que me precipitei.

— Como assim?

Ela já chorara tanto que se sentia seca. Não que tivesse ajudado. Talvez fosse bom se abrir com outra mulher, uma amiga de quem já estava começando a se sentir muito próxima.

— Eu me senti segura — começou. — Permiti a mim mesma fazer planos. Ele até colheu flores para mim — disse, levantando as mãos, com ar indefeso.

— Colheu flores para você? — Os olhos de Anna se estreitaram, compreendendo tudo. Coelhos uma ova!, pensou, mas resolveu deixar a vingança para depois.

— E ele me levou para jantar. Velas e vinho. Achei que ia me pedir em casamento. Ethan faz as coisas desse jeito, passo a passo, e eu achei que tudo isso ia levar a uma proposta de casamento.

— Claro que era para achar mesmo. Vocês estão apaixonados um pelo outro. Ele tem adoração por Aubrey, e o sentimento é recíproco. Vocês dois nasceram para constituir um lar, um ninho... por que você não haveria de achar isso?

— Puxa, não sei como lhe dizer o quanto é importante, para mim, ouvir isso de você — desabafou Grace, depois de olhar fixamente para Anna e soltar um suspiro de alívio. — Eu me senti uma idiota.

— Bem, pois deixe de se sentir assim. Você não é idiota. Eu também não sou, e imaginei o mesmo que você.

— Pois estávamos as duas erradas. Ele não me pediu em casamento. Mas fez amor comigo naquela noite, Anna, e de forma tão doce e terna...

jamais poderia acreditar que alguém sentisse tanto amor por mim. Mais tarde, ele teve um pesadelo.

— Um pesadelo?

— Sim. — Ela compreendia tudo agora. — Foi um sonho ruim, muito ruim, mas ele fingiu que não era nada. Falou que eu não devia me preocupar e descartou o problema. Então, não tornei a pensar no assunto. — Com ar pensativo, massageou um ponto roxo na coxa, lembrança de uma batida que dera na quina de uma das mesas no bar do Shiney.

"No dia seguinte, cheguei à conclusão de que, se fosse ficar sentada esperando que Ethan me pedisse em casamento, seria capaz de estar cheia de cabelos brancos no dia da cerimônia. Ethan não é exatamente o tipo de homem que faz as coisas sem pensar."

— Não, realmente não é. Ele faz as coisas no seu ritmo próprio, e as faz bem-feitas. Só que precisa de um empurrãozinho de vez em quando.

— Ele é mesmo assim, não é? — Grace não conseguiu evitar o sorriso caloroso, embora melancólico. — Às vezes, fica pensando em uma determinada coisa, sem resolver nada. Achei que isso também ia acontecer nesse caso. Então decidi eu mesma pedi-lo em casamento.

— Você pediu a Ethan para se casar com você? — Anna soltou uma gargalhada, encostando-se no degrau de trás. — Grande garota, Grace!

— Armei todo o esquema. Tudo o que queria dizer, do jeito certo. E, como é na água que ele se sente mais feliz, pedi que me levasse para um passeio de veleiro à tardinha. Foi tão lindo, o sol se pondo, as velas brilhando, infladas. E foi nesse momento que eu pedi para ele se casar comigo.

— Imagino que ele decepcionou você — disse Anna, colocando a mão sobre a de Grace —, mas é que Ethan...

— Foi muito pior que isso. Se você visse o rosto dele... ficou tão frio. Disse que me explicaria tudo quando voltássemos. E foi o que fez. Não me sinto à vontade para contar tudo a você, pois é um problema pessoal de Ethan. Mas ele me disse que não pode se casar comigo nem com ninguém... nunca.

Anna ficou em silêncio por um momento. Como era a assistente social responsável pelo caso de Seth, tinha acesso irrestrito aos arquivos dos três homens que se ofereceram como guardiães legais do menino. Sabia do passado deles quase tão bem quanto eles mesmos.

— Foi por causa do que aconteceu com ele quando era criança? — perguntou.

— Ele lhe contou? — Os olhos de Grace piscaram depressa por um momento, mas, logo em seguida, ela ficou olhando para a frente.

— Não, não me contou, mas eu sei de tudo ou quase tudo. Faz parte do meu trabalho.

— Você sabe... o que a mãe dele... o que aquela mulher... fez com ele, e deixou que outras pessoas fizessem? Ele era apenas um garotinho!

— Sei que sua mãe o forçou a fazer sexo com alguns dos clientes dela por vários anos, antes de o abandonar. Ainda existem cópias dos relatórios médicos nos arquivos do caso dele. Sei que havia sido estuprado e surrado pouco antes de Stella Quinn o encontrar no hospital. E conheço também os traumas terríveis que abusos constantes desse tipo podem provocar em uma pessoa. Ethan poderia perfeitamente ter se tornado um pedófilo também. É um círculo vicioso dolorosamente comum.

— Mas não se tornou.

— Não. Ele se tornou um homem meditativo, que pesa muito todas as coisas e possui um controle quase inabalável. As cicatrizes, porém, estão lá, por baixo de tudo isso. É provável que o relacionamento com você tenha trazido à tona algumas dessas marcas.

— Ele não quis me deixar ajudá-lo, Anna. Enfiou na cabeça que não pode se arriscar a ter filhos por causa do sangue ruim que corre dentro dele, e que ele o passaria para os descendentes. E não quer se casar porque, para ele, casamento significa formar uma família.

— Ethan está errado, e tem o melhor exemplo do quanto está equivocado em seu próprio espelho. Ele não apenas tem o sangue dela como também passou os primeiros doze anos de sua vida, os anos mais marcantes para a formação de uma pessoa, em companhia dessa mãe, em um ambiente capaz de desvirtuar qualquer mente jovem. Em vez disso, transformou-se em Ethan Quinn. Por que motivo os filhos dele, os filhos que seriam gerados por vocês dois, seriam menos do que ele é?

— Gostaria de ter argumentado isso com ele naquela noite — murmurou Grace. — Fiquei tão chocada, triste e abalada... — E fechou os olhos.

— Não acredito que tivesse feito diferença dizer isso ou não. Ele não ia ouvir. Não a mim — disse lentamente. — Ele não imagina que eu possa ser forte o bastante para suportar o que ele tem suportado sozinho.

— Pois está errado.

— Sim, está errado. Sua cabeça, porém, já está feita. Não vai mais me querer. Diz que a escolha é minha, mas eu o conheço. Se eu disser que aceito a situação, e podemos continuar do jeito que estamos, isso vai incomodá-lo até que desista.

— E você aceitaria continuar do jeito que está, sem perspectivas?

— Já me fiz essa pergunta, pensei no assunto durante vários dias. Eu o amo o bastante para tentar, talvez, me adaptar, nem que seja por algum tempo. Mas isso acabaria me corroendo por dentro também. — Ela balançou a cabeça. — Não, não posso aceitar isso. Não posso aceitar apenas uma parte dele. E não vou pedir a Aubrey que aceite algo que não seja um pai por inteiro.

— Ótimo para você pensar assim. Agora a questão é: o que vamos fazer a respeito?

— Não creio que haja algo que possamos fazer. Especialmente sabendo que precisamos de coisas diferentes.

Anna bufou com força, soltando o ar, e disse:

— Grace, você é a única que pode decidir. Só queria que soubesse de uma coisa: Cam e eu não flutuamos até o altar sobre asas diáfanas. Também queríamos coisas diferentes ou achávamos que queríamos. Para descobrirmos o que pretendíamos construir juntos, também nos magoamos e batemos de frente muitas vezes, até acertarmos os ponteiros.

— É difícil bater de frente com Ethan, seja qual for o motivo.

— Mas não é impossível.

— Não, não é impossível, mas... ele não foi honesto comigo, Anna. Por trás de tudo, eu não consigo perdoar isso. Ele me deixou tecer sonhos e voar, sabendo o tempo todo que ia cortar minhas asas e me deixar esparramada no chão. Ele sente muito por isso, mas mesmo assim...

— Você está zangada.

— Sim, acho que estou. Tive outro homem em minha vida que fez a mesma coisa comigo: meu pai — acrescentou ela, mais calma agora. — Eu queria ser bailarina, e ele sabia que eu estava construindo meus castelos. Não posso dizer que ele me incentivou, mas permitiu que eu continuasse a fazer aulas de dança, sempre sonhando. E quando precisei dele para me apoiar e tentar me ajudar a realizar aquele sonho, ele cortou as minhas asas. Eu o perdoei por isso, ou, pelo menos, tentei, mas as coisas nunca mais foram as mesmas entre nós. Então, engravidei e me casei com Jack.

Imagino que pode-se dizer que também acabei com os sonhos de meu pai ao fazer isso, e ele jamais me perdoou.

— E você já tentou resolver as coisas com ele?

— Não, nunca tentei. Ele me ofereceu uma escolha também, da mesma forma que Ethan. Ou, pelo menos, algo que achavam ser uma escolha. Fazer as coisas ao jeito deles. Aceite desse modo ou nada feito. Então, por mim, é nada feito.

— Compreendo sua posição. Entretanto, embora isso possa suavizar o golpe em seu orgulho, que vantagens traz para o coração?

— Quando alguém decepciona você, o orgulho é tudo que resta.

E o orgulho, pensou Anna, pode se tornar algo amargo e frio, sem o coração.

— Deixe-me conversar com Ethan.

— Eu mesma vou conversar com ele, assim que racionalizar o que precisa ser dito. — Ela expirou com força. — Já estou melhor. Ajuda muito desabafar... e não havia mais ninguém com quem eu pudesse fazer isso.

— Gosto de vocês dois.

— Eu sei. Ficaremos bem. —Apertou a mão de Anna, antes de se levantar. — Você ajudou a me fazer parar de chorar. Detesto ficar chorando pelos cantos. Agora, vou tentar colocar para fora um pouco dessa revolta que eu nem percebi que tinha dentro de mim. — E conseguiu sorrir. — Você vai ficar com a casa mais limpa do que nunca quando eu acabar o serviço hoje. Limpo as coisas que nem uma desesperada quando estou revoltada.

Não se livre de toda a revolta de uma vez só, pensou Anna quando Grace entrou. Guarde um pouco dela para despejar no idiota do Ethan.

Levou duas horas e meia para Grace esfregar, lavar, tirar o pó e encerar tudo antes de ir para o andar de cima. Teve um mau momento ao chegar ao quarto de Ethan, onde o cheiro dele, aquele perfume de mar, parecia estar grudado em toda parte, enquanto as pequenas peças do dia a dia estavam espalhadas pelo aposento.

Mas mergulhou de cabeça, com a mesma determinação feita de aço que a guiara pelos caminhos de um divórcio e por uma dolorosa rixa de família.

O trabalho ajudava, como sempre. Tarefas boas, manuais e extenuantes mantinham tanto a mente quanto as mãos ocupadas. A vida continuava. Ela sabia disso melhor do que ninguém. E dava para ir levando, um dia de cada vez.

Grace tinha sua filha. Tinha seu orgulho. E ainda tinha sonhos, embora tivesse chegado a um ponto em que preferia pensar neles como planos.

Ia conseguir viver sem Ethan. Não de forma tão plena, talvez, e certamente não de forma tão alegre. Mas poderia tocar a vida, ser produtiva e encontrar alegria e realização na rota que traçara para si e para a filha.

Estava farta de lágrimas e autopiedade.

Começara a limpar o andar de cima com o mesmo fervor focado. A mobília fora encerada e polida até refletir a luz. Os vidros foram esfregados até brilharem como nunca. Pendurou a roupa na corda, varreu as varandas e atacou o pó como se ele fosse um inimigo que ameaçasse a vida na Terra.

No momento em que chegou à cozinha, suas costas doíam, mas era uma dor pequena e compensadora. Sua pele se cobrira de uma fina camada de suor, as mãos estavam enrugadas pela água, e ela se sentia tão realizada quanto o presidente de uma corporação depois de uma fusão bem-sucedida com outra companhia.

Conferiu o relógio e avaliou o tempo que ainda tinha. Queria estar com tudo terminado e fora dali antes de Ethan voltar do trabalho. Apesar da depuração conseguida à custa do trabalho pesado, ainda havia uma pequena brasa de raiva que cintilava em seu coração. Conhecia a si mesma bem o bastante para saber que precisava de pouca coisa para reacender aquela brasa, transformando-a em fúria arrasadora.

Se ela brigasse com ele, se dissesse uma parcela que fosse das coisas que lhe haviam passado pela cabeça nos dias anteriores, eles jamais conseguiriam tornar a conviver de forma civilizada, muito menos ser amigos.

Ela não ia forçar os Quinn a escolherem um lado da briga. E não poderia arriscar colocar em risco o seu relacionamento com Seth, tão vital e precioso, só porque dois dos adultos que o rodeavam não conseguiam conter o mau gênio.

— E também não quero perder o meu emprego por causa disso — murmurou, enquanto atacava as bancadas da cozinha. — Só porque ele não consegue enxergar o que está jogando pela janela.

Respirou com um forte ruído e passou os dedos entre os cabelos, que o calor e o esforço haviam grudado nas têmporas. E se acalmou dando uma boa esfregada nos queimadores do antigo fogão.

Quando o telefone tocou, atendeu sem pensar duas vezes.

— Alô?

— É Anna Quinn?

Grace deu uma olhada para fora da janela e viu Anna trabalhando no jardim dos fundos, feliz.

— Não, mas eu vou...

— Tenho uma coisa a dizer para você, sua piranha!

Grace parou a dois passos da porta telada.

— Como disse? — perguntou.

— Aqui quem fala é Gloria DeLauter. Quem você pensa que é para me ameaçar?

— Mas eu não...

— Tenho meus direitos! Ouviu bem? Tenho a porra dos meus direitos. O velho fez um acordo comigo, e se você, seu marido bastardo e os irmãos bastardos dele não pretendem cumpri-lo, vocês todos é que vão chorar no final.

A voz estava não apenas rouca e com um tom duro, compreendeu Grace. Era a voz de uma maníaca, que soltava as palavras tão depressa, atropelando-as, que mal dava para entender. Aquela era a mãe de Seth, pensou, enquanto ouvia mais desaforos. A mulher que o magoara, que o deixava apavorado. Que extorquira dinheiro por ele.

Que o vendera.

Grace nem percebeu que torcera o fio do telefone com tanta força em volta da mão que o sangue mal circulava. Lutando para manter a calma, respirou fundo e disse:

— Srta. DeLauter, a senhorita está cometendo um grande erro.

— Você é quem está cometendo um erro gigantesco me mandando aquela porra de carta em vez do dinheiro que me deve. A porra do dinheiro que vocês *devem a mim*. Deve achar que eu tenho medo por você ser uma bosta de uma assistente social qualquer. Estou cagando e andando se você é a rainha da Inglaterra... o velho está morto, e, se quiserem manter as coisas do jeito que estão, vão ter que lidar comigo, vão ter que me aturar. Acham que podem me deter com palavras bonitas em um papel? Ninguém vai poder me impedir se eu resolver aparecer aí para pegar o menino de volta.

— Aí é que a senhorita se engana... — Grace se ouviu dizer, embora sua voz parecesse distante, como se ecoasse dentro da cabeça.

— Ele *é* sangue do meu sangue, e tenho o direito de pegar de volta o que é meu.

— Pois tente! —A raiva atravessou-a como uma tempestade violenta.

— Você jamais vai colocar as mãos nele de novo!

— Posso fazer o que bem entendo com aquilo que é meu.

— Ele não *é* mais seu. Você o vendeu! Agora, ele é nosso, e você jamais vai conseguir chegar perto dele.

— Ele vai fazer direitinho o que eu mandar. Sabe que vai pagar caro se me contrariar.

— Pois faça um único movimento para se aproximar dele e eu mesma vou arrebentar a sua cara e acabar com a sua raça! Nada do que fez com ele, por mais monstruoso que tenha sido, chegará perto do que eu vou fazer com você, usando minhas próprias mãos. E, quando eu acabar, terá sobrado muito pouco de você para a polícia tentar raspar do chão e jogar em uma cela. Pois é para lá que você vai por abusar sexualmente de uma criança, além de negligência, agressão, prostituição e sei lá mais quais nomes a lei dá para as mães putas que vendem os filhos para os clientes fazerem sexo.

— Ei, que tipo de mentiras aquele fedelho andou contando? Eu jamais coloquei um dedo nele.

— Cale a boca! Cale essa porra de boca fedida! — Grace perdeu as estribeiras, misturando a mãe de Seth e a mãe de Ethan em uma mesma mulher: um monstro. — Sei muito bem o que você fez com ele, e não existe uma cela escura o bastante para me deixar feliz ao vê-la lá dentro. Mas eu vou achar uma, e vou trancafiá-la para sempre, com prazer, se tentar se aproximar dele novamente!

— Tudo o que eu quero é um pouco de grana. — Havia um tom de adulação agora em sua voz, que se tornara dissimulada e um pouco assustada. — Só algum dinheiro para me ajudar a tocar a vida. Vocês têm muita grana.

— Não tenho nada a lhe oferecer, a não ser o meu desprezo. Fique longe de mim! E fique longe daquele menino, ou você é que vai acabar pagando, e a conta vai ser bem alta!

— É melhor pensar nisso bem direitinho. É melhor pensar com cuidado. — Houve um som meio abafado, e então o baque de gelo batendo sobre vidro. — Você não é melhor do que eu. Não me mete medo.

300

— Pois você deveria estar com medo... deveria estar apavorada!

— Eu não... eu ainda não terminei esse assunto. Ainda não acabei!

O barulho do telefone batendo no gancho foi forte.

— Talvez não tenha acabado — ameaçou Grace, com um tom de voz baixo, mas perigoso. — Só que eu também não.

— Gloria DeLauter — murmurou Anna. Ela estava parada do lado de fora da porta telada, onde estivera, paralisada, pelos últimos dois minutos.

— Não creio que ela seja humana. Se estivesse aqui, na minha frente, eu iria colocar as mãos em volta do pescoço dela e apertar com toda a força. Iria estrangulá-la como se fosse um animal! — Começou a tremer, com as reações de fúria lutando dentro dela. — Teria matado essa mulher. Ou, pelo menos, tentado.

— Sei como se sente. É difícil ver alguém desse tipo como uma pessoa e não como uma coisa. — Anna empurrou a porta, com os olhos em Grace. Jamais esperaria ver aquela raiva vindo de uma mulher de temperamento tão equilibrado. — Eu vejo esse tipo de coisa no meu trabalho com frequência, mas jamais consegui me acostumar...

— Ela foi asquerosa — disse Grace, tremendo. — Pensou que era você quando eu atendi o telefone. Tentei explicar que não era Anna, mas ela nem ouviu. Começou a gritar, ameaçar e xingar. Não podia deixar passar as coisas que ela disse. Não consegui me segurar. Desculpe.

— Está tudo bem. Pelo que ouvi da conversa, percebi que você lidou muito bem com a situação. Quer se sentar um pouco?

— Não, não posso. Não consigo me sentar. — E fechou os olhos, mas continuava a enxergar uma névoa vermelha ofuscante. — Anna, ela falou que virá pegar o Seth de volta se vocês não lhe derem mais dinheiro.

— Isso não vai acontecer. — Anna foi até a geladeira e pegou uma garrafa de vinho. — Vou lhe servir uma taça disso aqui. Quero que você beba bem devagar enquanto eu pego o meu bloco de anotações. Gostaria que você me contasse tudo o que ela falou, da forma mais exata possível. Consegue fazer isso?

— Consigo. Lembro-me de cada palavra.

— Ótimo. — Anna olhou para o relógio. — Vamos precisar documentar tudo com exatidão. Se ela realmente voltar, estaremos preparados.

— Anna... — Grace estava olhando fixamente para o vinho que a mulher lhe servira. — Ele não pode mais ser ferido por ela. Não deveria sentir medo novamente.

— Eu sei. Vamos fazer de tudo para isso. Vou lá dentro e já volto.

Anna conduziu Grace, fazendo-a lembrar-se de toda a conversa duas vezes. Ao contar tudo pela segunda vez, ela não conseguiu permanecer sentada. Levantou-se, deixando a taça de vinho pela metade, e pegou uma vassoura.

— O jeito como ela falou foi tão baixo quanto as palavras em si — disse a Anna enquanto começava a varrer. — Ela devia usar esse mesmo tom de voz para falar com Seth. Não entendo como uma pessoa pode ser capaz de falar com uma criança desse jeito. — Balançou a cabeça. — Ela não pensa nele como uma criança. E sim apenas como um objeto para ela.

— Se você for convocada para testemunhar, vai ser capaz de afirmar, sob juramento, que ela exigiu dinheiro?

— Mais de uma vez, se for preciso — concordou Grace. — Será que as coisas vão chegar a esse ponto, Anna? Será que vai ser necessário levar Seth a um tribunal?

— Não sei. Se tudo se encaminhar nessa direção, poderemos adicionar tentativa de extorsão à imensa lista de acusações em que você a fez se enredar. Acho que a deixou apavorada, Grace — acrescentou com um sorriso lento e satisfeito. — Eu teria ficado assustada.

— As coisas começam a sair da minha boca quando eu fico revoltada.

— Sei o que está querendo dizer. Há coisas que eu gostaria de dizer a ela, mas, na minha posição, não posso. Ou não deveria — disse Anna, soltando um longo suspiro. — Vou editar tudo o que escrevi e anexar ao arquivo do Seth. Depois, acho que vou ter que escrever outra carta para ela.

— Por quê? — Os dedos de Grace apertaram o cabo da vassoura com mais força. — Por que vocês precisam manter algum tipo de contato com ela?

— Cam e os irmãos precisam saber disso, Grace. Precisam saber exatamente o que Gloria DeLauter e Seth eram para Ray.

— Não eram o que andam dizendo por aí. — Os olhos de Grace brilhavam, agitados, quando ela pegou um pano de tirar pó no armário de vassouras. Não estava conseguindo dissipar a raiva que havia dentro dela. — O Professor Quinn jamais enganaria a própria esposa. Tinha adoração por ela.

— Mas eles precisam saber de todos os fatos, e Seth também.

— Pois eu lhe dou um fato. O Professor Quinn tinha bom gosto. Não teria sequer olhado duas vezes para uma mulher como Gloria DeLauter, a não ser por pena ou nojo.

— Cam também pensa assim. Mas um dos comentários que circulam é que, quando as pessoas olham para Seth, são os olhos de Ray Quinn que elas veem.

— Ah, então simplesmente deve haver outra explicação para isso. — Seus próprios olhos pareciam lançar fagulhas enquanto colocava o pano e a vassoura de lado e pegava um balde e um esfregão.

— Talvez. Mas o que devemos considerar e aceitar é o fato de os Quinn terem passado por uma crise no casamento, como acontece com as pessoas. Casos extraconjugais são tristemente comuns.

— Não dou a mínima para as estatísticas que a televisão divulga ou os dados que aparecem nas revistas garantindo que três em cada cinco homens, ou algo assim, traem as esposas. — Grace despejou detergente no balde, colocou-o debaixo da torneira e abriu-a ao máximo. — Os Quinn amavam e respeitavam um ao outro. Tinham uma admiração mútua. Era impossível conviver com eles e não perceber isso. E os laços que os uniam ficaram ainda mais fortes por causa dos filhos. Quando as pessoas viam os cinco juntos, viam a imagem perfeita de uma família. Do mesmo jeito que vocês cinco são uma família agora.

— Bem, pelo menos estamos trabalhando nisso — sorriu Anna, comovida.

— Vocês apenas ainda não tiveram tantos anos de convivência quanto os Quinn. — Grace tirou o balde de dentro da pia. — Eles transmitiam uma sensação de unidade.

Unidades, pensou Anna, muitas vezes, se desmanchavam.

— Grace, você acha que, se alguma coisa tivesse acontecido entre Ray e Gloria, Stella o teria perdoado?

— Você perdoaria Cam? — Grace colocou o esfregão dentro do balde e lançou para Anna um olhar frio e decisivo.

— Não sei — respondeu Anna depois de alguns instantes. — Seria difícil conseguir perdoá-lo, porque o mataria logo de cara. Pode ser, porém, que levasse flores para enfeitar seu túmulo de vez em quando.

— Exato! — Satisfeita com a resposta, Grace balançou a cabeça. — Esse tipo de traição não dá para engolir fácil... além do mais, se houvesse

esse tipo de tensão no relacionamento dos Quinn, seus filhos teriam reparado. Crianças não são tolas, por mais que os adultos pensem o contrário.

— Não, realmente não são — murmurou Anna. — Qualquer que seja a verdade, porém, eles precisam descobrir. Vou digitar o texto com as anotações que fiz — disse, levantando-se. — Quer dar uma olhada nelas depois para ver se há algo mais que você queira acrescentar ou mudar antes que elas se tornem parte do arquivo oficial?

— Tudo bem. Ainda tenho um pouco de roupa para pendurar no varal, mas, assim que acabar, eu vou...

As duas ouviram o som ao mesmo tempo, o delirante ladrar de felicidade dos cães. A reação de Grace foi de pura agonia. Perdera a noção do tempo, e Ethan estava em casa.

Agindo por instinto, Anna enfiou o bloco de anotações dentro de uma das gavetas da cozinha, dizendo:

— Quero conversar com Cam a respeito disso, antes de contarmos a Seth sobre o telefonema.

— Sim, é melhor. Eu...

— Você pode sair pelos fundos, Grace — disse Anna baixinho. — Ninguém pode censurá-la por não querer mais problemas *emocionais* por hoje.

— Tenho roupa para pendurar na corda.

— Mas já fez mais do que o suficiente para uma tarde.

— Sempre termino o que começo. — Ajeitando os ombros, foi para a lavanderia, e a tampa da máquina de lavar fez um barulho forte quando ela a levantou. — Isso é mais do que podemos dizer a respeito de algumas pessoas.

Anna levantou uma sobrancelha. Ethan ia ter uma surpresa, decidiu. E não era providencial ela estar por perto para assistir à cena?

Capítulo Dezenove

Quando viu o carro de Grace parado na beira da calçada, Ethan teve que se segurar para não entrar em casa correndo, a fim de dar uma olhadinha nela. Uma olhada rápida, apenas uma. Poderia absorver tudo sobre ela e guardar em sua mente só com uma rápida espiada.

Jamais suspeitara ser possível sentir tanto a falta de uma mulher, ou de qualquer outra coisa, como sentia falta de Grace.

Fazia-o se sentir vazio, analisou ele, dolorido e irritado em todas as horas de todos os dias, até ser tomado por um desespero imenso, uma vontade incontrolável de preencher aquele vazio... até ficar deitado à noite, acordado, ouvindo a própria respiração.

Até achar que estava começando a enlouquecer.

O controle que mantivera por tantos anos, no que se referia a ela, parecia constantemente abalado naqueles dias. Os muros do seu controle já haviam rachado e desmoronado aos seus pés, e ele podia jurar que estava se sufocando com o pó levantado.

Imaginava que, depois que um homem deixava esses muros caírem, era muito difícil reerguê-los.

Mas deixara a escolha final nas mãos de Grace, lembrou a si mesmo. Porém, uma vez que ela não fizera nenhum movimento para procurá-lo, temia que a escolha já tivesse sido feita.

Não podia culpá-la.

Ela acabaria encontrando outro homem, alguém com quem pudesse formar um lar e uma nova vida. Esse pensamento corroeu-lhe as entranhas enquanto rodeava a caminhonete, mas ele se recusou a deixar-se abater. Ela merecia o que desejava da vida... um casamento, filhos e uma casa bonita. Um pai para Aubrey, um homem que apreciasse as duas, reconhecendo o tesouro que elas eram.

Outro homem.

Outro homem que iria envolver sua cintura e roçar os lábios sobre os dela. Ouvir sua respiração acelerar e sentir o corpo dela amolecer em seus braços.

Algum filho da mãe sem rosto, que não era nem de perto bom o bastante, ia se virar na direção dela, à noite, para mergulhar dentro do seu corpo. E ia acordar sorrindo a cada maldita manhã por saber que poderia tornar a fazer aquilo sempre que desejasse.

Meu Deus, pensou Ethan, aquilo o estava deixando louco.

Bobalhão pulou em suas pernas, com uma bola de tênis despedaçada entre os dentes, um olhar esperançoso e a cauda se agitando de forma persuasiva. Em um movimento habitual, Ethan agarrou a bola e a atirou longe. Bobalhão pulou, correndo atrás dela, e começou a ganir furiosamente quando Simon surgiu com a rapidez de uma bala, vindo pela esquerda, e o interceptou.

Ethan soltou um suspiro quando Simon voltou, dando pinotes, até que se sentou, na expectativa de continuar com a brincadeira.

Aquela era uma desculpa tão boa quanto qualquer outra para ficar ali fora e, com pena de Bobalhão, que era mais lento e menos hábil, Ethan pegou um graveto para atirar junto com a bola. Serviu para animá-lo um pouco ver os dois se chocando no ar, brigando um com o outro até pegarem os objetos para trazê-los de volta.

Podia confiar em um cão, pensou, atirando a bola com mais força e ainda mais longe, o que fez Simon sair correndo para pegá-la. Os cães jamais pediam mais do que as pessoas podiam lhes dar.

Não viu Grace até começar a contornar a casa. Então, simplesmente, parou.

Não... uma olhada, apenas uma olhadinha, não era o bastante. Jamais seria.

O lençol que ela levantava para colocar na corda drapejava na brisa, mesmo molhado, enquanto ela colocava os pregadores. O sol se refletia em seus cabelos. Enquanto ele a observava, Grace se agachou sobre o cesto de roupa, pegou uma fronha, sacudiu-a e então a colocou na corda também, ao lado do lençol.

O amor o inundou, deixando-o encharcado, fraco e carente. Pequenos detalhes o atingiram, como a curva de seu queixo, visto de perfil. Ele reparara antes como o perfil dela era elegante? O jeito como seus cabelos se assentavam sobre a cabeça e ficavam ligeiramente arrepiados na nuca? Será que ela ia deixá-los crescer? Ou o jeito que a bainha apertada de seu short roçava-lhe a coxa? Grace tinha coxas compridas e lisas.

Bobalhão bateu com a cabeça contra a perna de Ethan, e ele recuou um passo para não perder o equilíbrio.

Sentindo-se subitamente nervoso, enxugou as palmas das mãos nas calças e moveu os pés. Provavelmente, era melhor se ele voltasse de fininho até a frente da casa, entrasse e subisse para o seu quarto. Chegou a dar mais um passo para trás, mas parou na mesma hora, quando ela se virou. Grace lançou-lhe um longo olhar, que ele não conseguiu decifrar, e então se abaixou para pegar outra fronha no cesto.

— Olá, Ethan.

— Oi, Grace — disse e enfiou as mãos nos bolsos. Não era sempre que sentia tanta frieza na voz dela.

— É bobagem contornar a casa e entrar pela frente só para me evitar.

— Eu ia... conferir uma coisa no barco.

— Tudo bem. Pode fazer isso depois que eu falar com você.

— Eu não tinha certeza se você ia querer falar comigo. — Ele se aproximou dela com cautela. Pareceu a Ethan que o tom gélido de sua voz ajudava a diminuir o calor escaldante do dia de verão.

— Tentei falar com você naquela noite, mas você não estava disposto a me ouvir. — Ela colocou a mão novamente no cesto, sem demonstrar perturbação pelo fato de estar agora pendurando uma das cuecas dele. — Depois, precisei dar um tempo para mim mesma, a fim de tentar acomodar algumas coisas na cabeça.

— E conseguiu?

— Ahn... acho que sim. Em primeiro lugar, gostaria de lhe dizer que tudo aquilo que você me contou a respeito do que enfrentou antes de chegar aqui me deixou chocada, muito abalada... eu morri de pena do menininho e fiquei com muita raiva do que aconteceu a ele. — Olhou para Ethan, com um pregador na mão. — Você não deve querer ouvir isso de mim. Não vai gostar de pensar que tenho sentimentos pelo que lhe aconteceu, e que tudo aquilo me comoveu muito.

— Não — concordou ele no mesmo tom. — Realmente eu não queria que essa história a deixasse abalada.

— Por eu ser tão frágil, não é? Por ter uma natureza tão delicada...

— Em parte, é por isso. — Suas sobrancelhas se juntaram. — Além disso, eu...

— Então você guardou essa pequena semente horrível do seu passado apenas para si — continuou ela, ainda colocando as roupas na corda com toda a calma do mundo —, mesmo sabendo que não há nada sobre mim ou sobre a minha vida que você não saiba. É assim que as coisas devem ser para você: eu tenho que ser um livro aberto, e você um livro fechado.

— Não, não foi assim... exatamente.

— E como deveria ser então... *exatamente*? — quis saber ela, mas ele não considerou aquilo uma pergunta e, sabiamente, não formulou nenhuma resposta. — Andei pensando a respeito disso, Ethan. Andei pensando a respeito de um monte de coisas. Por que não voltamos atrás no tempo, antes de mais nada? Você gosta das coisas expostas passo a passo, em uma ordem lógica. Já que gosta das coisas feitas do seu jeito, sigamos analisando ponto a ponto, em uma sequência lógica.

Os cães, pressentindo problemas, recuaram e foram para a água. Ethan, de repente, sentiu inveja deles.

— Você disse que me amava há anos... anos! — disse ela com uma fúria tão grande que quase o derrubou de costas. — Mas não fez nada a respeito. Jamais, nem por uma vez, me perguntou se eu gostaria de passar algum tempo com você. Uma palavra sua, um olhar seu, teria sido o bastante para me deixar fascinada. Mas não... não em se tratando de Ethan Quinn... não com o homem que vive refletindo sobre tudo e que tem um controle extraordinário. Manteve-se à distância, deixando que eu me consumisse por você.

— Eu não sabia que você tinha esse tipo de sentimento por mim.

— Então é cego, além de burro! — explodiu ela.

— Burro? — As sobrancelhas dele se uniram.

— Foi exatamente o que eu disse. — Ver o ar de indignação e revolta que surgiu em seu rosto foi um bálsamo para o seu ego ferido. — Eu jamais teria olhado para Jack Casey se tivesse um pingo de esperança por você. O problema é que eu precisava de alguém que me quisesse, e não me pareceu haver a mínima chance de conseguir isso de você.

— Ei, espere um minuto... não tenho culpa de você ter se casado com Jack.

— Não, a culpa foi minha. Assumo a responsabilidade, e não me arrependo disso, pois tenho a Aubrey. Mas culpo você também, Ethan. — E aqueles olhos verdes raiados de dourado flamejaram ao dizer isso. — Culpo você por ser cabeça-dura demais para correr atrás do que queria. E não mudou nem um pouco com o tempo.

— Mas você era jovem demais...

— Ah, cale essa boca! — Grace usou as duas mãos e toda a força do seu gênio para empurrá-lo. — Você já disse o que queria. Agora, quem vai falar sou eu!

Na cozinha, os olhos de Seth ficaram vermelhos de raiva. Voou em direção à porta, mas foi impedido de sair por Anna, que tentava ouvir o máximo que podia.

— Nem pense nisso...

— Ele gritou com ela.

— Ela está gritando também.

— Mas ele está brigando com ela. Vou tentar impedi-lo.

— E parece que ela precisa de alguma ajuda? — perguntou Anna, jogando a cabeça meio de lado.

Apertando os lábios, Seth deu uma olhada pela porta. Reconsiderou a ideia de ajudar Grace ao vê-la empurrar Ethan, obrigando-o a dar um passo para trás.

— Acho que não.

— Ela sabe como lidar com ele. — Com ar divertido, Anna bagunçou o cabelo de Seth e lhe deu um tapinha na cabeça. — Por que você não corre assim em minha defesa quando eu e Cam brigamos?

— Porque ele tem medo de você.

— É mesmo? — Anna empurrou a bochecha com a língua, adorando a ideia.

— Tem um pouco de medo, pelo menos — afirmou Seth com um sorriso. — Ele nunca sabe o que você vai fazer. Além do mais, vocês dois adoram discutir.

— Você é um pirralho observador, hein?

— Vejo o que está na minha frente. — Encolheu um dos ombros, mais alegre.

— E compreende as coisas muito bem. — Rindo, ela o empurrou um pouco mais para o lado e encostou o rosto na porta também, tentando ver um pouco melhor.

— Agora, vamos passar para a fase seguinte, Ethan. — Grace tirou o cesto vazio do caminho, empurrando-o com o pé. — Vamos voltar até alguns anos atrás. Acha que consegue me acompanhar?

— Você está me deixando muito irritado, Grace. — Respirou bem fundo e devagar, porque não queria tornar a gritar com ela.

— Que bom... é o que eu quero... deixar você irritado, e detesto falhar em algo que desejo tanto conseguir.

— O que foi que deu em você? — Ele já não sabia qual emoção maior, a irritação ou a perplexidade.

— Não sei o que deu em mim, Ethan. Vamos analisar... será que fiquei assim pelo fato de você me achar uma idiota sem cérebro, uma mulher indefesa e boçal? É, pensando bem — cutucou-lhe o peito com o dedo indicador, como se fosse uma furadeira com martelete —, aposto que foi exatamente por isso que fiquei assim.

— Não considero você uma idiota sem cérebro.

— Ah, só uma indefesa boçal, então... — Quando ele abriu a boca, ela já estava deitando e rolando. — E acha mesmo que uma mulher indefesa consegue fazer o que eu venho fazendo nos últimos anos? Você me acha... como foi mesmo que disse? Delicada como a porcelana da sua mãe? Não sou porcelana! — explodiu. — Sou feita de cerâmica resistente, daquelas que você deixa cair e ela quica no chão, sem quebrar. Você tem que *bater com muita força* para conseguir quebrar um prato de cerâmica resistente, Ethan, e eu ainda não quebrei! — E continuou a cutucar-lhe o peito com o dedo, sentindo-se estranhamente satisfeita ao ver os olhos dele lançarem um aviso. — Não fui assim tão indefesa quando arrastei você para a minha cama, fui? Que era, por falar nisso, exatamente o lugar onde eu queria que você estivesse.

— Você não me arrastou para lugar algum.

— *Aqui* que eu não arrastei! *Você* é que não tem cérebro, se pensa de outra forma. Fui apenas enrolando o molinete, trazendo você como se fosse uma porcaria de um bagre.

Grace sentiu uma pontada de alegria, um prazer vivido e forte ao notar a fúria e a frustração que surgiram ao mesmo tempo em seu rosto.

— Se você acha, Grace, que uma coisa dessas serve como elogio para qualquer um de nós...

— Não estou tentando elogiá-lo... estou dizendo com todas as letras que desejei você e não poupei esforços para conseguir. Se deixasse as coisas por sua conta, estaríamos os dois muito velhos, limpando o traseiro um do outro em um asilo quando isso acontecesse.

— Nossa, Grace...

— Fique quieto! — Não havia como parar agora, não importavam as consequências, pelo menos enquanto aquele troar de ondas, como um mar revolto, continuasse em sua cabeça. — Pense a respeito, Ethan Quinn. Pense cuidadosamente a respeito, como costuma fazer, e nunca mais *ouse* me chamar de frágil.

— Realmente, não é essa a palavra que me vem à cabeça neste instante — concordou ele lentamente.

— Ótimo! Nunca precisei de você nem de ninguém para me ajudar a oferecer uma vida decente para minha filha. Usei meus músculos, usei a coragem para fazer o que precisava ser feito; por isso, não venha agora me chamar de "porcelana".

— Você não precisava conseguir tudo sozinha se não tivesse esse orgulho besta e acertasse os ponteiros com o seu pai.

A verdade daquilo quase diminuiu o ritmo dela, mas Grace fechou os punhos e foi em frente.

— Estamos falando de nós dois. Você diz que me ama, Ethan, mas nem por um minuto consegue me compreender.

— Estou começando a concordar com isso — resmungou.

— Deve ter alguma ideia machista na cabeça alimentando o seu ego e convencendo-o de que preciso de alguém que cuide de mim, me proteja e acalente, quando tudo o que realmente preciso é de respeito, de alguém que precise de mim e me ame. E você teria entendido isso se tivesse prestado mais atenção. Faça a si mesmo essa pergunta, Ethan. Quem seduziu quem? Quem disse "eu te amo" primeiro? Quem propôs casamento? Será que você é tão cego a ponto de não enxergar que eu tive que dar todos os passos na sua frente?

— Você está fazendo parecer que eu fui puxado pelo cabresto, Grace. Não gosto disso.

— Eu não conseguiria puxar você pelo cabresto. Não conseguiria nem que espetasse um anzol no seu nariz. Você vai exatamente para onde quer, Ethan, mas consegue ser tão lento que me deixa furiosa. Amo isso em você, e admiro também, e agora o compreendo ainda mais. Você passou por um período terrível em que não tinha controle sobre nada, e agora toma todo o cuidado para não perdê-lo. Só que o limite entre o controle e a teimosia é muito tênue, e é para o lado da teimosia que você está indo.

— Não estou sendo teimoso. Estou sendo correto.

— Correto? É correto, para duas pessoas, amarem um ao outro e não conseguirem construir uma vida juntos a partir daí? É correto passar toda a vida pagando por algo que outra pessoa lhe fez, quando você ainda era pequeno demais para se defender? É correto dizer que não pode e não vai se casar comigo porque está... *manchado* e fez uma promessa ridícula a si mesmo de jamais constituir uma família?

Parecia errado quando ela dizia daquele jeito. Parecia... burrice.

— Mas é assim que as coisas são — teimou.

— Só porque você quer que sejam.

— Eu já lhe disse, Grace. Eu lhe dei uma escolha.

O maxilar de Grace doía de tanto se contrair, e ela disse:

— As pessoas gostam de dizer que estão oferecendo uma escolha para alguém quando o que realmente estão dizendo é "faça tudo do meu jeito". Pois eu não gosto das coisas do seu jeito, Ethan. O seu jeito considera apenas as coisas como elas foram, sem levar em conta o que elas são ou o que poderiam ser. Acha que eu não sei o que você esperava? Você ia manter a sua posição, e a doce e delicada Grace simplesmente mofaria na fila de espera.

— Eu não esperava que você mofasse na fila de espera.

— E então, um dia, eu ia cair fora, ferida, e ficar com você na cabeça pelo resto da vida, me consumindo. Pois não vai conseguir nem uma coisa nem outra. Sou eu que vou lhe dar uma escolha dessa vez, Ethan. Pode sair para pensar no assunto... vá e considere a oferta pelos próximos milênios, e então volte para me dizer a que conclusão chegou. Porque a minha oferta é esta: ou casamento, ou nada feito! De jeito nenhum, eu vou passar o resto da minha vida me consumindo por você. Posso viver muito bem sem você. — Atirou a cabeça para trás. — Vamos ver se você é homem o bastante para viver sem mim.

Girando o corpo, saiu a passos largos, deixando-o fumegando.

— Vá lá para cima! — cochichou Anna para Seth. — Ele está vindo para cá. Agora é a minha vez.

— Você vai gritar com ele também?

— Talvez.

— Quero assistir.

— Dessa vez, não. — Ela quase o empurrou para fora da cozinha. — Vamos, vá lá para cima, estou falando sério.

— Que inferno! — Seth subiu as escadas pisando duro, esperou um momento, e então voltou de fininho para o corredor.

Anna estava se servindo de uma reconfortante xícara de café quando Ethan entrou, batendo a porta dos fundos atrás de si. Uma parte dela queria se aproximar dele para lhe dar um abraço de solidariedade. Ele parecia tão infeliz e confuso, mas, do seu ponto de vista, havia circunstâncias em que o melhor era dar uns bons chutes em um homem, aproveitando o momento em que estava caído.

— Quer um pouco?

— Não, obrigado. — Olhou para ela meio de lado e continuou andando.

— Espere um instante! — Ela sorriu docemente quando ele parou, e notou as tensas ondas de impaciência que vinham dele. — Preciso conversar com você por um momento.

— Já conversei demais hoje.

— Tudo bem... — Deliberadamente, ela puxou uma cadeira da mesa. — Então você fica sentado me escutando, e só eu falo.

As mulheres, decidiu Ethan ao se largar sobre a cadeira, eram a maldição de sua existência.

— Acho que vou aceitar o café, então.

— Certo. — Ela serviu-lhe uma xícara e lhe trouxe uma colher, para ele colocar toneladas de açúcar, como costumava fazer. Sentou-se perto dele, cruzou as mãos com cuidado sobre a mesa e continuou a sorrir. — Seu panaca burro!

— Ah, Jesus! — Ele cobriu os olhos com as mãos por um longo instante. — E mais essa agora!

— Vou tornar as coisas mais fáceis para você, a princípio. Eu faço uma pergunta, você responde. Está apaixonado por Grace?

— Sim, mas...

— Sem "mas" — cortou Anna. —A resposta é "sim". Grace está apaixonada por você?

— Agora, é difícil dizer. — Levou a mão ao peito, massageando o lugar onde ela quase abrira um buraco com o dedo.

— A resposta é sim — informou Anna com frieza. — Vocês são ambos adultos, solteiros e desimpedidos?

— Sim... e daí? — Ele podia sentir o aborrecimento formando-se em seu rosto e detestava aquilo.

— Estou apenas testando o terreno, reunindo os fatos. Grace tem uma filha, correto?

— Ora, você sabe muito bem que...

— Sim, correto. — Anna levantou sua xícara e tomou um gole de café. — Você tem algum sentimento ou sente afeição por Aubrey?

— Claro que sim! Eu a amo. Quem não adoraria aquela menina?

— E ela tem algum tipo de afeto por você?

— Claro. O quê...

— Maravilha! Estabelecemos, então, as emoções das partes envolvidas. Agora, vamos passar para o assunto estabilidade. Você tem uma profissão e abriu um novo negócio. Parece um homem com grandes habilidades, que gosta de trabalhar e tem capacidade de ganhar a vida. Fez algum tipo de empréstimo ou enredou-se em algum problema financeiro de grandes proporções, o qual acredita que vá ter dificuldades para superar?

— Pelo amor de Deus!

— Não estou querendo ofender — explicou ela depressa. — Estou simplesmente abordando esse assunto do jeito que imagino que você abordaria: com calma, paciência e bem devagar, avaliando tudo passo a passo.

— Parece que as pessoas andam muito incomodadas com o jeito como faço as coisas ultimamente. — Estreitou os olhos para Anna.

— Eu adoro o seu jeito de fazer as coisas. — Esticando o braço por sobre a mesa, deu um aperto carinhoso em sua mão tensa. — Eu amo você, Ethan. Para mim, é maravilhoso ter um irmão mais velho a essa altura da vida.

Ele se mexeu um pouco na cadeira. Ficara comovido pela óbvia sinceridade que viu nos olhos de Anna, mas teve a desagradável sensação de que ela o estava preparando para as chibatadas que viriam em seguida.

— Não sei o que está acontecendo com você, Anna.

— Acho que vai descobrir já, já. Então, vamos considerar que você possui uma situação financeira estável. Grace, como sabemos bem, é perfeitamente capaz de ganhar a vida. Você possui uma casa própria e ainda tem um terço desta aqui. Arrumar um teto sob o qual morar certamente não será problema. Portanto, vamos em frente. Você acredita no casamento como instituição?

— Ele funciona para algumas pessoas. — Ethan sabia reconhecer uma pergunta capciosa quando ouvia uma. — Para outras pessoas, não.

— Não, não, quero saber se você acredita na instituição em si: sim ou não?

— Sim, mas...

— Então, por que diabos você não está, neste exato momento, apoiado sobre um dos joelhos, segurando uma aliança na sua mão grande e desajeitada, implorando para que a mulher que você ama aceite a cabeça de melão que você tem e lhe dê mais uma chance?

— Olhe, eu sou um homem paciente — avisou Ethan, falando devagar —, mas já estou ficando de saco cheio de ser insultado.

— Não ouse se levantar dessa cadeira! — avisou Anna quando ele tentou empurrar a cadeira para trás, preparando-se para levantar. — Juro por Deus que lhe dou uma surra! Deus sabe o quanto eu adoraria fazer isso.

— Mulher cantando de galo... essa é outra coisa que anda rolando por aqui! — E se manteve quieto na cadeira, mas só porque lhe pareceu a forma mais fácil de se livrar logo do problema. — Vá em frente, então, diga tudo o que quer dizer.

— Você pensa que eu não o compreendo. Acha que não consigo identificar o que o está corroendo por dentro. Pois está enganado, Ethan! Fui estuprada aos dez anos.

O choque de ouvir aquilo fez seu coração dar um pulo, e sua alma pareceu ficar apertada de dor.

— Por Deus, Anna! Nossa, sinto muito. Eu não sabia...

— Pois agora sabe! Isso me tornou diferente, Ethan? Não continuo a ser a mesma pessoa que era trinta segundos atrás? — Estendendo o braço novamente, segurou a mão dele e a manteve entre as dela. — Sei muito bem como é se sentir indefeso, aterrorizado e com vontade de morrer. Sei também o quanto é difícil construir alguma coisa na vida, apesar de tudo. E sei como é carregar aquele horror dentro do peito, sempre... não importa o quanto você tenha aprendido, não importa o quanto você consiga aceitar e saber que não foi, nunca, jamais, culpa sua.

— Não é a mesma coisa.

— Nunca é igual, não existe padrão. Cada caso é único. Temos mais uma coisa em comum também. Eu jamais soube quem era o meu pai. Será que ele era um homem bom ou um homem mau? Alto ou baixo? Amava a minha mãe ou simplesmente a usou? Não sei quais as partes dele que recebi por herança genética.

— Mas você conheceu a sua mãe.

— Sim. Ela era uma pessoa maravilhosa. Linda. A sua mãe não era nada disso. Ela agredia você, física e emocionalmente. Fez de você uma vítima. Por que você está permitindo que ela continue a mantê-lo dessa forma? Por que está deixando que ela vença mais uma vez, mesmo agora?

— O problema sou eu agora, Anna. Tinha de haver algo muito distorcido, muito cruel dentro da minha mãe para fazê-la ser do jeito que era. E foi dela que eu nasci.

— Está pagando os pecados dos seus antepassados, Ethan?

— Não, não estou pagando os pecados dela, estou falando de hereditariedade. Você pode passar para seus filhos a cor dos olhos, a constituição física. Problemas cardíacos, alcoolismo, longevidade. Esses problemas costumam ser comuns em famílias inteiras.

— É... você andou pensando muito nesse assunto mesmo.

— Sim, andei. Tive que tomar uma decisão, e a tomei.

— Então, a decisão é que você jamais poderia se casar ou ter filhos.

— Não seria justo.

— Bem, então é melhor conversar tudo isso com Seth, o mais depressa possível.

— Seth?

— Sim, alguém precisa contar a ele que jamais vai poder ter uma mulher e filhos. É melhor que descubra isso logo, para que todos nós possamos protegê-lo de se envolver emocionalmente com uma mulher.

— Mas de que diabos você está falando? — Sentindo o coração parar por três segundos, conseguiu apenas ficar olhando para Anna, com o queixo caído.

— Hereditariedade. Não podemos ter certeza sobre quais características terríveis Gloria DeLauter passou para o filho. Só Deus sabe o quanto ela tem de distorcido e cruel dentro dela para fazê-la ser como é, conforme você disse. Uma puta, uma bêbada e uma drogada, pelo que sabemos.

— Mas não há nada de errado com aquele menino.

— Sim, mas que diferença isso faz? — Anna fitou os olhos furiosos de Ethan com brandura. — Não podemos permitir que ele se arrisque.

— Você não pode misturar a situação dele com a minha desse jeito.

— Não vejo por que não... os dois têm um passado similar. Para falar a verdade, há inúmeros casos que aparecem nos departamentos de assistência social por todo o país e que se encaixam exatamente nessa categoria. Acho que deveríamos lutar para aprovar uma lei que impedisse meninos que sofreram abusos sexuais de casar e ter filhos. Pense só nos riscos que estaríamos evitando.

— Por que não manda castrá-los logo de uma vez? — perguntou ele, com cara de desprezo.

— Uma ideia interessante... — E se inclinou na direção dele. — Já que está tão determinado a não passar adiante quaisquer genes pouco saudáveis que possa ter, Ethan, já considerou a ideia de se submeter a uma vasectomia?

A contração involuntária que ele fez ao ouvir isso, reação tipicamente masculina, quase a fez rir.

— Já chega, Anna! — explodiu ele.

— É isso o que você recomendaria a Seth?

— Já disse que chega!

— Ah, já chega mesmo! — concordou ela. — Mas me responda apenas uma última pergunta... Você acha que aquele menino brilhante e problemático deve ser impedido de usufruir uma vida normal e plena quando for adulto apenas pela má sorte de ter sido concebido por uma mulher sem coração, talvez até mesmo diabólica?

— Não! — Sua respiração de repente falhou. — Não, acho que não.

— Sem "mas" dessa vez? Sem exceções nem qualificações? Então, na minha opinião profissional, devo afirmar que não poderia concordar mais com você. Ele merece tudo o que conseguir na vida, tudo o que conseguir realizar, e merece também tudo o que possamos fazer por ele para mostrar-lhe que ele é uma pessoa única, com características próprias, e não o produto defeituoso de uma mulher vil. Assim como você, Ethan, é uma pessoa única, com jeito próprio. Meio burrinho, talvez — disse ela com um sorriso, enquanto se levantava —, mas admirável, honrado e incrivelmente gentil.

Foi até ele e colocou o braço em torno de seus ombros. Ao ver que Ethan soltara um suspiro, virou o rosto dele e o apertou de encontro à sua barriga, emocionada e com lágrimas nos olhos.

— Não sei o que fazer.

— Você sabe sim — murmurou ela. — Como se trata de você, vai querer pensar um pouco no assunto. Mas faça um favor a si mesmo, dessa vez, e pense rápido.

— Acho que vou ao galpão para trabalhar, até clarear as ideias.

— Quer que eu prepare um lanche? — Por se sentir subitamente maternal, Anna se inclinou e deu-lhe um beijo no alto da cabeça.

— Não. — Ele a apertou com carinho, antes de se levantar. Ao ver suas lágrimas, bateu em seus ombros gentilmente. — Não chore. Cam vai colocar minha cabeça a prêmio se souber que eu a fiz chorar.

— Não vou mais chorar.

— Ótimo, então. — Caminhando até a porta, hesitou por um instante e então se virou para dar uma boa olhada nela, que continuava em pé na cozinha, os olhos molhados e os cabelos embaraçados pelo vento lá fora.

— Anna, a minha mãe... a minha mãe verdadeira — acrescentou, porque Stella Quinn era, para ele, sua única mãe — ia adorar você.

Ora, pensou Anna enquanto ele saía, agora ela ia realmente tornar a chorar.

Ethan foi em frente, especialmente depois de ouvir Anna fungar ainda mais forte. Precisava ficar sozinho para clarear a cabeça e deixar os pensamentos se organizarem de novo.

— Ei!

Com a mão na maçaneta da porta, Ethan olhou para trás, por cima dos ombros, e viu Seth nos degraus, para onde o menino correra como um coelho assustado, segundos antes de Ethan sair da cozinha.

— O que foi?

Seth desceu degrau por degrau, lentamente. Escutara tudo, cada palavra. Mesmo quando seu estômago se apertou, ele permanecera firme, ouvindo a conversa. Ao observar Ethan agora, com atenção, achou que compreendia tudo. E se sentiu a salvo.

— Aonde vai?

— De volta ao galpão. Tem umas coisas que preciso terminar de fazer. — Ethan tornou a fechar a porta. Havia algo estranho nos olhos do menino. — Você está bem?

— Estou. Posso ir trabalhar com você no barco de pesca amanhã?

— Se quiser...

— Se eu for com você, vamos acabar mais cedo, e então poderemos voltar para trabalhar no barco e ajudar o Cam. E quando Phil chegar, no fim de semana, iremos todos trabalhar juntos nele.

— É assim que deve ser — disse Ethan, intrigado.

— Sim. É assim que deve ser. — Todos eles, pensou Seth, com um brilho de pura alegria no olhar, trabalhando juntos. — Vai ser trabalho pesado, porque vai estar quente pra cacete debaixo do sol.

— Olhe esse palavreado! Anna está na cozinha. — Ethan se segurou para não rir.

— Ah, ela é legal... — Seth encolheu um dos ombros, olhando com cautela para trás.

— Sim. — O sorriso de Ethan se abriu. — Ela é muito legal. Não fique acordado até de madrugada desenhando ou estragando a vista diante da tevê se quiser trabalhar comigo de manhã cedo.

— Tá, tá, tá bom. — Seth esperou até Ethan chegar lá fora, e então pegou uma bolsa que estava ao lado da cadeira. — Ei!

— Caramba, garoto, será que dá para me deixar sair antes de anoitecer?

— Grace esqueceu a bolsa dela. — Ele a colocou nas mãos de Ethan, mantendo o rosto sem expressão, com ar inocente. — Acho que estava distraída, pensando em outra coisa quando foi embora.

— Talvez... — Com as sobrancelhas unidas, Ethan olhou para a bolsa em suas mãos. Aquela porcaria devia pesar mais de cinco quilos.

— Acho que você devia dar uma passada lá para entregar isso a ela. As mulheres ficam que nem umas doidas quando não encontram a bolsa. A gente se vê depois.

Voltou correndo para dentro, fazendo barulhos ao subir as escadas, e foi direto para a primeira janela que encontrou entre as que davam para a frente da casa. De lá observou o momento em que Ethan coçou a cabeça e enfiou a bolsa embaixo do braço, como se fosse uma bola de futebol, caminhando lentamente até a caminhonete.

Seus irmãos, às vezes, eram muito estranhos, pensou Seth. Então sorriu para si mesmo. Seus irmãos. Soltando um grito de alegria, tornou a descer as escadas correndo e foi direto para a cozinha, a fim de perturbar Anna em busca de algo para comer.

Capítulo Vinte

Grace pensou em se acalmar antes de passar na casa de seus pais para pegar Aubrey. Quando estava assim, emocionalmente agitada, não conseguia esconder de ninguém, muito menos de sua mãe ou de sua filha muito observadora.

A última coisa que queria naquele fim de tarde eram perguntas, a última coisa que se sentia capaz de dar eram explicações.

Dissera o que precisava ser dito e fizera o que tinha de ser feito, recusava-se a sentir arrependimento por isso. Sabia que significaria a perda de uma longa amizade, uma amizade que sempre valorizara muito, mas não podia evitar. De algum modo, ela e Ethan conseguiriam ser adultos o bastante para manter a educação em público sem arrastar ninguém para suas brigas.

Certamente, não seria uma situação fácil ou agradável, mas poderia funcionar. As coisas tinham funcionado daquela forma por três anos com o seu pai, não tinham?

Dirigiu sem rumo por vinte minutos, até sentir que seus dedos já não apertavam o volante como se fosse um torno, e o seu reflexo no espelho já não seria mais capaz de assustar crianças e cães pequenos, como há pouco.

Convenceu a si mesma de que, agora, estava perfeitamente sob controle. Tão controlada, na verdade, que pensou até em levar Aubrey para fazer um lanche no McDonald's, só para agradá-la. E, no seu próximo dia de folga, iria com ela até Oxford para o Desfile dos Bombeiros. Certamente, não iria ficar enfiada dentro de casa, passando esfregão no chão.

Saiu do carro e não bateu a porta com força, o que lhe pareceu um sinal seguro de seu estado controlado e plácido. Nem subiu os degraus da linda casa de seus pais, em estilo colonial, fazendo barulho ou pisando duro. Chegou até mesmo a parar por um momento, a fim de apreciar as petúnias roxas que estavam plantadas no canteiro sobre o peitoril da larga janela da frente.

Foi pura falta de sorte e um acaso infeliz que o seu olhar se movesse alguns centímetros para o lado, além das flores, e avistasse o seu pai através da janela, repousando em sua poltrona reclinável como se fosse um rei no trono.

A raiva explodiu dentro dela como um gêiser e atirou-a porta adentro como se fosse uma pedra cheia de pontas lançada com força por um estilingue.

— Tenho algumas coisas para dizer ao senhor — soltou, deixando a porta bater com força atrás dela e marchando com disposição até o lugar onde Pete descansava, com os pés para cima. — Estou guardando isso há muito tempo.

Ele a encarou com olhos arregalados por cinco segundos, o tempo que levou para reorganizar a expressão do seu rosto.

— Se quiser falar comigo, faça-o com um tom de voz civilizado.

— Estou cheia de ser civilizada! Estou com as boas maneiras por aqui! — Fez um gesto com a mão na horizontal, à altura da testa.

— Grace! Grace! — Com as bochechas muito vermelhas e os olhos imensos, Carol veio correndo da cozinha, com Aubrey no colo. — O que deu em você? Assim, vai deixar a criança nervosa.

— Leve Aubrey de volta para a cozinha, mamãe. E não se preocupe, ela não vai ficar traumatizada pelo resto da vida só por ouvir a mãe elevar um pouco a voz.

Como que para provar que as brigas eram inevitáveis, Aubrey jogou a cabeça para trás e começou a chorar, aos gritos. Grace segurou a vontade de pegá-la nos braços, sair correndo da casa com ela e acalmá-la com beijos, até que as lágrimas parassem. Em vez disso, porém, se manteve firme.

— Aubrey, pare com essa cena agora! Mamãe não está brava com você. Vá até a cozinha com a vovó para tomar um pouco de suco.

— *Suco!*— Aubrey continuou a soluçar e berrar a plenos pulmões, tentando se soltar de Carol e estendendo os braços abertos para a mãe, de forma teatral, enquanto lágrimas gordas lhe escorriam pela face.

— Carol, leve a menina para a cozinha e tente acalmá-la. — Pete usou o mesmo tom de urgência que Grace demonstrara e afastou a mulher, abanando a mão com impaciência. — Essa menina não derramou uma lágrima sequer o dia inteiro — resmungou, olhando para Grace com ar de acusação.

— Pois compensou agora, chorando tudo de uma vez só — reagiu Grace, acrescentando camadas de culpa à frustração que sentia, enquanto o choro de Aubrey continuava, vindo da cozinha. — Ela vai esquecer que chorou daqui a cinco minutos. Isso *é* uma das vantagens de se ter dois anos. Quando ficamos mais velhas, não esquecemos as lágrimas com tanta facilidade. E o senhor já me fez derramar muitas.

— Não se passa pela experiência de ser pai ou mãe sem provocar algumas lágrimas nos filhos.

— Mas há pessoas capazes de aproveitar a experiência de ser pai sem nem ao menos conhecer a criança que criou. O senhor jamais olhou para mim e viu o que eu era.

Pete preferia estar de pé. Preferia estar calçado. Um homem estava em tremenda desvantagem quando era pego em uma poltrona reclinável e sem a porcaria dos sapatos.

— Não sei sobre o que você está falando.

— Ou talvez tenha visto... talvez eu esteja errada a respeito disso. O senhor olhou, viu o que eu era e simplesmente me descartou, porque não me encaixava no molde que o agradava. O senhor *sabia*... — continuou, com uma voz baixa que, apesar do pouco volume, saía carregada de fúria —... sabia que eu queria ser bailarina. Sabia que eu sonhava com isso. E me deixou ir em frente, alimentou meus sonhos. Tudo bem, ter lições de dança estava bom para o senhor, talvez reclamasse de vez em quando do quanto custavam, mas pagava por elas.

— E me custaram uma nota aquelas aulas, somando os anos todos.

— E tudo isso para quê, papai?

Ele piscou. Ninguém o chamava de "papai" há quase três anos, e aquilo ecoou no fundo do seu coração.

— Porque você estava decidida a ter aquelas lições.

— E qual a finalidade de pagar por elas se o senhor jamais acreditou no meu talento, nunca ficou do meu lado nem me incentivou o bastante para me deixar tentar dar o passo seguinte?

— Isso é coisa do passado, Grace. Você era muito jovem para ir para Nova York, e tudo aquilo era bobagem.

— Eu era jovem sim, mas não tão jovem. E se era tudo uma bobagem, era a *minha* bobagem. Jamais vou descobrir se eu era boa o bastante. Jamais vou descobrir se poderia transformar aquele sonho em realidade, porque, quando eu pedi que o senhor me ajudasse a atingir meu objetivo, o que ouvi é que eu já estava muito velha para essas tolices. Muito velha para essas tolices — repetiu —, mas jovem demais para que confiassem em mim.

— Mas eu confiei em você. — Puxando o corpo para a frente, colocou a cadeira na posição reta. — E veja só o que aconteceu...

— Sim, veja o que aconteceu... eu engravidei. Não foi isso o que o senhor falou na época? Como se tivesse sido algo que eu planejara apenas para deixá-lo irritado.

— Jack Casey não prestava. Soube disso na primeira vez em que pus os olhos em cima dele.

— E jogou isso na minha cara tantas e tantas vezes que ele acabou incorporando um certo brilho de fruto proibido, e não consegui resistir à tentação de prová-lo.

— Você está me culpando por ter se metido em apuros? — Agora, os olhos de Pete brilhavam e ele se levantou da poltrona.

— Não, se alguém deve levar a culpa, esse alguém sou eu. Mas não invento desculpas para aquilo. Só lhe digo uma coisa: ele não era nem de longe tão ruim quanto o senhor o imaginava.

— Mas deixou você com uma mão na frente e outra atrás, não foi?

— Igual ao senhor, papai.

Pete levantou a mão para Grace, deixando ambos chocados. Não conseguiu esbofeteá-la, e sua mão tremia muito quando tornou a abaixá-la. Jamais dera mais do que algumas palmadas no traseiro da filha, quando ela ainda era muito criança, e, mesmo então, sofrera mais do que a menina por causa disso.

— Se tivesse me batido — disse ela, lutando para manter a voz baixa, mas firme —, seria a sua primeira demonstração de sentimento verdadeiro desde o dia em que vim até aqui para contar ao senhor e à mamãe sobre a minha gravidez. Sabia que o senhor ia ficar com raiva, zangado, magoado e desapontado. Eu estava apavorada. Por mais que esperasse algo horrível, porém, foi ainda pior. Porque o senhor não me amparou, não ficou do meu lado. Foi a segunda vez que eu precisei de verdade do senhor, papai, e essa era ainda mais importante, e o senhor não estava lá para me dar apoio.

— Uma filha conta para o pai que está grávida, que se entregou a um homem contra o qual o pai se dera ao trabalho de alertá-la... Puxa, é de se esperar que leve um tempo para ele engolir isso e conseguir lidar com o problema.

— O senhor teve vergonha de mim e ficou zangado pensando no que os vizinhos iam dizer. Em vez de olhar para mim e notar que eu estava apavorada, conseguiu enxergar apenas que eu fizera uma escolha ruim, cometera um erro e ia ter que assumi-lo.

Grace virou o rosto para o lado, até ter absoluta certeza de que não ia derramar nenhuma lágrima, e completou:

— Aubrey não é um erro. Ela é uma dádiva...

— É impossível amar mais aquela menina do que eu amo.

— Ou me amar menos...

— Isso não é verdade. — Ele começou a se sentir enjoado, e mais do que assustado por dentro. — Isso simplesmente não é verdade.

— O senhor se afastou quando eu me casei com Jack. Afastou-se de mim.

— Você também se afastou de mim.

— Talvez... — Ela tornou a virar o rosto. — Tentara uma vez seguir em frente sem a sua ajuda, economizando cada centavo para ir morar em Nova York. Não consegui sozinha. Resolvi fazer o meu casamento funcionar sem a sua ajuda. Mas não consegui isso também. Tudo o que me sobrou foi um bebê dentro de mim, e eu não queria falhar mais uma vez. O senhor, porém, nem mesmo foi me visitar no hospital quando Aubrey nasceu.

— Eu fui! — Tateando, ele pegou uma revista e começou a enrolá-la com as mãos, nervoso. — Fui até lá e vi o bebê através do vidro. Pernas longas, dedinhos compridos e uma linda penugem loura cobrindo-lhe a cabeça. Fui até o seu quarto também, e olhei lá para dentro. Você estava dormindo. Não consegui entrar. Não sabia o que dizer a você.

Desenrolando a revista, franziu as sobrancelhas ao ver o rosto glamouroso da modelo que enfeitava a capa, e em seguida colocou-a de volta sobre a mesa.

— Acho que aquilo me fez ficar novamente revoltado — continuou ele. — Você acabara de ter um bebê, mas não tinha marido, e eu não sabia como enfrentar essa situação. Tenho princípios muito rígidos com relação a esse tipo de coisa. É difícil ceder...

— Eu não precisava que o senhor cedesse tanto assim.

— Eu vivia esperando que você me desse uma chance para me reaproximar. Achei que, quando aquele filho da mãe a abandonou, você ia compreender que precisava de ajuda e voltaria para casa.

— Para o senhor poder jogar na minha cara o quanto estava certo o tempo todo...

— Acho que mereço ouvir isso. — Alguma coisa surgiu em seus olhos, talvez fosse arrependimento. — Acho que é exatamente isso o que eu teria feito. — Ele tornou a se sentar. — Droga! Eu tinha razão no fim das contas...

Grace deu uma pequena risada, quase de sarcasmo.

— É engraçado como os homens que eu amo sempre têm certeza de tudo quando o assunto se refere a mim. Eu sou o que o senhor chamaria de uma mulher delicada, papai?

Pela primeira vez em muito tempo, ela viu os olhos dele sorrirem.

— Bem, garota, eu diria que você é tão delicada quanto uma barra de ferro.

— Pelo menos isso...

— Sempre desejei que você fosse um pouco mais flexível. Em vez de vir aqui uma vez, uma vezinha só que fosse, para pedir ajuda, resolveu sair por aí, fazendo faxina nas casas dos outros e trabalhando até altas horas em um bar.

— Flexibilidade... digo o mesmo do senhor — murmurou ela, indo até a janela.

— Quase sempre, quando eu a vejo em frente ao cais, você está cheia de olheiras. É claro que, pelo jeito com que sua mãe vem me enchendo os ouvidos, isso tudo deve mudar em pouco tempo.

— Mudar? — Grace olhou para trás por cima do ombro.

— Ethan Quinn não é um homem capaz de deixar a mulher se acabar de trabalhar em dois empregos. É o tipo de homem pelo qual você devia ter se interessado desde o princípio. Honesto, confiável.

Ela tornou a rir, passando a mão pelos cabelos, e informou:

— Mamãe está enganada. Eu não vou me casar com Ethan.

Pete ia falar alguma coisa, mas desistiu. Era esperto o bastante para aprender com os próprios erros. Se conseguira empurrar a filha na direção de um homem ao apontar seus defeitos, era bem capaz de afastá-la de outro por elogiar suas virtudes.

— Bem, você sabe como sua mãe é... — E não levou o assunto adiante. Tentando encaixar as palavras certas na frase que ia dizer, beliscou o tecido da calça cáqui, na altura dos joelhos. — Tive medo de você ir para Nova York sozinha — soltou, e virou o rosto ao sentir que ela tirara os olhos da janela para colocá-los nele. — Tive medo de que você nunca mais voltasse. Tive medo, também, de que acabasse se decepcionando lá. Puxa, Grace, você tinha apenas dezoito anos, e era muito imatura. Eu sabia que você dançava muito bem. Todos comentavam isso, e você sempre ficava linda dançando... Percebi que, se você conseguisse chegar a Nova York e não fosse atacada por nenhum bandido na rua, acabaria arrumando um jeito de ficar de vez. Sabia também que você não ia conseguir fazer nada disso, a não ser que eu lhe desse o dinheiro para começar sua vida, e foi por isso que não dei. Sabia que ou você desistiria daquela ideia fixa, ou levaria mais um ou dois anos para juntar o próprio dinheiro.

Ao ver que ela não dizia nada, suspirou e tornou a se sentar, recostando-se na poltrona, antes de continuar:

— Um homem trabalha duro a vida toda construindo algo, e, enquanto, se mata de trabalhar, fica pensando que, um dia, vai deixar tudo para o filho. Meu pai já passara o negócio para mim, e eu sempre achei que também iria deixá-lo para o meu filho. Em vez disso, tive uma filha. Fiquei muito feliz, do mesmo jeito, de verdade. Jamais quis mudar isso. Só que você nunca se interessou pelo que eu planejava deixar para você. Puxa, você trabalhava muito, sem dúvida, mas qualquer um podia ver que encarava suas funções na loja apenas como um emprego. Jamais pensou no negócio como um projeto de vida. Não a sua vida...

— Jamais soube que o senhor via as coisas dessa forma.

— Não importa a forma como eu via as coisas. Aquilo simplesmente não servia para você, não a completava. Comecei a achar que você ia se casar um dia, e talvez o seu marido assumisse a frente dos negócios. Desse jeito, eu ainda estaria deixando a loja para você e para seus filhos.

— Então eu me casei com Jack, e o senhor continuou sem poder concretizar o seu sonho do mesmo jeito.

— Bem, talvez Aubrey se interesse por aquilo. — Suas mãos estavam pousadas sobre os joelhos. Ele as levantou e as deixou cair novamente, completando: — Não estou planejando me aposentar tão cedo, de qualquer modo.

— Sim, talvez ela se interesse.

— É uma boa menina— afirmou ele, ainda olhando para as mãos. — É feliz... você... você é uma boa mãe, Grace. Está fazendo um grande trabalho com ela, melhor do que a maioria das mulheres conseguiria sob essas circunstâncias. Conseguiu dar uma boa vida a ela, um lar confortável, e fez isso tudo sozinha.

— Obrigada. — Grace sentiu o coração estremecer e doer um pouco. — Obrigada por pensar assim.

— Ah... sua mãe ia gostar muito se você ficasse para jantar conosco. — Finalmente, ergueu a cabeça, e os olhos que se encontraram com os da filha já não eram distantes nem frios. Neles havia reconhecimento e um pedido de desculpas. — Eu gostaria muito disso também.

— E eu também. — Então, Grace simplesmente foi até ele, sentou em seu colo e enterrou a cabeça em seu ombro. — Ah, papai... senti tantas saudades!

— Eu também senti muito a sua falta, Grace. — Ele começou a embalá-la e a chorar. — Senti muitas saudades de você.

Ethan sentou-se no degrau de cima na varanda da casa de Grace e colocou a bolsa no chão, ao seu lado. Teve que admitir que sentiu por diversas vezes a tentação de abri-la e dar uma espiada lá dentro, para saber o que uma mulher carregava para cima e para baixo e que era assim tão indispensável e pesado.

Até aquele momento, conseguira resistir.

Agora, perguntava-se aonde ela poderia ter ido. Dirigira até a casa dela, duas horas antes de ir para o galpão. Como viu que seu carro não estava na porta, nem parou. Era bem capaz de a porta estar destrancada, e ele poderia ter entrado com a bolsa e a largado na sala. Só que isso não resolveria nada.

Ethan pensara muito a respeito do assunto enquanto trabalhava. Parte de sua preocupação era com quanto tempo ela ainda levaria para se acalmar, passando de enfurecida para levemente irritada.

Achava-se capaz de enfrentar uma irritação moderada.

Decidiu que, de repente, era até bom ela ainda não ter voltado para casa. Assim, os dois teriam mais tempo para se acalmar.

— E então, já pensou em tudo?

Ethan suspirou. Sentira o perfume do pai antes mesmo de ouvi-lo, e ainda antes de vê-lo sentado confortavelmente nos degraus, com as pernas esticadas e os pés cruzados na altura dos tornozelos. O cheiro que Ethan sentira era do saquinho de amendoins salgados que Ray tinha no colo. Ele sempre adorara amendoins salgados.

— Não exatamente. Parece que não estou conseguindo fazer com que as coisas fiquem mais claras para mim.

— Às vezes, temos que pensar com o coração, em vez da cabeça. Você tem bom instinto, Ethan.

— Foi o instinto que me colocou nesta enrascada. Se não tivesse tocado nela, para início de conversa...

— Se não tivesse tocado nela, para início de conversa, teria negado a ambos algo que muita gente persegue por toda a vida e jamais encontra. — Ray sacudiu o fundo do saquinho e o esvaziou, enchendo a mão com amendoins e sal. — Por que se arrepender de uma coisa tão rara e preciosa?

— Eu a magoei. Sabia que ia acabar fazendo isso.

— Foi nesse ponto que você errou. Não em aceitar o amor quando lhe foi oferecido, mas em não ter confiado nele a longo prazo. Você me desapontou, Ethan.

Aquilo foi como uma bofetada. O tipo de frase que ambos sabiam que machucava mais do que qualquer outra coisa. E, por sentir isso, Ethan olhou fixamente para os pequenos vasinhos de violetas nas pontas dos degraus que precisavam de água.

— Tentei fazer o que achei correto.

— Para quem? Para uma mulher que queria compartilhar a vida com você, não importa para onde isso os levasse? Para os filhos que vocês poderiam ou não ter? Você invade um terreno perigoso quando tenta adivinhar os planos de Deus.

— E Ele existe? — Irritado, Ethan lançou um olhar meio de lado para o pai.

— Quem?

— Deus. Imagino que o senhor já deva ter descoberto, já que morreu há vários meses.

Ray jogou a cabeça para trás e soltou sua maravilhosa gargalhada ressonante.

— Ethan, eu sempre admirei a sua sagacidade, e adoraria poder discutir com você os mistérios do Universo, mas o tempo está passando.

Ainda mastigando os amendoins, Ray avaliou com atenção o rosto de Ethan e, ao fazer isso, o riso divertido que exibia se modificou e foi se tornando mais caloroso.

— Acompanhar você se transformar em um homem foi um dos grandes prazeres da minha vida. Você tem um coração tão grande quanto esta baía que ama. Espero que confie nele. Quero que seja feliz. Há problemas chegando para todos vocês.

— Seth?

— Ele vai precisar da família. De toda a família — acrescentou Ray em um murmúrio, e então balançou a cabeça. — Existem tantas tristezas no curto período de nossa vida, Ethan, para desprezarmos a felicidade... Lembre-se de valorizar sempre as suas alegrias. — Deu uma piscadela. — Se eu fosse você, me prepararia para isso, filho. Seu tempo de pensar já está se esgotando.

Ethan ouviu o barulho do carro de Grace e olhou na direção da estrada. Sabia, sem precisar olhar, que seu pai já não estava mais ao seu lado.

Quando Grace viu Ethan sentado nos degraus da varanda da frente, sentiu vontade de deitar a cabeça sobre o volante. Não tinha certeza se seu coração conseguiria lidar com outra jornada acidentada através de um furacão emocional.

Em vez disso, saltou do carro e deu a volta no veículo, a fim de desafivelar Audrey, que dormia em sua cadeirinha. Com a cabeça da menina largada pesadamente sobre os ombros, foi andando até a porta e viu Ethan desdobrar as pernas e se levantar.

— Não aguento outro *round* com você hoje, Ethan.

— Eu vim trazer sua bolsa. Você a esqueceu lá em casa.

Ligeiramente espantada, arregalou os olhos quando ele lhe estendeu a bolsa. Grace nem dera por sua falta, o que servia para provar o quanto sua cabeça estava confusa.

— Obrigada.

— Preciso conversar com você, Grace.

— Desculpe, mas tenho que colocar Aubrey na cama.

— Eu espero.

— Já lhe disse que não estou disposta a falar sobre isso novamente.

— E eu disse que preciso conversar com você. Eu espero.

— Então vai ter que esperar até que eu me sinta preparada — avisou, entrando em casa.

Pelo jeito, ela ainda não chegara ao estágio de levemente irritada, decidiu. Mas tornou a se sentar. E esperou.

Ela não teve pressa. Trocou a roupa de Aubrey, vestindo-a com um pijaminha de moletom, e cobriu-a com um lençol leve, prendendo-o sob o colchão. Foi para a cozinha e se serviu de um copo de limonada que, na verdade, nem queria. Mas bebeu tudo, até a última gota.

Dava para vê-lo sentado nos degraus do lado de fora através da porta telada. Por um momento, considerou a ideia de simplesmente ir até a porta interna da sala, fechá-la e passar o trinco, só para demonstrar o que pensava. Mas descobriu que não estava tão zangada a ponto de ser perversa e implicante.

Abriu a porta telada, saiu e a deixou fechar atrás de si, sem fazer barulho.

— Você já a colocou para dormir?

— Já. Ela teve um longo dia. E eu também. Espero que essa conversa não leve muito tempo.

— Acho que não precisa levar. Queria apenas lhe dizer que sinto muito por ter magoado você, por tê-la deixado infeliz. — Ao ver que ela não se agachou para juntar-se a ele, sentando-se nos degraus, Ethan se levantou e se virou para ela. — Fiz tudo errado e não fui honesto com você. Deveria ter sido.

— Não tenho dúvidas de que sente muito, Ethan. — Grace foi até o gradil da varanda, debruçou-se sobre ele e olhou para o seu pequeno jardim da frente. — Não sei se poderemos ser amigos do jeito que éramos antes. Sei o quanto é difícil tomar implicância com alguém de quem gostamos. Fiz as pazes com meu pai esta noite.

— Fez? — Ele deu um passo na direção dela, mas parou ao vê-la se afastar. Só um pouco, mas o bastante para avisá-lo que ele não tinha mais o direito de tocá-la. — Fico feliz por isso.

— Acho que devo lhe agradecer pelo que aconteceu. Se não estivesse tão enfurecida com você, eu teria me contido, sem me mostrar tão enfurecida com ele também, e não colocaria tudo para fora como fiz. Estou realmente grata, agradeço e aceito o seu pedido de desculpas. Agora, estou muito cansada, portanto...

— Você me disse um bocado de coisas hoje. — Ela não ia se livrar dele assim tão fácil, pelo menos não até ele acabar de falar.

— Sim, disse mesmo... — Tornou a se mexer para o lado, e dessa vez o encarou.

— Você estava certa sobre algumas coisas, mas não sobre tudo. A parte sobre não agir quando senti que gostava de você... isso aconteceu como deveria acontecer.

— Só porque você está dizendo?

— Não, porque você não tinha mais de quatorze anos quando comecei a amá-la e a desejá-la. Eu era quase oito anos mais velho. Já era um homem, e você ainda era uma menina. Teria sido errado tocar em você naquela época. Talvez eu tenha esperado demais... — Parou de falar, balançando a cabeça. — Eu *esperei* demais. A essa altura, porém, já pensara durante muito tempo e prometera a mim mesmo que não deixaria que você se envolvesse comigo. Você era a única pessoa no mundo que importava para mim. Parte disso vinha da certeza de que, se algum dia eu a tivesse, jamais a deixaria partir.

— E então decidiu que era exatamente o que faria.

— Não. Decidi que passaria a vida sozinho. Estava me saindo razoavelmente bem, até recentemente.

— O que você enxerga como um nobre sacrifício, eu vejo como burrice. — Ela levantou as mãos, sentindo que estava começando a se aborrecer novamente. — Acho que é melhor deixar as coisas como estão.

— Você sabe muito bem que, se nós nos casássemos, você ia querer mais filhos.

— Sim, ia... e, apesar de jamais concordar com os seus motivos para não termos filhos juntos, há outras maneiras de se formar uma família. Você, mais do que ninguém, deveria saber disso. Poderíamos ter adotado nossos filhos.

— Você... — Ele olhou para ela. — Eu imaginei que quisesse ficar grávida.

— E imaginou certo. Gostaria disso porque ia considerar ser um tesouro um filho seu crescendo dentro de mim, sabendo que você estava ali comigo. Mas isso não significa que não pudéssemos arranjar as coisas de outro modo. E se eu não pudesse ter filhos, Ethan? E se estivéssemos apaixonados, planejando nos casar, e descobríssemos que eu não poderia ser mãe? Você deixaria de me amar por causa disso? Diria que não poderia mais se casar comigo?

— Não, claro que não. Isso...

— Isso não é amor — completou ela. — A questão, porém, não se trata de não poder. Trata-se de não querer. E eu tentaria compreender seus sentimentos se você não os tivesse mantido longe de mim... se não tivesse me desprezado quando tudo o que eu queria era ajudá-lo. Agora, não pretendo abrir mão de tudo. Não aceito estar com um homem que não respeita meus sentimentos e não compartilha seus problemas comigo. Não aceito um homem que não me amou o bastante para ficar. Que não quis prometer envelhecer ao meu lado e ser um pai para a minha filhinha. Não pretendo passar a minha vida tendo um caso com você e, um dia, ser obrigada a explicar à minha filha o porquê de você não me amar nem me respeitar o suficiente para se casar comigo.

E deu dois passos em direção à porta para entrar.

— Não! — Ele fechou os olhos, tentando acalmar o pânico. — Não se afaste de mim, Grace, não vá embora.

— Não sou eu que estou me afastando. Não consegue enxergar, Ethan? Você é que foi se afastando o tempo todo.

— E acabei exatamente no ponto em que estava no início. Olhando para você... precisando de você. Agora, jamais vou conseguir acabar com essa carência. Fiz tantas promessas a mim mesmo a respeito de você... e as quebrei todas. Deixei que aquela mulher colocasse as mãos nisso também — disse bem devagar. — Deixei que ela colocasse a sua marca no que temos. Eu gostaria de limpar essa marca para sempre, se você estiver disposta a me dar uma chance. — Levantou os ombros. —Andei pensando muito a respeito disso.

— Ora, isso é novidade! — exclamou ela, quase rindo.

— Quer ouvir o que estou pensando agora? — Por instinto e seguindo o coração, começou a subir os degraus. — Estou pensando que sempre foi você, Grace, apenas você. E sempre vai ser você também, apenas você. Não consigo evitar esse desejo de sempre cuidar de você. Não significa que eu a considere fraca. Apenas... você é preciosa demais para mim.

— Ethan... — Ele ia acabar fazendo com que ela cedesse. — Não faça isso.

— E acho que não vou conseguir dar a você a chance de viver sem mim, afinal.

Pegou as mãos dela, segurando-as com força, quando sentiu que ela as estava puxando. Mantendo os olhos nos dela, puxou-a para fora e a fez descer os degraus, para fazer os últimos raios de sol iluminarem o seu rosto de dourado.

— Jamais vou decepcionar você — disse-lhe. — Nunca vou deixar de ter essa necessidade de tê-la sempre ao meu lado. Você me faz feliz, Grace. Eu não valorizei isso como deveria, mas farei isso de hoje em diante. Eu amo você.

E tocou as sobrancelhas dela com os lábios ao senti-la estremecer.

— O sol está se pondo. Você me disse que este é o melhor momento para sonhar acordada. Talvez, então, seja o momento certo para você pegar o sonho ao qual quer se segurar. Eu quero me unir a você nesse sonho. Quero que olhe para mim — disse com suavidade e levantou-lhe o queixo forçando-a a olhar para ele. — Quer se casar comigo?

— Ethan... — Alegria e esperança começaram a florescer dentro dela.

— Não precisa responder agora. — Mas ele já vira a resposta e, tomado por um sentimento de gratidão, levou as mãos dela aos lábios. — Você vai me dar Aubrey, vai permitir que eu dê o meu nome a ela? Vai deixar que eu seja o pai dela?

Lágrimas começaram a surgir nos olhos de Grace. Ela tentou segurá--las. Queria vê-lo com toda a clareza, enquanto ele continuava ali, com o rosto muito sério, iluminado pela última luz suave do dia.

— Você sabe que...

— Não responda ainda— murmurou, e, dessa vez, tocou os lábios dela com os dele. — Tem mais uma coisa. Quer ser a mãe dos meus filhos, Grace?

Ethan viu as lágrimas que ela estava lutando para evitar lhe escorrerem pelo rosto, e se perguntou como foi possível ter tentado negar a ambos aquela alegria, aquele direito, aquela promessa.

— Construa uma vida comigo, uma vida baseada em amor, uma vida que eu possa ver crescer dentro de você. Só um tolo poderia achar que um fruto que nasça a partir do que sentimos um pelo outro possa ser outra coisa a não ser maravilhoso.

Ela emoldurou o rosto dele com as mãos e guardou essa imagem no coração.

— Antes de responder, preciso saber se isso é o que você quer não apenas para mim, mas para si mesmo.

— Quero uma família. Quero construir o que meus pais construíram, e preciso construir isso com você.

— Eu me caso com você, Ethan. — Seus lábios se curvaram de leve, abrindo um sorriso. — Eu lhe dou a minha filha. Vou ter filhos com você. E vamos cuidar um do outro.

Ele a puxou mais para perto dele, apenas para abraçá-la, enquanto o sol desaparecia de vez e a luz se transformava em noite. O coração dela batia depressa contra o dele. O suspiro suave que Grace soltou saiu segundos antes de o bacurau começar a cantar na ameixeira da casa ao lado.

— Tinha medo de que você não me perdoasse.

— Eu também.

— Então pensei: ora, mas que diabos, ela me ama demais. Posso convencê-la sim. — Soltou uma risada que parecia um trovão e esfregou o nariz na curva do pescoço dela. — Você não é a única que consegue me puxar de molinete, como se eu fosse a porcaria de um bagre.

— Mas você levou um tempão para morder a minha isca.

— Quando a gente faz as coisas sem pressa, acaba escolhendo o melhor no fim das contas. — Enterrou o rosto em seus cabelos, querendo sentir-lhe o cheiro e a textura. — Agora, consegui o melhor. Cerâmica boa, sólida e resistente.

Rindo, ela jogou o corpo para trás, para poder ver os olhos dele. O humor que havia ali, pensou, era pelos dois.

— Você é um homem esperto, Ethan.

— Há poucas horas, você me chamou de burro.

— Porque você era... — Deu-lhe um beijo estalado na bochecha — Agora, porém, é esperto.

— Senti muito a sua falta, Grace.

Ela fechou os olhos e o apertou com mais força, pensando que aquele havia sido um dia para perdões... e esperança... e começos.

— Senti muita falta sua também, Ethan — e suspirou, respirando fundo em seguida e fazendo uma expressão incrédula. —Amendoins... — disse ela, e se aconchegou ainda mais em seus braços. — Que engraçado... poderia jurar que senti cheiro de amendoins.

— Depois eu explico a você o porquê disso — e levantou a cabeça dela para mais um beijo suave —, mas só daqui a pouco.

Impresso no Brasil pelo
Sistema Cameron da Divisão Gráfica da
DISTRIBUIDORA RECORD DE SERVIÇOS DE IMPRENSA S.A.
Rua Argentina, 171 – Rio de Janeiro, RJ – 20921-380 – Tel.: (21)2585-2000